박경리 朴景利 (1926. 12. 2. ~ 2008. 5

본명은 박금이(朴今伊). 1926년 경남 통영에서 태어났다. 1955년 김 동리의 추천을 받아 단편「계산」으로 등단, 이후『표류도』(1959),『김 약국의 딸들』(1962),『시장과 전장』(1964),『파시』(1964~1965) 등 사회 와 현실을 꿰뚫어 보는 비판적 시각이 강한 문제작을 잇달아 발표 하면서 문단의 주목을 받았다.

1969년 9월부터 대하소설『토지』의 집필을 시작했으며 26년 만인 1994년 8월 15일에 완성했다.『토지』는 한말로부터 식민지 시대 를 꿰뚫으며 민족사의 변천을 그리는 한국 문학의 걸작으로, 이 소 설을 통해 한국 문학사에 뚜렷한 족적을 남긴 거장으로 우뚝 섰다.

2003년 장편소설『나비야 청산가자』를《현대문학》에 연재했으나 건강상의 이유로 중단되며 미완으로 남았다.

그 밖에 산문집『Q씨에게』『원주통신』『만리장성의 나라』『꿈꾸는 자 가 창조한다』『생명의 아픔』『일본산고』등과 시집『못 떠나는 배』『도 시의 고양이들』『우리들의 시간』『버리고 갈 것만 남아서 참 홀가분 하다』등이 있다.

1996년 토지문화재단을 설립해 작가들을 위한 창작실을 운영하며 문학과 예술의 발전을 위해 힘썼다. 현대문학신인상, 한국여류문학 상, 월탄문학상, 인촌상, 호암예술상 등을 수상했고 칠레 정부로부 터 가브리엘라 미스트랄 문학 기념 메달을 받았다.

2008년 5월 5일 타계했다. 대한민국 정부는 한국 문학에 기여한 공 로를 기려 금관문화훈장을 추서했다.

토지

박경리
대하소설

토지

5부 3권

18

다섯
책방

차례

바닥 모를 늪 속으로

1장 소식(消息)

　이월도 중순에 접어들었는데 날씨는 몹시 추웠고 서울 거리에는 바람이 불고 있었다. 외투 호주머니 속에 두 손을 찌르고 등을 구부리며 걷고 있는 행인의 모습도 그러했으나 얼어붙은 길, 엉성하게 늘어선 건물은 살벌했다. 그곳을 양철 단면같이 날카로운 바람이 내리꽂혔다가는 맴돌아 나오곤 한다. 봄은 아직, 아직도 멀기만 한 것 같았다.

　청량리에서 나온 전차가 멎고 검정색 외투를 입은 명희가 내렸다. 돈암동행 전차를 갈아타기 위해서다. 한동안 전차를 기다리고 있던 명희는 발길을 돌린다. 걷기 시작했다. 등 뒤에서 전차 종소리가 들려왔다. 돌아보았을 때 그것은 돈암동행이었다. 되돌아가기에는 이미 늦은 거리에 명희는 서 있었다. 무슨 목적이 있어 발길을 돌렸던 것은 아니다. 갈 곳이 있었던 것도 아니었다. 멍청히 서 있는데 전차는 종을 울리며 종로 4정목(町目)*을 돌아 창경원 쪽으로 향해 떠났다.

'조금만 더 기다렸으면 집에 갈 수 있었을 텐데……'

다시 걷기 시작한다. 명희는 늘 이런 식으로 자기 인생도 우회해왔던 것을 새삼스럽게 깨닫는다.

종로 입구와 달라서, 동대문 시장을 끼고 있는 4정목에서 5정목에 이르는 길가 점포는 땅에 엎드린 듯 낮은 데다가 구건물이 뒤섞이어 초라하고 을씨년스러웠다. 게다가 진열된 상품도 별로 없어 휑뎅그렁했다. 유리창 안에 시꺼멓게 칠을 한 관(棺)과 백골의 관이 포개어진 광경이 명희 눈에 띄었다. 삼베 피륙이며 향로 촛대 따위도 눈에 들어왔다. 장의(葬儀)에 소용되는 물품을 파는 장의사 같은 점포였다. 명희는 그 앞을 서둘러 지나쳤다. 가슴이 두근두근 뛰는 것을 느낀다. 시장을 한 바퀴 돌았다. 뭘 사겠다는 생각도 아니했고 살 만한 것도 눈에 보이지 않았다. 시장은 와글와글 떠들고 있는 것 같았다. 그것은 꿈속 같았고 실제 들려오는 소리는 없었다. 사람들은 붕어같이 입만 벙긋거리고 있는 것 같았다. 실상 명희는 아무도 보지 못했고 아무 소리도 듣지 못했는지 모른다. 가까스로 시장을 빠져나왔을 때 '우동'이라 써붙여 놓은 작은 식당이 있었다. 명희는 그곳으로 들어갔다. 난롯가에 남자 두세

명이 불을 쬐고 서 있었다.

"시간 지났어요."

하고 여자가 말했다.

"……?"

"다 팔았어요."

또 말했다. 명희는 몽유병자같이 그곳을 나왔다. 얼마만큼 걸었을 때 식당 하나가 나타났다. 들어간다. 그곳에서는 시간이 지났다는 말은 하지 않았으나 명희를 빤히 쳐다보았다. 식당 안에는 서너 명의 손님들이 우동을 먹고 있었다. 명희는 구석진 곳에 가서 앉았다. 여자가 말없이 우동 한 그릇과 단무지가 서너 쪽 들어 있는 작은 접시를 갖다 놓고 간다. 배가 고팠던 것은 아니었으며 먹고 싶은 생각도 없었던 우동을 명희는 꾸역꾸역 먹는다. 식당 여자는 이상하다는 듯 힐끔힐끔 쳐다본다. 우동을 먹는 남정네들도 힐끔힐끔 쳐다본다. 아무리 식량이 배급제라 하지만 이런 서민 상대의 식당에는 도무지 어울리지 않는 손님이었던 것이다.

밖으로 나온 명희는 본시의 거리로 돌아갔다. 종로 4정목, 전차 기다리는 곳으로. 그리고 그는 돈암동행 전차에 올랐다. 전차가 멎었다. 창경원 높은 문이 눈앞에 있었다. 멍하니 바라보던 명희는 뒤늦게 허둥지둥 내린다. 매표구에서 입장권을 산 명희는 마치 빨려 들어가듯 창경원 안으로 들어갔다. 나뭇가지가 소리를 내며 바람에 흔들리고 있었다. 완전히 격리된 세계 한복판에 내던져진 듯 명희는 막연하게 서 있다가 외투깃을 세우며 벤치에 가서 웅크리고 앉는다. 한 줌의 온기 같은 햇볕이 창백한 얼굴에 와서 걸렸다. 뼛속까지 스며드는 추위, 나뭇가지에는 마치 명희의 웅크린 모습과도 같이 새 한 마리가 앉아 있었다.

명희는 손수건을 꺼내어 입을 막으며 흐느껴 운다.

"우리 집에 가자. 나하고 살아."

했을 때 여옥은 미소를 머금은 채 고개를 저었다.

"여옥아 나하고 살아."

"괜찮아. 나 아무렇지도 않아."

여옥의 모습은 해골이었다. 명희는 청량리, 여옥의 친정으로 가서 해골이 된 여옥을 보고 오는 길이었던 것이다.

그러니까 재작년 구월, 반전공작운동을 한다 하여 기독교도들의 검거선풍이 불었을 때 여옥은 체포되었고 어저께 병보석으로 서울에 왔으니까 만 일 년하고 사 개월을 형무소에서 보냈던 것이다. 명희는 그동안 두 번이나 목포로 내려가서 형무소의 여옥을 만나려고 면회 신청을 했으나 허가되지 않았다. 여옥이 왔다는 연락을 아침에 받고 부랴부랴 달려갔을 때 여옥의 올케가 울면서 명희를 맞이하였다. 친정의 양친은 이미 사망하였고 집안도 영락하여 문밖 청량리로 옮겨갔는데 집은 그럭저럭 체면을 유지할 만큼의 규모였다.

"살 것 같지 않아요. 불쌍한 우리 아씨."

여옥의 올케 신씨(辛氏)는 명희 손을 잡으며 눈물을 주체하지 못했다. 명희가 방으로 들어갔을 때 여옥은 반듯하게 누워 있었다. 명희를 보고 미소했으나 여옥은 일어나 앉질 못했다. 믿을 수 없었다. 명희는 참혹한 광경을, 현실로 받아들일 수 없었다.

　"병원에 입원시켜요."

　명희는 떨리는 목소리로 말했다.

　"우리 생각도 그랬는데 본인이 한사코 반대했어요. 그리고 함께 오신 최선생님도 반대하셨구요."

　"최선생?"

　"최상길 씨, 너도 만났지 않아. 여수서."

　여옥이 간신히 말했다.

　"……?"

　"그렇게 고마울 데가, 그분의 힘이 컸어요. 애아버지 혼자 힘으로는 집에까지 데려올 수도 없었을 거예요. 최선생님께서 함께 오셔서 데려다주고 어제 밤차로 내려갔어요."

　명희는 겨우 생각이 났다. 통영으로 갈 때 여수서 한배를 탔던 사람, 오빠가 교장으로 있었을 때 같은 학교에서 음악 선생을 했다는 사람,

　"뿐이겠어요? 최선생님께서 용한 한의를 목포까지 데려와서 진맥도 하고 약도 지어 가져왔어요. 고모가 나온다는 기별도 그분이 해주셨구요."

여수 갑부의 둘째 아들이라 했고 아내의 부정 때문에 좌절했으며 미모의 기생을 후실로 맞이했다던지, 명희는 하나하나, 그 괴로웠던 시절의 기억이 떠올랐다.

"이런 세상에 그런 분이 어디 있겠어요?"

"언니 이제 그만해요. 나 괜찮아요."

여옥은 힘겹게 팔을 내저었다.

"무도한 놈들, 사람을 어찌 이 지경으로 만들었누."

명희는 낮게 으르렁거렸다.

여옥의 모습은 명희의 이성을 잃게 했으며 그것은 엄청난 충격이었다.

"여옥아 죽지 마! 죽지 말고 살아야 한다!"

명희는 흐느껴 울면서 울부짖었다.

유리창 안의 검정칠을 한 관과 백골의 관을 보았을 때 명희의 공포감은 여옥만을 생각한 때문은 아니었다. 효자동의 오라비 임명빈도 병중이었다. 뚜렷한 병명도 없이 임명빈은 짚불처럼 생명의 불길이 잦아들고 있었다. 여옥이 해골이 되어 돌아왔다면 임명빈은 몸이 짚동같이 부어서 산송장이 되어 있었다. 서의돈과 유인성, 김길상과 선우신이 예비검속령에 의해 수감된 것은 불과 며칠 전의 일이었다. 작년 12월 8일 일본은 드디어 영미(英美)를 상대하여 선전포고를 했고 진주만을 기습했다. 해서 유인성 등, 사상이 불온한 인사들의 수감은 놀라운 일도 예상 밖의 일도 아니었다. 이런 와중에서 임명빈이 제외되고 무풍지대에 있었던 것은 물론 아니었다. 경찰에서는 병든 몸을 끌고 가서 여러 가지 조사를 했고 상당한 시달림도 받았던 것이다. 겨우겨우 거동하던 임명빈은 그러저러한 일로 이제는 자리에 누운 채 운신을 못하게 되었던 것이다. 원래 소심한 편이기는 했으나 병세가 극도로 악화한 것은 일신의 보신 때문에 받은 충격에 의한 것은 결코 아니었다. 그것은 패배감 때문이었다. 어쩌면 그는 마지막으로 감옥 속에서 죽고 싶었는지 모른다. 언젠가 그는 명희에게 다음과 같은 말을 한 적이 있었다.

"나는 별 쓸모가 없는 인간이다. 젊은 시절에서 오늘에 이르기까지 나는 내 의지대로 한 일이 거의 없었다."

"자기 의지대로 살아온 사람이 몇이나 되겠어요."

명희는 명빈의 말을 막으려 했다.

"아니, 네가 생각하는 그런 뜻과는 다르다. 남에 의해서 내 의지를 굽혔다는 뜻은 아닌 게야. 내가 나를 배반했지. 내 의지에는 능력이 따르지 못했다. 해서 내가 나를 배반한 것은 너무나 당연한 일이었을 게다."

"오빠, 왜 그리 자학을 하세요? 우리에게는 설 자리가 없지 않아요? 자신이 자신을 배반하는, 그건 오빠만의 경우가 아니잖아요?"

그러나 명빈은 세차게 고개를 흔들었다.

"유인성이 서의돈이 환국이아버지 그들은 자신을 배반하지 않고 가고 있어. 그들은 신념대로 가고 있어. 내 인생은 쓰레기야."

"저는 오빠가 비겁한 사람이 아닌 것을 믿고 있어요."

명빈은 헛웃음을 웃었다.

"비겁하지 않았는지 그건 알 수 없지만 내 존재는 무의미한 것이었어. 나는 청년 시절 시인이 되려고 결심했지. 그러나 나는 시인이 못 되었다. 작가가 되려고도 했고 평론가가 되려고 결심도 해보았다. 나중에는 문예부흥을 위해 잡지를 하기로 했지. 그러나 그것은 무참한 실패였다. 왜 그런지 아나? 내가 나를 배반할 수밖에 없었던 것은 의지에 능력이 따라주지 못한 때문이야. 이데올로기를 위해서 독립투쟁을 위해서도 마찬가지였어. 내 의지에 능력이 따라주지 않았다. 단 한 군데 쓸모가 있었다면 일회용 폭탄, 그것이야."

"지금 연세가 몇인데 그런 말씀을 하세요? 그야말로 영원한 문청이시군요."

명희는 결국 짜증을 내고 말았다. 임명빈이 말하지 않아도 명희는 그의 마음을 잘 알고 있었다. 그가 그 자신을 바라보듯 명희 역시 명빈과 같은 시각으로 그를 바라보고 있었다. 입 밖에 내어 말한 적은 없지만 주어진 여건에 비하여 늘 명빈의 능력이 모자라는 것을 명희는 옛날부터 알고 있었다. 그랬기 때문에 위로를 하다가 결국 짜증이 났는지 모른다. 사람들은 임명빈을 보고 호인이며 순하다 했다. 그것에는 둔하다는 뜻도 포함되어 있었다. 그러나 명희는 그가 얼마나 예민한지, 얼마나 사소한 일에 상처를 잘 받는지 알고 있었다.

"그렇게 말하지 말어."

명빈의 얼굴은 고통스럽게 일그러졌다.

"아니야, 네 말이 맞다. 나는 제문식이, 서의돈을 늘 마음속으로 부러워했다."

"……."

"상처가 나도 쓰윽 닦아버리고 아무렇지도 않은 그 얼굴 말이다. 내가 너를 조용하한테 시집보내고 그 덕에 교장질을 하던 시기, 그 기간 동안 나는 무의식 속을 헤맸던 것 같았다. 어쩌면 그때부터 내 병이 시작되었는지 몰라. 명예와 돈의 노예, 아아, 나는 진정 그것을 원했던 것은 아니었는데 그것을 짤라버리지도 않았다. 지금도 그래, 지금도."

"자학하지 마세요. 저 역시 그렇지 않아요? 오빠가 이러심 저는 서 있을 수가 없어요."

하고 그때 명희는 울어버리고 말았다. 해골과 산송장.

'난 정말 서 있을 수가 없다. 여옥이는 어째 그리 편안한 얼굴을 하고 있었을까? 여옥아 살아라! 죽지 말고 살아. 나를 위해서도 살아줘.'

집으로 돌아온 명희는 그를 기다리고 있는 보모 염경순(廉敬順)에게,

"만신창이야."

외투를 벗으며 말했다. 경순은 놀란 듯 명희를 쳐다보았다.

"그래 무슨 일로 날 기다리고 있었어?"

"저기,"

머뭇거렸다.

"말해보아."

경순은 눈이 빨개져 있는 명희 얼굴을 보며 좀처럼 말이 나오지 않는 것 같았다. 만신창이라 한 말도 그랬고, 분명히 울었을 것 같은 얼굴을 보고서, 말을 해야 하나 망설이는 것 같았다.

"이상해서 그러니?"

"네."

"자칫 잘못되면 초상이 두 곳에서 날 것 같아 내가 좀 울었어."

경순은 또 한 번 놀란다. 초상이 난다는 말보다 그런 말을 내던지듯 하는 명희 태도가 전혀 딴 사람 같았던 것이다.

"재작년에 기독교 교인들이 잡혀갔을 때, 그때 들어갔던 내 친구가 어제 서울로 왔어. 눈동자만 살아 있고 나머지는 죽은 몸이었어."

경순 얼굴이 파랗게 질린다.

"그는 순교자 같았다. 왜 사람은 순교자가 되어야 하지? 그게 하나님의 뜻이야? 아니야 그건 일본인, 일본의 뜻이다. 일본은 하나님을 능멸하고 하나님 위에 서 있는 거야."

"원장님, 아닙니다. 아니에요."

"아니라니?"

경순은 자신이 무슨 말을 했는지 잊은 듯 대답을 못한다. 한동안 침묵이 지나갔다.

"염선생, 결혼하는 거지?"

명희가 말했다.

"어, 어떻게 아셨어요? 원장님."

"그동안 얘기가 있었잖아. 그래 그만두는 거야?"

"저기, 네."

"유치원에 나오는 걸 반대해서 그러니?"

"그게 아니구요. 시골로 가야 하기 때문이에요."

"하긴 뭐, 유치원도 멀잖아 못하게 될 것 같다."

"……."

경순이 돌아갔고 명희는 서랍 속에서 예금통장을 꺼내었다. 그러나 아무리 찾아도 도장이 보이지 않았다.

"어디 갔지? 도장이?"

여기저기 찾았으나 역시 도장은 보이지 않았다.

"이상하다? 어디 갔지?"

명희는 우두커니 방 한가운데 앉았다. 그새 도장을 어디다 썼는지 기억해내려고 애를 썼으나 머릿속이 뒤죽박죽이 된 듯 생각해낼 수 없었고 여옥의 뼈만 남은 얼굴만 눈앞에 떠올랐다.

"원장님."

홍천댁이 문을 열고 들여다본다.

"점심은 하셨는지요?"

동대문 시장 근처에 있는 시장에서 꾸역꾸역 먹어댄 우동이 위장 속에 그냥 쌓여 있는 것만 같은데, 새삼스럽게 그것을 먹어댄 자신이 이상하게 생각되기도 했지만 세 시가 훨씬 넘은 시각에 점심을 했느냐고 묻는 홍천댁 태도도 좀 엉뚱했다.

"먹었어요."

"어디서 잡수셨습니까?"

"어디서 먹었느냐고?"

명희는 방문을 연 채 서 있는 홍천댁을 바라본다. 의아해하는 눈초리로. 그는 따뜻해 뵈는 푸른색 털 재킷을 입고 있었다. 늘 굳어 있는 것 같았던 홍천댁은 무신경하리만큼 편안한 표정을 짓고 있었다. 명희의 대답이 없자,

"안색이 안 좋으십니다."

이번에는 전에 없이 아주 친근감을 나타내며 말했다.

"좀 속상하는 일이 있었어요."

"무슨 일인데 속이 상하셨어요?"

명희는 집요한 것을 느끼며 홍천댁을 쳐다본다. 여전히 그는 편안한 얼굴을 하고 있었다. 얼마든지 물어볼 수 있는 일이었다. 안 그러던 사람이 그랬으니까 이상할 뿐이지, 그러고 보면 홍천댁은 요즘 명랑해진 것 같기도 했다. 남편과의 사이

도 다정해진 것 같았다. 그의 남편 차서방은 유치원의 소사였다. 그러니까 부부가 함께 명희 밑에서 일하고 있었던 것이다. 거처는 집 뒤편, 유치원을 향해 있는 작은 집이었다.

"그보다, 홍천댁, 혹시 내 도장 못 보았어요?"

하고 명희가 물었다.

"아! 참."

하다가,

"부엌 선반에 놔두고선 깜박 잊었습니다."

"부엌 선반에? 도장이 어째 부엌 선반에 가 있을꼬?"

"일전에 영월에서 등기우편이 왔지 않았습니까?"

"그래서,"

"우편 배달부가 도장 달라 하기에 내가 찍고는 도장은 깜박 잊고 우편물만 드렸던 거예요."

생각이 났다. 영월에 가 있는 선혜로부터 편지 받았던 일이.

"그게 등기우편이었어요?"

"네. 그럼 도장 가져오겠습니다."

홍천댁은 급히 나가서 도장을 가져왔다.

홍천댁이 나간 뒤 명희는 과히 기분이 좋지 않았다. 서랍까지 열어보았다는 사실이 당돌하고 버르장머리가 없는 것 같았기 때문이다. 등기우편에 도장이 필요한 것은 알 수 있는 일이지만 홍천댁 자신의 도장을 찍어도 되는 일이요, 홍천댁의 도장이 없다면 남편 차서방의 도장을 써도 되는 일이었기 때문이다.

　은행에서 돈 삼백 원을 찾은 명희는 효자동으로 갔다.

　"언니,"

　얼어서 강정같이 서걱거리는 빨래를 걷고 있던 오라범댁이 돌아보았다.

　"아이그, 날씨가 추운데 웬일이세요? 어서 들어가세요."

　"희재 안 들어왔어요?"

　희재란 명빈의 막내아들이다.

　"좀 있으면 들어올 거예요. 들어가세요."

하다가,

　"희재는 왜요?"

하고 물었다.

　"심부름시킬 일이 좀 있어서요."

　"나 이거 아랫방에 놔두고 들어갈 테니까 고모 먼저 들어가세요. 날씨가 웬 고추 같네."

　"오빠는요?"

　"항상 그렇지요, 뭐. 하지만 오늘은 좀 기분이 나은가 봐요. 거동을 했어요."

　수년 동안 시름시름 앓아왔기 때문에 그랬는지 희망도 절망도 아닌 그저 담담한 오라범댁의 표정이었다.

　"그럼 오빠한테 가보구요."

　명희는 사랑으로 들어갔다.

"오늘은 기분이 좋으신가 봐요?"

들어서며 말을 건다.

"늘 그렇지 뭐."

임명빈은 앉아 있었다.

"부기가 좀 빠진 것 같아요."

"빠졌다가 부었다가."

"접때 지은 약은 잡숫고 계시지요?"

"먹는다. 이젠 약 먹는 것도 지겨워."

"상당히 알려진 의원이래요. 의원도 말씀하시지 않았어요? 약보다 중요한 것은 마음을 편하게 가져야 한다구요."

"늘 하는 말이지 뭐, 한데 웬일이냐?"

"유치원도 아직 놀구, 친정 오면 안 되나요? 오빤 제가 부담스러운가요?"

"앉아라."

명희는 자리에 앉는다.

"내가 부담스럽다기보다 너가 부담스럽지, 한데 좋은 일로 온 것 같지 않군그래."

명빈은 명희 얼굴을 쳐다본다.

"좋은 일이 어디 있겠어요. 언짢은 일이나 없음 그게 다행이지요."

"그래 좋은 일이 있을 리 없지. 간밤에는 꿈을 꾸었다."

"……."

"서의돈의 꿈을 꾸었어."

"……."

"검정 옷을 입고 보따리를 겨드랑이에 끼고서 나에게 손을 흔들지 않겠어? 깨었다가 다시 잠들면 그 꿈으로 이어지는 거야. 그자가 나보다 먼저 가는 거 아닌가 싶어 걱정이다."

"몸이 허해서 그런 꿈을 꾸시는 거예요."

"글쎄다."

"서선생님은 원래 튼튼하시고, 그런 걱정은 마세요. 오빠도 그렇지요. 희망을 가지셔야 해요. 저보다 나약해서 되겠어요?"

저보다 나약해 되겠느냐, 명희의 그 말은 명빈의 가슴을 찌르는 비수였다. 명희로서는 여옥으로부터 받은 충격이 말할 수 없이 컸고 날로 좁혀지고 깊어져가는 고립감, 세상에 단 하나 혈육인 명빈이마저 기대어 설 기둥이기는커녕 명 보전의 기약조차 할 수 없는 것이 안타까워서 한 말이었지만 명빈은 그렇게 받아들이지 않았다.

'네 말이 맞다. 너보다 나약하다는 것은 맞는 말이야. 만신창이가 되어 외딴 바닷가로 쫓기듯 내려갔던 너, 죽으려고 바다에 투신도 했고 시골 코흘리개한테 수예를 가르치며 하루하루 시간을 저미듯 수년간을 보내었던 너, 너는 너 자신에게 이기고 돌아왔다. 그런 너의 고통과 희생의 대가로 우리 식구들은 살 수 있었다. 아이들 공부도 시켰고 시집 장가도 보냈고 무능한 나는 기와공장을 때려 엎으면서도 양복때기 걸치고 하늘 밑에서 거닐고 다녔다. 너무 뻔뻔했지. 낯가죽이 두꺼워도 이만저만? 명희 네가 피 흘릴 적에 이 오래비는 무얼 했나. 물속에서 너를 건져준 어부만큼의 할 짓도 못한 내가 아니더냐? 그러고서 뭣 땜에 병이 났지? 서의돈 유인성도 병이 안 나는데 왜 내가 앓느냐 말이다. 감옥에 있는 그들은 지금 화등잔같이 눈을 부릅뜨고 앉아 있을 건데 뭘 했다고 임명빈은 병명도 없는 병을 앓고 있느냐 말이다. 약이다. 의원이다, 호강에 받쳐서 요강에 똥 싼다는 말이 있긴 있지. 허허허어, 허허어.'

"기운 내세요."

"……."

"마음 먹기에 달린 거 아니에요? 오빠 병은. 고통스럽다고 병이 난다면 어디 성한 사람이 있겠어요? 피할 수 없는 일이라면 마주 보고 살 수밖에 없는 일 아니겠어요?"

어쩔 수 없이, 명희는 저도 모르게 하는 말이 삐딱했다. 실은 해골같이 된 여옥의 모습이 현실이라면 그 현실과 마주칠 수밖에 없다는 자기 자신을 타이른 말이었지만.

'미안하다, 정말 미안하다. 푸념한 것이 부끄럽구나. 고통스럽다고 병이 난다면 성한 사람이 어디 있겠어? 맞는 말이야.'

"며칠 전에, 영월에 있는 선혜언니한테서 편지를 받았어요."

"잘 있다던가?"

"네, 보기 싫은 꼴 안 보고 듣기 싫은 말 안 듣고, 그게 젤

속 편하대요."

"그럴 게야."

"다만 도피주의자라는 비난의 편지를 받으면 권선생이 몹시 괴로워한다, 그런 말도 써 있었어요. 이번에 서의돈 선생님, 그분들 수감된 소식을 듣고 권선생은 밤에 잠을 못 자더래요."

"그랬을 게야."

"권선생 적도, 동지도 다 같이 비난한다는 거예요. 혼자 살려고 도망갔다, 비겁하다, 그러고들 하는 모양이에요."

"원래 말이 많은 판이지."

"이건 얘기가 좀 다르지만요, 오빠도 좀 추슬러서 권선생 계시는 곳에 당분간 내려가 계시면 어떨까? 그런 생각을 해봤어요."

"내가 왜?"

명빈은 강한 반응을 나타내었다. 명희는 쓰게 웃는다.

"도피하시란 얘긴 아니에요. 어쩌면 그런 곳에 가 계시면 몸이 나아지지 않을까? 생각해본 거예요."

"……."

"진작 그런 생각을 왜 못했나, 싶어요. 거기가 싫으시면 지리산으로 가시든가. 환국이아버님께서 가신다던 절, 있잖아요? 그 절 주지는 오빠하고도 안면이 있다면서요?"

명빈은 아무 말 하지 않았다. 고개를 숙이고 있었는데 눈

가장자리가 꺼무스름했고 얼굴 근육은 극도로 이완되어 모조리 아래로 훑어져 내려온 듯, 나이에 비하여 너무나도 늙은 모습이다. 적(敵)이든 고난이든 대결할 대상이 없다는 것은 그 대결 이상의 불행이라는 것을 명희는 불현듯 깨닫는다. 삶의 의욕을 철저하게 잃어버린 사람, 삶의 의지가 마모되어 없어진 사람, 그것은 시곗바늘이 없어진 시계 판과도 같은 것이다. 명희는 명빈의 시간이 정지되어 있는 것을 눈앞에 본다. 가는 시간의 슬픔보다 멈춰진 무의미한 시간이야말로 그것은 삶이 아닌 것이다. 영원한 생명에 대한 희망이야말로 삶 자체지만 영원한 생명은 이미 나락이 아니겠는가. 명희는 바닷가 그곳 학교에 있던 일본인 젊은 교사의 얼굴을 떠올렸다. 허무하여 못 살겠다는 것이 그의 입버릇이었고 숙직실에서 자취를 하며 살았는데 밤이 되면 창녀를 찾아 술집에 간다는 소문이 자자했다. 어느 날 그는 출석부로 책상을 치면서,

"시간은 공폽니다. 아무 일도 안 하고 시간과 내가 마주 보고 있을 때, 아아 무섭지요. 그럴 때는 도박이라도 해야 하고 도둑질이라도 해야 할 심정입니다. 타락한다는 것은 시간이라는 악마 때문이지요. 사랑이라는 것도 바로 그 시간의 악마 때문입니다. 사람은 왜 두고도 또 두려고 하지요? 그것도 바로 시간의 악마 때문입니다. 그 악마를 잊고 싶은 거지요. 안 그렇습니까? 임선생!"

명희는 대답 없이 웃고 말았다.

'일본인들의 자살은 그들 국민성의 깊은 허무주의와 관계가 있을 것 같다. 그들은 구원을 바라기보다 끝장을 먼저 내려고 덤빈다. 그들은 어쩌면 구원 같은 건 믿지 않는지 모른다. 지극히 합리적으로, 신도 종교도 그들은 합리적으로 끌어들이지, 신비적으로 귀의하지는 않는다. 현실적으로 그건 강점이지만 저렇게 골치 아픈 허무주의자도 생기게 마련일 거야.'

그때 명희는 그런 생각을 했다. 그러나 젊은 일본인 교사가 말한 시간에 대한 공포에 대해서는 공감이 가는 면도 있었다.

명희는 명빈으로부터 눈길을 돌리며 가볍게 한숨을 내쉬었다. 아까 창경원 벤치에 앉아 흐느껴 울었던 일이 생각났다. 아직은 명희 자신에게 슬픔이나 분노, 절망감이 남아 있다는 것을 명빈을 보면서 상대적으로 인식하게 된다. 여옥의 모습, 동대문 시장을 헤매었던 일, 우동을 꾸역꾸역 먹은 일, 창경원에서 울었던 일, 그 반나절이 아주 옛날, 오래전에 있었던 일같이 회상이 된다. 어떻게 보면 여옥의 존재는 다정한 친구로서의 의미를 지니고 있으면서도 동시에 가장 쓰라렸던 기억들, 다시 보고 싶지 않은 기억의 현장을 끌고 오는 괴로운 존재이기도 했던 것이다. 여옥은 처참한 모습으로 가슴 저리게 하는 모습으로 나타났지만 그 와중에서도 명희의 잊고 싶은 과거를, 그림자를 그는 끌고 왔던 것이다. 명희가 여옥을 만나기 위하여 목포로 갔을 때도 그러했다. 목포에 도착하기까지, 아니 도착한 후에도 남쪽 그곳에서 보낸 기억에 시달려야만 했다. 여옥의 존재와 명희가 벗어버린 지난날 허물은 늘 일치된 것으로 명희에게 다가오는 것이었다. 창경원에서 흐느껴 울었던 일, 정신 없이 시장을 헤매었으며 무의식적으로 우동을 먹은 것도 여옥이 때문만은 아니었던 것이다.

"실은 여옥이가 나왔어요."

여옥의 말은 하지 않으려 했다. 그러나 조카 희재에게 심부름을 시켜야 했으니 어차피 알게 될 일이며 다소 삐딱하게 말을 하여 명빈의 기분이 상했을 것 같기도 해서, 변명하고 싶은 심정이기도 해서 명희는 말을 꺼낸 것이다. 그러나 알아듣지를 못했는지 명빈은 물끄러미 명희를 쳐다만 보았다.

"여옥이가 어제 나왔어요, 오빠."

"여옥이가, 나왔다구?"

"네."

"어떻게?"

"건강이 나빠졌어요."

"그래도 나왔으니 다행이다."

"아침에 거기 갔다 왔는데 너무 심란해서요. 우리가 도무지 살아 있는지 죽어 있는지 분간이 안 돼요. 가슴이 몹시 아팠어요."

"……."

"그런데 오빠, 최상길이라는 사람 아시지요?"

"최상길? 글쎄다."

"전에 음악 선생으로 있었다 하던데요? 집에도 와본 일이 있다고 했어요."

"아아, 그 여수의 갑부 아들?"

"맞아요."

"학교에 있은 적이 있지."

"그분이 여옥이를 위해 많이 힘을 썼나 봐요. 어제 서울까지 데려다주고 곧장 내려갔다 하더군요."

"여옥이를 어떻게 알구?"

"여옥이가 여수에 있었거든요. 같은 교인이구, 여옥이하구 이혼한 그 남자 있잖아요? 친구였다지요 아마. 저도 여수에서 그분 만난 적이 있어요."

"고맙군. 그렇게 하기 어려운 일인데 고맙군. 그때 무슨 일로 학교 그만두었는지 생각이 안 나는군."

그 이유는 명희도 알고 있었으나 잠자코 있었다.

"그래 여옥이 친정 형편은 어떤가?"

"옹색하지요."

"그래서는 마음놓고 정양하기도 어렵겠다."

"부모님은 다 돌아가시고, 어려운 모양이에요. 그렇지 않다면 청량리로 나갔겠어요? 참 오빠, 오래 앉아 있는데 괜찮겠어요?"

"모처럼 너가 왔는데, 괜찮다. 오늘은 몸이 좀 가벼운 것 같다."

"잘 생각해보세요. 영월이든 지리산이든, 가시겠다면 제가 손을 써놓겠어요."

명희는 일어서려 하면서 말했다.

"생각해보지."

하는데 오라범댁이 저녁상을 들고 들어왔다.

"언니, 나 갈 건데."

"그런 말씀 마세요. 그냥 가다니 말이나 됩니까?"

"그럼 안에 들어가서 하지요."

밥상을 놓은 뒤 오라범댁은 허리를 펴며,

"오빠 좀 드시라구 일부러 함께 차려왔어요."

지금껏 오누이가 겸상해서 밥 먹은 일이 없어 명희는 당황한다. 전에는 조용하가 살아 있었고, 별문제가 없었을 때는 여러 사람이 초대되어 그 자리에 명빈도 나타났고 함께 식사를 했지만.

"함께 얘기하시면서 좀 권하세요."

오라범댁은 부탁하듯 말했다.

저녁을 먹은 뒤 사랑으로 건너온 조카 희재에게 명희는 약도, 집 주소를 적은 쪽지를 주며 말했다.

"지금 가야 해."

"청량리군요."

희재는 쪽지를 펴보며 말했다. 그는 Y전문학교 학생이다.

"찾기 쉬운 집이야."

"설마 집이야 못 찾겠습니까?"

명희는 따로 봉투 하나를 꺼내어주며,

"내일 내가 간다고 말해."

"내일 가신다면 고모님이 전해도 될 텐데 그러세요?"

"사정이 있어서 그래. 나는 그런 것 내미는 게 서툴러서 말이야."

하는데 명빈이,

"아무 말 말고 가라면 가는 게야."

하고 거들었다.

목도리로 얼굴을 감아 싸고 명희는 친정을 나왔다. 밖은 어두웠다. 바람은 멎은 듯했으나 기온은 더 떨어진 것 같았다. 골목을 빠져나온 명희는 넓은 길을 한동안 걸어서 더욱더 넓어진 총독부 청사 앞길로 나왔다. 마른 나뭇잎조차 하나 없이 헐벗은 가로수가 가로등 사이에 띄엄띄엄 서 있었다. 앙상한 나뭇가지가 여명과도 같이, 간신히 밝음이 남아 있는 하늘가에 묵시하듯 뻗어 있었다. 명희는 또각또각 언 땅에 구둣발 소리를 새기듯 걷는다. 냉기가 입을 통하여 가슴을 내지르며 발끝으로 빠져나가고 있었다.

'시시각각이 절망이다. 시시각각이 무의미하다. 그러나 달래야지. 타일러야지. 우리는 이렇게밖에 갈 수 없고 모두가 다 그렇게 갔다. 일이 보배라 했던가? 돌보아주고 보살펴주고, 그래 일이 보배다. 그런데 여옥이는 어째 그리 평화스럽

게 웃을 수 있을까? 그건 무엇을 의미하는 것일까? 지금까지
볼 수 없었던…… 처참한 그 몰골을 하구서.'

거대한 총독부 청사, 그 위용을 자랑하는 건물을 등 뒤로
하고 걸어 내려온 명희는 서대문쪽에서 나타난 전차에 올랐
다. 불빛은 환했으나 전차 안에는 드문드문 승객들이 웅크리
듯 앉아 있었다. 앉을 자리는 있었지만 명희는 손잡이를 잡고
서서 차창 밖 서울의 겨울밤을 내다본다.

'그 몰골을 하구서, 살아 있는 것이 기적만 같은 그 몰골을
하구서 평화스럽고 밝은 웃음이, 이상하다, 이상하다.'

건물에서 기어나온 불빛이 보도 위에 깔려 있었다. 건물에
서 기어나온 불빛에 따라, 오렌지색 연갈색 진회색 등으로 보
도는 얼룩져 보였다. 그런데 이상한 것은 빛은 어둠 같았고
어둠은 빛 같았다. 그리고 골짜기에 등불 하나가 가고 있었
다. 명희는 혼돈하면서 흐려져가는 의식을 곧추세우듯 매달
린 손잡이를 얼굴 중심에 놓고 발돋움하며 몸의 균형을 잡아
본다. 그래도 눈앞에는 골짜기에 등불 하나가 가고 있었다.

거리에도 사람의 그림자는 많지 않았다. 화신백화점 앞에
도 사람은 많지 않았다. 백화점의 임자가 친일파든 아니든 간
에 조선의 소시민들의 자존심 같은 화신백화점에서 새나오는
불빛은 황황했으나 어떤 적요감이 감돌고 있었다. 날씨 탓도
있겠지만 지금은 전시(戰時), 구매력이 감소된 것도 사실이며
그보다 현저히 나타난 것은 물품의 기근이다. 사람들은 어디

어느 상점에서 생필품인 무엇을 팔고 있다 할 것 같으면 그곳으로 왕창 몰려갔고 그러고 나면 그 상점은 잠잠해진다. 보충이 되지 않기 때문이다. 돈 있는 사람은 암시장을 찾았고 돈 없는 사람들은 허리띠를 졸라맬밖에 없었다. 다만 일본인 관공리, 권력 있는 자들은 모든 귀한 물품, 생선이며 버터 치즈에 이르기까지 배급을 받으니 그들만은 전시 밖에서 살고 있는 셈이다. 아직은 암시장에 가면 값이 비싸 그렇지 대개의 것은 다 구할 수 있었다.

'여옥에게 뭘 사다 먹일까?'

내리는 사람에게 떠밀리듯 명희는 손잡이를 놨다. 비틀거리다가 방향을 바꾸어 다시 손잡이를 잡았다.

'건강이 조금이라도 회복될 수 있다면 어떤 것이라도 구해다 먹이고 싶어.'

퍼덕퍼덕 뛰노는 잉어 생각도 해보고 쇠꼬리 생각도 해본다. 물론 의원의 지시에 따라야겠지만, 명희는 사람들이 붐비는 시장, 활기찬 장바닥을 몸 가까이 느낀다. 그러나 그럴수록 여옥은 꺼져드는 등불 같아 명희는 저도 모르게 한숨을 내쉰다. 살 것 같지 않다면서 울던 여옥의 오라범댁과 같이 명희도 희망을 가질 수가 없었다. 평화스런 여옥의 미소마저 이제 생각하니 불길한 느낌이 든다. 떠날 사람의 마음의 준비 같은 것이나 아닐까 하고.

전차는 종로 3정목에서 멎었다. 몇 사람이 내리고 보도에서 전차를 기다리고 있던 몇 사람이 전차를 향해 건너온다.

'……?'

젊은 여자와 남자, 남자는 다소 휘청거리며 걷는 것 같았다. 두 사람은 뭔가 얘기를 하는 듯, 그리고 그들은 전차에 올랐다. 다름 아닌 그들은 양현과 영광이었다. 명희는 긴장이 되어 돌아볼 수 없었다.

그들은 명희가 있는 반대쪽 입구 가까이, 나란히 손잡이를 잡고, 그러니까 사선(斜線)의 위치에서 명희와는 서로 등을 보인 자세로 서 있었다.

'누굴까?'

명희는 몹시 신경이 쓰였다. 저물지는 않았지만 밤에 젊은 남녀가 함께 다닌다는 것은 심상한 일이 아니었기 때문이다. 서희가 양보만 해주었다면 명희 자신이 길렀을 아이, 이상현의 당부가 아니었어도 돌보아주고 싶었고 사랑했던 아이, 지금은 성인이 되었으나 양현에 대해서는 다 안다고 생각했던 자신이 어처구니없게도 생각된다. 쓸쓸함, 배신감 같은 것도 있었다.

명희는 마치 뭘 훔치기라도 하는 심정으로 조심스럽게 돌아본다. 양현은 회색과 검정색의 체크무늬 외투를 입고 있었다. 갈색 머플러로 양 볼을 싸매듯, 머플러를 묶은 매듭 위에 둥근 턱이 얹혀 있는 옆모습을 볼 수 있었다. 남자는 올리브색 짧은 코트에 검정 털모자를 쓰고 있었는데 공교롭게도 그의 관골 가까이에 나 있는, 매우 희미했으나 흉터가 명희 눈에 먼저 들어왔다. 굴곡이 깊은 옆모습, 조각같이 아름다운 콧날, 싱그럽고 보기 좋은 눈썹은 한참 후, 명희는 인식할 수 있었다. 세련되고 지적으로 보이고, 그럼에도 불구하고 그 흉터처럼 명희에게는 수용될 수 없는 분위기가 그에게 있었다. 그것이 무엇인지 알 수는 없었지만. 두 남녀는 다 같이 우울해 뵀다. 양현이 우울한 것은 집안 어른이 감옥에 수감된 탓이겠으나, 그러나 다른 이유도 있을 것만 같았다. 양현은 한 달 넘게, 하기는 그동안 방학이었고 진주에 내려가 있기도 했지만 아무튼 명희를 찾아오지 않았다.

'어떤 사일까?'

명희는 불안해지기 시작했다. 어떤 위기감 같은 것도 엄습해 왔다. 양현의 행복과 관계되는 일 같지가 않았던 것이다.

혜화동에서 명희는 내렸다. 보도에 올라와서 뒤돌아보았을 때 뒤따라오던 양현이 그 역시 뒤돌아보고 있었다. 전차에 남은 남자를 보기 위하여. 그러나 남자는 뒷모습만 보인 채 굳은 자세로 서 있는 것같이 느껴졌다. 전차는 떠났다. 길을 질러오면서, 명희 옆을 스쳐가면서도 양현은 무엇인지 골똘히 생각에 빠져서 명희를 알아보지 못했다. 혜화동 입구로 접어들었다.

"양현아."

양현은 깜짝 놀라며 돌아보았다.

"아주머니!"

"무슨 생각을 하느라 사람도 몰라보고 가니?"

양현은 좀 당황했다.

"어디 갔다 오세요?"

"효자동에."

양현은 잠시 생각하는 것 같더니,

"교장 선생님 병환은 좀 어떠신지요."

"늘 그러시지 뭐. 춥지?"

"네. 날씨 굉장하네요."

"여기 좀 기다려."

명희는 말하고서 군밤을 구워 파는 곳으로 갔다. 그리고 군밤 한 봉지를 안고 왔다.

"너 집에 들렀다 갈 거지?"

"네. 그보다 저희들은 교장 선생님 한번 뵈러 가지도 못하고, 그러잖아도 오빠가 말은 하던데."

"그럴 경황이나 있겠니? 어머님은 좀 어떠시냐?"

"진주 내려가셨어요. 이미 다 각오는 하고 있었으니까요."

"기막히는 세상이다."

"왜들, 이렇게 살아야 하는지 모르겠어요."

"……."

"저 자신 할 수 있는 일이 아무것도 없잖아요?"

"얼마 안 남았는데 졸업해야지."

"졸업하면 뭐 하겠어요? 앞이 캄캄할 뿐이에요."

일이 년 사이, 양현이 많이 변한 것을 명희는 새삼스럽게 깨닫는다. 근래에 와서, 집안의 근심이 있기 전에도 양현은 옛날같이 화사하게 웃질 않았다.

집으로 두 사람은 들어갔고 따뜻한 방에 들어서자마자 양현은 무너지듯 방바닥에 앉았다.

"아아 추워. 얼굴이 남의 얼굴 같아요."

장갑을 벗고 양현은 두 손으로 얼굴을 싹싹 비빈다. 명희는 외투를 벗어 걸고 물주전자를 풍로 위에 올려놓는다.

"따뜻한 차 한 잔 마시면 추위가 풀릴 거야."

그러나 양현에게는 마음의 추위가 더 큰 것 같아 보였다. 얼마 되지 않아 양현의 얼굴은 새빨갛게 달아올랐다. 이번에는 찬 손으로 얼굴의 열기를 식히듯 볼을 감싸곤 한다.

"차 마시자. 군밤도 먹구."

명희는 목기에 군밤을 쏟아부으며 말했다.

"아주머니, 나 여기서 자고 가도 돼요?"

"그럼."

전에도 몇 번인가 양현은 명희 집에서 자고 간 일이 있었다. 양현은 외투를 벗고 편안하게 앉았다.

"저녁은 어떻게 했니?"

"먹었어요."

"밖에서?"

"밖에서 먹었어요."

하마터면 그 사람하고 함께 먹었느냐고 물을 뻔했다. 명희는 스스로 놀란다. 그 일에 지나치게 집착하는 것이 좀 어이가 없었다.

"저는 왜 생겨났을까요?"

"무슨 소리야?"

"한 여자와 한 남자가 사랑을 해서 제가 태어났고, 그러고 그만 아니에요?"

"부모의 책임은 안 졌다 그 말이니?"

"비난하려고 한 말은 아니에요. 왜 생겨났을까 그런 생각이 문득 들 때가 있어요."

"어떤 때 그런 생각을 하니?"

"글쎄요……."

"너 무슨 일 있는 거니?"

"아니요. 아무 일도 없어요."

양현은 완강하다 싶으리만큼 강하게 부정했다.

"아주머니, 이 방은 참 따뜻하네요."

"양현이 방은 추워?"

"춥지는 않지만."

양현은 등을 구부리고 무릎 위에 얼굴을 얹는다. 왠지 애처롭고 상처받은 것 같은 그 모습을 명희는 쳐다본다.

'이 아이가 불행한 연애를 하는 거 아닐까?'

“아주머니.”

“음.”

“저 말이에요, 이런 말 해도 될는지.”

“해. 무슨 얘긴데?”

“저를 낳아준 사람, 이상현이라는 분은 어떤 사람이었어요?”

예기치 않았던 물음이었다. 명희의 표정이 몹시 흔들렸다.

“왜 그걸 묻지?”

“아무도 말해주지 않으니까요.”

“…….”

“또 어머니 아버지한테 죄송해서 물어볼 수 없었어요.”

“지금은 죄송하지 않다 그 말이니?”

“죄송하지만…… 그래도 알구 싶어요. 그분을 제가 사랑하구 존경하구, 그러는 건 아니지 않아요? 다만 모를 뿐이지요.”

“나한테 물어보면 알 거라 생각했니? 어째서 그런 생각을 하게 됐을까?”

“언제였는지, 강선혜 아주머니께서 지나가는 말로 하신 것이 기억에 남아 있었어요.”

명희는 궁리하듯 한동안 찻잔을 내려다보고 있다가,

“뭐라 했기에?”

하고 묻는다.

“저한테 하신 말씀은 아니었어요. 아주머니보구 농담하시면서 흘리신 거예요. 애인이라 하셨어요."

명희는 희미하게 웃었다.

"그 말, 너한테서 들으니까 기분이 묘해진다. 내 나이가 몇
인지 돌아보게도 되구, 하지만 그건 잘못 전해진 얘기다. 이
선생님이 효자동 우리 집엔 자주 들르셨지만 그건 오빠하구
선후배, 아니 일본어 교습생이었으니까 사제 관계라 할까, 자
연스런 일이었어. 서의돈 황태수, 그분들과 모두 함께 어울렸
던 시절이니까."

"하여간 그분을 아시기는 아시네요."

양현은 고개를 들고 명희를 쳐다보았다. 얼굴이 온통 눈물
에 젖어 있었다.

"그야."

하고는 눈물에 젖은 양현의 얼굴은 외면한다.

"한데도 어째 저에게 말씀해주시지 않았어요?"

"일부러 비밀로 했던 것은 아니지만 그런 말 할 내 처지도
아니었고 너의 말대로 너의 아버님 어머님께 죄송한 일이며
예의가 아니지 않아?"

"하지만 최양현은 이양현으로 호적이 옮겨졌어요."

"그건 나도 안다. 이선생님을 젤 많이 아시는 분은 바로 너
아버님이시다. 얘기할 필요가 있었다면 그분이 하셨겠지. 그
야말로 나는 문외한이거든."

"얘기해주세요."

떼를 쓴다.

"어머님께서 아시면 오리 새끼 물로 간다고, 많이 섭섭해하실 거야."

"이미 오리 새끼를 물가로 보내셨어요."

명희와 양현은 우두커니 서로의 얼굴을 쳐다본다.

'양현이가 생부 이선생 때문에 이러는 거는 아닐 거야. 무언가 다른 일이 있는 모양이다. 그게 뭘까? 아까 그 남자? 양현은 왜 울었을까? 왜 울었을까? 무슨 상처를 받았을까?'

명희는 입술이 타는 것 같아서 비어 있는 찻잔에 물을 부어 마신다. 군밤은 손도 대지 않은 채 머쓱해져서 명희를 쳐다보는 것 같았다.

"아무도 말해주지 않았다, 하기는 양현이가 양가의 부모나 형제에게 물어본다는 것은 어려운 일이었을 거야."

양가란 최참판댁과 이부사댁을 가리킨 말이다.

"이선생은 아주 어렸을 때 혼인을 했다는 말을 들은 적이 있었다. 너의 어머님이 간도로 가실 적에 이선생이 동행한 것은 아버님이신 이동진 선생께서 당시 연해주에 망명해 계셨기 때문에 소식을 알기 위해서였다 했고 그 후 조선으로 나온 이선생은 아까 말했듯이 서의돈 황태수 그분들과 어울리어 우리 오빠한테 일본어 강습을 받았고 일본으로 유학을 떠났는데,"

말하기가 힘들었던지 명희는 또 물을 마셨다.

"일본에서 돌아오신 후의 그분은 한때 신문사 기자 생활을 하셨고 소설을 발표하면서 상당한 평가도 받으셨는데, 그분이 좌절한 것은 3·1운동 이후가 아니었나 싶어. 가정의 사정, 나라의 형편, 아버님의 큰 존재, 그런 것에 눌리어 갈등하고 방황하고, 원래 혁명가나 행동가라기보다 예술적 기질이 농후한 그분에게는…… 모든 것이 어려웠을 거야."

양현은 눈을 떼지 않고 명희를 쳐다보았다. 내가 듣고 싶은 것은 그런 얘기가 아니다 하고 그는 눈으로 말하고 있었다.

"하긴 양현이 너도 이미 성인인데 이해 못할 것도 없겠지. 이선생님하고 나하고는…… 그런 사이는 아니었다. 솔직히 말하면 내가 이선생님을 생각했던 거야. 어느 날 무턱대고 그분 하숙을 찾아간 일이 있었어. 있을 법이나 한 일이니? 처녀가 남자 하숙을 찾아가다니. 그때 이선생님은 굉장히 화를 내셨어. 생각해보아. 처자 있는 분을, 그건 도저히 이룰 수 없는 일이었다."

"그래서, 처자가 있었기 때문에 책임을 지지 않아도 되는 기생하고 연애를 했군요. 그래서 제가 생겨나구."

"그렇게 말하지 말어."

"……."

"그렇게 말하지 말어. 여자를 희롱할 그런 분은 아니었어. 날카롭고 냉소적이었지만 문란한 분은 절대 아니었다. 이렇게 말하면 좀 어떨는지…… 그분은 운명적으로 매우 불운했던 것 같다. 그것은 일본의 침략으로 그런 계층의 사람들이 대부분 겪어야 했던 일이지만."

명희는 말하면서 최서희를 생각하지 않을 수 없었다. 분명히 갈피가 조금만 달랐더라도 이상현과 최서희는 맺어져야 했던 사람들이었기 때문이다. 거기서부터 이상현의 방향이 달라졌다는 것을 명희는 쓸쓸하게 되새겨보지 않을 수 없었다.

"이선생님의 모든 것을 물론 나는 알지 못한다. 다만 내 생각으로는 그분도 이 시대의 희생자라는 점, 그리고 기왕에 말이 나왔으니까, 이 기회에 너한테 말해둘 것이 있다. 그분이 다시 만주로 가신 데 대해서는 여러 가지로 추측은 할 수 있지만 결국은 그분만이 아시는 일이며,"

하고 명희는 일단 말을 끊었다. 기생 기화가 아이를 낳은 사실을 알고 두려워한 나머지 떠났다는 말은 차마 할 수도 없었지만 해서도 안 되고, 명희 말대로 그때 심정은 상현이만이 안다는 것도 사실이었다.

"만주에서 이선생은 어떤 스님으로부터 네 어머니가 돌아가신 소식을 들었다는 거고 나에게 원고 뭉치와 편지가 온 것은 그 후의 일이었다. 작품은 발표되었고 원고료도 받았지. 그때 이선생은 작품을 발표한다는 의의보다 그 원고료가 양현을 위해 쓰여지기를 바라셨다. 가능한 한 작품은 계속 써서 보내겠다 하셨어. 그것은 양현이 너에게보다 세상 버린 네 어머님에 대한 한이 아니었을까? 나는 그때 그렇게 생각했어. 그러저러한 사정 때문이지만 내게는 소생이 없었고 그래 널 데려오려 했으나 지금 어머니의 너에 대한 사랑이 나보다 더 깊었던 모양이다. 원고는 그 후 또 한 번 왔지만 결국 두절되고 그분의 소식조차 끊어지고 말았다. 원고료는 저금한 채 지금 내가 가지고 있어. 네가 아주 어렸을 때 일이야."

양현의 얼굴은 무표정했다. 아무런 감동도 나타나지 않았다.

"지금도 그분을 사랑하고 계세요?"

마치 기습과도 같이 양현이 물었다. 명희는 몹시 당황했다. 그 물음에 당황했다기보다 그 물음으로 하여 자기 자신이 들여다본 자기 감정 때문에 당황하는 것 같았다.

"대답하기가 난처하군. 그런 일은 좀체 잊어지지 않지만 그렇다고 해서 변하지 않고 남아 있다 할 수는 없을 것 같다. 정직하게 말해서."

양현은 군밤을 집었다. 껍질을 벗기고 먹기 시작했다. 그리고 또 집어들고 껍질을 벗기고 먹는다. 그 행위는 먹는 것이 아니라 생각하는 것인 성싶었다.

"양현아."

"네."

"무슨 생각을 하니?"

"이 생각 저 생각요."

"이선생님 만나고 싶으냐?"

"아, 아니요."

"왜?"

"실감할 수가 없어서요."

"그런데 왜 알고 싶어 했지?"

"그건, 그건, 글쎄요. 저 자신을 비천하게 느꼈기 때문일까요?"

그것은 정당한 대답이 아니었다.

"기가 막히는군, 어머니가 들으셨다면 어쩌실까?"

비로소 양현은 생동하는 표정으로 돌아갔다.

"안 돼요! 어머니가 이런 말 하는 걸 아신다면 큰일 나요. 나 하나 때문에, 그, 그럴 수는 없어요."

"너 나한테 감추는 것 있지?"

"······."

"말해. 혼자 괴로워하지 말구. 나도 너만 할 때가 있었어. 지내놓고 보니 가슴에 밀어넣고, 그것 좋은 일 아니다."

양현은 입을 꾹 다물고 있었다. 여간해 입을 열 것 같지 않았다. 명희는 저 아이한테 저런 면이 있었던가? 생각하는 것이었다. 고집스런 모습이었다.

"이성에 관한 일이니?"

"아니요! 아주머니, 그렇지 않아요."

순간 양현은 펄쩍 뛰듯 말했다. 이성에 관한 일이 아닌 것만은 틀림없어 보였다.

'그렇다면 아까 그 남자는?'

여전히 의혹이 남는다.

"말해봐. 무슨 일 있지?"

"……."

"분명히 너, 무엇인가 고통스러워하고 있어."

"제가 고통받는 것, 그건 아무것도 아니에요."

"……?"

"오늘같이 추운 날, 형무소에 계시는 아버지 생각을 하면 괴롭고 어쩌고, 너무 뻔뻔스런 일 아니에요?"

"그러니까 괴로운 일이 있긴 있구나."

"……."

"말하고 싶지 않으면, 됐다, 그만두어."

명희는 단념을 한다. 그러나 이상한 것은 양현의 얼굴에 원망스러운 빛, 쓸쓸하고 외로워하는 빛이 떠돌았다.

"아무한테도 말씀 안 하시겠다고 약속하시면 얘기하겠어요."

"그건 쉬운 일이지."

"누군가, 위로받고 싶어서 오늘도 나갔는데…… 위로받지 못했어요. 아니 말할 수가 없었어요."

양현은 흐르는 머리를 쓸어 넘겼다.

"아주머니, 저 집을 나오고 싶어요."

"뭐라 했니?"

믿을 수 없는 듯 명희의 눈이 크게 벌어졌다.

"참아야 한다는 것 알아요. 죽는 한이 있어도 그래선 안 된다는 것 알아요."

양현은 으흑 하고 울음을 터뜨렸다.

"그만한 것 못 참겠어요? 참을 수 있어요. 가족들 생각하면 참는 것쯤은 아무것도 아니에요. 하지만 제가 없어져야 새언니 마음이 편해질 거고, 그러나 어머니 성질에 무사할 수 없을 거고, 저는 어떻게 하면 좋지요? 흐흐흣…….."

명희는 다가앉으며 양현의 두 어깨를 흔든다.

"자세히 얘기해보아."

"새언니가, 새언니는 제가 마음에 들지 않나 봐요."

"다시 말해보아."

"새언니하고 저하고 마, 맞지가 않나 봐요."

"그, 그랬구나."

명희는 물러나 앉으며 팔짱을 끼었다. 예기치 않았던 일이었다. 생각조차 해본 적이 없던 일이었다. 양현이는 울고 명희는 팔짱을 낀 채 묵묵히 앉아 있었다.

아름다운 양현이, 가족들 사랑을 한 몸에 받는 양현이, 의전학생인 양현이, 시샘을 받는 것은 당연하다. 기생의 딸인 양현이, 집안과는 아무 상관도 핏줄도 없는 양현이, 그런 그가 장중의 구슬 같은 존재라는 것은 분노를 살 만한 일이 아닌가. 집안의 큰며느리로, 그 역시 귀하게 당당하게 자란 처지고 보면, 덕희의 입장에서 보면 절대적으로 약자인 양현이 주인처럼 행세한다, 생각할 수 있는 일이다. 더 이상 얘기를 듣지 않아도 일목요연하게 명희는 사태를 파악할 수 있었다. 양현의 고통을 가족들이 알아서는 안 된다는 것, 자기 한 사람으로 인하여 가정의 불화가 초래되는 일이 있어서는 안 된다는 것, 그것 때문이겠는데 양현의 고통은 참는 것에 있는 것이 아니며, 덕희의 악의를 견디어내기 힘들어서도 아니며 서희나 환국이를 기만해야 하는 자신의 태도에 있는 것 같았다. 명희는 생각만 해도 숨이 막힐 것만 같았다.

울음을 멈춘 양현은 다소 진정이 되었는지 구겨 넣어두었던 것을 꺼내고 보니 후회가 없는 것은 아니지만 홀가분한 마음이 되었는지 차분한 어조로 말을 시작했다.

"그저께는 아버지 면회 가는 날이었어요. 어머니는 올라오시지 못했고, 제가 얼마나 그날을 기다렸는지 아주머니는 모르실 거예요."

양현은 얘기를 계속했다. 내용인즉, 그날 환국이는 사람을 만나기 위해 먼저 가고 양현은 부지런히 면회 갈 준비를 하고 있는데 덕희는 재영을 유모에 딸려 친정으로 보내면서 나머지 사람들도 다 보내더라는 것이다.

"새언니, 집은 누가 보구요?"

"양현 씨가 봐야지요."

덕희는 식구들이 없을 때는 아가씨 대신 양현 씨라 했다는 것이다. 그러니까 덕희는 그렇게 함으로써 너는 이 집 식구가

아니라는 것을 인식시키려 했을 것이다. 면회를 끝내고 돌아온 환국이는 좀 화가 난 얼굴이었으며 대뜸,

"몸이 좀 아프기로 면회를 안 와?"

하며 힐난하더라는 것이다.

"아버님이 양현이는 왜 안 왔느냐 물으시지 않아. 공연히 걱정 끼쳐드리고."

그 말을 할 때 덕희는 돌아서 있더라는 것이다.

"새언니 감정 이해해요. 문제는 이러지도 저러지도 못하는 제 처지예요."

양현은 비로소 명희를 보고 슬그머니 웃었다.

명희는 몸을 일으켰다.

"양현아, 가만히 있어."

의아해하며 무슨 말이냐, 양현은 눈으로 물었다.

"나 잠시 나갔다 올게."

스웨터를 걸치고 밖으로 나온 명희는 담장에 박힌 쪽문을 열었다. 유치원 놀이터의 미끄럼틀이 망루같이 솟아 있었고 그 꼭대기에는 총 든 감시병이 서 있는 것 같은, 명희는 순간적인 착각에 빠진다. 달이 댕그머니 떠 있었다. 나무의 잔가지들 그림자가 망(網) 모양으로 땅에 떨어져 있었다. 유치원 쪽으로 향해 있는 홍천댁 거처까지 간 명희는,

"홍천댁."

나직한 목소리로 불렀다. 방문에 그림자가 흔들리면서,

"네 원장님."

하고 홍천댁이 방문을 열고 나왔다. 기웃이 내다보던 남정네가 자라목같이 문틈에서 얼굴이 사라졌다. 그러나 다음 순간 홍천댁을 뒤따라 나오면서,

"밤에 웬일이십니까?"

굽실거리듯 말했다.

"다름이 아니고 홍천댁."

"네."

"최참판댁에 가서 양현아가씨가 오늘 밤 여기서 잔다고, 그렇게 전하고 와요."

"그러지요."

"임자 어서 가라고, 원장님 날씨가 춥습니다. 어서 들어가시지요."

차서방은 아첨하듯 말했다.

쪽문을 열고 되돌아온 명희는 부엌으로 들어간다. 불을 켜놓고 아궁이 속을 들여다본다. 군불을 지핀 불씨가 남아 있었다. 명희는 부삽에 불씨를 꺼내어 담고 그것을 풍로에 부은 뒤 숯을 몇 쪽 올려 불을 피운다. 냄비에 물을 붓고 멸치 한 줌을 넣고 풍로에 올려놓는다. 군불솥의 물은 따뜻했다. 명희는 부뚜막에 걸터앉아 밀가루반죽을 한다. 통영 바닷가에서 코흘리개 아이들을 가르칠 때, 처음에는 하숙을 했으나 나중에는 방을 하나 얻어서 자취를 했던 세월, 그때 명희는 곧잘

수제비를 만들어 먹곤 했다. 여옥이 찾아왔을 때도 수제비를 끓여주곤 했다. 한밤의 바다 울음소리는 무섭고 외로웠다.

"이제 그만 서울로 가아, 여기 이러고 있다간 정신병자 되겠다."

여옥이 한 말이었고 여옥이 왔다는 말을 듣고 인사차 찾아온 엄기섭은,

"하지만 씩씩하게 잘 견디시는데요 뭐."

명희가 떠나는 것을 두려워하듯 말했다.

"내가 공연한 짓을 했어. 엄선생한테 부탁하지만 않았더라도 지금쯤 명희는 서울에 가 있을지도 모르지."

여옥은 엄기섭을 통해 명희에게 이곳 학교 촉탁 교사로 직업을 구해준 것을 후회하며 말했다. 그때 명희는 마음속으로,

'서울에 가 있을지도 모른다고? 죽었을지도 모르지.'

말했던 것이다. 엄기섭의 암울하고 고통스러워하는 얼굴이 떠올랐다. 여옥은 그때 엄기섭의 명희에 대한 감정을 눈치채고 있었던 것 같았다. 찬하와의 후유증이 강렬하게 남아 있었던 명희는 누구든 자기에게 관심을 갖는 데 대하여 공포감을 가지고 있어서 엄기섭에 대해서도 경계하는 이외 아무런 감정이 없었다.

명희는 끓고 있는 냄비에서 멸치를 건져내고 간장으로 간을 맞춘 뒤 반죽한 밀가루를 빚어서 뜯어 넣는다.

"여자대학을 나온 여자가 코흘리개 아이들한테 수예나 재

봉을 가르치고, 말이나 되니? 진주에만 나가도 여학교 선생은 할 수 있는데 말이야. 의지할 곳도 있고 도모지 무슨 생각을 하는지 알 수가 있어야지."

여옥은 올 때마다 그런 말을 했었다. 금니박이에 콧수염을 기른 얼굴이 떠올랐다. 어장을 하며 마을에서는 밥술이나 먹는다는데 거만하게 나자빠지듯 걷던 사내, 학부형으로서 인사한답시고 찾아와서는, 함께 살고 있으나 마누라하고는 정이 없느니 어장(漁帳) 배가 지금은 두 척이지만 앞으로 몇 척 더 사서 크게 해볼 요량이라느니, 마치 내 소실로 들어온다면 호강을 시켜주겠다는 투로, 하늘 높은 줄 모르고 깨춤 추듯 하던 사내, 명희는 거칠게 반죽한 것을 찢어 넣는다. 왜 그따위 일들이 계기도 없이 생각나는지, 수제비 탓이었는지 모른다.

수제비 두 그릇을 올려놓은 상을 놓고 방문을 열었을 때 양현은 깜짝 놀라며 얼굴을 들었다.

"아주머니!"

"너 저녁 먹었다는 것 거짓말이지?"

"저기,"

"요즘 밖에서 저녁 먹을 만한 곳이 어디 있니?"

"……."

"자아 먹어. 나도 효자동에서 저녁 먹는 둥 마는 둥 해서 배고프다. 이 수제비 시골서 혼자 있을 때 곧잘 끓여 먹었어. 어쩌면 이건 한없이 한없이 내려앉았던 시절에 익힌, 그래 나한테는 젤 자신 있게 만들 수 있는 음식이야."

양현은 숟가락을 들었다. 그리고 두 사람은 말없이 먹는다.

"맛있지?"

"네, 맛이 있어요."

양현은 인사말이 아닌 듯 정말 맛있게 먹는다. 그리고 명희의 따뜻한 애정에 감사하듯 수굿한 모습이었다.

"저녁 안 먹었지?"

"실은…… 안 먹었어요."

"이 추운 날에, 그러면 거리를 걸어만 다녔어?"

수제비가 올려진 숟가락을 든 채 말하는 의도가 무엇일까 생각하는 듯 긴장된 얼굴로 명희를 쳐다본다.

"그 청년은 누구니?"

늦추지 않고 명희가 말했다. 한순간 양현의 몸이 휘청하는 것 같았다.

"보셨어요?"

"그래 전차에서."

"그러고선 어째 모르는 척하셨어요?"

당혹감을 가라앉히려 애쓰는 것이 역력하다.

"상대가 누군지도 모르겠고 사실 놀라기도 했고."

이번에는 명희 쪽에서 당혹해한다. 수제비를 입에 넣고 씹다가, 또 한 숟가락 입에 떠넣고 씹다가 양현은,

"아주머니도 참, 영광오빠에 대해서는 설명하기가 아주 복

잡해요."

"영광오빠라니?"

"큰오빠 친구거든요."

"큰오빠 친구면 다 오빠라 부르니?"

"그, 그렇진 않아요. 하지만."

"설마 애인은 아니겠지?"

"아니에요."

대답은 확실했으나 양현은 고개를 숙였다.

"오빠 친구라 해서 다 오빠라 부르는 건 아니지만 그 사람은, 그러니까 그 오빠 아버님하고 우리 집하고는 특별한 관계가 있는 것 같아요. 저도 자세히는 모르지만, 또 그 오빠를 우리 집에서 돌보아주게 돼 있나 봐요."

"그렇다면 꽤 오래전부터 아는 사이였구나."

양현은 고개를 저었다.

"그건 아니에요. 저는 그 오빠에 대해선 아무것도 모르고 있었어요. 작년, 아니 재작년에 평사리에서 우연히 만났어요. 그때 오빠 아버님께서 세상을 버리고 그 유해를 만주서 가져온 영광오빠는 지리산에서 행사를 끝낸 뒤 평사리 집에 들른 거예요. 그때 처음 봤어요."

명희는 단박 알아차린다. 만주서 유해를 가져왔다는 말에서, 양현이 그때 처음 만났다는 말에서 최씨 일가와 그들 부자와의 관계가 심상한 것이 아님을 깨닫는다. 최참판댁에서 그 청년을 돌보아주어야 한다는 말도 충분히 이해될 수 있었다. 오히려 양현이 쪽에서 그 문제에 대해서는 민감하지 않은 것 같았다.

"큰오빠하고는 동경서 친하게 지냈다 하는데 집에는 그때까지 한 번도 나타난 일이 없었어요. 굉장히 자존심이 강한 사람이에요. 도움을 받는다는 데 대한 굴욕감 때문인가 봐요."

"얼핏 보기에도 개성이 강해 뵈더구나."

"큰오빠가 몹시 아끼는 사람이지요. 동경서 일본 노가다패한테 맞아 죽을 뻔했대요. 그래서 얼굴에 흠집이 나고 다리도 한쪽이 약간 이상해요. 그때 큰오빠가 아니었다면 죽었을 거라 하더군요."

양현은 백정의 핏줄이라는 것, 생모 봉순이와 영광의 부친이 한 마을에서 자랐다는 것, 지금 악극단의 색소폰 주자이며 유행가 작곡도 한다는 얘기는 입 밖에 내지 않았다.

"너무 울적하고 괴로워서 그 오빠 만나 좀 울고 싶었어요."

그 어감 속에는 묘한 감정이 서려 있었다. 양현은 명희 앞에서 정직해지려고 노력하는 것 같았다.

"나한테 와서 울어선 안 될 일이었니? 어째 섭섭하구나."

"결국 아주머니한테 얘기했잖아요. 울기도 하구."

"그 청년 만나 울려고 했다 하지 않았니?"

"새언니 일이라서 가까운 분들께 얘기할 수가 없었어요. 그리고 그 오빠는 저와 처지가 비슷하구……."

"······."

"울지도 못했어요. 말하지도 못했어요. 만나기 전에는 흉허물없이 얘기할 수 있을 것 같구 이해해줄 것 같구, 하지만 만나면 벽을 느껴요. 냉철하구, 저에게는 감정을 상당히 많이 절제하는 것 같아요."

'절제를 한다구? 이 애는 모르고 있는 걸까? 절제를 한다는 것은 사랑한다는 것을 의미하는데, 양현이는 그걸 모르고 말하는 걸까?'

"아주 불우하고 마음에 상처를 많이 받은 사람이에요."

그러나 이들은 다 같이 모르는 일이 있었다. 혜화동 모퉁이에서 양장점을 했던 혜숙이와 영광이 동거 생활을 했던 사이라는 것을. 이들은 혜숙이가 환국의 친구 미망인으로, 그리고 재혼을 축하해주었지만 죽었다는 남자가 영광이라는 사실을 전혀 모르고 있었다.

밤은 깊어갔다. 이부자리를 깔고 불을 끄고 두 사람은 잠자리에 들었으나 다 같이 잠을 이루지 못한다. 양현은 몸을 뒤척이며 괴로워하는 것 같았다. 밖에서는 소리 없이 눈이 내리고 있었다.

춥고 몹시 괴로웠으며 명희가 끓여준 수제비가 따뜻하고 정겹게 양현의 마음을 녹여주었던 그 밤을 보내고 며칠이 지나갔다.

급히 상의할 일이 있다는 서희의 기별을 받고 환국은 진주에 내려간 채 여태 돌아오지 않았다. 모처럼 날씨는 따뜻했으며 바람도 없었고 눈이 시리도록 푸른 하늘에는 실구름이 걸려 있었다. 대지는 봄을 맞기 위하여 서두르는 것 같았고 까치 소리가 유난히 울려오곤 했다. 덕희는 안방에 재영이랑 함께 있는 기색이었다. 묘하게 집 안은 가라앉아서 절간과 같이 고즈넉했다. 양현은 제 방에서 공부를 하다가 한숨 돌리듯 신문을 집어든다.

올해 한 해만 죽기로 결심하고 공부를 한다면 내년 봄에는 졸업이다. 그리고 어느 길을 택하든 간에 양현은 자연스럽게 최씨네 울타리를 벗어날 수 있을 것이다. 결코 양현은 자유로운 천지를 꿈꾼 적이 없었지만 하여간에 독립을 해야 한다는 문제는 양현에게 초미의 현실이었다.

'일 년만 참으면 돼. 일 년만 꾸욱 참자.'

양현은 형무소에 있는 아버지가 그리웠다. 만나지 못한 기간을 따진다면 어머니의 경우도 마찬가지였지만 그러나 만나려고 마음만 먹으면 만날 수 있는 사람과 아무리 만나고 싶어도 만날 수 없는 사람의 경우는 다르다. 해서 더욱 그리웠는지 모른다. 그 그리움 때문에 자기만을 따돌린 덕희의 처사가 그토록 깊이 상처가 되었는지 모른다. 여하튼 덕희는 자기 자신의 생각에도 지나쳤다 싶었는지 요즘 많이 누그러진 태도를 보였다. 게다가 양현이 명희 집에서 잔다는 전갈을 받았을 때 사실 덕희는 전전긍긍했다. 명희가 진상을 알게 되고 어른들이나 남편의 귀에라도 들어가는 날에는 여간한 낭패가 아니기 때문이다.

신문에는 온통 전쟁에 관한 기사뿐이었다. 물론 여태까지 신문은 전쟁에 관한 것 일색이었지만 전선이 달라지고 적대국이 달라지면서부터 일종의 히스테리처럼 신문지면은 요란해진 것이다. 식량증산, 저축장려, 국방헌금, 유기·기타 금속류의 헌납, 지원병 독려와 아울러 동태 상황에 대한 선전, 각종 단체들은 영일(寧日) 없이 영미(英米)를 성토하고 각계각층의 인사들은 연일 진충보국(盡忠報國)과 성전완수(聖戰完遂)를 외쳐대고 있었다. 특히 지식층, 그중에서도 글 써서 행세해왔던 문인들 문학단체들은 남 먼저, 보다 과격하게 일왕(日王)에 대하여 충성을 맹세하고 결사보국을 다짐하는 것이었다. 마치 총 든 놈이 뒤에서 목덜미를 겨누고 있기라도 하듯이. 오늘 신문에도 저명한 여류 시인의 시(詩) 「전승부」가 실려 있었다.

"괜찮을까?"

양현이 중얼거렸다. 시골로 내려간 강선혜와 그의 남편 권오송을 생각했던 것이다. 실은 양현이는 극작가 권오송을 만난 적은 없었다. 명희로부터 얘기를 들었고 명희 집에서 강선혜를 만나게 되면 합석하여 이런저런 얘기를 상당히 많이 들었다. 해서 자연 그들이 처한 형편이며 동태에 대해서 양현은 아는 바 적지 않았다. 신문에서 이성 잃은 무리들이 마치 야만인과도 같이 원수에 대하여 충성을 맹세하고 또 맹세하는 그 비참한 몰골을 볼 때마다 양현은 낙향한 권오송 부부가 은근히 걱정되는 것이었다.

'영광오빠는 어찌 될까? 전선을 돌며 위문공연을 할 거라 하던데 어쩔 수 없는 일일까? 작은오빠는 어찌 될까? 작은오빠는 지금 무슨 생각을 하고 있을까? 아버지, 아버지는?'

암담했다.

'작은오빠는 왜 전과 같이 조선에 나오지 않는 걸까? 작은오빠는 영 사람이 달라졌어. 무슨 위험한 일을 꾸미고 있는 거 아닐까?'

길상이 수감된 후 윤국은 잠시 다녀갔다. 그는 시종 말이 없었고 서희의 어깨를 감싸 안으며 눈물을 삼키는 것 같았다. 그동안 윤국은 동경에 머무르면서 방학이 되어도 조선에는 좀체 나오지 않았고 나왔을 때도 며칠 묵고는 서둘러 동경으로 가곤 했다. 윤국이 말로는 공부 때문이라는 것이었다.

"요즘 공부 잘되나?"

윤국이 물었다.

"어떻게 잘되겠어? 오빠 일본 안 가면 안 돼?"

"여기 있으면 뭐 하니? 너도 정신 차리고 공부나 열심히 해. 이럴 때일수록 침착해야 하는 거다. 내일 지구가 끝나더라도 오늘 나는 사과나무를 심겠다, 그 말 몰라?"

그렇게 얘기하던 윤국이, 양현은 그의 얼굴이 몹시 쓸쓸해

뵌다고 생각했다.

신문을 한 곁에 밀어놓고 양현은 책상에 놔둔 가족사진의 액자를 들어 들여다본다.

'아버지 어머니, 큰오빠, 작은오빠, 그리고 나.'

환국이 결혼하기 전의 사진이었다. 양현이가 최씨네 호적에서 제적(除籍)되기 이전의 사진이었다. 양현은 단발머리였고 윤국의 대학생 제복은 어설퍼 보였다.

'어머닌 어떡하고 계실까? 큰오빠 내려갈 때 나도 함께 갈 걸 그랬나?'

내려올 생각 말고 공부하라는 서희의 엄명이 있은 때문이기도 했으나. 죽는 셈 치고 공부해야겠다는 결심이 갑자기 낯설어지는 것이었다.

'공부하면 뭘 해? 의사가 되면 뭘 해? 인생이 달라지는 것은 아닐 거야. 모든 게 피곤하고 괴롭기만 해.'

"양현아가씨."

문밖에서 들려오는 목쉰 듯한 유모의 목소리다.

"네?"

"새아씨가 오시랍니다."

"알았어요."

양현은 잠시 생각에 잠긴다.

'기탄없이 말을 해야겠어. 아주머니 말씀이 옳아. 침묵은 상대를 불안하게 하고 분노하게 하고 다소 다투는 한이 있어도

솔직하게 말하라……..'

그날 밤, 잠이 오지 않아 뒤척이고 있을 때 명희는 어둠 속에서 충고를 했다. 양현은 몸을 일으켰다. 덕희 방 앞에서,

"새언니, 절 불렀어요?"

"들어오세요."

방문을 열고 들어간다. 덕희 무릎에 앉아 있던 재영이가,

"고모!"

하고 일어나려 했으나 덕희는 잡아 앉힌다.

"고모한테 갈 테야."

아이가 버둥거렸다.

"가만있어. 재영인 착하지?"

덕희는 말하며 아이를 놓아주지 않는다.

"고모, 공부 안 해?"

"응, 할 거야."

덕희는 유모를 불렀다.

"재영이 데리고 가요."

유모를 따라 나가다 말고,

"고모도 함께 놀자."

하며 양현의 팔을 잡았다.

"고몬 어머니하고 얘기해야 해."

"치이."

불만스럽게 입술을 내밀다가 나간다. 어느새 재영이는 네

살이었다.

"앉아요."

썩 기분 좋은 어투는 아니었지만 그러나 신경의 날이 서 있는 목소리는 아니었다. 양현은 불만스런 표정을 지으며 마주 앉는다. 방 안은 밝고 아늑했다. 최고급의 의걸이며 장롱의 백동 겹첩이 아름답게 빛나고 있었다.

"양현 씨 아직 기분 안 풀리는 거예요?"

덕희가 물었다. 한참 만에 양현은,

"기분 좋은 일은 아니잖아요?"

"하면은,"

"반발하고 싶은 생각은 없어요. 새언니 앞에서 언제까지 제 자신을 속여야 하나요?"

"그렇담 여태까지 날 속여왔다, 그 말이에요?"

덕희는 다소 밀리는 듯한 기색으로 되잡았다.

"말하자면 참는 것도 감정을 속이는 일 아니겠어요?"

"이제는 안 참겠다, 대어들겠다, 집안에 불화가 있어도 상관없다, 그런 뜻인가요?"

"오해하지 마세요. 그런 뜻은 아니에요. 지금 기분이 별로 안 좋은데 기분 다 풀렸다고 언니한테 거짓말할 수는 없다, 그런 뜻이지요."

덕희는 한동안 잠자코 있었다. 양단 검정 치마에 법단 흰 저고리를 입고 그 위에 아주 화사한 분홍빛 털 재킷을 입은 덕희는 여전히 기품이 있어 보였다. 세상 어려움 없이 자란 그에게는 오로지 양현으로 인하여 겪는 갈등이 가장 큰 시련이었는지 모른다. 이목구비가 아름답게 다듬어져 있지는 않았으나 피부빛이 옥같이 희고 아름다워 분홍색 털 재킷이 참 잘 어울렸다.

"나도 내 행동을 잘했다 생각지는 않아요. 기분 좋은 일도 아니구요."

"……."

"하지만 이건 내 권리예요. 어른들이 계시니까 참아왔을 뿐, 어머님이 안 계신 동안 집안의 기강은 내가 잡아야 하고 각기 푼수에 따라 처신하게 하는 건 내 권한이에요."

"그건 인정해요. 하지만 인정할 수 없는 부분도 있었어요."

"그게 뭔데요."

"오빠한테 왜 거짓말하셨어요? 권한이란 당당한 거 아닌가요? 오빠한테 꾸중듣는 한이 있어도 집이 비어 집 보라 했다고 하시면 됐을 텐데."

"양현 씨! 날 훈계하는 거요?"

옥같이 흰 얼굴에 피가 모여들었다.

"그것이 통하지 않는 이 집 형편을 몰라서 하는 말인가요?"

"……."

"나는 가족 아닌 남의 식구 공경할려고 이 집안에 온 사람 아니에요."

"저도 원해서 이 집에 온 거 아니에요. 날 길러달라고 부탁해서 온 것도 아니구요."

덕희는 기절초풍할 듯 놀란다. 여태까지 이렇게 강경하게 나오는 양현을 본 적이 없었기 때문이다.

"오늘은 솔직하게 터놓고 얘기하겠어요. 언제까지나 구렁이 담 넘어가는 식으로 처신할 수는 없어요."

말하는 양현의 얼굴은 긴장돼 있었다.

너무나 급변한 양현의 태도에 크게 충격을 받은 덕희는 쉽게 말이 나오지 않는 것 같았다.

"제가 첫째로 생각하는 집안의 화목이 깨어지면 안 된다는 일이에요. 더욱이 아버님까지 저리 되셨는데…… 집안을 어지럽혀서는 안 된다, 그건 저의 의무이며 보은하는 도리이며 저의 사랑이에요."

"도대체 양현 씨가 집안일을 걱정한다는 그 자체가 불쾌해요."

"그래도 그건 우리의 현실이에요. 냉정하게, 보다 적합한 방도를 찾는 일 말이에요. 전 언니한테 부탁하고 싶어요. 일 년만, 제가 학교를 졸업할 때까지만, 설사 부당한 일이 있더라도 언니가 참아주세요. 자연스럽게 어느 누구에게도 상처 주지 않고 제가 이 집을 나갈 수 있게, 그건 언니 자신을 위한 길이기도 해요."

"……."

"졸업만 하게 되면 직업을 핑계 삼아 지방이든 아니면 만주 방면이든 떠나겠어요. 어딜 가든 취직은 쉬울 테니까요."

"그럼 양현 씨는 결혼 안 할 작정인가요?"

덕희는 양현의 의중을 의심하듯 물었다.

"안 할 작정 해본 일 없어요. 하지만 그 문제는 제가 의사로서 직업을 갖는 것만큼 확실한 일은 아니잖아요?"

"이미 혼기는 놓쳤어요."

덕희는 여전히 양현의 결혼에 집착해 있는 것 같았다.

"알아요. 이젠 노처녀지요."

양현은 며칠 동안 심사숙고했다. 명희의 충고도 여러 번 되새겨 보았다. 결론은 이렇게라도, 말하자면 덕희와 협정이라도 하지 않는다면 어느 구석에서 터져 나올지 모를 일이었다. 양현은 자기 자신도 믿을 수 없었다. 결국 명희에게 토설하지 않았던가. 그것은 확실히 위험신호였다.

"양현 씨가 그렇게 말 잘하는 걸 여태 난 몰랐네. 의사 말고 변호사가 될 걸 그랬어요?"

비꼬기는 했으나 양현의 제안을 수긍하는 분위기는 있었다. 이때,

"새아씨 손님 오십니다요."

행랑아범의 말이 떨어지기도 전에,

"나야, 덕희야."

둘째언니 욱희(旭嬉)였다.

"언니!"

덕희가 일어서는데 양현도 따라 일어섰다.

"양현 씨는 앉아 있어요."

하며 떼미는데 덕희의 의사나 힘이 양현에게는 아주 강하게 느껴졌다.

"난 인사하고 가겠어요."

"가만히 있으래두."

그러나 욱희가,

"뭘 하니?"

하며 마루에 올라왔고 방문을 열었다. 행랑아범이 장충동 마님이라는 칭호 대신 손님이라 한 이유가 있었다. 욱희에게 동행이 있었고 그는 배설자였다.

"안녕하세요?"

양현이 인사를 했다.

"아 참, 오래간만이군요."

욱희는 내키지 않는 목소리로 말했다. 덕희는,

"배선생 어서 오세요."

덕희와 배설자는 친면이 있는 눈치였다.

"언니 전 실례하겠습니다."

덕희는 무슨 까닭인지 아까처럼 강하게 양현을 잡았다.

"너무 아름답다. 얘기론 많이 들었지만. 가지 말고 우리 합석해요."

팔을 잡는 매끄럽고 긴 배설자 손길이 어쩐지 양현은 섬뜩했다. 처음 만나는 사람인데 본능적인 경계심을 자아내게 했던 것이다. 자기를 평소부터 달가워하지 않는 욱희보다 훨씬 그 거부감은 컸다.

"앉아요."

덕희는 양현을 눌러 앉혔다. 세 여자에게 둘러싸인 양현은 마치 세 마리 늑대에게 둘러싸인 양과도 같은 꼴이었다.

욱희는 여우 목도리를 끌러놓고 두루마기를 벗어놓는다. 벽돌색 아래위가 같은 저고리 치마다. 배설자도 외투를 벗었다. 수박색 투피스를 입고 있었다. 벽돌색과 수박색, 화사한 방 안의 그 빛깔은 모두 죽은 색 같았다. 욱희는 마흔은 안 된 것 같았고 서른네댓? 덕희와 비슷하게 생겼지만 살결은 약간 누른빛이 돌았다.

"어떻게 두 분이 만났어요?"

덕희가 물었다.

"실은 너희네 집에 오다가 사례비 드리려고 배선생을 찾아갔었지. 너희네 집에 간다 했더니 함께 오시겠다 해서."

"그래요? 마침 잘됐네."

뭐가 마침 잘됐다는 건지 아리송했다. 사례비를 가져갔다는 얘기는 욱희의 딸 민정(敏貞)이가 국민학교 오 학년인데 무용을 잘해서 학예회 때는 늘 뽑히곤 했는데 보다 더 잘하게 하기 위해 배설자 무용 강습소에 보내고 있었다. 그런 기회를 놓칠 배설자인가. 그 능숙한 사교의 솜씨를 발휘하여 욱희의 마음을 잡았고 배설자는 깊이 욱희의 생활 속으로 잠입해 들어가고 있었다. 말하자면 양현의 혼담 정보를 덕희가 얻은 것도 바로 배설자의 선이었던 것이다.

"새언니 제가 차 끓여 오겠어요."

견디다 못해 양현이 일어서며 말했다. 덕희는 양현의 치맛자락을 강하게 끌어당겼다.

"혜산댁이 다 해 올 거예요. 걱정 말고 앉으세요."

덕희는 명령하듯 말했고 놓칠세라, 배설자가 재빠르게 말을 걸었다.

"양현 씨 거기 앉으세요. 아름다운 여인은 바라만 보아도 즐거워요. 안 그렇습니까? 덕희 씨."

덕희는 잠자코 있었다. 욱희는 쓴 것을 마신 듯한 표정으로 앉아 있었다.

"나 진주 본댁에 갔다 온 일이 한번 있었어요."

양현은 의아해하며 배설자를 쳐다본다.

"홍성숙 여사하고 함께 갔었어요."

"……."

"진주 양교리댁 아시지요?"

"네."

"성악가 홍성숙 씨는 몰라요?"

"……."

"홍여사는 양교리댁 처제예요."

"네……."

"그때 양교리댁에서 내려와 쉬었다 가라 하며 초청을 해주
어서 바람도 쏘일 겸 홍여사랑 함께 진주로 내려갔던 거예요.
양교리댁은 진주서 수대에 걸친 부호고 가문도 좋고 굉장히
명망 있는 집안이라 하더군요. 아닌 게 아니라 가서 보니 법
도가 있고 한편 개명도 했고."

　그것은 욱희와 덕희에게 들으라 한 말이었다. 초청은커녕
쫓겨나다시피, 말할 수 없이 괄시를 받는데 새빨간 거짓말
을 하는 것도 그렇지만 냉대받은 것을 가슴에 접어넣고 있을
배설자가 침이 마르게 양교리댁을 치켜세우는 것은 욱희나
덕희에게 자신을 돋보이게 하려는 의도인 것은 두말할 나위
가 없다. 하여간 천연스럽다. 그것도 배설자가 존재하기 위한
정열일 것이다.

"그 댁 사위가 병원 하는 거는 알지요? 지방이 좁으니까."

"압니다."

"그 병원 집에서도 초청을 해서 저녁을 먹고 하룻밤 잤어요."
하다가 배설자가 갑자기 킬킬거리며 웃었다.

"왜 그래?"

　욱희가 말했다.

"그럴 일이 좀 있어요."

"무슨 일인데?"

"자꾸 그리 물으면 곤란한데요."

"그러니까 더욱 궁금해지는군."

감질이 난다는 욱희의 말투다.

"그 병원 집, 양교리댁 의사 사위, 행동거지가 생각나서 말예요."

또 킬킬거리며 웃는다. 욱희는 감이 잡힌 눈치였다.

"사람도 싱겁기는, 혼자 재미나 하지 말고 털어놔요."

"그 댁 의사 사위, 그 남자 상당한 꾼인가 봐요."

운을 떼어놓고,

"사실 요즘 홍여사는 여러 가지 일로 심기가 불편하고 거의 자포자기 상태거든요. 옆에서 보기가 민망할 정도예요. 그래, 술을 좀 하는데."

이번에는 홍성숙을 치고 나온다.

"아닌 게 아니라 평판이 좋지 않은 것 같아."

욱희와 배설자는 죽이 맞는 것 같았다. 중년으로 들어선 욱희는 큰 산과도 같은 친정 배경에다가, 친정 덕을 보는 것도 사실이지만 시가 역시 그런대로 괜찮은 형편이어서 생활은 윤택했고 할 일은 없는 그런, 일상이 무료하고 답답할밖에 없었다. 고약하고 질이 좋잖을 정도는 아니었지만 하여간 유한 마담이라 할 수 있고 시간 메꾸기의 말상대로는 배설자 같은 인물이야말로 안성맞춤이라 할 수 있었다. 사귄 지도 일 년 남짓, 느물느물해지는 중년이고 보면 배설자가 변죽만 쳐도 욱희에게 울려오게 돼 있었다. 얘기의 진짜 내용을 모르는 덕희는 그냥 웃으며 앉아 있었고 양현은 일어설 궁리만 하고 있었다. 마침 혜산댁이 따끈한 홍차와 요즘 구하기 힘든 생과자한 접시를 가지고 왔다. 모두 찻잔을 들었다. 양현이도 할 수 없이 찻잔을 든다.

"그날 그러니까 저녁을 먹은 뒤 홍여사가 조카사위를 상대로 횡설수설하다가 술을 마시게 됐지 뭐예요? 홍여사의 질녀는 칭얼거리는 아이 때문에 진작 방에 들어가 잠이 들었고."

"그래서?"

욱희는 또 감질이 난다는 듯 말했다.

"어어? 어찌 얘기가 이렇게 빠졌지?"

배설자는 웃으며 모두의 얼굴을 둘러본다.

"배선생 버릇 하나 고약하지. 얘길 하다가 꼬리를 감추는 것 말이야. 칼을 뽑아가지고 그냥 집어넣는 법이 어딨어?"

"어이구 이거 참, 별일 아니에요. 홍여사는 술이 취해서 정신이 오락가락하구 그 의사 사위는 난처해하구 그러다 보니 늑대 같은 남자 본성 있잖아요?"

"아니 무슨 소리야? 그럼 당했다는 얘기야?"

"그럴 리가 있나요? 분위기가 그랬다는 얘기지."

욱희와 배설자는 함께 소리를 내어 웃는다. 하여간 가관이다. 덕희는 얼굴을 붉혔다. 양현은 오히려 얼굴이 창백해져 있었다.

그날 허정윤은 배설자의 전화를 받고 밤에 촉석루로 나가지 않았다. 나가지 않았기 때문에 정윤은 지금 복수를 당하고 있는 것이다. 그러나 이런 정도의 복수이니 천만다행이지, 그날 밤 정윤이 촉석루로 나가서 배설자 유혹에 빠졌더라면 어쩔 뻔했겠는가. 배설자에게 물리어 허정윤에게 끔찍스런 일이 벌어졌을 것이며 그야말로 패가망신을 했을 것이다.

양현은 비로소 배설자의 정체를 확인하게 되었다. 왜 섬뜩한 느낌을 받았는지, 처음 만나는 사람인데 본능적인 경계심을 자아내게 했고 평소 자기를 달가워하지 않는 욱희보다 더한 거부감을 느꼈는지 양현은 알게 되었다. 왜냐하면 배설자가 형편없는 놈팡이로 꾸겨놓은 허정윤을 양현은 어릴 적부터 잘 알고 있었기 때문이다. 박효영 의원에 정윤이가 조수로 있었을 그때부터 집안사람 모두는 그를 알고 있었으며 박의사가 죽은 뒤, 허정윤은 최씨 일가의 주치의가 되어 있었기 때문이다. 허정윤에 대해서는 터럭만큼의 의심도 일지 않았다. 양현은 다만 배설자가 무섭고 아주 불결해 보였을 뿐이다. 그와 같은 사정을 몰랐던 것이 배설자의 허점이었다. 정도로 가지 않으면 언제, 어디서든 허점을 드러내게 돼 있는 것이다. 탐탁해하지 않는 양현의 표정을 곁눈질해서 본 배설자는,

"어이구, 이거 내가 큰 실수를 했네. 어쩌믄 좋지? 사바의 일을 티끌만치도 모르는 그야말로 청순한 처녀 앞에서."

하며 자라처럼 목을 움츠린다.

"상관없어요. 어른이 다 됐는데 뭘 그래? 알 거는 다 안다구, 내숭을 떨어 그렇지."

욱희는 내뱉듯 말했다. 양현이 서희의 딸이었다면 감히 사돈댁 따님한테 그럴 수는 없었을 것이다. 네까짓 게 깨끗한 체 그래 보아야 기생 딸 아니라 하겠느냐, 그런 저의를 품은 모멸이었던 것이다.

"그러고 보니, 또 멀잖은 장래의 동업자구, 양현 씨 용서하세요. 여자나 남자나 나이 들면 이렇게 뻔뻔스러워진답니다."

양현 씨, 양현 씨 하고 이름을 부르며 말했는데 그게 그렇게 천연스러울 수가 없다.

"그런데 어디서 얘기가 이리 빠졌지? 오오라, 진주 본가에 갔었다는 얘길 하다 말고, 사실은 그때 진주로 내려간다니까 홍여사한테 부탁을 했던 모양이에요. 나는 영문 모르고 따라갔다가 알게 된 일이지만, 그러니까 홍여사는 양현 씨 혼담을 가져갔던 거예요."

양현은 금시초문이었다. 덕희로부터 혼담에 관한 얘길 듣긴 했으나 서희는 그 일에 대해서 일절 말이 없었다. 양현은 그냥 서울에서 오고 간 말로만 알고 있었다. 그런 경로로 하여 혼담이 진주까지 갔을 줄이야.

"어머님께서는 정혼한 곳이 있다 하시면서 딱 거절이신데, 알고 보니 정혼하지 않았다 하더구먼요. 덕희 씨 정혼한 곳

없다 했지요?"

이번에는 덕희를 쳐다보며 배설자는 물었다.

"없어요. 어머님이 왜 그러셨을까요? 참말 괜찮은 혼천데, 나도 이상하게 생각하고 있어요."

"내보내기가 아까워 그러시는 모양이지요."

그것은 또 은근히 덕희 마음을 자극하려고 한 말인 것 같았다.

"파파할머니가 될 때까지 데리고 계실 건가? 지금도 노처년데."

욱희 말에 배설자는,

"아따 말 한번 살벌하네."

"안 그래요? 배선생, 스물 안에 시집 안 가는 처자가 어디 있수? 그나마 공부한답시고 넘어가는 거지. 사돈마님도 딱하셔. 그보다 더 나은 혼처가 어디 또 있을 거라구 작정을 못하시는지, 우리 덕희 마음고생 이제 그만 시켰음 좋겠네."

노골적으로 불만을 터뜨린다. 아까 이들이 오기 전에 양현이와 한 얘기가 있어 그랬던지 덕희는 약간 난처해하며,

"언니 그런 소리 말아요. 더 좋은 혼처 없으란 법 없어요. 그건 모르는 일이라구요."

욱희의 불만을 꿰매버리듯 서둘러 말했다. 욱희는 입을 삐죽거렸다. 일이 이렇게 되자 양현은 일어설 수가 없었다. 자칫 잘못했다가는 제 주제에 화를 내고 나갔다 할 것이고 그보

다 초라한 자신의 뒷모습을 그들에게 보이는 것이 싫었다. 결국 입은 다문 채 꾸어다 놓은 보릿자루처럼 우두커니 앉아 있을 수밖에 없었다.

'엄마!'

마음속으로 울부짖었다. 그런데 그 엄마가 서희인지 생모 봉순인지 양현이 자신도 알지 못했다.

"그보다 언니 감투 하나 썼다면서요?"

덕희는 화제를 돌려버린다.

"감투?"

되뇌다 말고 욱희는 픽 웃는다.

"형부가 뭐라 하시지 않던가요?"

말하면서 덕희는 의식적으로 배설자를 외면하는 것 같았다. 덕희는 갑자기 배설자가 못마땅했던 것이다. 욱희 집에서 건성으로 몇 번 만나기는 했지만, 무용가라 하기에 그런가 보다, 착착 감겨들듯 매끄러운 그의 언동이 과히 싫은 것도 아니었고, 그러나 덕희가 그에게 관심을 둔 것은 뭐니 해도 양현의 혼담에 배설자도 관여하고 있다는 그 점 때문이었다. 양현을 직접 설득하여 신랑 후보자와 접근하게 하는 그런 방법은 없을까, 생각도 해보았던 것이다. 그랬는데 진주 양교리댁 의사 사위가 어쩌고저쩌고하는 바람에 덕희는 몹시 기분이 언짢았고 정나미가 떨어졌다.

자기보다 아름다운 양현이, 집안 식구들 모두가 장중의 구슬같이 생각하는 양현이, 덕희로서는 도저히 참을 수 없었다. 왜 하찮은 출신의 그로 인하여 자신은 빛을 잃어야 하는가, 왜 아무 핏줄도 닿지 않는 그가 식구들 사랑을 독점하고 있는가, 생각할수록 분하고 얄밉고 눈엣가시만 같은 양현이, 덕희의 감정이 그렇게 치닫고 있기는 했으나 그는 아직 정신적으로 성숙하지 못한 여자였다. 순결성이 아직은 남아 있었다. 감정적으로 배설자의 분위기를 받아들이지 못했던 것이다. 덕희도 양현과 마찬가지로 배설자를 불결하게 느꼈다.

"그 양반 어디 말하는 사람인가? 아무 말 안 해."

"아무 말 안 하시는 건 반대 안 한다는 뜻이겠지요 뭐."

"하여간 재미없어. 관심이 없는 거겠지."

"그 일에 관심이 없다는 건가요?"

배설자가 물었다.

"아니 얼굴에 잔주름이 모이기 시작한 이 마누라쟁이한테 관심이 없다 그 말이오. 하여간 일을 떠맡기는 했으나 성가시러워."

"그런 말 마세요."

배설자가 펄쩍 뛰듯 말했다.

"아무나가 하는 줄 아세요?"

욱희와 덕희가 배설자를 동시에 쳐다본다.

"위대한 근화방직회사 황태수 사장님 후광이 있어서 그런 일도 맡게 된 거 아니에요?"

"하긴…… 그렇기는 한 모양이더군."

감투란 다름 아닌 애국부인회(愛國婦人會) 회장을 두고 하는 말이었다. 지부(支部)이긴 하지만 굵직굵직한 인사들이 거주하는 구역이어서 배설자의 말대로 아무나가 회장이 되는 것은 아니었다.

"민정어머니는 그런 걸 시답잖게 생각하지만 이런 시국에는 그게 여간한 울타리가 아니에요. 모두 무풍지대에 살아놔서 세상 돌아가는 걸 몰라 그래요. 해 될 것 하나 없으니까 열성적으로 한번 해보세요. 그래야 아버님한테도 이로울 거예요."

"하라는데야 안 할 수 없지."

시무룩하게 말하기는 했으나 시국이 어쩌고, 아버님한테도 이로울 거라느니 하는 바람에 욱희는 좀 긴장했다. 덕희도 마찬가지였다. 수감된 시아버지 생각도 났고, 그러나 배설자는 한결 어세를 누그러뜨렸다. 이 집이 누구네 집인가를 생각했던 것이다.

"이제는 할 수 없어요. 우리 조선사람들 아무리 억울해도 뾰족한 수 없어요. 풀잎같이 엎드려서 태풍이 지나가는 것을 기다려야 해요. 일본이 진주만을 그같이 처참하게 때려 부수리라는 것을 어느 누가 상상인들 했겠어요? 일본인조차 생각 못한 일이었을 거예요. 미국하고 붙으면 일본은 무너진다, 그렇게 생각한 사람 많았지요. 내심 미국하고 일본이 붙을 것을 바라던 사람들도 적잖았고, 한데 현실은 어떻지요? 그야말로 파죽지세 아닙니까? 이제 일본은 중국 대륙뿐만 아니라 동남아 일대를 석권하고 있어요. 불과 몇 개월도 안 되는데 홍콩이 떨어졌고 마닐라 싱가포르 다 떨어지지 않았어요? 나머지는 시간문제지요. 어쨌거나 백인들이 지배하던 동양에 같은 황색인이 백인을 몰아냈다, 아무리 일본이 미워도 그것만은 속 시원한 일이었을 거예요."

일장연설이다.

"그건 그렇지."

욱희는 신나 하지도 않고 맞장구를 치기는 했다.

"그동안 이 눈치 저 눈치 보면서 어쩔까 하던 사람들도 정세가 급변하게 되니까 모두 발 벗고 나서더군요."

'저건 일본의 끄나풀이다. 틀림없이 스파이일 거야.'

양현은 마음속으로 중얼거리며 행여 자기 표정 속에 적의가 나타날까 봐서 고개를 숙인다. 배설자는 계속 지껄이고 있었다.

"난국을 지혜롭게 뚫고 나가야지, 이 댁에서는 바깥어른이 그리되셨지만 대신 시어머님께서 매우 현명하게 처신을 하시니까 그나마 이런 정도로 유지가 되는 거지요. 참 슬기로운 어른이세요. 모습도 아름다우시지만. 그런데 앞으로가 문제이긴 해요. 일본을 반대하는, 빛깔이 확실한 사람들은 일단 수감이 되고 했으나 이제는 비협조적인 사람들에게 바람이 불지 않을까요?"

비협조적인 사람들에게 바람이 불지 않겠느냐는 말은 황태수의 두 딸과 양현에게 상당히 자극적으로 들렸다. 특히 양현에게는 그러했다. 맨 먼저 그의 뇌리에 떠오른 사람은 권오송 부부였다. 권오송 부부와 배설자의 관계를 전혀 모르고 있는 양현이었지만 이들이 찾아오기 전에도 공교롭게 신문을 보면서 권오송 부부를 생각했고 영광을 생각했으며 길상과 환국이 윤국이를 생각했던 것이다. 생각을 한 순서는 가까운 사람의 순이 아니었으며 어떤 위험도라 할까, 그것에 따라 생각을 한 것 같다. 그러니까 그날 밤, 명희 집에서 자던 날 밤 자리에 든 뒤에도 잠을 이루지 못할 때 명희 역시 잠을 못 자고 다시 이들은 어둠 속에서 얘기를 했던 것이다. 그때 명희 말이 양현에게는 너무 강렬했다. 그것은 목포감옥에서 풀려난 여옥의 얘기였다.

　"사람이 어찌 그 지경까지 될 수 있는지 상상할 수가 없어. 하나님께서 목숨을 주시고서 어찌 그 지경 되도록 내버려두시는지 납득이 안 돼. 산다는 것이 너무나 참혹하다."

　그리고 또 명희는 영월에 가 있는 권오송 부부에 대해서도 몹시 걱정을 했다. 여옥의 출옥이나 길상의 수감, 그리고 권오송이 잡혀갈지도 모른다는 예상 같은 것은 모두 한 고리에 묶여 있는 일들이며 일본에 의한 감옥이 강렬하게 인식되고 그들의 운명이 그곳에서 결정될 것이라는 공통점, 송장처럼 되어서 나오거나 그곳에서 죽을지도 모르고 그곳으로 끌리어

갈지도 모르는 그들의 운명이야말로 일본의 손아귀 속에 있는 것이다. 그들 일본인들은 일본을 신국(神國)이라 하고 왕을 현인신이라 하며 후지산(富士山)을 지구의 정신이라 했는데 그러면 신은 악(惡)인가, 신은 모든 것을 탐내는 욕망의 덩어린가. 신은 목숨들을 참혹하게 베어 죽이는 잔혹성 그 자체인가? 양현이 잠시 그런 생각을 하고 있는데,

"비협조라면 어떤 걸 두고 하는 말인가요."

덕희가 물었다.

"그야 뭐 그것에 해당되는 일이 한두 가지겠어요? 나라가 정하고 나라에서 요구하는 일에 열심이 아니면 그게 다 비협조겠지요. 그러나 특히 지식인들 예술가들의 방관적 태도를 중하게 보는 것은 그만큼 국민들에게 큰 영향을 주고 있다는 생각 때문이지요. 문학이든 학문이든 무용이든 뭐 회화 음악 연극 그 모든 것은 싸우는 병사, 생산하는 노동자 그들을 고무하는 것이 되어야 밥값을 한다, 그렇지 않다면 무위도식, 나아가서는 그것도 항일로 보는 거지요. 전쟁 수행의 걸림돌로 본다 그 말이에요."

"하지만 요즘 신문을 보면 학자들 예술가들 모두 굉장히 협조하는 것 같던데? 알 만한 사람들은 모조리 궐기하고 나서지 않았어요?"

욱희의 말이었다.

"그럼요. 인간이란 끝없이 약한 거예요. 하지만 살기 위해

선 끝없이 질긴 거예요."

배설자는 한순간 냉소를 머금었다.

"그러나 더러는 시골로 도피해 간 사람들도 있어요. 그들에 대해서는 당국도 벼르고 있겠지만 협력하고 나선 사람들이 더한층 미워들 하고 있지요."

양현은 저도 모르게 귀를 기울이게 된다.

"총독부에서 그러는 거는 알 만하지만 협조하는 사람들은 뭣 땜에 그럴까?"

욱희 말에 배설자 얼굴에는 또 한 번 냉소가 지나갔다.

"너만 청풍당석에 앉아 있겠느냐? 그게 인간심리예요. 못생긴 사람은 미인을 보면 증오하고 병신은 성한 사람을 증오하고 그게 인지상정 아니겠어요?"

"증오한다기보다 부러워하는 거지."

"부러움과 증오는 종이 한 장 차이예요. 힘이 없을 때는 부러워하고 힘이 있고 무리를 지을 때는 증오하는 거지요. 그러니까 어떡하든지 부수고 뭉개려 드는 거예요."

"세상 무섭네."

"새삼스럽게 무섭긴요. 언제나 그래 오지 않았던가요? 그게 사람의 본성인데."

"그, 그야 그렇지만 다 그런 거는 아니지 않아요?"

"하기야 뭐 그렇게 간단한 것만은 아니지만, 거기 있지 말고 내려와서 우리랑 함께 손에 피 묻히자는 사람도 있을 거고 지난날의 원한 때문에 도리어 밀어내어 일본 손에 의해 처리되기를 바라는 심리, 또 하나는 만일의 경우를 생각하여, 무리가 많아야지, 만일에 정세가 바뀌게 되면 손 더럽힌 사람들 수효가 많을수록 좋고 심판하는 깨끗한 손이 적을수록 좋고, 그게 사회심리 아니겠어요? 친일하는 사람이나 반일하는 사람, 방관하는 사람, 그들도 각기 개인에 따라 사정은 다르지요. 친일도 열광하는 사람, 열광하는 척하는 사람, 고통스러워하는 사람, 그게 어찌 다 일색이라 할 수 있겠어요? 여하튼 지금은 비상시국 아니에요? 방관자나 비협조자를 그냥 놔둘 여유가 없는 것만은 사실이에요. 어떤 형식으로든 바람은 불거예요."

스스로 달변에 취하여 배설자의 얼굴 근육은 잘게 흔들리고 있었다.

방 안에는 무시무시한 긴장감으로 가득했다. 사람의 마음을 전율하게 하는 협박이었다. 일본 편에서 얘기하는가 하면 조선 민족 편에서 얘기하는 듯도 했고 알쏭달쏭, 두 가지 색깔로 현란하고 그로테스크한 피륙을 짜내듯, 배설자의 변설은 순풍에 돛 단 듯 미끄러지고 있었다.

"검거하기도 하겠지만 징용으로 뽑아간다든지 그 밖에도 합법적인 방법은 얼마든지 있으니까요. 지금 예술계에서도 전적인 개편이 있었고 국민문학 국민연극 등 전환을 부르짖고 있잖아요? 그게 다 정비 작업의 전초 아니겠어요?《동아

일보》《조선일보》가 폐간이 되었는데도 오히려 새로운 잡지들이 나오는 것은 무엇을 의미하지요? 자리를 마련해줄 테니까 대일본제국에 대한 충성을, 피 한 방울까지 성전(聖戰)을 위해 바쳐라, 그렇게 떠들라는 거지 뭐겠어요?"

"배선생님은 어, 어찌 그리 꿰뚫고 있어요?"

말 잘하는 것은 익히 알고 있었으나 욱희는 눈을 크게 뜨고 놀라워하며 말했다.

"제 자신이 예술계에 몸담고 있으니까요. 그 방면에 대해선 예민해질 수밖에 없잖겠어요?"

"하긴…… 그런데 참 모레 글핀가? 최승희 무용 발표회가 있지요? 배선생도 갈 거지요? 제자인데 물론 가겠지만."

욱희는 가까스로 화제를 돌렸다.

"당연히 가야지요. 만사 제쳐놓고 가야 해요. 선생님 만나뵙기도 하구요."

쇠가죽같이 질긴 심장이지만 그러나 배설자 얼굴에서 동요의 빛을 완전히 감추지는 못했다.

"그 얘기를 하니까 얼핏 생각이 나는데요. 무용으로 총후보국(銃後報國)이라는 그 기사가 나온 같은 날짜의 신문인데요, 박춘금(朴春琴) 씨 질문에 대하여 도조[東條] 수상이 답변하기를 조선의 징병제도에 대하여 실시 여하를 연구 중이라, 그랬어요. 앞으로 조선 청년들도 모조리 전쟁에 나가는 거 아닐까요?"

덕희의 말이었다.

"그건 이미 예상된 일 아니겠어요? 그리고 연구 중이라 한 말은 곧 실시하겠다는 뜻 아니겠어요?"

그런저런 얘기를 하다가 점심을 함께 먹고 욱희와 배설자는 떠났다. 그들을 보내고 양현이 제 방으로 들어가려 하는데 덕희가 드물게 양현을 따라 양현의 방으로 들어왔다. 자리에 앉았지만 두 사람 사이엔 침묵이 흘렀다. 말하지 않아도 두 사람의 위기의식은 같았고 불안도 같은 것이었다.

"그 여자 무섭지요?"

덕희가 입을 열었다.

"무서워요."

양현이 대답했다.

"우리 집을 탐지하러 온 것 아닐까요?"

"설마."

"경계를 해야 할까 봐요. 언니 집에서 몇 번인가 만났지만 그땐 그걸 못 느꼈는데, 앞으론 경계를 해야겠어요."

"가까이 안 하는 게 좋을 것 같아요. 섬뜩해요."

"품위도 없고 천해요."

하다가 덕희는,

"징병제도가 실시되면 우리 집은 어떻게 될까요?"

"……"

"재영아버지도 그렇고 동경에 계시는 도련님도 그렇고."

"나이들이 많으니까."

"하지만 일본인들은 삼십 대들도 많이 나간다지 않아요? 사십 대 초반도 나간다 하구, 정말 무서워 죽겠네."

"그렇게 되면, 만일 그렇게 된다면 우리 모두 죽는 거지요 뭐, 누가 살아남겠어요?"

서로 멀거니 쳐다본다. 그리고 두 여자는 동시에 외로움을 느꼈고 두 사람 사이의 거리가 좁혀지는 것을 느낀다.

"정말 친일 안 할 수 없네요. 그지요? 아가씨."

"……."

"실은 이번에 재영아버지가 진주로 내려간 것도 국방헌금 때문인가 봐요."

"국방헌금요?"

"확실하게 얘긴 안 했지만 어머님께서 그 일 때문에 의논하시려고 내려오라 하신 것 같아요."

"내라고 강요한대요?"

"강요하나 마나 날이면 날마다 신문에서 떠드는 게 그 얘기 아니에요? 우리 친정에서도 이미 수울찮은 금액을 내놓은 모양이에요, 우리 집도 상당한 액수가 나가야 할 거예요. 아버님도 그렇고 재산의 규모를 보더라도, 정말 돈으로나마 언짢은 일들이 무마됐으면 좋으련만……."

"새언니, 우리 각오는 해야겠지만 희망을 잃지 말아야 해요. 악이 언제까지 유지가 되겠어요?"

"그래요. 일본이 망하기를 빌 수밖에 없어요. 신명을 믿을

밖에요. 하도 무서운 얘기들이 많아서, 누가 그러던데 전선에
처녀애들을 막 실어 나른다 하잖아요? 아가씨도 명념해두세
요. 의사라고 전선에 끌려나갈지 모르니까요. 졸업 전에 약혼
이라도 해두어야."

그 말은 자신을 생각해서라기보다 양현을 염려하여 하는
말인 것 같았다.

저녁을 먹은 뒤 양현은 명희한테 내려갔다. 명희는 전과는
영 다른 표정으로 양현을 맞이했다. 상당히 문제가 있을 것
같은 그런 얼굴이었다. 양현이 역시 그날 밤과는 사뭇 달라진
얼굴이었다.

"청량리의 그 아주머니는 좀 어떠세요?"

"글쎄다. 며칠이나 지탱할까 싶었는데 아주 조금이지만 좋
아지는 것 같다."

"정말 다행이에요. 아주머니, 제발 좋아지셔야지요."

"가느다란 희망은 보이는데 뉘 알겠니? 꺼지기 전의 밝아지
는 촛불 같은 건지……."

"하필 안 좋은 편으로 생각하세요?"

"너무 험악해서 생각이 자꾸 불길한 쪽으로만 가는구나. 양
현아."

"네."

"넌 의학을 공부했으니까 묻는 말인데 생명에 기적이 있니?
없는 거야?"

"제가 뭘 알겠어요. 학생이고 경험이 있어야지요. 하지만 기적은 있을 것 같아요. 있을 거예요."

"그래, 있을 거다."

"그 아주머니, 너무 가여워요. 일본은 악마의 섬이에요. 물속에 가라앉아버렸음 좋겠어요."

"가엾지, 가여워, 하지만 여옥이만 가엾겠니? 우리 모두가 다 가엾다."

명희 눈에는 짙은 연민의 빛이 돌았다. 여옥만을 위해 그러는 것은 아닌 것 같았다. 그는 유심히 양현을 바라보는 것이었다.

"어디 거창한 환갑잔치나 화려한 결혼식 같은 곳에라도 가보고 싶다. 우울하고 요즘 같아서는."

"한겨울에 잔치요?"

"날씬 춥지만 이내 봄은 올 거야. 한데 오늘 밤도 여기 잘려고 내려왔니?"

"아니에요. 갈 거예요."

"이제는 졸업반으로 올라갈 건데 공부는 안 하고 이렇게 마실이나 다녀서 되겠니?"

농치듯 말했으나 명희의 생각은 다른 곳에 가 있는 것 같았다.

"공부는 하고 있어요. 그보다 불안하고 걱정이 돼서요."

"무슨?"

"낮에 이상한 여자 손님이 왔다 갔어요."

"이상한 여자 손님이라면…… 양현이 혼담 가져왔어?"

"아주머니도 참, 아니에요!"

"그럼?"

"그 여자가 와서 막 겁주는 얘기만 하고 갔지 뭐예요?"

"……."

"무슨 무용을 한다던지, 아주 기분 나쁜 사람이었어요."

"아아."

"아주머니 아세요?"

양현이는 놀란다.

"그 여자 배설자라 하던?"

"네 맞아요! 배설자라 했어요."

"그 여자가? 너희 집엔 뭣 하러 왔을까?"

얼굴을 찌푸린다.

"사돈댁의, 새언니 둘째 언니 되시는 분."

"황욱희 말이냐?"

"네. 그분하고 함께 왔어요. 그 댁 따님의 무용 선생이라 하던데."

"안 가는 곳이 없구나. 서울 장안이 좁겠다."

"아주머니는 어떻게 아세요?"

양현은 몹시 궁금해하며 물었다.

"전에 우리 유치원 보모들한테 자진해서 무용 강습을 한 일이 있었고 선혜언니하고도 잘 아는 사이였다는데 몹쓸 짓을 하고 지금은 앙숙인가 부더라. 아주 질이 좋잖은 여자야."

"그랬군요. 역시 그래서."

"무슨 일이 있었니?"

"앞으로 비협조적인 사람들한테 큰 바람이 불 거라 했어요. 그 말 땜에 걱정이 되고, 알고 계시는가 싶기도 해서요."

"비협조적인 사람? 그건 무슨 뜻이니?"

"일본에 대해서 말예요. 선혜아주머니 권오송 그분들처럼 시골로 도피한 사람들을 두고 그랬던 거예요."

"그 여자가?"

긴장한다.

"네."

"권오송 부처에 대해서 얘기하더란 말이니?"

"이름은 들먹이지 않았어요."

"알 만하다."

"뿐만 아니에요. 진주까지 가서 어머니를 찾아갔다지 뭐예요."

"거긴 또 왜?"

명희는 어이가 없는 모양이다.

"그건, 그건요. 진주 양교리댁 처제라던가요? 성악가라는 데 그 사람 따라서 갔다지 뭐예요."

"하여간 대단한 여자다."

명희는 양현을 상대하여 홍성숙의 얘기는 할 수 없었다. 양현이 아니라도 홍성숙에 대하여 왈가왈부할 필요가 없었다. 양현이 역시 혼담 때문에 왔다는 얘기는 하기가 싫었다. 수치심도 있었지만 결혼에 대해서 저항을 느끼기 때문이다.

"하여간 좋은 여자는 아니니까 멀리하는 게 좋을 거다."

"새언니하고도 그런 얘기 했어요. 경계해야 한다고."

명희는 웃었다.

"어느 분의 며느리 딸이라구, 어련하겠니?"

"그보다 아주머니 권오송 씨 어찌 될까요?"

"글쎄…… 그 여자 빈말한 건 아닐 거야. 권선생도 사태를 주시하고 계실 거고 각오도 돼 있겠지. 그 양반 서울 계셨을 때도 여간 어려운 입장이 아니었거든. 누명도 썼고 시골 내려갈 수밖에 없었다. 오늘 같은 시대야말로 배운 것이 한탄스럽지. 배운 것이 무거운 짐이 되는 세상이다."

"우리 오빠 우리 아버지는 어떻게 될까요."

"양현아."

"네."

"넌 아버지를 사랑하니?"

새삼스럽게 묻는다.

"그럼요. 아버지가 그리워요."

"그래? 그리워……."

양현은 다른 때보다 일찍 자리에서 일어섰다.

"오빠는 집에 있니?"

나가려는 양현에게 명희가 물었다.

"진주에 내려갔어요."

"언제쯤 오는데?"

"낼모레쯤 오겠지요."

"오거든 나한테 한번 들르라고 전해주겠니?"

"네."

양현이 가고 난 뒤 명희는 오랫동안 생각에 잠겨 있었다. 감정적으론 양현에게 말하고 싶었다.

'너의 아버지가 살아 계시다는구나.'

하고 말하고 싶었다. 그러나 그것은 최씨 일문에 대한 예의가 아니다. 명희는 일단 환국이를 불러서 전하는 것이 순서라 생각했던 것이다.

사실 명희는 낮에 효자동에 다녀왔다. 오라는 기별을 받고 갔던 것이다. 명빈은 약간 흥분돼 있는 것 같았다.

"어제 남천택이 다녀갔다."

"남천택이 누구예요. 오빠."

"너 모르니?"

"몰라요."

"음…… 그런가? 나한테는 후배 격인데 천재지. 미친놈으로도 보이고, 조선에서 둘째가라면 서러운 박식이지."

"그런데 그분 얘기는 어째 하시는 거지요?"

"음 얘기를 들어보아. 작년 봄인가? 하여간 행방을 감추었는데, 말들이 많았다. 소련으로 들어갔느니 어쩌니 하고. 하도 위인이 황당해서 그런 소문이 나돈 모양인데 실은 중국에 갔었다는구나. 그가 모습을 감추기 전에는 서의돈과 죽이 맞아서 한동안 어울려 다녔지. 해서 서의돈이 그리 되고 보니 제 딴에는 들여다본답시고 의돈의 집을 찾은 모양이다. 그 길에 여기 들른 거야."

"……"

"그가 소식을 가져왔어. 일부러 전할 생각은 아니었던 모양인데 의돈이 집에 오고 보니, 전하고 가자, 그랬다는 거고, 그건 다름 아닌 이상현의 소식이다. 듣고 있나?"

"네."

"상해에서 만났다는구나. 함께 술도 마시고 몰골이 초라하긴 한데 뭔가 일을 하고 있는 눈치더라 그러더군. 뭐 전할 얘기는 없느냐 하고 물었더니 모두 죽은 줄 알고 있을 텐데 그냥 내버려두는 편이 편하지 않겠느냐 그러더라는 게야. 그래도 어디 그러냐고 했더니 픽 웃으면서 그렇게 소식을 전하고 싶어 안달이 나거든 임명빈 씨한테나 가서 본 대로 말하라 하더라는 게야."

"……"

"특별히 상현이가 나한텐 소식 전할 이유가 뭐 있겠나. 명희 너한테 전하라는 뜻이 아니겠나?"

"그런 것 같군요. 이선생님은 양현이 걱정을 하신 거예요."

"그럴까⋯⋯."

명빈은 똑 떨어지게 말하는 명희를 바라보며 묘하게 아쉬워하는 표정을 짓는다. 아무런 구체적인 일도 없었는데 누이와 이상현을 안쓰러워했으며 깊이 이해하려 했던 임명빈, 그는 아직도 로맨티시스트인가.

"상현이가 살아 있을 줄은, 뜻밖이었다. 살아라도 있으니 얼마나 다행이냐. 헌데 이 소식을 넌 어쩔 셈이냐?"

"가족들에게는 알려야겠지요."

"너가?"

"환국이한테 효자동에 손님이 와서 그러더라 한다면 자연히 본가에서도 알게 될 거예요. 이제는 입장이 바뀌지 않았습니까."

"어떻게?"

"아들이 성공했고 어느 모로 보나 그분들이 우위에 있으니까요. 어쩌면 이선생님은 그런 소식을 듣고 있는지도 모르지요."

"양현에게는?"

"그건 환국이가 알아서 할 일이구요."

명희는 책상 앞에 앉아서 읽다 만 책을 펼쳤다. 아버지를 사랑하느냐고 물었을 때 그럼요, 아버지가 그리워요, 하던 양현의 목소리가 귓가에 울려서 명희는 쓸쓸해진다. 그 아버지는 이상현이 아닌 김길상이었기 때문이다.

2장 산행(山行)

봄이 가고 초여름에 접어들면서 여옥은 비로소 병자(病者)가 되었다. 누가 보아도 그는 병자였지만 미라는 아니었다. 해골도 아니었다. 이 병자를 두고 그의 오빠 내외와 명희는 기뻐했다. 또 한 사람이 기뻐했다. 그는 여수에 있는 최상길이었다. 며칠 전에 그는 서울에 다녀갔고 서울 온 김에 들렀다고 말은 그렇게 했다.

여옥이 벽을 기대고 앉아 있는데 방문을 열고 오라범댁이 들여다본다. 수닌 치마에 생명주 깨끼저고리의 외출차림이었다. 코가 오똑한 버선이 눈이 시리도록 희었다.

"괜찮겠어요?"

불안해하는 얼굴로 오라범댁이 말했다.

"괜찮아요. 다녀오세요."

"소영이보고 빨리 오라 했어요. 토요일이라서, 마음이 영 안 놓이네요."

"걱정 말라니까요. 이젠 운신도 하는데."

"그럼 갔다 오겠어요."

오라범댁은 친정 동생네 아이 돌잔치에 가는 길이다. 며칠 전부터 어쩔까, 걱정을 하는 것을, 여옥이 우겨서 가도록 한 것이다.

여옥이 혼자 남은 집 안은 조용했고 이따금 거리에서 냄비

와 양은솥 때우라며 외치고 지나가는 소리가 들려오곤 했다. 고물장수의 가위 소리도 들려왔다. 문밖 청량리는 옛집이 있던 동리와는 분위기가 사뭇 달랐다. 집 밖에 나가지 않았지만, 줄곧 방에서만 몇 달간을 누워서 지내왔지만 여옥은 그 분위기를 느낄 수 있었다. 뭐랄까. 헐벗은 것 같았고 한데에 나서 있는 것 같은 느낌이랄까. 물론 집 밖은 모두 한데겠지만 혜화동이나 명륜동같이 규모가 짜여진 부촌의 분위기와는 사뭇 다른 것이었다. 철 따라 대비하고 단속하며 제집 앞은 늘 청결하며 적잖게 쌀쌀한 데 비하여 계절에는 무저항으로 서 있는 마을, 정결하고 쌀쌀하지는 않으나 움츠러들고, 그러면서도 타인을 거부하지 않는 분위기, 그것은 감출 것도 벽을 쌓을 필요도 없는 가난의 분위기였다. 여옥은 누워 있었지만 피부로 그것을 느낄 수 있었다. 들고나는 사람들이 몰고 오는 바람에서도 그것을 느낄 수 있었다. 옛날 친정의 살림이 부유한 편은 아니었지만 죽은 남동생과 오빠, 사위까지 동경유학을 보냈고 진작부터 개명한 부친은 여자인 자신에게도 고등교육을 받게 했다. 그런 정도의 살림 규모, 일하는 사람도 늘 두셋은 부렸고 오라범댁이 새색시 시절에는 부엌일 같은 것은 하지 않았으며 깨끗하게 차려입고 방에서 바느질만 했다. 여옥은 친정의 몰락을 새삼스럽게 실감한다. 그래서 어떻다는 것은 아니었다. 기억의 문이 열렸다고나 할까, 감각이 살아났다고나 할까. 육체보다 훨씬 앞질러서 감각은 제자리를 찾는 것 같았다. 소리에서, 빛깔에서, 코끝에 감도는 냄새에서도 어떤 형태가 나타나고 내용이 전개되고 그것은 마치 길잡이처럼 숨어 있는 영상을 불러내고 끝없이 물러나게 하곤 했다. 여수에서의 내용이, 군산에서의 사건이, 좀 더 들어가는 벽촌에서의 전도 생활 그 현장이 나타나곤 했다. 형무소의 생활, 고문당하는 일, 목말라서 몸부림치던 일, 어떤 때는 어둡고 희미하게, 어떤 때는 밝고 선명하게, 그 당시 현장보다 한층 선명하고 현란하게 구두축이 넓적한 무거운 구두를 신고 검정 새틴 통치마에 모시 적삼을 입고 서울역 대합실에서 서성대는 자신의 모습이 떠오르는가 하면 병신 자식 하나 돌보며 사는 할머니를 도와서 풀을 매던, 자신의 흙 묻은 손이 눈앞에 나타나기도 했다. 그런데 이상한 것은 오선권과의 결혼 생활, 오선권의 배신으로 저주의 날을 보낸 그 시기는 마치 필름이 끊어진 것처럼 나타나지 않았다. 화인같이 가슴에 찍혀 있던 그 분노의 세월은 어디 가고 없어진 것일까.

여옥은 앙상한 손을 들여다본다. 뼈만 남은 손등 위로 지나가는 푸른 정맥, 여옥은 그 푸른 정맥을 볼 때 자신이 진정 살아 있구나 하고 생각하는 것이다. 취조관이 목을 비틀 때, 옷을 벗겼을 때 울부짖었다.

'주여! 저를 죽게 하소서! 주여! 저를 데려가주소서!'

여옥이 해골의 몰골이 된 것은 고문과 형무소 생활 때문만은 아니었다. 그의 영혼이 죽어가는 데 앞질러 육신이 망가졌던 것이다. 여옥을 그나마 있게 한 것은 최상길의 존재였다. 오빠하고는 중학교 선후배였으며 오선권과는 친구 사이였던 최상길이 여수에 전도부인으로 나타난 여옥에게 동정을 품고 여러 가지 힘이 되어주려고 한 것은 있을 수 있는 일이다. 처음 만났을 때 최상길은 오선권을 두고 그 친구 상종할 놈이 못 됩니다 하고 말했다. 최상길, 그리고 그의 처 금홍이, 여옥은 그들의 근황을 알지 못한다. 옥바라지를 해주었으며 팔방으로 손을 써서 여옥을 옥에서 나오게 했으며 서울까지 데려다주었던 최상길 옆에 금홍이 어떤 모습으로 있었는지를 여옥은 알지 못한다. 남편을 의심하여 여옥의 집 근처를 배회하던 여수의 명기 출신이며 극도의 의부증 환자였던 금홍이.

그때 여옥은 그런 상황을 희극적인 것으로 받아들였다. 말똥머리*에다가 구두 뒤축이 널찍한 무거운 구두를 신고 검정 치마, 사시사철 흰 적삼 아니면 검정 저고리를 입고 전도사업을 위해 말 갈 데 소 갈 데 가리지 않고 찾아야 했으며 거칠대로 거칠어졌고 섬세한 부분이라고는 찾아볼 수 없었던 시기, 세수만 하면 그만, 그 흔한 크림 한번 바르지 않았다. 여자로서의 매력이 남아 있으리라고 생각해본 일조차 없는 자기 자신을 두고 비록 기생 출신이기는 하지만 눈에 번쩍 띄게 아름다운 금홍이가 최상길 때문에 자기를 경계한다는 사실은 납득할 수 없었고 웃어넘길 수밖에 없었다. 그 무렵, 여옥을 의지하여 여수로 찾아온 명희하고 수예점에 들렀다가 노상에서 최상길을 만났고 집으로 돌아오는 길에 다음과 같은 말을 여옥이 했다.

"지나놓고 보면 웃음도 나오는데 당할 때는 병이 나겠더라니까, 여자가 혼자 산다는 것, 그것 참 어려운 일이야. 도처에서 다리를 걸어 나자빠지게 하는데 참말 미치겠더군. 전도부인이란 직책을 앞에 걸고 다녀도 말이야. 명희 너도 앞으로 많이 당할 거야. 특히 넌 그 미모 때문에, 나같이 별 볼 일 없는 여자도."

"무슨 일이 있었기에?"

"사람 도둑으로 의심받는 일 말이야!"

그때 여옥은 산 넘어 갔던 부아가 되돌아왔는지 벌컥 화를 냈다.

"나 원래는 신경질이구 결벽증, 성질이 그랬었잖니? 그런 것들이 세월 따라 마모되고 좋은 뜻에서도 그렇지만 나쁜 뜻에서도…… 결함이 될 수도 있겠지만 장점이 될 수도 있었던 그런 것들이 다 망가져버렸다……. 이따금 나는 내가 나무토막인가, 아무 곳에나 굴러 있는 돌덩어린가 하고 혼자 뇔 때가 있어."

여옥은 말하고 나서 웃긴 웃었다.

"나도 피해자의 한 사람이지만 결코 남자를 도둑맞았다는 생각은 안 해. 또 그런 처지의 여자로서 동정받는 것도 싫어! 오선권이 내게 준 것이 그게 어디 사랑이었니? 오선권은 세상을 살아가는 데 필요한 여건 때문에 나하고 결혼을 했고 또다시 세상을 살아가는 데 필요한 여건 때문에, 그 여자에게 가기 위해 나와의 부부관계를 취소한 거 아니니? 그건 인간의 본질의 문제지 질투하고는 별로 관련이 없어. 그러나 내가 그 절망의 늪에서 일어나 세상 밖으로 기어나왔을 때 느낀 것은 이방인이구나, 그거였어. 명희 너도 이제부터 그것을 뼈저리게 느끼게 될 거야. 시골에 가도 도시에 가도, 교회당 안이나 밖에서도…… 여자들은 나를 침입자로, 결코 과장이라 생각지 말어. 농가에 들어서도 농가 아낙은 제 남정네 어느 한 부분, 눈빛 하나라도 도둑맞을까 봐 경계하고, 물론 내가 임자 없는 홀몸이라는 것을 전제해서 말이야. 아찔하고 눈이 멀 것 같은 충격을 헬 수 없이 받았다. 해서 남자라면은 벽을 쌓고 또 벽을 쌓아놓구 여자들과 친해볼려구, 그야말로 쓸개 다 빼어 놓구서, 그럴수록 오히려 그게 약점이 되는 거야. 그 방자함이란…… 아니면 위세 당당하게 동정이나 베풀고, 인간을 어떻게 포기해? 난 복음을 전하는 전도사 아니니? 도시 인간이란 무엇이냐, 수없이 물어보고 또 물어보고, 주여 나는 어찌해야만 하옵니까? 논둑길을 가면서 물어보고 산길을 가면서 물어보고…… 이제는 그런 갈등은 극복된 것 같기도 하지만 그러고 보니 사람이 억척스러워지고 미련해지고 물기 빠진 고목이 된 것 같고…… 신앙까지도 형식화해 가는 것 같고, 아무튼 최상길이 그 사람만 하더라도 어느 곳에나 있는 남자 이상으로 생각한 일이 없었지만, 그 사람 역시 옛날 친구의 여자로서 오선권이 걸어간 길을 너무나 빤히 아는 처지, 게다가 선배의 누이로서 그 이상의 관심이나 그런 것 보인 적은 한 번도 없었어. 본시 그 사람은 교인이었거든. 도중에 타락하여 교회와 멀어졌다가 지금 여자 만나 다시 교회에 나오게 됐는데 이 여자가 내게 준 횡포는 상당했다. 그야말로 남의 인생 때문에 혼난 거지. 어떤 때는 남편이 외출하면 행여나 싶었는지 내가 있는 집 근처를 배회하기도 하구, 무슨 일이 있느냐 집으로 들어오라 하면 여자는 아무것도 아니오 하면서 횡하니 등을 돌리고 가는 거야. 어이구, 하며 난 그럴 때 땅바닥에 주저앉지. 그 칼날 같은 눈빛은 교회에서도 내 전신을 찌르는 거야. 까닭 없이 다리가 후들거리고 허둥지둥하다가 오냐, 나도 칼을 빼들고 마음으로 그를 대항하리 할 때 여자는 풀이 죽는 거야. 그러다가 언제까지 이런 무위한 짓을 해야만 하는가 혼자 쓴웃음을 띠곤 했다. 그 여자가 풀이 죽으면 참 인간이란 쓸쓸한 거구나, 그 여자도 나와 같이 이방인일까? 그럴 요소는 있지."

여옥은 금홍이 생각을 계속해 한다. 최상길이 여옥에게 쏟는 정성에 대하여 금홍이는 어떻게 대항하고 있는 걸까? 하고.

같은 기독교도로서 바로 그 신앙으로 말미암아 수난을 겪게 된 교우에게 구원의 손길을 뻗는 것을 의무로 양심으로 받아들일 수도 있는 일이다. 남편을 따라 교회에 나오게 된 금홍의 신앙이 깊어졌다면. 그렇게 생각은 하면서도 여옥은 어딘지 미심쩍고 의문이 남았다.

'아직은, 아직은 그런 것 생각하지 말자. 이대로 고맙고 따뜻하고 진실된 삶이 소중하다.'

집 안은 너무나 조용했다. 집 안에 있는 쥐 새끼들조차 어디론가 이사를 다 가버렸는지 바늘 하나 떨어뜨려도 소리가 날 것처럼 그렇게 조용했다.

여옥은 거울을 찾아 자기 얼굴을 비춰본다. 눈동자가 허공같이 검고 커 보였다. 솟아오른 관골, 홀쭉한 두 볼, 입술에는 핏기라곤 없다. 얼굴은 백지같이 희었다. 가느다란 목은 머리를 떠받치고 있는 것조차 힘겨워 보였다.

'숭업다.'

거울을 놓는다. 그러나 거울을 놓는 순간 여옥은 옛날의 이십 대, 그 시절의 모습이 언뜻 지나간 것같이 느낀다. 말랐기 때문에 그랬는지 모른다. 활동하고 노동할 때 드세고 질겨 보였던 그런 것들이 다 탈락되었기 때문인지 모른다. 전도사 생활을 하는 동안 여옥의 얼굴은 항상 빨갛고 땀을 흘렸다. 특히 여름철에는 그랬다. 농가에 들렀을 때 혼자 울고 있는 아이가 있으면 업어서 재워주기도 했고 노인네들이 풀을 매고 있으면 주질러 앉아서 함께 풀을 매어주었고 돌보는 이 없는 병든 사람의 간호도 했으며 상가에서는 허드렛일도 했다. 야학교에서는 수예 재봉을 가르치고 글도 가르쳤다. 항상 그는 움직이지 않으면 안 되었다. 햇볕을 안고 수없이 걷지 않으면 안 되었다. 그래서 유별나게 흰 얼굴은 검게 타지 않고 붉게 타는 것이었다. 어째서 그와 같이 힘들게 동분서주했는지. 그 것은 신앙의 힘이었겠지만 여옥에게는 자신이 누구이며 무엇 인가, 그 끝없는 물음의 수행일 수도 있다. 그는 전도사가 되 어 활동하면서 깊이 기도하면서도 오선권을 쉽사리 용서하지 못했다. 따져보면 여옥은 사랑을 배반한 오선권에 분노를 느 꼈던 것은 아니었다. 사람을 배반하고 진실을 배반한 그것에 분노를 느꼈던 것이다. 그는 명희에게 말했다. 인간의 본질의 문제였지 질투하고는 상관없는 일이라고 말했다. 사랑을 잃 어서, 자신의 운명이 망가졌기 때문에, 버림받은 여자라서, 여옥은 그래서 절망했던 것은 아니었다. 사랑이 식으면 이별 하는 것은 어쩔 수 없는 일, 도덕에 묶이어 피차 불행하게 사 는 것을 여옥은 원치 않았다. 다만 진실을 입신출세에 이용하 는 그 비정에 절망했던 것이다. 여옥은 그 자신이 말했듯이 젊었을 때는 신경질적이며 몹시 심한 결벽증이었다. 화인같이 남아 있던 비정이 용서가 되지 않았던 오선권이, 그런데 어찌 그 기억이 끊어진 필름처럼 여옥의 마음에서 사라졌을까.

"아무도 없어요?"

명희 목소리였다.

"여옥아!"

"응, 나 여기 있어."

명희가 방으로 들어왔다.

"모두 어디 갔니?"

"모두라니?"

"너희 올케 말이다."

"외출했다."

"아픈 사람 혼자 두고?"

"내가 돌잔치에 가라 했어."

"놀랐다. 무슨 일 있었는가 싶어서."

"좀 있으면 학교에서 소영이가 올 거야."

소영이는 여옥의 조카딸이다.

"괜찮니? 너."

명희는 앉으며 말했다.

"응."

"참 더디게 회복이 되는 것 같다. 하지만 갑자기 좋아지는 것도 비정상이지. 너 나왔을 때 생각을 하면 정말 끔찍스러워."

"아직도 끔찍스럽지 뭐."

여옥은 까닭 없이 퉁명스럽게 말했다. 명희는 웃으면서,

"이젠 살았지 뭐."

"넌 유치원 어떡허고 밤낮 오니?"

"시국이 말이야, 유치원도 문 닫지 않을까 싶어."

"왜?"

"영미하고 전쟁이 시작되면서 정부 시책도 달라졌지만 인심

이 확 바뀌었다. 부모들이 아이를 유치원에 보내는 데 관심이 없어진 거야. 심리적으로 한가한 마음으로 살 수 없는 거지. 그리고 또 언제 어떻게 될지 모른다는 생각에서 아이를 곁에서 떼어놓는 데 불안을 느끼나 봐."

"그렇게 심각하니?"

"신문보도를 보면 일본이 계속 밀어붙이고 있지만 집 안의 밥그릇까지 내놔야 하고 시골서는 국민학교 아이들을 동원하고 송진까지 수집한다니까. 날이 갈수록 상점은 텅텅 비고 생활필수품은 구하기가 어렵고 그야말로 비상시국이지. 당국에서는 식량은 부족하지 않을 것이다 하고 발표했지만 식량문제가 심각하다는 얘기 아니겠니? 젊은 사람 있는 집안은 전전긍긍이구."

"나 누울래."

그런 얘기는 별로 듣고 싶지 않았는지 여옥이 말했다.

"그래, 그래 누워라."

명희는 여옥이 눕는 것을 도와준다. 여옥의 체중은 새털같이 가벼웠다. 그러나 마치 피노키오처럼 뼈와 뼈만 이어져서 덜거덕거리는 것만 같았다. 반듯하게 누운 여옥은 무심하게 명희를 쳐다보았다. 푸르게 느껴지도록 맑고 큰 눈이었다. 잔잔한 호수 같아서 새 그림자라도 드리워질 것만 같았다. 여학교 시절부터 긴 세월 동안, 참으로 긴 세월 서로 흉허물없이 사귀어온 친구였지만 명희는 이같이 맑고 영적(靈的)인 눈은 처음 보는 것 같았다.

"너의 올케 참 괜찮은 분이다."

"무던하지."

"어쩌면 이부자리가 이렇게 늘 깨끗하니? 오래 누워 있는 병자에게 이러긴 정말 쉽지 않다. 올 때마다 느끼는 일이지만."

"명희야."

"왜?"

"내가 병자니?"

"병자 아니니?"

"글쎄, 못쓰게 망가지고 고장난 기계 같은 것, 아닐까? 병이란 살아 있는 것에 달려드는 것 아니겠니?"

"무슨 소릴 하는 거야?"

명희는 어리둥절하며 말했다.

"그동안 겪으면서 내가 사람이란 생각을 못했어. 자전거나 달구지나 불피우는 풍로, 맷돌…… 그런 물건 같았거든. 사람이란 생각을 했다면 아마 자살을 했을 거야."

그 일에 대해서는 더 이상 말을 계속하지 않았다. 명희도 침묵으로 대하면서 여옥을 외면했다. 한참 후에 여옥은 다시 말했다.

"우리 올케, 우리 집에 시집와서 고생만 한다. 나 같은 시누이 꼴도 보아야 하구, 명희 너같이 친정을 도와준 일도 없었는데 도대체 이게 무슨 염친지 나도 모르겠다."

"도우긴, 그런 말 말어. 걱정 끼치기론 너와 다를 게 뭐 있니?"

"오라버니는 좀 어떠시니?"

"어어? 이제 제법이네. 남의 걱정까지 다 하구."

여옥은 웃었다.

"실은 가을쯤 산에 가기로 나하고 약속했어. 처음에는 떨떠름해하더니, 요즘엔 오히려 오빠 쪽에서 강한 의지를 보이는 것 같아."

"산으로…… 거긴 왜?"

"지리산인데 그곳에 훌륭한 분들이 몇 분 계신가 봐. 절에 계시는 스님 한 분은 오빠하고 안면도 있구, 또 최참판댁하고 인연이 깊은 절이라 하더구나."

"그러니까 정양하러 절에 가신다 그 말이니?"

"말하자면 그런 셈인데 오빠 생각은 다른가 봐. 처음엔 무심히, 그러다가 차츰 그곳 스님한테 가고 싶은 생각을 하는 것 같애. 하기는 서의돈 선생이랑 가까운 친구들이 모두 그리됐으니 오빠로서는 어쩌면 지푸라기라도 잡으려는 심정인지 몰라……. 그 스님은 출가하기 전에, 서울서도 식자들 간에 꽤 알려진 사람이래. 신학문도 동경 가서 했고 본시 서울 분인데 집안 어른이 일본과 합방 당시 자결을 했다는 그런 말도 있어. 아무튼 좀 특별한 사람인가 봐."

이들은 모두 화제에 오른 스님이 여수에서 만난 적이 있는 소지감이라는 것을 전혀 알지 못한다. 한번은 명희와 여옥이 수예점을 나서다가 노상에서 최상길과 소지감이 함께 오는 것을, 또 한번은 명희가 통영으로 가기 위해 여옥이하고 부두로 나갔을 때 마침 부산으로 가려는 최상길 소지감, 그들을 전송하기 위해 나온 금홍이, 그들 일행과 만났으며 두 여자에게 최상길은 소지감을 소개까지 해주었다. 그때 소지감은 스님이 아니었다.

"오빠의 병은 순전히 마음에서 난 병이야. 살려는 의지가 없으면 백약이 무슨 소용이겠니? 마치 죽음을 기다리는 사람같이, 아예 모든 것을 포기하고, 우리 역시도 한땐 오빠 포기하는 심정이었다."

"왜 그렇게 되셨을까? 원인이 있을 거 아니야?"

"원인은 여러 가지가 있었지. 그중에서도 내가 오빠 심리적으로 괴롭혔나 봐. 어려웠을 때는 그놈의 유산인지 뭔지……그때부터 나는 우둔하게 눈감고 살려 했고 오빠는, 그래, 그랬을 거야. 나는 얻어먹는 거지, 완전히 임명빈이라는 인간은 무너지고 말았다, 그런 자학에 빠진 것 같아. 친구들 만나면 쓸데없이 말 많아지고 눈치 보고 풀이 죽고 그러고 나면 심한 우울증에 빠지는 거야. 그런 심리적 갈등을 되풀이하다가 저리됐지 뭐니? 어떤 땐 올케하고 자식들까지 남 대하듯, 자기 자신의 부끄러운 일부같이 생각하는 거야. 그래서 나도 의식적으로 친정을 멀리하곤 했는데."

"알 만하다, 그 심정 알 만해. 돌아가신 너의 아버님도 좀 깔끔하셨니? 대쪽 같은 어른이셨지. 어머님도 여간 꼿꼿하셨니?"

"사는 게 지겹다."

"아니야. 그렇지 않아."

여옥은 명희 말을 가로막았다.

"만사에 눈을 감고 살다가도 문득문득 사는 게 뭔가…… 고통스러워. 사실 오빠 비난할 자격도 없지."

"산다는 것은 아름다워. 생명이란 참으로 놀라운 거야. 어떤 경우든 살아 있다는 것은 축복이고 축복으로 느끼는 한 죽음도 원망스러운 거는 아닐 것 같다."

"그런 고통을 겪었으면서도? 죽고 싶은 생각 안 해봤니?"

"했지. 수없이 했다. 그랬기 때문에 삶이 소중한 것을 지금 느끼는 거야. 삶을 포기해서는 안 된다구."

"그런 너의 힘은 어디서 나왔을까? 신앙에서 오는 거니?"

여옥은 잠자코 있었다. 대답하기가 어려운 눈치였다.

"그거는, 그거는, 글쎄…… 그거는 아마도 사람에 대한 신뢰 때문이 아닐까? 믿음의 회복 같은 것."

명희는 여옥이 묘한 말을 한다고 생각한다. 이해되지 않는 것은 아니었지만 그 신뢰라는 것이 무엇으로 인한 것인지 알 수 없었다. 그는 웬 까닭인지 신앙에서 오는 거냐는 물음에 대하여 답변이 없었다.

"고모 나 왔어요."

조카 소영이 방문을 열고 들여다본다.

"어머, 아주머니 오셨네요."

갈래머리의 소녀, 소영은 활짝 웃었다.

"잘 있었니?"

명희도 웃었다.

"고모 나 뭐 해드릴 일 없어요?"

"가서 공부나 해. 어머니 늦게 오시면 저녁 준비하구."

"알았습니다."

하고 소영은 방문을 닫았다.

"명희야 나도 산에 가고 싶어."

"전도부인이 절에 가서 되겠니?"

"산에 가고 싶다고 했어."

"몸이 회복되면 그것도 괜찮겠지."

"그러고 또 당장은 책을 읽고 싶어."

"책 읽을 기력 있니?"

"천천히 읽지 뭐. 너 요다음 올 때 책 좀 골라서 가져와."

"그래. 그렇게."

어쨌든 명희는 여옥과 명빈에 대하여 한시름 놓은 셈이다.

늦겨울에 목포감옥에서 실려나온 여옥은 서울서 초가을을 맞이했다. 마치 저울의 금처럼 한 땀 한 땀 나가는 실의 흔적처럼 여옥의 건강은 몹시 더디게 회복되어 왔다. 그는 집 안을 돌아다닐 수 있게 되었고 일요일도 그랬었지만 평일에도 학교 가는 길에 소영이 부축하여 혜화동 명희 집에 데려다주곤 했다. 명희는 여옥이 올 때마다 가지 말라고 붙잡곤 했다. 혼자서 너무 쓸쓸하니까 함께 있자고도 했다.

"싫다 이 애, 너 인생 내 인생이 뒤섞여서 죽도 밥도 아니게 된단 말이야."

그럴 때마다 여옥은 고개를 저었다.

"사실 그때 명희 네가 여수에 왔을 때 나 힘들었어."

"그때 얘기는 왜 하누. 그때하고 지금하고 같애? 너무 절박했고 눈앞에 보이는 것이 없었던 그 시절, 생각만 해도 끔찍해. 이제는 마음씨 좋은 아주머니 아니니?"

"이제는 내가 널 힘들게 할 거야. 그보다 홀몸의 여자 둘이 함께 사는 것도 너무 청승스러워."

"언제까지 친정에 있을 거니? 그 착한 올케 골만 썩일 작정이야?"

"앞으론 날아야지."

"어디로?"

"어디긴? 저 높은 자유의 하늘로."

"얘두 참. 꿈같은 얘기 하네. 누가 너 마음대로 날아다니게 내버려둔대니?"

"내 마음까지야 붙잡아 매두겠니?"

여옥은 혜화동에 오면 힘든 일은 못해도 부엌에 나가 반찬

장만하는 것을 즐겨했고 유치원에 나가서 아이들 노는 모습을 바라보며 서 있는 것을 좋아하곤 했다.

이날도 아침나절 소영은 여옥을 데려다주고 갔다. 청량리에 여옥을 데려다주는 것은 명희의 소임이었다.

"벌써 가을이네."

하늘 높이 무리 지어 날아가는 새를 보며 여옥이 말했다.

"가을이야. 엊그제 뙤약볕에서 땀을 흘리곤 했는데."

사과를 깎으며 명희는 맞장구를 쳤다.

"너희 오빠는 언제 산에 가시니."

"너도 가고 싶어?"

"아직이야 뭐, 못 가지."

"수일 내로 가게 될 거야. 그쪽에서도 아마 기다리고 계실 걸? 여름방학 때 환국이가 내려가서 거처할 곳도 마련해놨고."

"그 댁의 바깥어른은 참 어떻게 지내실까?"

"그 얘기는 그만두자. 모두가 다 괴로워. 처음 당하는 일이 아니니 그 댁 부인도 잘 견디시는 모양이야."

"서선생님댁은?"

"사정이야 다 같지. 다만 유인성 선생 그 댁이 참 어려운 모양이다."

"인실이 오라버니 말이지?"

"응, 그 댁 부인이 좀, 외아들이 결핵이야. 그래서 마산요양소에 가 있는데 어머니가 내 몰라라, 그럴 수도 있는 일인지 이해할 수가 없어."

"그럼 어떻게 되니? 어머니가 몰라라 한다면 그건 죽으라는 얘기가 아니니?"

"있고서야 설마 몰라라 하겠니. 여기저기 사정이 막히고 딱하게 되다 보니 그럴 수도 있겠지만 소문은 아주 고약해."

"어떻게?"

"황태수 씨가 요양원에 보내라고 상당한 금액을 전했다는데 알고 보니 아들한테 한 푼도 가지 않았다는 거야. 그뿐이면 좋겠는데 아들을 핑계 삼아 아쉬운 소리 해가면서 돈을 얻어다가 쓴다는, 좀 믿어지지 않는 얘기지?"

"세상에 그런 기막힌 어머니도 다 있니? 하기는 딸을 청루에 팔고 그 돈으로 노름하는 아비도 있긴 있더군."

"유선생님이 수감되기 전에도 아들 땜에 몹시 가슴 아파했다 하더군."

"참 인실이한테 언니가 한 분 있었지 않아?"

"응, 인경언니, 그러잖아도 인경언니가 대강 뒷바라지를 하는 모양인데 그게 어디 쉬운 일이겠니? 하루 이틀도 아니구."
하다 말고 명희는 한순간 망설인다.

"너도 알 거야."

"뭘?"

"인실이 소문."

"일본인하고 어쩌고 하는 그 소문 말이니?"

"그래."

"그게 어쨌는데?"

"이상한 것은 그 일본인이 요양소에다 가끔 송금을 한다는 거야."

여옥은 깜짝 놀란다.

"그렇담 인실이가 그 일본인하고 함께 있다 그 말이니?"

이번에는 명희가 펄쩍 뛰었다.

"절대로, 절대로 그건 아니야. 선우신이라고 넌 잘 모르겠지만 유선생님한테는 둘도 없는 제자인 셈인데 그 사람은 유선생 집안 사정에도 소상하구 그 일본인도 만난다고 했어. 그의 말에 의하면 그 일본인 역시 인실의 행방을 알고자 아주 결사적이라 하더군. 오빠 집에도 가끔 오는데 이번에 모두 함께 수감이 되었지."

"그렇다면 인실이는?"

"인실이 행방에 대해선 아무도 모른대. 죽었다는 말도 있고 독립군에 들어갔다고도 하고."

"그러면 그 일본인은 어찌 알고 요양소에 송금을 하는 걸까?"

"작년에도 유선생 집에 왔더라는 거야. 그리고 수감되었다는 소식은 동경의 찬하 씨로부터 들었겠지. 그들은 아주 절친한 사이거든."

했을 때 명희는 그 바닷가, 분교에 찾아왔던 조찬하와 오가타, 인실의 모습을 생각하지 않을 수 없었다. 생각날 때마다 날카로운 비수에 심장이 찔리는 것 같은, 그 괴로운 기억.

"하기야 뭐 인실이 아니래두 유선생하고는 선후배 사이, 계명회사건 때도 함께 검거된 처지니까 그럴 수는 있는 일이지만 예사로운 일은 아니지."

그러나 명희와 여옥은 진상을 모르는 만큼 그 추측은 상당히 겉도는 것이었다. 오가타가 만주에서 가끔 요양소에 송금하는 것은 사실이다. 그러나 오가타의 심정은 의리라든지 동지애라든지 인실에 대한 사랑의 표시라든지 그런 것과는 사뭇 성질이 달랐다. 보다 진한 것이었다. 보다 절실한 것이었다. 유씨 집안은 아들의 외가요, 유인성은 아들의 외삼촌이며 요양소에 있는 아이는 아들과 사촌지간이다. 아들의 반쪽 핏줄에 대한 절실함 애틋함이 그로 하여금 요양소에다 송금을 하게끔 했던 것이다. 작년 봄에 산장에서 조찬하와 함께 제문식과 선우신을 만나 술을 마셨을 때 유인성의 가정 형편을 알게 되었고 유인성이 수감된 일은 명희의 추측대로 조찬하가 오가타에게 알려주었던 것이다.

"사람이 외골수인 모양이지?"

"나도 그 일본인 한번 보기는 했어."

"어디서?"

"그건, 하여간 오빠도 들은 얘기가 있어서 칭찬을 하고 환국이 역시 잘 아는 사인지 그 일본인을 아주 깨끗한 사람이라 하더구만."

"인실이가 어떤 앤데?"

"응?"

"헛소문이든 사실이든 그 애가 아무나 상종할 성질인가? 그래도 그만했으니까 화제가 됐겠지. 어쨌거나 아름다운 얘기야. 인종은 달라도 사람은 다 마찬가지 아니겠니? 극악무도한 흉물이 있는가 하면 빛나는 사람도 있고 가끔 그런 사람이 있기 때문에 우리도 희망을 잃지 않고 사는 거 아니겠어?"

"글쎄,"

명희는 저도 모르게 한숨을 내쉰다.

찬하에 대하여 얼마나 자신이 이기적이었나를 생각하는 것이었고 지난봄에 들은 상현의 소식을 생각해보는 것이었다. 인실은 혼신을 바쳐서 팽팽하게 유감 없이 살고 있을 거란 생각도 들어 어떤 선망을 느끼지 않을 수 없었다. 사랑했던 제자 유인실.

'그는 죽었을까? 아니다. 그는 살아 있을 거야.'

명희는 또 한 번 한숨을 내쉬었다.

여옥과 명희가 점심을 끝내고 막 상을 물렸을 때였다. 뜻밖에도 최상길이 집 안으로 들어서는 것이었다. 명희는 몹시 당황한다. 그동안 몇 번인가 서울을 다녀갔다는 얘기는 들었지만 여수에서 대면이 있고는 처음 그를 만나게 된 때문이다.

"올라가도 되겠습니까?"

최상길은 마당에 서서 정중하게 물어보는 것이었다.

"네. 올라오세요."

명희는 마루 끝에 두 손을 깍지 끼고 서서 말했다.

"최선생이 웬일이세요? 여길."

아연해하던 여옥이도 몸을 반쯤 일으키며 물었다.

"여긴 금남의 집인가요?"

"별안간 사람을 놀라게 하지 않아요?"

"좀 놀라보시오. 길선생이 날 놀라게 한 것만큼 앞으로 놀
랄 일이 자꾸 생길 거요."

"아이 참 겁나네."

"실은 청량리에 갔더니 여기 있다고 해서요. 저녁차로 내려
가야겠기에 염치 무릅쓰고 왔습니다."

최상길은 명희가 내미는 방석에 앉으며 말했다.

"유치원이라 해서 찾기도 쉬울 것 같고 전혀 안면이 없는
처지도 아니고 해서 오기는 왔는데 실례가 되지 않았는지 모
르겠습니다."

비교적 소탈하게 최상길은 미소를 띠며 말했다. 옛날 보았
던 모습에 비하여 그는 많이 마른 것 같았다. 연회색의 양복
이 헐거워 보였고 수수하여 옛날의 멋쟁이 흔적이 희미하게
남아 있었다.

"실례라니요? 정말 잘 오셨습니다. 그러잖아도 만나뵙고
고마운 인사를 드리고 싶었는데."

명희로서는 익숙하지 않은 남성에게 그나마 최대의 마음 표시를 했던 것이다.

"고마운 인사는 제 편에서 해야지요. 해골바가지 같은 우리 길선생을 저만큼이나 사람 꼴을 만들어놨으니 이게 다 뉘 덕이겠습니까?"

최상길은 하하핫 하고 소리 내어 웃었다.

"이거 좀 헷갈리는데? 어느 쪽 촌수가 가까운지 원."

여옥이 말에,

"말하나 마나 애인과 친구, 말할 필요도 없지 않소."

세 사람은 모두 함께 웃었다. 그리고 명희가 내온 홍차를 마신다. 최상길은 찻잔을 내려놓으면서 여옥의 얼굴을 새삼스럽게 바라본다.

"얼굴이 많이 좋아졌어요, 길선생."

최상길의 말에,

"감질나게 조금씩 조금씩."

여옥이 자못 불만스럽다는 듯 말했다.

"죽었으면 어쩔 뻔했어요? 저 하는 말, 욕심이 조금씩 조금씩 생긴다 그 말이구먼."

"공탓이 하는 거예요?"

"아암 공탓이 해야지."

명희는 흉허물없이 대하는 그들이 보기가 좋았다.

"공탓이가 뭐예요?"

명희가 물었다.

"공탓이란 남쪽에서 쓰는 말인데 은공을 베풀었다고 자꾸 들추어내는 것을 두고 한 말이다."

여옥이 설명을 해주었다.

"그는 그렇고 임교장께서는 건강이 안 좋으시다는 얘기를 들었는데 좀 어떠신지요. 한번 가 뵙지도 못하고 죄송합니다."

"네, 건강이 좀……."

명희는 길게 말을 잇지 않았다.

"유치원은 잘돼갑니까?"

"아마 길게는 못할 것 같습니다."

"그럴 테지요. 지방에도 유치원은 거의 폐쇄됐으니까요. 대부분이 교회에서 운영해온 까닭도 있지만 결국 불요불급하다는 거지요. 이런 비상시국에는."

최상길은 담배를 붙여 물었다. 재떨이가 없는 집안이어서 명희는 얼른 접시 하나를 가져왔다.

"미안합니다."

"아니에요."

"저녁에는 저 큰아기를 임선생께서 청량리까지 데려다주신다면서요?"

"누가 그랬어요?"

여옥이 물었다.

"언니 되시는 분이 그러시더군요. 명희 씨가 데리고 올 때까지 기다려야 한다고."

"혼자 갈 수도 있는데 공연히 모두들, 어찌나 감시가 심하던지 밖에 나와서도 감옥살이지 뭐예요."

여옥은 공연히 엄살을 떤다.

"기왕 이렇게 왔으니 오늘은 내가 데려다주기로 하지요. 여옥 씨 안 가시겠어요?"

"해가 아직인데?"

"오늘은 얘기할 것도 있고 저녁 차 타려면 시간도 빠듯해서."

"뭐가 빠듯해요? 아직은 한낮 아니에요?"

"여옥아,"

"왜 그러니?"

"최선생님 말씀대로 해. 여긴 내일도 올 수 있잖아?"

한동안 가만히 있던 여옥은,

"그럼 그러지 뭐."

슬그머니 말했다.

"오매불망, 반쪽 같은 친구를 납치해 가니 죄송합니다, 임 선생."

최상길은 어릿광대 같은 몸짓을 하며 명희에게 꾸벅 절을 했다. 어색함, 수줍음, 그런 것들이 위장되어 있는 것같이 보이기도 했다.

"아닙니다. 제가 남의 애인을 잡아두어서 죄송합니다."

스스럼없이 한 말대꾸는, 이번 여옥의 일을 통하여 최상길

인간성에 전폭적으로 명희가 신뢰하며 마음을 열어버린 때문이긴 했으나 그러나 그것은 무의식중에 나온 말이기도 했다.

"길여옥 값어치가 왜 이리 자꾸만 올라가는 거지? 진작 내 값이 이런 줄 알았다면."

여옥도 한마디 했다.

"알았다면."

실실 웃으며 최상길이 되물었다.

"먼 길, 돌아서 여까지 오지 않아도 됐을 텐데, 아무튼 내 생애, 젤 행복한 시절인 것은 틀림이 없네."

말의 내용에는 알쏭달쏭한 것도 있었으나 여옥이 들떠 있는 것도 확실했다.

"허 참, 아무나가 비싼 값 매겨주는 줄 아시오?"

최상길 말에 여옥은 웃으며,

"무슨 말이에요?"

짐짓 모르는 척 되묻는다.

"임선생이나 이 최상길 정도라도 되니까 길여옥을 위하여 눈물 몇 방울 흘려준 거지. 공연히 우쭐하다가 황혼에 늦바람 날까 두렵네."

"애개개."

웃음이 남은 얼굴을 최상길은 명희에게 돌렸다.

"임선생, 여옥 씨 건강이 완전하게 회복이 되면 두 분이 함께 한번 다녀가십시오."

"……?"

"여수에 말입니다. 도처에서 비상시국이라고 쾅쾅 울림장을 놓고 있지만 기죽을 필요 없고 아직은 그곳 해물 맛은 그대로며 인심도 변하지 않았으니까 한번 오십시오."

"거긴, 난 싫어요."

명희는 저도 모르게 거부의 몸짓을 강하게 했다. 의부증 환자라고 여옥이 말하던 그의 마누라, 부두에서 만나 명희 자신도 심한 심리적 압박을 받은 금홍이 생각이 나기도 했던 것이다.

"불에 덴 아이같이 왜 그러십니까?"

"그쪽으론 가기 싫어요."

"입정 험한 뱃사람들한테 히야카시* 좀 받았기로, 나이가 몇인데 아직도 파르르하는 겁니까."

어느덧 최상길은 여옥에게 하는 말투로 명희에게 말하고 있었다.

"뭐라구요?"

하다가 명희는 언뜻 생각이 나서 여옥을 노려본다.

"내가 언제 그런 얘길 했던가?"

여옥은 능청을 떨었다. 여수에서 그런 일이 있었다. 아마 무슨 얘기 끝에 여옥이 최상길에게 말한 것 같다.

"지나간 일에 집착 너무 하지 마시오. 훌훌 털어버리고, 누구에게나 과거는 있게 마련이니까."

말투도 달라졌지만 얘기의 내용도 오랜 친구처럼 임의로운 표현이었다.

"우린 언제 죽을지 모릅니다. 이곳이 전쟁터가 될지도 모르고 하늘에서 폭탄이 쏟아지게 될지도 모르고…… 세계는 지금 미쳐버렸어요. 우리에게 남은 시간이 얼마나 소중한지 그걸 아셔야 합니다. 괴로웠던 일, 생각하고 싶지 않은 일 모두 다 털어버리고, 네, 홀가분하게 사십시오, 임선생."

"그건 그래. 최선생 말이 맞아."

여옥이 동의를 했다. 최상길이 여옥에게 들었든, 혹은 다른 사람에게서 들었든지 간에 자신에 관하여 많이 알고 있다는 것을 명희는 깨달았다. 그러나 과히 기분이 언짢지는 않았다.

"그럼 갈까요?"

여옥을 앞세우고 거리에 나온 최상길은 아까 명희 집에서 너스레를 떨 때와는 달리 진지하게,

"피곤하지는 않소?"

하고 물었다.

"아니요."

"정말 괜찮겠소?"

"나다니는 것도 이제는 좀 이력이 난 것 같아요."

"피곤하면 그렇다 하시오. 업고 갈 테니까."

농담 같지도 않게 말했다.

"별 희한한 소릴 다 하네요."

"여옥 씬 건망증이오?"

"……?"

"목포에서, 나한테 업혀서 나온 것 벌써 잊었소?"

"정말 그때 그랬어요?"

"그렇게 했지요."

여옥은 뭔가 북받쳐 오르는지 입술을 깨물며 고개를 숙였다.

"아주 나으면 전도사업 또 할 거요?"

하다가 맞은편에서 자전거 오는 것을 본 최상길은 얼른 여옥의 두 어깨를 잡고 한 곁으로 비켜 세운다. 자전거는 그들 옆을 지나갔다.

"그들이 활동하게 내버려두기나 하겠어요?"

다시 걷기 시작하면서 여옥이 말했다.

"내버려두지 않아요."

"한데 왜 묻지요?"

"길선생 신앙이 아직도 그리 지극한 건가 싶어서."

"…… "

"괜한 걸 물었어요?"

"내 신앙이 그리 지극했나요?"

"아니면 뭣 땜에 그 고생을 했겠소."

"심각한 얘기는 두었다 하지요."

여옥은 그 일에 대해서 말하고 싶지 않은 것 같았다.

"그럽시다."

"언제 올라오셨어요?"

"그저께 왔소."

"무슨 일루요."

"재산 문제 때문에 좀."

하다가 전차를 기다리고 서 있던 이들은 마침 전차가 왔기에 오른다. 여옥을 자리에 앉혀놓고 자신은 여옥을 막아서듯 최상길은 손잡이를 잡았다. 최상길의 몸에서 그의 체취가 여옥에게로 풍겨왔다. 여옥은 비스듬히 옆으로 몸을 돌리며 고개를 비틀어서 거리를 내다본다. 가로수가 누릿누릿 물들고 있었다. 여름에는 늘 그 언저리를 오가며, 또는 진을 치고 있던 아이스케이크 통을 멘 아이들, 청년들의 모습은 눈에 띄지 않았다. 창경원의 돌담이 보이기 시작했다. 철저하게 무의미하고 무력해진 창경원 돌담은 마치 바보처럼 여옥을 바라보는 것 같았다.

"나 저기 한 번도 가본 적이 없어요."

혼잣말처럼 뇌는데,

"창경원 말입니까?"

최상길이 물었다.

"네."

"그럼 지금 가봅시다."

"지금요?"

전차가 창경원 앞에 멎기가 무섭게 최상길은 여옥을 끌다시피 내렸다. 창경원 문 앞에다 여옥을 세워놓고 최상길은 입장표 두 장을 끊어 왔다.

"들어갑시다."

창경원 안은 그야말로 초가을이 싱그럽게 펼쳐지고 있었다. 그것은 모두 빛깔로 나타나 있었다.

"동물원 쪽으로 갈까요?"

"아니, 역시 좀 피곤하네요. 어디 벤치에 앉아서 쉬고 싶어요."

최상길은 벚나무 밑에 놓인 벤치로 여옥을 데리고 가서 앉힌다.

"나 여기 처음이에요."

"강원도 산골에 살았나 부지?"

하다가 최상길도 벤치에 앉아 담배를 꺼내어 물고 불을 붙인다. 여옥은 옛날과 달리 쑥색 한복차림에 버선을 신고 하얀 고무신을 신고 있어서 이들은 남 보기에 중년 부부 같았다.

"전에, 내가 서울 있을 적의 하숙이 명륜동이었어요. 그래서 곧잘 여기 오곤 했어요."

"애인하구요?"

여옥이 장난기를 머금고 말했다.

그 무렵 동경유학에서 돌아온 최상길은 서울서 음악 교사로 있었으며 한때는 임명빈이 교장으로 있었던, 조용하가 설립한, 아니 그의 부친이 설립한 중학교에도 있은 적이 있었다. 그때 그의 주변은 꽤나 화려했던 것으로 여옥은 듣고 있었던 것이다. 원래 최상길에게는 교사직이 생계를 위한 것은 아니었고, 식민지의 매우 빈약한 음악계이긴 했으나, 그나마 서울이 아니고는 설 자리가 없었던 당시, 음악 교사를 하면서 음악 활동을 하는 것이 상례였다. 그 점에서는 환국이도 마찬가지다. 어쨌든 그 무렵, 그는 젊었고 소쇄한 음악도였다. 성악이 전공이었지만 최상길은 결국 낙향하게 되었고 빛을 못 본 채 지금 이 자리에 앉아 있는 것이다.

"누가 쑥스럽게 이런 데를 애인하고 옵니까."

씁쓸하게 웃었다.

"그런데 말예요."

"……."

"어째서 그랬는지 저는 지금까지 최선생 부인의 안부를 묻질 않았어요. 고의적으로 그랬던 것은 아니었는데 아마 의식 속에는 묻고 싶지 않은 기분이 있었던 모양이지요?"

"……."

"최선생도 부인 얘기는 도통 하지 않았어요."

"……."

"늦었지만 부인은 안녕하신가요?"

"네 안녕합니다."

"그동안 최선생은 저한테 많은 도움을 주셨는데 부인께서 저항이 없었는지 궁금해요. 저 땜에 최선생이 어렵지는 않았는지 역시 신경이 쓰이네요."

최상길은 말없이 담뱃재를 털고 나서 여옥을 빤히 쳐다본다. 뚫어지게 쳐다보는 것이었다.

"왜 그래요?"

머쓱해지다가 여옥은 당황하기 시작한다. 혹 자신이 한 말에 잘못이 있지 않았는가, 한편 이 남자가 왜 이러지? 하는 생각도 들었던 것이다. 여옥은 여태 본 일이 없는 최상길의 차디찬 눈을 간신히 받아낸다. 한참 후 최상길은 얼굴을 돌렸다. 미간을 좁히며 담배를 빨아당기고 연기를 뿜어낸다.

"길여옥도 여자구먼."

내뱉듯 최상길이 말했다.

"그럼 남잔 줄 아셨어요?"

"여자의 특성을 두고 한 말이오."

"남자의 특성은 어떻구요? 그렇게 모욕적으로 말하지 마세요."

"모욕적으로 들렸다면 미안하오."

"여자의 어떤 특성을 두고 말했는지는 모르지만 난 다만 걱정이 되어 말한 거예요. 왜 걱정이 되는지 최선생도 알지 않아요."

"그 어부인에 대해서는 걱정할 것 없어요. 신경 쓸 것도 없고 아주 자알 있습니다."

까칠한, 감정이 실리지 않은 음성이었다. 피우던 담배를 버리고 두 다리를 넓게 잡아서 벌린 최상길은 등을 구부리고 고개를 떨구어 땅바닥을 내려다본다. 가끔 사람들이 그들 앞을 지나갔다. 까치가 그야말로 까치걸음을 걸으며 다가오다간 날아가곤 했다.

'저것들이 겨울엔 뭘 먹고 살까?'

최상길의 심상찮은 태도에 대한 관심에서 떨어져나오듯 여옥은 날아가는 까치를 보며 마음속으로 중얼거렸다. 병신 자식 하나를 돌보면서 가난하게 지내던 할머니, 함께 풀을 매면서 일이 보배라 하던 그 할머니에게 새들은 겨울에 뭘 먹고 살지요? 조그마한, 저기 날아가는 철새는 어떻게 강남까지 가는 걸까요? 하고 물은 적이 있었다.

"천지조화가 살게 허는 것이여. 가게 허고 오게 허는 것도 천지조화지 뭣이겄어? 사람은 몰러, 모른단 말시."

"할머니가 이 고생을 해오신 것도 아드님이 불편한 몸이 된 것도 그러면 천지조화의 탓인가요?"

"그것은 아니지라. 사램이 천지조화를 어긴 때문이여."

"어떻게요?"

"천지조화는 공평하들 않는감?"

"아드님 불편한 몸도 사람이 불공평해서 그런가요?"

"공평하다믄 병신이라도 다 살아가는 길이 어찌 없을 것이여? 손발 없는 배암도 묵고 살고 물속의 개기도 묵고 사는디, 일찍이 가고 더디게 가는 거사 천지조화, 사람이 하는 일은 아닌께로."

'할머니 말씀이 옳아요. 가두는 자가 없으면 갇히는 자도 없을 것이며 들판의 곡식이며 열매며, 많이 갖는 자가 없으면 굶어 죽는 자도 없을 것이며, 죽이는 자 없으면 죽는 자도 없을 것이며 주인이 있으니 하인도 있는 것, 부리 하나, 작은 밥통 하나 몸속에 달고서 수만 리 창공을 날아 먹이를 찾고 번식하는 새, 겨울 한 철 나무뿌리 갉아먹으며 연명하는 작은 짐승들, 그들은 자유롭다! 해방된 존재들이다! 오직 인간들만이 사로잡혀 있다. 생각에 사로잡혀 있는 걸까? 말에 사로잡혀 있는 걸까? 말, 말, 그것은 무엇이냐? 그것은 구원의 연장[道具]이기도 했지만 피로 물든 흉기는 아니었던가?'

"우리가 처음 만난 것이 언제였지요?"

최상길의 목소리가 들려왔다.

"한 이십 년, 그보다 더 되나?"

중얼거렸다. 그 말 대꾸는 없이 여옥은,

"저한테 할 말이 있다 하셨지요? 무슨 말인가요."

"할 말 없습니다."

"하지만 아까 명희 집에서."

"그냥 해본 말이지요. 무슨 할 말이 있겠소."

"자꾸만 이렇게 무안을 주실 건가요?"

최상길은 등을 펴고 고개도 들어 하늘을 쳐다보며 껄껄껄 소리를 내어 웃었다.

"사실 말같이 허황한 건 없어요. 안타깝고 감질나게 하고 안 하니만 못한 게 말인 것 같지 않소?"

"글쎄요. 그렇군요."

"생각을 해보면 여태 살아온 것도 그놈의 말과 같은 것이어서 허황하고 안타깝고 감질나게 하고 안 사니만 못하게 살아왔고…… 허허헛헛 하하핫하; 젊은 시절의 연인들은 도대체 이런 곳에 와서 무슨 말을 주고받았을까?"

"사랑의 고백을 했겠지요."

"고백을."

"영원히 변치 않을 것을 맹서했겠지요."

"유행가처럼 말이지요? 꽃반지도 끼워주고."

"비웃는 건가요?"

"아니 천만에, 그럴 리가 있겠소. 다만 그렇지요. 사랑이라는 말은 방편 아닌가요? 진실 그 자체는 아니지 않소? 영원히 변치 않는다는 것도, 그런 게 어디 있어? 그런 방편을 쓰고도 진실한 것은 젊음의 아름다움 신선함 때문일 거요. 존재하는 것만도 진실해 뵈는 생명의 신비 같은 거지요. 해서 실상은 부럽고 샘이 나고, 비웃다니 천만의 말씀, 이쯤 나이가 되면 그런 방편을 가능하게 하는 엄폐물도 없어지고 눈멀게 할 현란함도 없어지고, 한심스러워지는 거지. 안 그래요? 길선생."

"그거야 뭐 남이 보았을 때, 보인다는 얘기죠. 뭐. 방편이라는 것도 안에 실린 내용은 각기 다르니까 그런 것 말할 가치가 없어요."

"한 방 신나게 맞았군."

최상길은 손바닥으로 자기 이마를 한번 딱 쳤다.

"말을 해놓고 보니까 내가 뭐나 된 것 같네요. 여자 푼수에 제법이다, 하고 말해야 하는 것 아니에요? 최선생."

"이거 또 치네. 너무 그러지 마슈. 나도 알고 보면 페미니스트랍니다."

두 사람은 소리를 합쳐서 웃는다.

"아아 날씨 참 좋다. 이런 날에는 바다가 제격인데."

"그저께 오셨다면서 벌써 바다가 그리운가요?"

"아니, 그게 아니구."

출입문이 다르다는 듯 고개를 쩔레쩔레 흔들면서,

"끝없는 하늘과 끝없는 바다가 맞닿아 있는 걸 보면, 그땐 우리 사는 것이 동화(童話)같이 느껴지기도 하고 꿈도 있을 것 같고, 길선생."

여옥이 쳐다본다.

"우리 좀 있다가 바다에 안 가보시겠어요?"

"아주 회복이 되면 명희하고 오라고 초대했잖아요."

"아니 그거 말고 우리 둘이서 동해안 쪽으로 가보는 거요. 거긴 햇볕에 녹지 않는 바다가 있을 것 같단 말이오. 희뿌옇질 않고 짙푸른 하늘, 짙푸른 바다, 그리고 쿵쿵 소리가 울릴 것 같은 그런 바닷가 말이오."

"애인도 아닌데 그런 데를 뭣 하러 둘이서 가요?"

"임시 애인 하는 거지 뭐. 쿵쿵 바위 치는 파도를 보다가 풍덩 빠져 죽어도 좋고."

최상길이 그 말을 했을 때 여옥의 귀밑에서부터 목 부분에 엷은 소름 같은 것이 돋아나는 것 같았다.

"그렇게 죽을 것이면 업고 나오긴 왜 그랬을까?"

"농담이구요. 나 어제 오선권을 만났어요."

"무슨 일로 만났어요?"

"우연히 길에서 만나 한잔했지요."

"……."

"아직도 미워하고 있어요?"

"아주 가벼워졌어요."

"어떻게?"

"믿지 않겠지만 다 털어버린 것 같아요. 새처럼 가벼워졌어요."

"이해할 수 있는 말이오. 그 친구 굉장히 불우해진 것 같더군요."

했으나 불우해진 상황에 대해서는 이야기하지 않는다.

최상길의 얘기는 시종 들쑹날쑹이었다. 길선생이라 불렀다가 여옥 씨, 존대를 하는가 하면 반말 비슷하게 했고 아슬아슬하게 가까이까지 다가오듯 말했다가는 훌쩍 멀어져갔고 질문을 했다가는 대답이 없으면 그냥 떠내려보냈고, 그 어느 것에도 깊이 마음이 담겨 있는 것 같지가 않았다. 그 자신이 말한 바와 같이 그는 말을 신뢰하지 않았는지 모른다. 허황된 것으로 그다지 중요시하지 않았는지 모른다. 하기는 옛날부터 그러한 말버릇이 다소 있기는 있었다. 최상길은 지금 산뜻한 가을에 묻혀 있는 고궁인지 공원인지 이곳에 여옥과 함께 머물면서 심심파적으로 변죽이나 치고 있는 기분인지 모른다. 그의 마음은 사실 그러저러한 얘기와 상관없는 것이었을 것이다.

"참 아까 임교장 건강을 물었을 때 임선생이 떨떠름해하던데 상태가 안 좋은 거요?"

생각이 난 듯 물었다.

"안 좋았지요. 초상이 두 곳에서 날 뻔했거든요. 명희가 한 말이에요. 하지만 요즘 많이 좋아지셨는데 산에 가시려고 임교장 스스로 굉장히 노력을 하셨다는 거예요."

"병이란 병자가 노력해서 되는 일이 아니지 않소?"

"그분 병이, 그러니까 그분 뜻에서 난 병이니까요. 마음만 고쳐 잡수시면."

"산이라니, 어느 산에 가시는데?"

"지리산요. 그곳 절로 가실 모양인데 아마 며칠지간에 가신다나봐요. 절의 주지하고 안면이 있고 뭐 상당한 인텔리라나요? 서울사람이래요."

"아아, 소지감형님 말이군."

"네? 최선생도 알아요?"

"길선생은 몰라요?"

"……?"

"언젠가 만난 것으로 기억하는데? 임선생 와 계실 때, 그러니까 뱃머리에서 인사하지 않았어요?"

"아아, 그, 그렇지만 스님은 아니었잖아요?"

"그 후에 출가했지요."

"그래요?"

어리둥절하던 여옥은 놀란다.

"세상이 좁네요."

"그보다 임교장은 며칠 지간에 산으로 떠난다 했어요?"

"네. 그랬어요."

"길선생 일어납시다. 이제 댁에 뫼셔다 드릴게요."

두 사람은 나란히 창경원에서 나와 전차를 탔다. 그리고 여옥을 집까지 데려다준 최상길은,

"나 이제부터 임교장댁에 가는 거요."

서두르며 말했다.

"저녁도 안 하구요?"

오라범댁이 서운해하며 말했다.

"걱정 마십시오. 저녁은 그 댁에 가서 얻어먹지요."

왜 갑자기 서두르며 허둥대는지, 여옥은 어리둥절해한다. 최상길의 그 같은 모습은 소년 같기도 했다.

"오빠도 안 만나고 가시려구요?"

겨우 말을 골라낸 것처럼 마루 끝에 우두커니 걸터앉은 여

옥이 말했다. 아주 피곤해하는 낯빛이기도 했다.

"다음에, 다음에요."

하고 최상길은 대문을 향해 나가면서 뒤돌아보지도 않고 한 팔을 들어 흔들어 보였다.

곧장 가서, 전에 한번 온 적이 있는 효자동 임명빈 집으로 찾아 들어간 최상길은,

"교장 선생님!"

크게 소리 내어 불렀다.

"아무도 안 계신가?"

너무 조용했던 것이다. 그러나 건넌방 방문이 열리면서 막내 희재가 나왔다.

"뉘신지요."

하고 물었다.

"나 최상길이란 사람인데 교장 선생님 계신가?"

"네."

희재는 마루에서 내려왔다. 그리고 최상길을 사랑으로 안내했다. 돋보기를 끼고 드러누워서 책을 보고 있던 임명빈이 몸을 일으켰다.

"이게 누군가!"

깜짝 놀란다.

"오래간만입니다. 교장 선생님."

"최선생 아니오! 웬일루?"

제자도 아니었고 후배도 아니었으며 교장과 교사의 관계였으므로 임명빈은 말을 낮추지는 않았다. 의아해하고 몹시 놀라는 것 같았다.

"허어, 이거 참 이게 몇 해 만이지요?"

"죄송합니다. 교장 선생님 절 받으십시오."

"절은 무슨,"

"아닙니다."

최상길은 허리를 꺾고 머리를 조아리며 공손하게 절을 했고 임명빈은 자세를 바로 하며 절을 받는다.

"전에, 학교에 있을 적에 한번 와본 일이 있습니다만 집은 옛날 그대로, 조금도 변하지 않았습니다."

"그런가요? 하긴, 사람만 속절없이 변했지요. 하하핫……."

"편찮으시다는 얘길 들었습니다만 좀 어떠신지요."

"오락가락하더니, 보시는 대로 구차스럽게 살아 있질 않소."

"무슨 말씀을 그렇게, 그러시면 저희들은 어디서 쥐구멍을 찾습니까."

"지난봄부터 산으로 갈려고 작심한 뒤 무진 애를 썼지요. 산에는 꼭 가야겠다 싶어서, 산에 갈 계획이 없었다면 아마 초상 치르지 않았을까? 하하핫……."

임명빈 얼굴에서 부기는 많이 빠져 있었다. 손도 통통하게 부어 있었는데 이제는 손등에 힘줄이 나타나 있었다.

"산에는 언제 가시려구요."

"이삼일 뒤에나 떠날까 하는데 맘이 설레는구먼. 그러나 한편으로는 걱정이 되오. 가다가 쓰러지기라도 하면, 거리귀신이 되는 거야 상관없으나 데리구 가는 사람들한테 그 무슨 몹쓸 짓이냐 말이오."

"그럴 리가 있겠습니까? 그런 심약한 말씀 마십시오."

"그는 그렇고 최선생이 이번에는 좋은 일 했더구먼."

"……."

"고맙소. 여옥이는 어릴 적부터 내 누이하고는 단짝이어서 그 아이를 잘 아는데 그 아이를 살려낸 것은 순전히 최선생 혼자 힘이었다 그러더구먼."

"……."

"이런 칼날 같은 세상에 누가 나서서 그러겠소."

최상길은 그 얘기가 계속되는 것을 원치 않는 듯,

"실은 길선생댁에 들렀다가 급히 오는 길입니다만."

하며 말을 꺼내었다.

"……? 무슨 일로?"

"교장 선생님께서 산에 가실 거라는 얘긴 거기서 들었습니다. 지감형님이 계시는 절로 가신다기에."

"그, 그럼 그 소지감이라는 분을 최선생은 아시오?"

"알다마다요. 잘 알지요."

"이거 참, 우연치고는, 하여간,"

하다가 말이 막혔는지 숨을 크게 한 번 내쉬고 나서 임명빈은 말을 이었다.

"나는 그분하고 안면이 있을 뿐이오. 그분에 관한 얘기는 많이 들었지만은, 내 친구들 중에는 그분하고 교분이 깊은 사람도 더러 있고 해서, 그분의 집안 내력이나 학력이며 평생을 방랑인으로 산다는 것도 알지요. 출가했다는 사실만은 근자에 와서 알았으나 하여간 내가 산행을 결심한 것도 그분 때문인데 뭐랄까, 설명하기가 어렵지만, 강남으로 벗 찾아가는 기분이랄까……. 그런 의욕 때문에 칠팔 개월 동안 그나마 이 정도로 기력이 회복된 셈이오."

임명빈은 어눌한 말씨로 지루하게 설명을 하는 것이었다.

"교장 선생님, 그러시다면 내일 밤차로 서울을 떠나지요. 그렇게 하신다면 저도 동행하겠습니다."

"최선생이?"

눈을 크게 뜨고 바라보던 임명빈은 입을 함박같이 벌리며 웃었다.

"그거 조웅지. 아주 잘됐구먼. 내일 밤차라 했소? 그럼 그럼, 서울을 떠나지, 떠나고말고."

여간 기뻐하는 게 아니었다.

떠날 준비는 이미 다 되어 있었다.

효자동 명빈의 집은 밤에도 그랬었지만 이튿날 낮에는 더욱더 술렁거렸다. 명빈과 밤을 함께 보낸 최상길은 조반을 먹은 뒤 볼일이 있다 하며 나갔는데 나갈 때 기차표는 자기가 끊어오겠다 하고 말했다. 기별을 받은 명희가 왔고 분가한 장남 성재(成在) 내외, 출가한 딸 옥재(玉在) 내외도 왔다. 명빈이나 그의 가족뿐만 아니라 오랫동안 물속에 가라앉은 것만 같았던 집 전체가 물속에서 떠오른 듯, 근심과 무기력에서 일어서는 듯 활기가 보이기 시작했다. 그리고 임명빈은 모처럼 지팡이를 짚고 바로 뒤켠에 있는 서의돈 집을 방문하여 근황에 대해서 이것저것 묻고 산으로 간다는 작별인사를 했다.

"이번에 가거들랑 탈병(脫病)하고 돌아오게."

백발이 성성한 서의돈의 늙은 부친이 말했다. 대쪽같이 곧았던 노인, 아들은 형무소에 갇힌 몸이 되었으나 그는 아주 기강해 보였다.

애당초의 계획은 막내 희재와 장남 성재가 임명빈을 산까지 데려다주기로 돼 있었다. 그러나 마침 최상길이 동행한다는 것이어서 직장을 가진 성재는 빠지게 된 것이다. 역에는 명희와 성재 그리고 환국이가 전송하러 나왔다. 임명빈의 집에 기거하면서 중학교를 마친 환국은 성재와 희재, 그들과 형제같이 지냈으므로 서로 반가워하며 근간의 소식을 묻곤 했다.

"희재야, 진주서 하루 쉬어가는 것, 알지?"

"네."

환국은 그래도 이들 일행이 폐 끼칠까 보아 여행을 강행할지 모른다는 생각이 들어 다시 다짐하듯,

"진주서 꼭 하루는 쉬어가셔야 합니다. 당일로는 무리니까

요."

임명빈을 보고 말했다. 임명빈은 대합실 의자에 지팡이를 세우고 앉아서 고개를 끄덕였다. 짐은 수화물로 부쳤고 희재는 가방 하나만 들고 있었다. 최상길은 개찰구 근처에서 오락가락하며 담배를 피우고 있었다. 높이 매달린 전등 아래 이등 대합실은 붐비고 있지는 않았지만 개찰 시간이 가까워지면서 들락거리는 사람들이 많아졌고 웅성거리기 시작했으며 창밖에는 어둠이 밀려오고 있었다.

"꼭 나아서 돌아오셔야 해요, 오빠."

명희의 말이었다.

"나 그만 안 돌아올란다."

자기 한 사람을 위하여 많은 사람들이 동원된 것을 부끄럽고 미안하게 생각한 모양이었다. 명빈은 누이에게 농담 비슷하게 말했다. 듣기에 따라서는 그곳에서 죽겠노라, 그런 뜻도 있는 것 같았다.

"좋아요."

명희는 명쾌하고 활발하게 말했다. 호각을 불며 유치원 원아들 행진에 앞장섰을 때처럼.

"안 돌아오셔도 좋고 머리를 깎으셔도 상관 안 하겠어요. 건강만 회복하세요, 제발."

좋아요, 했을 때와는 다르게 명희의 목소리는 저도 모르게 젖는다. 산으로 떠나는 명빈의 병든 몰골을 보면서 명희는 이들 세대의 종언을 강하게 느꼈던 것이다. 감옥에 유폐되었거나, 친일파로 전락되었거나 해외로 탈출했거나 혹은 낙향하여 숨어버렸거나 아니면 칼끝 같은 정세를 관망하며 불안하게 사업체를 붙들고 있거나, 어쨌거나 뿔뿔이 흩어지고 만 이들의 세대, 젊었던 한철 의기양양했으며 비분강개하고 3·1운동의 중추 세력이었던 이들의 세대, 무너지고 산산조각이 난 것을 명희는 새삼스럽게 실감하는 것이었다. 개찰구 근처에서 서성대고 있는 최상길, 동경까지 가서 음악 공부를 하고 왔건만 그도 갈 곳이 없는 사람이다. 보통학교를 나와 어느 부서에 소사로 어렵게 들어가서 천신만고 서기가 된 사람보다 갈 곳이 없는 신세가 바로 저와 같은 인텔리다. 명희는 상해에서 남천택이 만났다는 이상현을 생각하지 않을 수 없었다. 얼마나 임명빈이 그를 아꼈던가. 누이와의 로맨스를 은근히 기대하기까지 했던, 철없이 낭만적이던 문청 시절의 임명빈, 늙고 병든 그의 모습에서, 그의 모습을 통하여 명희는 피폐했을 이상현의 모습을 상상해본다. 상해 뒷거리를 방황하고 있을 이상현, 이들의 세월은 모두 무위한 것이었으며 안타까운 것이었다. 죄책감과 자기모멸…… 명희는 떠나는 명빈을 위하여 그런 쌓이고 쌓인 패배 의식에서 벗어나주기를 간절히 바라는 기분이었다. 하기는 무위하게 보낸 세월이 임명빈의 것만은 아니었을 것이다. 무능했던 것도 어디 임명빈만의 몫이겠는가. 조선의 세월 그 자체가 무위했으며 무능했던 것이 아니었겠는가. 소리 지를 땅은 어디 있었으며 주장할 연단은 어디 있었으며 터전에다 말뚝 박고 줄 쳐서 내 것 만들 권리는 없었다.

명희는 서울역에 나와서 비로소 알게 된 사실이지만 임명빈이 찾아가는 그 절의 스님이 여수에서 여옥이랑 함께 부둣가에서 만난 적이 있는 사람이라는 것을, 그러나 명희는 뚜렷이 그를 기억하고 있지 않았다. 임명빈이 마치 마지막 희망의 줄인 양 찾아가는 그 절 그곳의 스님, 말할 수 없이 안쓰러우면서도 어느덧 명희 자신조차 소지감에게 희망을 걸고 있었다. 안 돌아와도 좋고 머리를 깎아도 상관 아니하겠으니 제발 건강만 회복해달라, 그 말은 진정이었다.

불안해하는 눈들을 남겨놓고 기차는 서울을 떠났다. 밤기차 침대칸에서 희재가 내미는 수면제를 먹고 임명빈은 비교적 숙수(熟睡)하는 것 같았다. 최상길도 잠이 들고, 희재만은 불안하여 잠을 이루지 못한다.

삼랑진에서 진주행으로 열차를 갈아탄 뒤에는 임명빈 얼굴에 피로의 기색이 역력하게 나타났다. 희재는 여러 번 괜찮겠느냐고 물어보곤 했다. 최상길은 아무 말 하지 않았다. 임명빈은 시트에 머리를 얹은 채 잠든 것처럼 눈을 감고 있었으나 그는 심한 두통을 참고 있었다. 안색이 아주 나빴다. 최상길은 차창 밖에서 지나가는 풍경을 넋 잃은 사람같이 바라보고 있었다.

"선생님 괜찮겠습니까?"

희재는 겁에 질린 듯 최상길에게 물었다.

"음?"

하며 얼굴을 돌린 최상길은,

"걱정 말게. 성한 사람도 기찰 오래 타면 지치는 게야."

냉담하게 말했다.

"하지만."

"허허어, 걱정 말래도. 해골이 되어 목포 감옥에서 나온 길 선생도 서울까지 왔어."

"네."

희재는 우물쭈물, 공포심을 가라앉히려고 애썼지만 달리는 열차 속에서 만일 무슨 일이라도 생기면 어쩔까? 나이 어린 그는 전전긍긍이었다. 최상길의 말은 임명빈에게 돌팔매를 친 것처럼 들려왔다. 정신이 번쩍 드는 말이었다. 그리고 고통스런 말이기도 했다.

'당신은 잉여물이오. 없어도 되는 인간이오, 도대체 뭘 했다고, 가냘픈 여자도 옥고를 치르고 끈질기게 일어서는데, 줄줄이 나와서 걱정하고 불안해하고, 멀쩡한 장정 두 사람이 박달나무같이 양편에서 껴붙들고 가는데 어리광부리는 거요? 마음의 병이 왜 나지요? 그따위 맘의 병은 북만주 얼음판에서 한 바퀴 뛰면 싹 없어지는 병 아닌가요?'

누군가가 귓가에서 꾸짖고 있는 것만 같았다.

'호사하는 겁니다. 산으로, 절로 정양하러 가는 사람이 뭐
그리 흔한 줄 아시오?'

임명빈은 눈을 번쩍 떴다.

"아버님."

희재가 불렀다.

"목마르시면 물 드릴까요?"

"오냐."

희재는 준비해 온 물통에서 보리차를 컵에 부어 내밀었다.
그것을 몇 모금 마신 뒤 임명빈은,

"최선생."

"네."

"진주서 하루 묵는 일 말씀이오."

"네."

"아침나절 진주에 도착할 것인데 온종일 쉬고 밤에까지 묵
는 일은 좀."

"무슨 말씀이신지요."

"그러느니 차라리 잠시 쉬었다가 하동 평사리에 가서 하룻
밤 묵는 것이 어떻겠소?"

"글쎄올시다. 교장 선생님께서 몸이, 지탱될는지요."

"아버님, 그건 안 됩니다. 환국이형도 당부 당부하던데요."

"아니다. 내 생각에는 하동까지 갈 수 있을 것 같다."

"어째 그러십니까 아버님."

"내 말하는 대로 하자꾸나."

"날 받아놓은 것도 아니고 내일이면 어떻고 모레면 어때서 그러십니까."

반대하는 아들은 내버려두고,

"최선생."

"네 말씀하십시오."

"최선생은 진주 최참판댁을 아시오?"

"모릅니다. 그런 부자가 있다는 것밖에는 모르지요."

"그 댁과 우리 집의 인연은 삼십 년 넘게 각별한 사이였소. 내가 그 댁을 찾아가서 며칠을 묵기로 허물 될 것도 없소만, 그러나 요즘 그 댁 형편이, 병자가 가서 하루라도 묵기에는 너무 염치가 없어서 말씀이오."

"아버님, 그렇지 않습니다."

"너는 가만히 있거라."

명빈은 아들을 제지했다.

"무슨 일이 있었습니까?"

"그 댁 바깥주인이 지금 감옥에 계시오. 계명회사건 때 주모자로 징역살이를 했는데 이번에 사상범 예방구금에 걸린 거요."

"계명회사건이라면 꽤 오래된 일 아닙니까?"

"그렇지요. 부인 혼자 노심초사 고통을 받으시는데 무슨 낯으로 한가하게."

"그렇게 말씀하시니까 그렇기도 하군요."

최상길은 좀 생각을 해보는 듯 한참 후에 말을 했다.

"아버님, 그건 그렇지가 않습니다. 그런 일을 따질 만큼 양가의 관계가 소원한 것이 아니지 않습니까."

안타깝다는 듯 희재가 말했다.

"소원하고 안 하고가 문제냐? 사람의 도리, 예절이라는 게 있느니라."

"오히려 그냥 지나쳐버리는 게 도리에 어긋나지요."

"그러면 너는 도리가 아니기 때문에 하루를 묵고 가자 그거냐?"

"……그렇지는 않습니다만,"

"거 보아라. 사람이 방편으로 살면 못쓰는 법이다. 그것은 왜놈의 사고방식이야. 사람과 사람 사이에서는 신의지, 방편으로는 길게 못 가느니, 요즘 풍조가 너에게도 미쳐 있다니 한심스럽구나."

희재가 풀이 팍 죽는다.

"그것은 아버님을 위한 충정 때문이지요. 너무 나무라지 마십시오."

최상길이 희재의 입장을 세워준다.

진주에 도착한 일행은 결국 명빈의 고집대로 버스 차부 근처에 있는 여관에 들었고 조반을 먹은 뒤 명빈은 휴식을 취했으며 그러는 동안 희재는 버스표를 사러 나갔다.

하동행 버스 속에서는 임명빈의 상태가 아주 좋지 않았다. 상당히 그는 견디기 힘들어했다. 해서 버스에서 내린 뒤에는 나룻가 주막에서 오랫동안 명빈은 누워 있다가 해거름에 나룻배를 타게 되었다. 강바람이 싱그러워 그랬던지 명빈은 기차와 버스에서처럼 고통스러워하지 않았다. 대신 기운이 빠지는 것 같았다. 뱃전을 안고 비스듬히 앉아서 해가 떨어지는 산마루를 한없이 바라보고 있었다. 참으로 굽이굽이, 어려운 여행을 절반쯤 강행한 셈이다. 희재의 얼굴에도 안도의 빛이 돌았다. 그러나 나머지 산행이 문제였다.

해가 아주 떨어지고 박모(薄暮)가 사방에서 묻어왔다. 떠나가는 밝음의 날갯짓이라도 있었는가, 바람에 강물이 거슬거슬 잔물결을 일으키는 것이었다.

"난생처음이오. 이런 곳에 와보는 것이. 그러고 보니 나는 서울 우물의 개구리였구먼."

명빈은 중얼거리듯 말했다.

"지감형님은 서울내기였지만 팔도강산 안 댕겨본 곳이 없습니다. 교장 선생님한테는 좋은 말벗이 되겠군요."

"말벗이라니요? 그렇게 말하지 마시오. 어느 모로 보나 그분은 나보다 한 수 위가 아니오."

"그러시다가 실망하시면 어쩌시게요? 그 형님한테도 뚫려 있는 구멍은 상당히 큰 것으로 알고 있습니다."

최상길은 임명빈의 지나친 기대에 제동을 걸듯 말했다.

"그러나 그분은 평생을 방황하며 대처(帶妻)도 아니하시고, 나름대로 얻은 것이 있지 않겠소?"

"그건 그렇습니다."

평사리 최참판댁으로 들어간 일행은 모두 여기까지 오게 된 것을 퍽 다행으로 생각하며 긴장을 풀었다. 본시부터 장연학은 임명빈과 희재하고는 익히 아는 사이였다. 환국이가 오년 동안 서울에서 공부했고 길상이 투옥되어 있는 동안 내왕한 사람이 장연학이었으며 대소사에 관하여 서로 양해하는 처지였기 때문이다. 말하자면 서로가 편안한 사이였기 때문에 처음 와보는 집이었건만 조금도 낯설지 않았던 것이다. 그러나 한편 마음속으로 이들 부자는 놀라고 있었다. 유서 깊은 대가라는 것을 모르는 바는 아니나 상상했던 것 이상으로 집의 규모가 웅장한 데 놀란 것이다.

"여독이 풀릴 때까지 쉬십시오. 떠날 준비는 언제든지 돼 있인께요."

내려올 날짜는 정한 바 없으나 명빈이 산으로 간다는 얘기는 들어서 알고 있었기 때문에 장연학은 조금도 서두르지 않고 느긋이 말했다.

밤에는 명빈이 누워 있는 방에서 최상길과 장연학은 술잔을 기울였다. 신분의 차이 같은 것 개의치 않고 그들은 왠지 모르게 의기투합하여 허물없이 말을 주고받았다. 명빈은 술자리에 끼어들지 못하는 것도 억울했으나 소탈한 최상길의

148

태도가 몹시 부러웠다. 그것은 자기처럼 서울내기가 아니고 모두 남도 태생이기 때문에 그런지 모른다고 생각했다.

밤이 깊어져서 모두 잠들었다. 소쩍새가 울고 뻐꾸기도 울었다. 이름 모를 밤새도 호호호…… 하고 울었다. 몸은 천근만근같이 내려앉는데 명빈은 잠이 오지 않았다. 어떻게 해서 여기까지 오게 되었는지 꿈만 같았다.

'어쩌면 서울로 돌아갈 수 없을지도 몰라.'

생각하는데 명희의 말이 떠올랐다.

'안 돌아오셔도 좋고 머리를 깎으셔도 상관 안 하겠어요. 건강만 회복하세요, 제발.'

새 울음소리는 자꾸자꾸 들려왔다.

이튿날 장연학은 며칠 더 묵었다가 떠나라고 권했으나 과히 안색도 좋아 뵈질 않는데 명빈은 기어이 떠나겠다고 했다. 그를 위해 산 밑까지 갈 수 있게 소달구지가 준비돼 있었다. 소달구지 위에는 들것도 놓여 있었다.

3장 모화 일가(一家)

사천집 모화가 생선 경매장에서 아니 먼 곳에 있는 다치노미를 덮어버린 것은 몇 달 전의 일이다. 지금은 한 해가 저무는 십이월 중순이니 초가을쯤의 일이었던 것이다.

"우리 식구 멀 묵고살 기고."

주점을 처분한 뒤 한 달가량 지났을 때 육십을 넘긴 노모는 딸의 기색을 살피며 말했다.

"설마 산 입에 거무줄 치겠소."

모화는 퉁명스럽게 대꾸했던 것이다.

"그래도 시적."

"시적? 쌀이 떨어졌소?"

악쓰듯 말하는 딸을 외면하며,

"에미 아니믄 니가 누한테 악정[惡症]을 부리겠노."

노모는 걸레를 끌어당겨 아무것도 없는 마루를 훔치는 것이었다.

"가게 판 돈이 있인께 엄니는 가만히 있이소."

"그거를 꽂감 빼묵듯 하고 나믄 길가에 나앉을 기가?"

"……."

"그래서 하는 말인데, 호야네 집에 접방(곁방) 사는 할매 안 있더나? 그 할매가 누룩공장에 댕기거든. 누룩 밟는 일을 하는데 하루벌이가 오십 전이라 카던지 사십 전이라 카던지, 한 달에 십 원은 된다 카더마."

"……."

"놀믄 머할 기고. 나도 그 할매 따라 가보믄 우떨까 싶어서."

"그라지 말고 몸 팔아 돈 벌어오라 카소."

"우찌 말을 해도 그렇게 하노? 니한테 붙어서 얻어묵고 사니께 그런 말 해도 된다 그거가?"

"말도 안 되는 소리를 한께 그러지요. 나도 생각하는 게 있인께 제발 좀 들볶지 마이소."

"그기이 우째 들볶는 기고. 하루에도 몇 번 죽고 접지마는 불쌍한 우리 웅기를 생각하믄."

노모는 옷고름으로 눈 가장자리를 닦았다.

"그 목이 뿌러져 죽을 놈이."

"그만두소! 질기 이럴 깁니까!"

어성을 높이는 바람에 노모는 입을 다물었다. 그때 모화는 횅하니 집을 나섰고 바닷가 방죽에 와서 쭈그리고 앉은 채 한숨만 내쉬었던 것이다.

그도 살려고 버둥거려보았다. 그러나 주점을 걷을 수밖에 없었다. 옛날 같으면 외상이라도 좋으니 제발 좀 가져가라 하던 양조장이었지만 사정이 달라진 것이다. 식량이 통제되면서 양조업계에도 제동이 걸린 것이다. 생산량은 줄었는데 술 찾는 사람은 많아졌고 알음알음을 통해 사가(私家)에서도 술을 청하는 사람이 늘기 시작했으며 따라서 주점의 배당량이 적어질 수밖에 없었다. 다른 술집은 모화보다는 사정이 나은 것처럼 보였는데 대강 짐작은 할 수 있었다. 그러나 무뚝뚝한 자기 성격을 고칠 수도 없는 노릇이요 이미 성질 고약한 여자로 소문은 나 있었다. 어쨌든 도가에서 나오는 술만으로는 장사를 할 수 없었고 자연 밀주(密酒)를 사다가 도가 술과 함께 파는데 그것도 할 짓이 아니었다. 관서에 들키는 날이면 경찰서에서 오라 가라, 유치장에서 자야 할 경우도 있었다. 그러고 나면 벌금을 물고 나오는데 그렇게 되면 밑지는 장사가 된다. 다른 술집, 특히 젊은 여자가 하는 술집도 밀주를 팔기론 매일반인데 모화같이 시끄러운 일이 좀체 없는 것 같았고 그들 나름의 수단과 방법이 있는 모양이었다. 그러나 모화는 웃고 아양 떠는 것은 고사하고 돈 쓸 줄도 몰랐다. 아니 몰랐다기보다 그렇게 못하는 것이 그의 성미였다.

그동안 모화는 살아갈 길을 뚫어보려고 많이 생각했지만 별무신통이었다. 군수품을 만드는 어포공장, 통조림공장에 나가볼까도 생각했으나 수입은 쥐꼬리만 한데 그나마 감독하고 교제를 해야만 자리 하나 얻을 수 있다는 것이었고 시골이나 섬으로 돌아다니면서 도붓장사를 하려고도 했다. 입치레는 된다는 얘길 들었던 것이다. 그러나 이미 먼저 시작한 도부꾼들이 단골을 다 점령해버렸다 하며 말리는 사람이 있었다. 하다못해 장바닥에 나앉아 생선장수나 할까, 그러나 그것 역시 수십 년 터를 잡고 드세기로 소문이 나 있는 장사꾼들 속에 끼어들 수 없는 것은 뻔했다.

먼 산 숲이 누릇누릇 물들고 가을이 깊어졌을 때 배운 것이 도둑질이라 하던가? 모화가 시작한 것은 밀주를 만드는 일이었다. 장독의 돌을 걷어내고 독을 묻었고 부엌 바닥도 파서

독을 묻었다. 암거래되는 누룩이며 곡물을 사다 술을 빚고 장
독에는 돌을 도로 깔았으며 부엌 바닥에도 흙을 덮었다. 들키
지만 않으면 괜찮은 장사라 했다. 누가 밀고만 하지 않는다면
살림집인 만큼 술 치러 나오는 일은 드물다고 했다. 웅기할매
는 콩나물을 길러 장에 내놓는 일을 했다. 그럭저럭 안정이
된 것은 겨울이 시작되면서부터였다.

"사천집 있나?"

걸직한 남자 목소리였다. 소반 위에 콩을 풀어놓고 돌과 병
든 콩을 골라내고 있던 모화는 얼굴을 찌푸렸다.

"사천집, 있나 없나!"

또다시 걸직한 목소리가 울려왔다.

"뉘요?"

하는 수 없었던지 모화는 방문을 열고 내다본다.

"하루 이틀의 주인 주객도 아니겄고 목소리 들으믄 모리나?"

사내는 권하기도 전에 작은방으로 기어들어 간다.

"술이 있는지 없는지 묻지도 않고 그러요?"

작은방을 향해 모화는 올곧잖은 목소리로 말했다.

"술 맨드는 집에 술이 없다믄 누가 믿을 성싶은가?"

사내는 방 안에서 큰소리로 말했다.

"그동안 밀린 외상값이 얼맨데? 술값은 있소오?"

마루에 엉거주춤 서서 모화가 말했다. 노모는 웅기를 업고
장에 간 채 돌아오지 않고 있었다. 넘겨준 콩나물값을 못 받

아서 못 오는 모양이었다. 밀주를 만들면서부터 옛날 단골들이 가끔씩 찾아와 비밀리에 술을 마시고 가는 일이 있는데 지금 찾아온 사내도 그런 사람 중의 하나였다.

"내가 이까짓 술값 몇 푼 띠어묵고 도망갈 사람이가? 어서 술이나 내놔."

방 안에서 사내는 위세 좋게 말했다.

"그렇게는 못하겠소."

마루에서 모화가 단호하게 말했다. 그 말을 듣고 사내가 기어나왔다.

"니 머라 캤노?"

때 묻은 저고리, 소매 끝으로 빨갛게 된 코를 문지르며 사내는 눈을 부라렸다.

"못하겠다 했소. 줄 술도 없고요."

"말 다 했나?"

"다 했소."

"간이 덕석만 하네. 머를 믿고 그러제?"

"질기 말할 것 머 있소? 없다 카믄 고만이제."

"장사 안 할 기가? 콩밥 묵을라 카나?"

그 말 나올 것을 알고 있는 모화는 대꾸하지 않았고 놀라지도 않는다.

"하는 꼬라지를 보이 허가받아서 술 맨드는 모양이제?"

알코올 중독인 사내는 어세를 낮추어 타협조로 말했다.

"듣기 싫소! 밀린 외상값은 안 받을 기니 그냥 가소."

"허허 참 그러지 말고, 술값 떼어묵자는 것도 아니고 돈 생기믄 한몫 갚을 기니 내 사정 좀 봐주라."

애원조로 나온다. 모화는 치맛자락을 걷어서 꽉 잡으며,

"내 성질 몰라서 그러오? 한 푼 안 된다 카믄 안 되는 기요. 거기가 내 사돈의 팔촌이오? 뭣 땀시 남의 남자 일 년 열두 달 술을 대겠소. 그럴 여유가 있으믄 이 장사 할 기든가? 잔소리 말고 어서 가소! 나도 할 일 해야 묵고살 거 아니오. 보자 보자 하니 너무 염치가 없구마."

"이년이 뉘 앞에서?"

"이년이라니!"

"그라믄 마나님이라 할 줄 알았더나?"

술이 나올 가망이 없는 것을 알게 된 사내는 입정 더럽게 말하고서 늑대처럼 이빨을 드러내어 으르렁거렸다.

"이놈아! 다리 밑에 바가지 들고 있는 거렁뱅이도 네놈보다는 낫다! 이년이라니!"

"이년이 하루 살고 말라 카나? 하늘이 돈짝맨크로 보인다 그 말이제? 몇 잔 술 아끼다가는 이 장사 못한다. 가서 찔러부리믄 그만 온전할 것 같나?"

사내는 그것으로 그치지 않았다. 목구멍에서는 술 들어오라고 아우성이니 그도 미치는 것 같았다. 입에 담지 못할 상소리를 하며 모화의 가슴팍 저고리를 잡고 흔들며 거품을 물

었다. 모화도 가만히 있지는 않았다. 욕설을 하며 사내 얼굴을 할퀴었다. 사내는 또 모화의 뺨을 내리쳤다.

"죽여라!"

몸부림쳤으나 사내는 행여 부엌으로 달려가 칼 들고 나올까 걱정되었던지 한 손으로 모화를 꽉 잡은 채 때리는 것이었다.

이때 웅기할매가 돌아왔다.

"아이쿠 사람 직이네! 동네 사람들아!"

하고 외쳤고 등에 업힌 아이가 땅바닥으로 내려오며 소리 내어 울었다.

사람들이 모여들었다. 누군가가 순사를 부르라 했다. 그 말이 신호가 된 것처럼 사내는 모화를 놔주었고 모화도 더 이상 덤비지 않으며 옷매무새를 고치고 터진 입술을 치마를 걷어서 닦았다.

"내가 오늘은 이대로 간다마는 네년이 뜨거운 맛을 한분 봐야 정신이 들 기다."

"돼지 같은 놈!"

욕설을 하는데 사내는 응수하지 않고 비실거리며 문간을 나서려 했다.

"가다가 벼락이나 맞아라! 개 같은 놈! 저것도 사람이라고 내질러놓고 미역국 처묵었나?"

웅기할매가 악을 썼다. 동네 사람들은 물러가고 호기심 많은 몇 사람이 남아서 왜 그랬느냐고 물었다. 대강은 짐작이 되었으나 확실한 싸움의 경위를 모르는 웅기할매는 별안간 울음을 터뜨렸다.

"불쌍한 내 자식!"

"할매야!"

손자 웅기(雄基)가 매달렸다. 그리고 함께 엉엉 운다.

모화 또래의 허리가 굵고 어딘지 모르게 얼굴이 흐리마리해* 보이는 여자가 다가왔다.

"웅아."

부르며 아이를 떼어내려 한다. 아이는 할머니 치맛자락을 움켜쥔 채 놓으려 하지 않는다.

"옴마한테 가거라. 웅아."

그래도 아이는 할머니 옆을 떠나지 않고 울었다.

"웅이할매 이러지 마이소."

두 다리를 뻗고 땅바닥에 퍼질러 앉아서 통곡하는 웅기할매 어깨를 여자는 가볍게 흔들었다. 모화는 마루에 걸터앉은 채 아무 말 하지 않았다. 흐트러진 머리도 걷어 올리려 하지 않았다. 그의 눈에는 우는 아이도 노모도 보이지 않는 것 같았다. 호기심이 강한 사람만 몇몇 남았다 했지만 호기심이 강하다 해서 결코 악의적인 것은 아니었다. 말하나 마나 서로의 사정이야 뻔히 아는 터다. 다치노미를 시작하면서부터 모화는 주로 가게에서 기거했으나 다섯 살짜리 웅기와 노모가 사는 지금 이 집이 모화에게는 본거지였다. 다 비슷비슷한 처지의 사람들이 사는 그저 그런 동네인데 부두가 가까워 그랬던지 대개가 뜨내기들이었고 하루 벌어서 하루 사는 사람들, 밀주장사를 해서 생활을 잇는 몇 집도 있었다. 하니 모화가 밀주를 한다 해서 비밀일 것도 없고 흉허물이 될 것도 없었다.

"웅이할매 그만 하소. 어디 하루 이틀 겪는 일입니까?"

여자가 또 말했다.

"본시 동네가 그런데 우짤 깁니꺼. 그 꼬라지 안 볼라 카믄 동네를 뜨든지 해야지."

아이를 느직하게 안고 서 있던 여자가 말했다.

"내가 죽어야 한다. 내가 죽어야, 아이고오 아이고오 으흐흣흣 에미 땜에 팔자도 못 고치고 젊은 저것이 우찌 살겠노. 내 딸이 동네 북가! 오는 놈 가는 놈, 임자가 있었으믄 저리 팼겠나?"

"장사가 더럽아서 안 그렇십니꺼. 술 처먹은 개라니, 하기사머, 모화도 그냥 맞고만 있었겠소? 그 성깔에."

아이 안은 여자의 말을 받아서 흐리마리해 뵈는 여자가 모화에게 말했다.

"모화 니 성미도 어지간하네라. 머 할라꼬 그런 거를 갈바서, 객구(客鬼) 물리는 셈 치고 술잔이나 주지, 와 시끄럽게 하노. 건디리서 좋을 거 머 있일 기라고."

"내가 건디맀다 말가!"

팩 소리를 지른다.

"하기사 무신 세월이 좋다고 니가 그랬겠노. 그저 우리네 겉은 인생은 이래도 흥, 저래도 흥, 흥챙이가 돼야 살제. 옳고 그른 거 따지감서 살라 카믄 내 일신에 피멍만 든다."

"그놈 술 처먹일라꼬 내가 이 장사하나? 그놈이 웬 놈고? 내 서방이라 말가."

"그만해라. 살자 카이 우짜노. 그놈이 가서 찌르믄 우짜제?"

흐리마리하게 생긴 여자가 걱정을 하자 제법 깔끔하게 차린 여자가

"며칠 전에도 그놈이 춘자 집에 와서 분탕질을 했다 카더마. 관가에 가서 찌르겠다고 고래고래 소리를 지르믄서 나갔는데 아무 일 없더란다. 하기사 제 놈이 그랬다가는 동네에 발이나 딜이놓을 기든가? 그나마 얻어묵는 술도 그만이지 뭐. 별일 없일 기다."

웅기할매는 어느새 울음을 그쳤는지 장독가에 앉아서 웅기 얼굴을 씻겨주고 있었다.

"웅이할매요."

아이를 뱃등 위에 붙여서 느직이 안고 있던 여자가 불렀다.

"와."

"웅이도 다 컸는데 독 겉은 아이를 와 업고 댕깁니까."

"그런 소리 마라. 천근 겉은 울 애기."

얼굴을 씻겨주다 말고 웅기할매는 아이를 꼭 껴안는다. 통곡을 멈춘 것도 아이 때문인 것 같았다.

"노인네가 그러다가 허리 못 씨게 될 기요."

"성한께 업어주지. 허리 못 씨게 되믄 업고 접어도 못 업는다."

"유별나요."

여자들은 다 돌아갔다. 아무 일도 없었던 것처럼 모화는 술밥을 안치기 위해 쌀을 씻고 있었다. 웅기할매는 부엌에 줄줄이 놓인 콩나물시루에 물을 주고 있었다. 웅기는 할머니 치마꼬리만 잡고 다닌다.

"콩기름(콩나물)값은 받았소?"

쌀을 씻으며 모화가 물었다.

"사람을 기다리라 해놓고는 내일 아침에 오라 안 카나."

"그까짓 콩기름 한 시루 얼마나 남는다꼬."

"장사꾼 보짱이 본시 안 그렇나. 콩지름이 많이 나오믄 값도 제값 안 쳐주고 돈 받으러 가도 어디 거들떠보기나 하던가?"

모녀는 도란도란 얘기를 하면서도 아까 일에 대해서는 서로가 다 덮어두는 눈치다. 너무 가슴에 맺혀서 그러는 것 같았다. 웅기는 쭈그리고 앉아서 마른 솔잎을 따며 놀고 있었다.

"우째 겨울 날씨가 이리 따신지 모르겠네."

"초겨울인께 그렇지요."

"그래도 그렇지. 하지마는 날씨 믿고 있다가 동동걸음 할라? 아짐테서(알 수 없어서) 콩지름시루를 방에 딜이놔야 안 하겄나? 그렇제?"

웅기할매는 딸에게 묻는다.

"그래야겠소. 매운 왜설[新正]이 오기 전에 옮기야겠지요."

예년보다 날씨가 무척 따뜻하기는 했다. 그러나 본시부터 통영은 따뜻한 고장이다. 겨울이 와도 눈 구경은 할 수 없었고 땅이 얼어도 잠시, 햇볕 나고 바람 없으면 봄날 같아서 가난한 사람들은 외투, 두루마기 없이 겨울을 보낸다.

"아까 장에서 들은 얘기다마는, 남의 일 같지가 않아서."

웅기할매는 말을 꺼내놓고 딸의 눈치를 살핀다.

"내년 봄에 아아를 핵교에 보내야 하는데 민적이 없어서 어쩌느냐고 어떤 여자가 싸라지게(지칠 정도로) 걱정을 하더마."

"……."

"우리 웅이를 우짜믄 좋겠노."

"……."

"그 생각만 하믄 가심이 미어지는 것 겉다. 천근 같은 내 새끼 벵신 맨들 생각을 하믄…… 니 팔자 내 팔자가 와 이렇겠노?"

"될 대로 되겠지요! 당장 코가 석 자 오 치나 빠져 있는데 훗일 걱정을 와 합니까!"

발끈하며 화를 낸다.

"우리가 우애 사노? 뉘 땜에 사노? 웅이 아니믄 나는 이 세상 살고 접지도 않다."

아이도 그렇고 모화도 그렇고 이들 사이는 서로 무심한 것 같이 보였다. 하기는 낳았을 때부터 할머니 손에 자랐기 때문에 그런지 모른다.

모화는 술밥을 시루에 안쳐놓고 아궁이에 불을 지피면서,

"엄니가 그런다고 머가 달라지겠소. 지 타고난 복대로 살겠지요. 너무 그러지 마소."

"니는 우찌 그리 웅이한테 정이 없노. 그러이 아아도 에미 보기를 강 건너 불구경하듯 안 하나."

"잘못 태어난 기지요. 복이 있었이믄 나 겉은 에미를 만났 겠소?"

"웅아, 방에 들어가거라."

"싫다."

아이의 대답이었다.

"한데서 이러믄 감기 든다."

"할매도 가자."

"할매는 할 일이 안 있나. 구들막에 고구마 묻어놨다. 가서 묵어라."

그 말에 아이는 졸랑졸랑 부엌에서 나갔다.

아궁이에 장작을 지펴놓고 모녀는 부뚜막에 걸터앉아 실파를 다듬는다. 술안주는 늘 장만해놔야 했기 때문이다. 옛날 단골들이 더러 찾아와서 조용하게 술잔이나 들고 가는 것이 꽤 짭짤한 수입이 됐던 것이다.

"아짐씨 있소?"

몽치가 부엌으로 얼굴을 디밀었다. 웅기할매가 벌떡 일어

섰다.

"참 오래간만이네. 이 사람아 우찌 그리 볼 수가 없노."

반가워하면서도 원망스럽게 옹기할매는 몽치를 쳐다본다. 조금만 일찍 왔어도 그 못된 주정뱅이를 혼내주었을 텐데 하고 생각한 때문이다.

"그게 그렇게 안 되네요. 우짠지 몸 빠질 새가 없어서. 아아는 잘 크지요?"

"하모, 잘 크제."

"아짐씨."

"야."

파를 다듬으면서 모화는 건성으로 대꾸한다.

"손님 데꼬 왔인께 안주 좀 잘 채리주소."

"알았소."

여전히 몽치는 쳐다보지 않고 대꾸만 했다.

몽치의 신수가 달라져 있었다. 이 년이란 세월이 몰라보게 그를 닦아놓은 것 같았다. 본시의 그 못난 생김새야 어디 갔을까만 옷차림이 깨끗해서 옛날 뱃놈의 행색은 전혀 아니었다. 언동도 침착해졌고 또 노숙해진 것 같았다. 몽치는 전과 다름없이 어업에 종사하고 있었지만 직접 고기를 잡지는 않았다. 어장 아비 눈에 들어 소위 그는 발탁이 된 것이다. 힘이 좋고 배짱 있고 젓꾼들을 휘어잡는 수단도 만만치 않았으나, 그러나 무엇보다 그가 어장 아비의 관심을 끈 것은 그의 속에

163

든 식자 때문이었다. 해서 어장을 두루 감독하는 것은 말할 것도 없고 어장아비의 대소사를 건사해주는 처지가 된 것이다. 출세를 했던 것이다.

몽치는 저보다 나이 한 수 위인 듯한 사내의 등을 밀고 작은방으로 들어갔다. 뭍에 나오면 장국밥 한 그릇에 딱 막걸리 한 잔이던 그의 습관도 이제는 옛날 얘기가 된 것 같았다.

아무것도 놓인 것이 없는 조그마한 방이었다. 골방같이 어둡기도 했다. 그러나 도배는 새로 한 듯, 깨끗하고 방바닥은 따스했다. 몽치와 함께 온 사내는 엉거주춤 방 안을 둘러보다가 슬그머니 앉았다.

"나 이런 데 처음 와보네."

"와요? 방이 콧구멍만 해서 숨이 맥힐 것 겉소?"

"그런 게 아니라, 이런 곳을 모르니까."

"그럴 깁니다. 여선주 외아들이 나 겉은 것 아니믄 언제 이런 데를 구겡이나 하겠소? 노름하기에 안성맞침이라는 생각은 안 드요?"

"허허, 저눔의 비꼬는 버르장머리 또 나온다."

하며 사내는 쓰게 웃는다. 키가 크고 목이 길며 고수머리의 사내는 너무 말라서 바람 부는 날 거리에 서면 휘청휘청 휘청거리다가 날아갈 것만 같았다. 실속 없게 보인다고나 할까. 성격도 섬약해 보였고, 이름은 여동철(呂東哲)이었다. 몽치 말대로 여선주의 외아들이며 몽치에게는 고용주의 아들로서 그를 작은선주라고 불렀다. 그는 보통학교를 졸업하고 나서 이곳 수산학교를 중퇴했고 잠시 어업조합에 있었던 일이 있었으나 그만둔 후로는 하는 일 없이 지내왔는데 모친은 아들을 들볶는 대신 날이면 날마다 영감에게 성화를 했다.

"제집 자식까지 있는 놈을, 저리 어정개비로 놔둘 깁니까? 영감은 대체 머하는 사람이오?"

어정개비란 하는 일이 없이 오락가락하는 사람을 두고 하는 말이다. 실직자라는 뜻도 된다.

"빛 좋은 개살구, 이름이 좋아 불로초요. 유지라 카고 여선주라 카믄 이 바닥에서는 모리는 사람이 없다 함시로 그렇기도 심이 없소? 내사 마 그놈 생각만 하믄 산 넘어갔던 부애가 치밀어서 세상만사 뜻이 없어지요."

무식하지만 자산이 있고 큰 규모의 어장도 소유한 여선주(呂船主)는 이 지방의 유지였다. 그런 유지가 아들 직장 하나 못 구하느냐 그런 뜻인데 아들이 공부를 많이 하여 무식한 아비의 한을 풀어줄 것을 간절히 소망했던 여선주는 학업을 포기한 아들에 대하여 분노를 삭이지 못했고 애써 외면해왔던 것인데 결국 마누라의 성화도 성화려니와 그로서도 결단을 내리지 않으면 안 되었다. 결국 어장일을 시킬 수밖에 없다는 판단을 하고 아들을 몽치에게 붙여준 것이다.

"눈이 밝아서 못하는 일이 없고 꼬라지는 산도둑놈 같다마는, 고학(古學)을 해서 배울 것도 있고 드센 젓꾼들을 휘어잡는 것을 보믄 배짱도 보통 아닌 기라. 내 생각에는 마, 그만한 놈 없일 것 겉다. 니도 생각해봐라. 언제꺼지 애비 번 것 묵고 놀 기고? 장차 어장을 맡아서 한다 캐도 머를 알아야 면장도 해 묵을 거 아니가? 무신 일을 하든지 간에 문리가 나야."

처음 여동철은 마음속으로 비웃었고 모욕감도 느꼈다.

'학교 문턱도 넘어본 일이 없는 그따위 불쌍놈한테 배울 게 있다고? 나를 우찌 보고 하시는 말씀인고? 한문 몇 자 굴리는 것을 보고 놀라신 모양인데 그게 다 아버지 무식한 탓이지 뭐 겠나.'

사실 그런 점이 없지도 않았다. 눈이 밝다는 것이 여선주에 게는 제일 중요한 일이었다. 눈뜬장님에게는 눈 밝은 수족이 필요했기 때문이다. 어쨌거나 여동철은 심히 못마땅했으나 부친은 전에 없이 강경했고 강압적이었다. 하는 수 없이 감독 하는 셈 치고 따라다녀 보자, 했던 것이 그만 여동철은 몽치 에게 꽉 잡히고 말았던 것이다. 내로라하는 불량배를 주먹 한 방에 꼼짝 못하게 만드는 것을 보았고 몽치 입심에 반하는 것 꾼들 얼굴을 보았고 흥정에는 깐깐했으며 산전수전 다 겪은 노련한 경매장 면면들을 슬그머니 끌어들이는 수작 하며 종 횡무진 세상 무서운 것을 모르는 듯, 어떻게 구워삶았는지 군 청이며 모모한 관서의 실무자하고도 관계가 부드러운 것 같 았고 경제계 형사들도 몽치를 보면 웃었다. 몽치는 말하기를 도둑놈도 사귀어놓으면 써먹을 때가 있다, 우선 용모가 아무렇게나 생겨서 사람들은 안심하고 그를 대하는 것 같았다. 주먹이 세니까 자기 편으로 끌어들이고 싶어지는 심리적인 것과 학식이 있다는 점은 그를 만만히 보지 못하는 이유인 것 같았다. 몽치에게는 용병술이라고나 할까, 그런 기초적인 것을 터득한 것처럼 보였다. 그것이 다 산에서 해도사와 지감이 그에게 붙여준 힘이라는 것을 알 턱이 없는 여동철은 여태 겪어보지 못한 독특한 인간으로 몽치를 생각했다. 그에게도 친한 친구는 있었다. 보연의 동생 허삼화, 꼽추 소목 조병수의 아들, 지금은 어구상(漁具商)을 하고 있는 조남현(趙南鉉)은 보통학교 동창으로서, 그들은 외지에 나가 중학을 다녔고 졸업을 했으나 지금껏 친하게 지내는 친구였고 나중에 안 일이지만 어업조합에 다닐 때 동료였던 김영호가 몽치의 매부라 했는데 친구들이나 그가 아는 어떤 사람하고도 그 유형이 다른 몽치가 여동철에게는 신기했다.

신기했을 뿐만 아니라 몽치가 옆에 없으면 허전했고 불안해지기까지 했다. 여동철은 어장이고 술집이고 간에 부지런히 몽치를 따라다녔으며 어장일로 부산에 갈 때도 함께 가곤 했다. 여선주는 회심의 미소를 띠며 아주 흡족해했다.

"어째 찜찜하구만. 이런 데서 술 마셔도 되는 건지 모르겠네."

여동철은 몽치가 비아냥거릴 것을 알면서 공연스런 말을 했다.

"아아따 참, 간이 생기다 말았나? 그래가지고는 세상 못 사

167

요. 밀주 좀 마싰기로 까막소 보내겄소? 아마도 내 생각에는 작은선주가 노름인지 먼지를 하면서부터 간이 콩알겉이 되지 않았나 싶은데."

"너 오늘 두 번째다! 한 번만 더 했단 봐라, 가만두는가. 지나간 일을 왜 들먹이나."

몽치는 낄낄거리며 웃는다. 한때 여동철은 노름에 손을 대어 모친의 속을 썩인 일이 있었다.

기척을 한 뒤 방문이 열렸다. 모화가 술상을 가지고 왔다. 입술이 부르트고 입가에 피딱지가 앉은 모화의 얼굴을 몽치는 슬쩍 쳐다본다.

"안주가 씨원찮십니다."

모화는 여동철을 보고 말한 뒤 나가버렸다.

"과수댁인가?"

여동철이 물었다.

"그거를 지가 우찌 알겄소."

"단골이라며?"

"단골이면 단골이지 남의 내지구지(속사정)는 알아 머하겄소."

"술이나 마시자."

"그럽시다."

몽치는 술을 쳤다. 술 한 잔을 쭈욱 들이켠 여동철은,

"술맛 좋네."

하며 실파 무친 것을 집는다.

"글안하믄 와 가자 캤겠소. 술도가 술에는 댈 것도 아니라요."

"쌀은 어떻게 구하는고?"

"돈 없어 그렇지 야미 쌀이야 와 없겠소. 쌀뿐이던가요? 돈만 있이믄 호랭이 수염인들 못 구하겠소? 그러이 사람들 돈이라 카믄 환장하제요."

"무슨 감정이 있어서 비양거리는 건가? 우리 아버지한테 유감 있나?"

"감정은 없지마는 유감은 있일 기요."

"……? 감정은 없지마는 유감은 있다? 그게 무슨 소린고? 그거나 저거나 매일반 아닌가."

"사사로이는 감정이 없고 공적으로는 유감이다 그 말입니다."

"점점 모르는 말만 하네?"

"나 한분, 선주 어른 딜이받을 깁니다."

"어어?"

"욕심 없는 사람이 세상에 어디 있겠소. 하지마는 그것에도 절도가 있는 기라요. 그 절도가 없이믄 깨져부리는 기이 이치고."

여동철은 무언가 조금은 깨닫기 시작하는 것 같았다.

"사실이지 내가 오늘 이만큼이나 된 것도 다 선주어른 덕택인데 그렇다고 해서 내가 하는 일 이상의 대우를 받는다고는 생각하지 않소. 그라고 빚지고 살고 접은 생각도 없고, 다만 공평히 생각하는 것이 선주어른을 위하는 것이며 일이 잘 풀린다, 그런 생각은 하지요. 선주어른 말씸은 남 하는 대로만 하믄 된다, 그러시지마는 선주어른한테 돈 벌게 해주는 사램이 뉘요? 젓꾼입니까 다른 선주들입니까."

"……."

"다른 선주들보다도 우리 선주어른이 선심을 쓰믄 그만큼 젓꾼들은 개기를 많이 잡을라 칼 기고 내 일겉이 한다믄 그기 이 다 어디로 가는 깁니까."

"그것은 자네가 몰라 하는 말일세."

처음으로 여동철은 정색을 하고 말했다.

"모리기는 머를 모린다 말입니까."

"임금통제령(賃金統制令)이 있어서 업주들 마음대로 할 수가 없다."

"그거를 지가 모리는 줄 압니까?"

"그럼?"

"생각만 있으믄 얼매든지 비공식으로 하는 방법이 있십니다. 선주 어른 딱한 기이 바로 그 점이라요. 얼렁누굴랑(융통성)이 없고, 비공식으로 해주는 것이야말로 젓꾼들 마음을 꽉 잡는다는 것을 와 모릴까요? 많은 사람들 맴이 합쳐지믄은 못할 일이 어디 있겠소? 내 동기간겉이 내 일가겉이 생각만 한다믄, 가난하고 찌든 사람들 맴이 얼마나 약한지 알기나 합니까? 아니할 말로 징용에서 도망온 사람들도 몰래 받아주고, 그런 공을 쌓아놓으믄 어디 안 갑니다. 선주어른이 다 되받게 돼 있는 기라요. 우리끼리니 하는 말이지마는 일본이 언제꺼지 성하겠소? 미국하고 붙은 후로는 우리 눈에도 날로 물자가 말라가는 것이 뵈니 지탕(지탱)이 되겠소. 이깄다, 이깄다 말로는 그러지마는 미국하고 싸워서 기진맥진해 있는 조깬한 나라가 씨돌같이 팔팔한 미국의 큰 나라를 대적하겠느냐 그 말이오. 얼라(아이)가 생각해도 빤히 나오는 숫자 아니겠소?"

"이눔아가 왜 이래? 무엇 땜이로 콩밥 묵을 작정을 했나?"

여동철은 펄쩍 뛰었다.

"귓속말이오, 귓속말. 동족끼리 귓속말도 못합니까? 작은 선주는 그라믄 친일파다 그겁니까."

"미친놈, 낮말은 새가 듣고 밤말은 쥐가 듣는다는 것도 모르나?"

"겁 많은 사람들이 쉬쉬하노라고 맨든 속담이지요."

"자네같이 천방지축 모르는 것도 화근이다."

"그런 말 마이소. 천방지축 모리는 거는 선주어른 부자 아니겠소? 천방지축을 모리고 날뛰기도 하지마는 천방지축을 모리기 때문에 도망을 가고 숨기도 하고 해서 화를 자초할 경우도 있는 기라요. 천방지축을 안다는 것은 만물의 이치를 안다는 것이고, 만물의 이치를 알고 보믄 나갈 때는 나가고 들어올 때는 들어오고 남보다 먼저 때를 안다는 얘기 아니겠소?"

그 말은 해도사의 가르침을 인용한 것이다.

"그놈의 고학인가 뭔가 사람 잡네, 잡아."

하다가 여동철은 소리 내어 웃었다.

"일단 자네 얘기 맞다고 치자. 하지마는 나보고 만 번 해보아야 소용없네. 내가 무슨 실권이 있어야지. 실권이야 자네가 쥐고 있는 거 아닌가."

몽치는 술을 마시고 입가를 훔치면서,

"그런 소리 마시오. 듣기 좋으라고 그러는 모양인데 우리네 인생이야 아무리 입으로 잣사(저어)보아도 때가 오믄 떠나야 하는 철새 아니겠소? 여동철이 누굽니까? 장차 어장 아비가 될 사람 아니오? 담 좀 키우이소. 매사 뒷걸음질만 치지 말고."

"자네가 철새 되지 말고 텃새가 되면 될 거 아닌가. 아버지가 다 요량이 있어서 불쌍놈에다가 주둥이만 까고 나잇살 어린 것을 내게 붙여주셨는데."

"여선주 살림, 작살낼지 뉘 알겠소?"

"천방지축을 헤아리는데 그럴 리가 있겠나."

"지 상호가 역적질하게 돼 있다 하던데요?"

"역적질할 놈이 내 상호는 역적질할 상호다 하며 광고할까."

주거니 받거니 술을 마시고 말을 하는 동안 어느새 거나해진 두 사내는 자리에서 일어섰다. 방에서 나온 몽치는,

"아짐씨 술값이 얼매요?"

하고 셈을 한 뒤,

"그라믄 또 오겠소."

몽치의 눈은 돈을 받아드는 모화 얼굴에 가서 잠시 머물렀다. 무슨 말을 할 듯하다가,

"작은선주 가입시다."

하고 등을 밀었다.

"갈라꼬?"

웅기할매가 몹시 서운해하는 얼굴로 방에서 내다보았다.

"또 오겠십니다. 할매 잘 기시이소."

그들이 나가고 난 뒤 웅기할매는 작은방에서 술상을 들고 나온 딸에게 말을 걸었다.

"마침 왔는데 얘기라도 안 하고."

"무슨 얘기 말이오?"

"아까 당한 일 말이다."

"우째서요?"

"아아 그러씨…… 전에도 니가 봉변을 당했일 적에 구해준 사람 아니가."

모화는 대꾸 없이 술상을 들고 부엌으로 들어갔다. 한참 후에 그는 저녁상을 차려서 방으로 들어왔다. 식구가 상머리에 앉아서 밥을 먹기 시작한다.

"우리겉이 의지할 곳이 없는 처지, 니 성미가 웬간하믄 그런 사람 새기서 해로울 것도 없일 긴데."

"무슨 소리 하는 깁니까? 그 사람은 우리 집 술손님이오."

173

볼멘소리다.

"누가 그거를 모리나? 동기간맨치로 새길 수도 있는 일 아니가. 성질이 그래가지고는 니 것 없이믄 못 산다."

"동기간도 아닌데 동기간맨치로 우애 새깁니까. 내 것 없이믄 죽는 거사 뻔한 이치고, 씰데없는 소리 말고 밥이나 잡수이소."

"웅아 자아, 입 벌리라."

웅기할매는 웅기에게 밥을 떠먹인다.

"지가 묵게 내버려두소. 정말 엄니는 와 그 캅니까?"

"시끄럽다. 이것도 내 살아 생전이다. 내가 죽으믄 우리 웅이 누가 챙길 기고. 에미라는 기이 지 새끼 귀한 줄도 모리니 내가 우찌 눈감고 갈꼬."

"정말 그만 못하겠소!"

모화는 밥상에 숟가락을 거칠게 놓는다.

"알았다. 알았으니 밥이나 묵어라. 내가 빈말한 것도 아니고…… 내가 참아야제. 나한테 성질 안 부리믄 뉘한테 그러겠노."

"할매야."

웅기가 불렀다.

"운냐 울 애기야."

"나 밥 혼자 묵을 기다."

"그래그래 니가 에미보다 열 배 낫다. 할매 야단맞일까 봐

174

그러제?"

"응."

"어이구 내 소자(孝子)야."

웅기할매가 손주 궁둥이를 툭툭 치는데 밖에서,

"웅이어머니."

하고 불렀다. 몽치의 목소리였다.

웅기할매가 화드득 일어섰다. 방문을 열었을 때 몽치는 마당에 서 있었다. 사방은 어둑어둑했고 하늘에는 별들이 돋아나 있었다.

"웬일고?"

했으나 목소리엔 반가움과 기대가 넘쳐 있었다.

"머 별일은 아니고요, 좀 물어볼 말이 있어서 왔십니다."

"들어오니라, 이거 밥 묵다가, 방이 이래 되겠나."

모화는 그새 밥상을 챙겨서 들고 나온다. 방으로 들어서며 몽치는,

"지 때문에 밥 못다 잡순 거는 아닙니까?"

"아니다, 다 묵었다."

웅기할매는 걸레를 찾아 몽치가 앉을 자리를 훔친다. 웅기는 턱을 쳐들고 몽치를 올려다보았다.

"앉거라."

"야."

몽치는 자리에 앉았다. 부엌에서 설거지하는 소리가 들려

왔다.

"그래, 물어볼 말이 머꼬?"

"좀 심상치가 않아서요. 웅이어매 얼굴이 와 그렇십니까."

"울 옴마 맞았다."

웅기가 먼저 대답을 했다. 웅기할매는 아이를 안아 무릎에 올리면서,

"어린것도 가심에 맺히는갑다."

울먹인다.

"맞다니요? 누구한테 말입니까? 말씸하시이소."

대강 짐작은 하고 온 것 같았다. 놀라는 기색 없이 몽치는 웅기할매를 쳐다본다.

"글안해도 아까 손님하고 함께 안 왔이믄 얘기를 했일 긴데, 홍순가, 홍챙인가 그 주정뱅이 목이 뿌러져 죽을 놈이, 외상술 안 준다꼬 입에 못 담을 욕설을 하고 웅이에미를 패고."

흐느껴 운다.

"뱉 바르게 하는 장사가 아닌께 그것을 꼬타리로 삼아서, 하루 이틀도 아니고 그 염치없는 놈이, 피를 빨아묵어도 유분수지, 임자가 있었이믄 그놈이 갬히 그랬겄나, 다리몽댕이가 뿌러져도 버얼써 뿌러졌제."

"……."

"전에, 다치노미를 할 적에도 니가 그런 놈 하나를 패주었다는 말을 듣고 얼매나 고맙던지, 오늘도 그 직일 놈이 분탕

질하고 가버린께 니 생각이 절로 나더마. 우리 모녀가 객지에
와서 누구 하나 의지할 사람이 없고 말 한마디 거들어줄 사람
조차 없으니 적막강산 아니가. 웅이에미 성질이나 나산타(나긋
나긋하다) 말가, 뻗장나무맨치로 저러이."

"그러니께 살지요."

몽치는 웅기할매 얘기를 건성으로 들으며 또 건성으로 대
꾸하며 바깥 기척에 신경을 쓰는 것 같았다.

"넘들은 쉽기 넘어가는 일도 우리 모녀한테는 우찌 그리 어
럽은지, 한겨울 얼음판을 나막신 신고 걷는 것 같고 날개 뿌
러진 새가 수리한테 쫒기는 것 같고 정말이제 하루에도 몇 번
죽고 접은 맴이 든다. 웅이만 아니믄 우리 모녀, 이 더럽운 세
상 살아서 무신 영광을 보겠노."

"친척은 하낫도 없십니까?"

"친척이 있다 한들, 멀리 떠나 있으니 있으나 마나고, 설사
가찹기 있다 카더라도 우리 일에 나서줄 그럴 형편이 아니다.
그럴 형편이라믄 애시당초, 낯설고 물선 객지에 올 까닭도 없
었고."

"웅이아부지는 우찌 된 겁니까."

망설이다가 묻는 것 같았다.

"말 말아라. 말을 할라 카믄 길고, 그놈 생각만 하믄 우둔
증(무서워 가슴이 뛰는 증세)이 생긴다."

아이는 어느새 잠이 들어 있었다. 웅기할매는 베개를 받쳐

아이를 뉘어놓고 이불을 덮어 다독거린 뒤 방문을 열고 내다
본다.

"아가, 웅이네."

하고 부엌을 향해 딸을 불렀다.

"와요."

대답만 했다.

"술상 좀 보아오니라. 나도 오늘 밤은 술 한잔 마실란다."

하고 문을 닫은 웅기할매는,

"바쁘나?"

이번에는 몽치에게 물었다.

"바쁠 거는 없지마는."

술상을 들고 모화가 들어왔다. 술상을 올곧지 않게 놓으며,

"술 마시고 신세타령 실컷 하소."

모친에게 성난 듯 말하고 나서 횅하니 나가버린다. 부엌에
는 술밥을 퍼놨고 누룩이랑 비벼서 항아리에 넣어야 할 일이
남아 있긴 했다.

"성질이 저렇다. 누구를 닮아서 저리 페독스럽은지, 어이구
쯧쯧."

웅기할매는 혀를 찼다. 그러나 몽치는 알고 있었다. 쑥스럽
고 민망하고 자신이 처량해 뵈는 것이 싫어서 모화가 그러는
줄을 알고 있었다. 웅기할매는 몽치 술잔에 술을 부었다. 그
리고 술 주전자를 몽치에게 내밀었다.

"나한테도 술 한잔 도고."

"아, 그, 그러지요."

주전자를 기울여 술을 붓고 몽치는 상체를 비틀듯 웅기할매를 외면하듯 술을 마셨고 웅기할매도 반쯤 술을 마셨다.

"우리 모녀 기구한 팔자 얘기를 하자 카믄 이 밤이 다 가도 못다 할 기다마는, 또 해봐야 자랑 될 것도 없고…… 두건이 (두견새) 목의 피 내묵듯이, 남 해치지 않고 살아왔는데 우찌 이리 액운이 많은지 모리겄다. 자네를 보이 내 붙이 같애서 하는 말이네마는."

웅기할매는 또 눈물을 흘렸다. 니라는 호칭에서 자네라는 호칭으로 변한 것을 보면 그만큼 웅기할매 심정이 심각해진 것 같았다.

"집안의 근본 같은 거사 이제 와 말하믄 머하겄노. 가난이 죄고 가난이 더럽제. 내가 아는 것은 집이 너무나 기찹아서(가 난해서) 밥을 굶기를 부자들 밥 묵듯이 했다는 것 그것뿐이다. 엄니가 아이를 낳기만 하믄 모두 젖배를 곯아서 커지를 못했다 카는데 명을 타고났던지 내 혼자 살아남아서…… 대신 어매를 잡아묵은 기지. 울 아부지는 죽을라꼬 나를 안고 산에 갔더란다. 목을 매 죽을라꼬. 그랬는데 눈이 말똥말똥한 어린 나를 보고는 대성통곡을 하고 산을 내리오싰다 카더마."

웅기할매는 술잔에 남은 술을 마셨다. 별로 술을 즐기는 것 같지는 않았다. 기분만 내는 것 같았다. 그리고 그의 눈은 이상하게 빛나고 있었다. 무당이 사설에 취해 있을 때처럼.

"그렇기 서럽게 커가지고 나는 부잣집 소실로 들어갔다. 심청이가 된 셈이제. 위로 아들 하나 딸 하나를 낳았는데 홍역에 모두 잃어부리고 제우 웅이에미 하나를 건졌는데 그 설움의 세월은 우찌 다 말로 하겠노. 영감이 세상을 버린 뒤로는, 집안 행세를 잘 아는지라, 영감이 우리 모녀를 위해 따로 땅마지기나 매련해놓았기에 그 집 마나님이나 자식들하고는 제면하고 살았다. 그러자니 우리 웅이에미한테 벤벤한 혼처가 나왔겠나? 그 차에 만낸 것이 웅이애비 그 독사 같은 놈이라. 근본도 모리고 떠돌아댕기는 불쌍한 사람으로 보았제, 처음에는. 그런 불쌍한 사람이믄 우리 모녀 섬기고 살 줄 알았다. 너무 의지할 데가 없었으이. 그러나 화약을 지고 섶으로 들어간 기라. 알고 보니 그놈은 우리 가진 거를 노리고 뺏자는 심보, 정을 통한 제집도 따로 있고, 처음에는 야금야금 내가다가 나중에는 외고 펴고 땅문서며 집문서를,"

하다가 목이 메는지 잠시 말을 끊었다.

"아무래도 그냥 살 수가 없고 앉아 있다가는 우리 모녀 알거지가 되어 거리에서 쪽박 들 판이라. 그래 남은 거를 몰래 처분하고 소리도 매도 모리게 야간도주를 해서 온 것이 여기였다. 이곳에 와서 그놈의 씨가 든 거를 알았다. 처음에는 원수 놈의 씨라고 한탄도 많이 했다마는 낳고 보이 내 핏줄, 이자는 저 새끼 때문에 우리가 안 사나."

"하모요, 살아야제요. 그보다 더해도 사람은 살아야 합니다."

"우리 웅이에미가 본시부터 성질이 뚝뚝하기는 했지마는, 저 아아가 그리된 것도 생각해보믄 까닭이야 있제. 컬 때 큰 어무이하고 배다른 오래비들이 얼매나 구박을 했던지, 나중 에는 달라들더구마. 그렇게 되니 점점 더 미움을 받게 되고 거기다가 서방이란 것이 무도한 놈이었으니, 묵고살기 위해 술집을 하다 보이 더욱더 성질을 베린 기라. 늙었지마는 지금 은 에미라도 있으니, 내 눈감고 나믄 저기이 우찌 살란고 눈 앞이 캄캄해진다."

"웅이할무이는 웅이어매 자꾸 말씀하십니다마는 그거는 베 린 성질이 아닙니다."

"머라? 베린 성질 아니라꼬? 저 성질 가지고 일 없이 살아 갈 성싶나? 오늘만 해도 그렇제. 술 처묵은 개라니, 본성을 아 는데 피하든지 아니믄 달래서 보내든지 해야 옳지, 여자가 우 찌 남정네를 당할 기고. 욕설 듣고 맞이믄 내만 설지. 송사를 할 기가 물건이라서 물릴 기가."

웅기할매는 낮에 참았던 일이 별안간 북받쳐서 폭발이라도 할 것 같았다. 얼굴이 벌게졌고 눈빛은 사나워졌다.

"웅이어매가 안 그래 보이소. 버얼써 짓밟히서 흔적도 없어 졌을 깁니다. 그만이라도 한께 한 수 놓고 보는 기지요."

"그런 말 하는 사람은 자네밖에 없네."

"나는 웅이어매가 칼 들고 나왔다는 말 듣고 비렁밭*에다 내다 버리도 살아남을 사람이라 생각했제요."

몽치는 가볍게 웃음소리를 내며 웃었다. 그러고 나서,

"걱정 마시이소. 내 홍수 그 작자 만나믄 두 분 다시 그런 짓 못하게 해놓을 기니께요."

"정말가?"

"정말입니다."

"그렇기만 해준다믄 얼매나 좋겄노."

옹기할매 얼굴은 환해졌다.

"그라믄 나 자네한테 청이 하나 있네."

"무신 청입니까."

"아마도 우리 옹이에미가 자네보다 두세 살 위인 성싶은데 누부같이 생각해줄 수 없겄나? 혈혈단신에 자네 같은 동생이 있다믄 얼매나 마음 든든하겄노."

몽치는 몹시 당황한다.

"그, 그거는."

하면서 몽치는 꽁무니를 빼듯 몸을 일으키려 한다.

"머가 그리 어럽은 일고."

애원의 눈빛이 몽치를 거머잡는다.

"남남끼리도 흔히 의형제를 맺고 잘 지내는 사람들이 얼매 든지 있던데, 머가 그리 어럽노."

"걱정 마이소. 홍수는 지가."

"허허허, 누가 그거를 말하기가. 그기이 아이다. 우리 옹이에미한테 자네겉이 미덥은 동생이 있다믄…… 나는 내일 눈을 감아도 여한 없이 펜키 가겠다. 그렇기 할 기제?"

"지한테는 누님이 둘이나 있습니다. 그런 것 안 맺아도 돌보아주믄 될 거 아닙니까."

웅기할매는 풀이 죽으며 눈길을 떨어뜨렸다.

"우리 웅이에미가 술 파는 제집이라서 괄시하는 기가?"

"아, 아입니다."

"술 파는 제집을 누님이라 하기가 남사스럽아서 그러는갑네. 맘은 청백 겉은데 하기사 술 파는 제집, 이름이 더럽기는 하지. 어이구."

웅기할매는 주먹으로 가슴을 쳤다.

"아입니다. 아입니다. 그런 말씸 당체 하지 마이소. 그기이 아니고, 하 참, 그기 아니라요. 지, 지는 그만 가볼랍니다."

몽치는 허둥지둥 방을 나섰다. 밖은 캄캄했다. 불빛 아래 있다 나왔기 때문에 그런 것 같았다. 신발을 신고 돌아서는데 마당에 서 있는 모화의 모습을 몽치는 희미하게 느낀다.

"아니."

소스라치듯 놀란다. 몽치는 삽짝까지 나오는데 허공을 딛는 것 같았다. 모화가 따라나왔다. 몽치는 냅다 뛰고 싶은 충동을 간신히 참는다.

"보소, 저기."

"와요."

"엄니가 씰데없는 말 했지요?"

"……."

"의형제 맺으라 했일 깁니다."

"……."

"듬직한 남정네만 보믄 그러는 기이 울 엄니 버릇이라요."

"……."

"귀담아들을 필요도 없십니다."

"그, 그렇지마는, 어려운 일이 있이믄 나한테 의논하소."

"주인 주객인데 염치없는 짓은 하고 접지 않소."

"그라믄 의형제 맺느니 어쩌니, 그럴 거 없이 서방 얻으믄 될 거 아니오! 젠장!"

화를 벌컥 내다가 몽치는 급히 삽짝을 나왔다.

얼마를 걷고 있노라니 어둠에 눈이 익숙해졌는지 골목길이 하얗게 보이기 시작했다. 번화한 선창가까지 왔다. 그러나 전 같지 않았다. 오가는 사람은 많았지만 선창가는 쓸쓸했다. 방죽을 등지고 주욱 늘어섰던 잡화의 노점이 하나도 눈에 띄질 않았다. 울긋불긋한 셀룰로이드 비눗갑이며 수건, 보자기, 지갑, 양말, 장갑 같은 것, 손거울과 가위며 주머니칼 화장품 같은 것을 늘어놓고 좌판, 알고 보면 가장 싸구려의 그런 상품들을 비춰주던 가스등도 보이지 않았다. 쉿쉿 쉿쉿 소리를 내던 가스등 뒤켠에 처음 장사를 시작하기라도 한 것처럼 어리석게 뵈던 그 낯익은 장사꾼 사내도 볼 수 없었다. 방죽과 마

184

주 보는 길가의 상점에서만 불빛이 비쳐나고 있었지만 그곳
역시 휑뎅그렁했다. 여객선에서 내리는 손님들, 모처럼 뭍에
오르는 뱃사람들을 상대하여 밤에만 장사를 하던 그 영세한
노점상들은 대체 어디로 갔으며 무슨 일을 하고 있는지. 몽치
머릿속에 그 생각이 잠시 지나갔다.

　몽치가 산골에서 처음 이 항구에 왔을 때, 이곳이 그에게는
경이로운 신천지였다. 항구 가득히 정박한 작은 배들과 휘황
찬란한 불빛으로 장식한 어마어마하게 큰 윤선이 뱃고동을
울리며 입항하는 광경이며 상점마다 물건이 가득가득 쌓여 있
었고 잡화상의 밤은 화려했으며 홍등가의 불빛은 그 얼마나
매혹적이었던가. 그러나 몽치는 이내 그런 황홀감과 작별을
했다. 소금에 전 누더기를 입고 파도에 휩쓸리며, 파도가 오면
뒤로 나자빠지고 파도가 가면 앞으로 고꾸라지며 고기 떼를
쫓아가는 배, 끝없이 넓은 바다 위에 나뭇잎 같은 배, 어로작
업은 그야말로 혈투였으며 흥분의 도가니였다. 몽치는 생사를
건 것 같은 생생한 그 삶의 현장을 사랑했다. 수만 맹수들의
포효 같은 파도와 맞서는 것이 통쾌했다. 걸걸한 바다사내들
의 목청이며 핏발 선 눈동자, 힘줄 솟은 적동색 팔뚝이며 짧게
해치우는 대화, 욕설로 정을 주고 속담으로 비아냥거리는 사
내들, 누더기의 모습으로, 막걸리 한 잔 국밥 한 그릇 입가심
하고 항구의 거리를 누비는 몽치였지만 그는 자꾸만 가슴이
커지는 것을 느꼈다. 두려울 것이 없었다. 두려움은 산중, 바

람 소리밖에 없었던 아비 시체 곁에서 이미 다 겪어버렸다.

"무엇이 두렵울꼬? 이 한 몸, 혈혈단신, 한 분 살믄 그만인데 사내자식이 더럽게 살 수는 없제."

몽치는 곧잘 중얼거리곤 했다.

산짐승의 울부짖음과 산속에 있는 모든 생령(生靈)들의 그 가만가만 부르며 화답하는 숲속을 치닫고 벼랑을 타며 바람이 키웠고 햇빛이 보살핀 아이, 지감은 지식을 베풀었으며 해도사는 세상의 이치를 깨우쳐주었다. 휘는 우의를, 영선은 누이 같은 사랑을 주었다. 그렇게 예비된 육신과 영혼이 파도에 부딪치고 바다에 내던져지고, 나약하며 사악하고 선량하면서 노회하고, 어리석음과 지혜로움, 열정과 냉담, 온갖 특성의 인간들 속에서 몽치는 폭을 넓히며 대응해가고 있는 것이다.

밤거리를 배회하다가 간신히 소주 한 병을 구한 몽치는 서문고개 언덕, 휘의 집으로 갔다. 빈집같이 집 안이 조용했다. 안방은 깜깜했고 작은방에 불이 켜져 있었다.

"형수,"

하다 말고 몽치는 아까 옹기할매에게 누님이 둘 있다 한 자신의 말이 생각났다. 그 누님의 한 사람이 바로 영선이었던 것을 깨닫고 슬그머니 혼자 웃는다.

"형수."

작은방에서,

"몽치가?"

휘가 방문을 열고 내다보았다.

"와 이리 집이 조용합니까."

"누가 있어야지."

"야?"

"아아들하고 모두 산에 갔다. 칩운데 들어오너라."

"그라믄 성 혼자 있다 말이오?"

"그래. 안 가도 되는데 별시럽게 가겠다고 고집을 부리서 보냈다."

"무신 일이 있었소?"

방으로 들어가며 몽치가 물었다.

"할무이 제사하고 아부지 생신이 겹친 데다가 어무이가 편 찮으신 모앵이야……. 설까지 거기 있겠다 하더마."

"두어 달 홀애비 신세구마요."

"씨원섭섭하네. 그런데 니 누부 집에는 안 가보고 오는 기 가?"

"가기만 하믄 장개 노래를 불러쌓아서 딱 귀찮소."

"그럴 만도 하지. 벵신도 아닌데 노총각이 돼가는 꼴, 누부 된 입장에서 그냥 보고 있겠나. 나도 니 속을 통 모리겠다. 이 자는 자리도 잡혔고 가숙 못 거너릴 형편도 아닌데 대체 와 그라노?"

"성, 가만있이소. 나 술상 가지고 올 긴께요."

몽치는 휘의 말을 막듯하며 밖으로 나갔다. 이윽고 김치 보시기 하나 젓가락과 술잔을 놓은 술상을 가지고 들어온다.

"옛날부터 술상 보아오는 데는 내가 선수 아니오. 한데 뭐집을 기이 있어야지 김치 말고는."

"멸치볶음이랑, 밑반찬이 있을 긴데, 몰라 그렇지."

"도둑놈이 도둑질을 우찌 하는지 모리겠소."

몽치는 이빨로 병마개를 벗긴다. 그리고 술잔에 술을 붓는다.

"소주는 어이서 구했노."

술을 마시며 휘가 물었다.

"다 구하는 데가 있소."

"재주 좋구나."

"소주고 밀주고 말만 하이소. 구해다 디릴 긴께요."

"밀주야 이 동네에서도 하는 데가 있어서 가끔 받아다 묵는다."

"그나저나 성, 화심이 땜에 형수 산으로 가신 거 아니오?"

"미친 소리 그만해. 정신이 있나 없나. 그거를 말이라고 하나?"

휘는 화를 냈다.

"한눈판다꼬 영감한테 쫓기났다믄서요?"

"나보다 더 잘 아네."

"요릿집에 도로 나간다 하더마요."

"요새도 요릿집이 있나?"

"높은 사람들만 가는 비밀 요릿집이야 와 없겄소?"

"그 말은 어이서 들었노?"

"전혀 생각이 없었던 것은 아닌 모앵이네요."

"목석이 아닌 바에야⋯⋯."

하다가 당황하며,

"그렇다고 해서 넘겨짚지는 말아라. 다 전생에 무신 인연이 있었던가 싶어서 불쌍했을 뿐이다. 화심이를 만난 적도 없고."

"우리 작은선주가 좀 바람기 있는 사람이거든요. 옛날에는 화심이한테 반한 일도 있었다 하더마요."

희미하게 휘의 얼굴에는 동요가 있었다.

"그래서."

했으나 휘는 이내 후회하는 표정을 지었다.

"작은선주가 요릿집에 나온다는 얘기를 하더마요."

"⋯⋯."

"성은 본래부터 여복이 많은 사람 아니오. 산에서도 죽는다 산다 난리를 겪었인께."

"⋯⋯."

"성."

"무신 소리 할라꼬 또 부르노."

"나 그만 과부나 소박데기 하나 뒤빗이 업고 올라요."

"머라 카노?"

"헛소리하는 것 겉소?"

"처녀장가도 싫다 하믄서 과부는 멋이며 소박데기는 또 머꼬."

그러나 몽치는 그 일에 대해서 더 이상은 말하지 않았다. 휘도 그냥 해본 소리거니 대수롭지 않게 생각했다. 술상을 치우고 거나하게 취한 두 사내는 자리를 깔고 드러누웠다.

"아까 그 말은 그냥 해본 말이 아니오, 성."

천장을 멀뚱멀뚱 쳐다보며 몽치가 말했다.

"꽤깡시럽게(엉뚱하게) 또 머라 카노."

"아무리 좋은 신발이라도 내 발에 안 맞이믄 못 신는 거 아니오. 짚세기라도 내 발에 맞아야."

휘는 벌떡 일어나 앉았다.

"그라믄 과분지 소박데긴지 사람이 있다 그 말가."

다잡듯 묻는다.

"있소."

"언제부터!"

"알기사 오래됐소만 아직 심정 얘기는 하지 않았소."

"이 빌어묵을 놈아, 온정신 가지고 하는 말가? 니 누님이 허락할 것 같나? 말도 가이방해야."

"누부는 누부대로 사는 기고 나는 나대로 사는 기요. 상대 방만 좋다 카믄 데리고 살라요."

"이거 일 났네. 선생님은 또 뭐라 하실는지 니 생각해보았나."

"내 생각은 아무도 못 꺾소. 선생님도 그렇제요. 내가 돈 많은 과부를 이용할라는 것도 아니고 잡스런 마음에서 그러는 것도 아니고 사람 하나 믿고 내 사람 만들겠다 하는데 머라 하시겠소? 선생님은 저울대 들고 기우나 넘치나 저울 눈금 봐감서 혼인하라 하시지는 않았소. 만일에 무신 말씸을 하신다 믄 선생님이라 할 수 없제요."

몽치는 단호했다. 휘는 대답이 막혀 말을 못하고 도로 자리에 눕는다.

"성."

"……."

"아직은 정한 일이 아닌께 형수나 누부한테는 말하지 마소."

"대체 어디 사는 누구며 과부인가 소박데긴가 그것부터 좀 알자."

"그것은 뜻이 맞인 뒤 말하겠소."

"무신 놈의 홍길동이 수작인지, 아 그라믄 상대방 의중도 모리고 혼자 몸이 달아서 그런다 그 말인데 필시 미인이겄네."

"미인 근처에도 못 갔고, 상대방 의중이야 십중팔구, 안 된다믄 심으로라도 잡아제쳐야지요. 이자 그만 잡시다."

두 사나이가 잠이 들락 말락 하는데 누군가 밖에서 부르는 소리가 들려왔다. 밤은 꽤 깊어 있었다.

"이 밤중에 누가 왔일꼬."

휘는 풀어진 옷고름을 다시 여미며 마당으로 나가서 삽짝문을 열었다.

"뉘시오."

"나, 날세."

뜻밖에 조병수가 거기에 서 있었다.

"어이구 선생님! 이 밤중에 웬일이십니까."

휘는 깜짝 놀란다.

"집에 좀 와, 와주겠나?"

병수는 부들부들 떨고 있는 것 같았다.

"무슨 일입니까."

"아, 아버님이 세상을 뜨셨네."

"뭐라구요!"

"내자하고 나, 나만 있으니 어, 엄두를 낼 수가 없고 막막하여."

"알았습니다. 마침 몽치가 와 있으니 함께 가지요. 먼저 가계십시오."

"아, 아니네. 자네들하고 하, 함께 가자."

집 그림자에 가려져 어두운 골목길을 세 사람은 허둥지둥 걷는다. 걷다 말고 휘가 말했다.

"아니다. 이럴 기이 아니라 몽치야."

"말하소."

"색히(속히) 가서 니 매형을 데리고 오너라. 그러는 기이 좋겠다."

"그러지요."

병수와 휘가 먼저 집으로 갔다. 병수댁네는 머리를 풀고 마루 끝에 오두마니 앉아 있다가 화닥닥 일어섰다.

"임종도 못했네."

병수는 흐느꼈다.

"귀주기 갈아드릴려고 들어갔더니, 호, 혼자서 세상 뜨셨구나 으흐흣흣."

가느다란 병수 흐느낌 소리뿐 집 안은 괸 물속같이, 그것은 무시무시한 정적이었다. 마당에 떨어진 나무그림자는 마치 먹물을 흩뿌리듯 시꺼멓게 느껴졌다. 기온은 급격하게 하강하여 이 고장의 추위하고는 전혀 다르게 살을 엘 듯 매웠다.

이윽고 몽치와 영호가 나타났다. 그 뒤를 따라 숙이도 나타났다. 숙이는 재빨리 부엌으로 달려가며 사잣밥 지을 준비를 했고 영호는,

"알리더라 캐도 날이나 밝아야겠지요."

하고 말했다. 선창가에서 어구점을 하고 있는 병수의 아들 내외를 두고 하는 말이었다. 몽치와 휘는 염을 하기 위하여 죽은 자가 있는 방으로 들어갔고 영호는 죽은 자의 옷을 받아서 지붕 위를 향해 던졌다.

눈을 부릅뜨고 죽은 조준구의 형상은 끔찍했다.

몽치는 부릅뜬 조준구의 눈을 쓸어서 감겨주었다.

끔찍했을 뿐만 아니라 삶의 기능, 존재했던 육체의 마지막 한 오리 한 방울까지 훑어내고 짜내버린 종말의 모습은 너무나 처참했고 머리끝이 치솟는 것 같은 공포감을 안겨주었지만 한편으로는 깊은 연민을 느끼게 했다. 생명에 대한, 인생

의 덧없음에 대한 연민이었다. 호박 덩이 같았던 두상은 쪼그라져서 조그맣게 돼 있었다. 몸도 줄어들어서 아주 작아져 있었다. 손가락은 모두 펴진 채, 그 다섯 손가락은 갈고리처럼 굽어져 있었다. 삼 년을 넘게 병상에 있었는데 어쩌면 조준구의 마지막 일 년은 살아 있었다기보다 죽음을 살았는지 모른다. 죽은 후의 과정이 살아 있는 상태에서 진행되었으니 말이다. 시신을 씻을 때 욕창으로 탈저(脫疽)된 부분이 문적문적 떨어져 나왔고 썩은 냄새가 코를 찔렀다. 수의를 입히고 갈고리 같이 된 손가락을 펴고 두 팔을 가지런히 한 뒤 염포(殮布)로 묶고, 그러는 동안 몽치는 땀을 많이 흘렸다. 거들어주는 휘도 땀을 흘렸다. 염습을 끝내고 나왔을 때 별안간,

"아이고 아이고오!"

머리를 푼 병수댁네가 들린 사람같이 곡성을 올렸다. 그 소리는 심야의 정적을 찢고 사람을 놀라게 했다. 곡성은 마치 한 줄기 빛이 되어 시공을 뚫고 저 머나먼 저승의 나라, 명부(冥府)의 캄캄한 삼도천까지 울리어 가고 있는 듯 이상하고도 이상한 귀기를 자아내고 있었다.

"어이고 어이고오 어이고."

이번에는 낮은 병수의 곡이었다.

사잣밥을 내놨고 영호가 급히 달려가서 이웃의 밀주하는 집에서 술을 사왔으며 상주는 상청에 남겨둔 채 세 사나이는 아랫방으로 내려와 술상 앞에 앉았다.

밤은 소리 없이 지나가고 있었다. 새벽닭 우는 소리도 지나갔다. 드디어 사이렌 소리가 새벽을 흔들었다. 그것을 신호로 영호는 상가를 나섰다. 선창가에서 어구상을 하는 병수의 아들 남현에게 기별을 하기 위해서이다. 어둠을 헤치고 언덕길을 내려가는 영호는 운명적인 것을 느끼지 않을 수 없었다. 어째 하필이면 조준구의 장손인 조남현에게 그 할애비 죽음을 알리기 위하여 김평산의 손자인 김영호가 새벽길을 가고 있는가. 어째 하필이면 김평산의 손자가 조준구 죽음의 뒷감당을 하는 한 사람이 되었는가. 어찌하여 하필이면 타향인 이곳에서 이 서문 밖이라는 산모퉁이 동네에서 조씨 일족을 만났으며 이웃하고 살게 되었는가. 영호는 고개를 흔들었다. 이러한 우연에는 필시 무슨 곡절이 있을 것만 같은 생각이 들었다.

처음 이 동네에 집을 장만했을 때 아내 숙이를 통하여 김휘 내외를 알게 되었고 휘를 통하여 조병수의 얘기를 들었을 때 영호는 내심 당황하고 께름칙했다. 조남현의 경우만 해도 그렇다. 어업조합과 어구점은 무관하지 않았다. 우연히 조합에서 이들이 마주쳤을 때 남현과 영호는 서로가 다 난감해했다. 이들이 어릴 적에 평사리에서는 양가가 모두 폐쇄적인 존재였고 특히 병수 식구들은 황폐할 대로 황폐한 최참판댁에서 숨어 살다시피 했기 때문에 교류는 일절 없었지만 그곳에서 나고 어린 시절을 보냈는데 서로의 얼굴이야 모를 리 없었다. 다 같은 고립 소외 죄의식 심리적 박해를 받았으며 따지고 보면 이들은 모두 피해자였다. 조부들의 악행에 의한 피해자, 피해자이면서 이들은 동병상련의 감정을 가지기는커녕 서로 피하고 싶고 마주치기를 꺼리는, 그것은 수치심 때문이며 치욕이었기 때문이다. 이들은 어업조합에서도 가끔 마주쳤고 거리에서도 이따금 부딪쳤다. 서로가 어정쩡하고 엉거주춤하는 꼴로 스치곤 했다. 김휘와 영선이가 송관수의 사위이며 딸이라는 것을 알고부터 영호의 태도나 심정에 변화가 오기는 했지만 병수나 남현에 대하여 어색한 것은 별로 달라진 것이 없었다. 그리고 병수 집에 망령과 같은 조준구가 중풍 환자로 누워 있다는 것을 생각할 때 영호는 어떤 쓰라림, 분노를 느끼곤 했다.

'이것이 모두 무슨 운명인가.'

언덕길과 골목길이 끝나고 신작로에 나섰을 때 어둠은 걷히기 시작했다. 그리고 별안간 살을 에는 것 같은 추위를 느꼈다. 황망 중에 외투도 챙겨 입지 않고 나왔던 것이다. 바짓주머니에 두 손을 찌르고 전신을 웅크리며 걷는데 문득 생각이 났다.

'이제는 끝이다!'

그것은 어떤 충격적인 깨달음이었다.

'이제는 끝난 거다!'

자손으로 하여금 그들 조부들 죄의 핏자국을 닦게 하기, 씻게 하기 위하여 모든 우연이 있었다는 생각을 했던 것이다.

상가에 내걸린 등불. 영원히 떠나보낼 그 어둡고 음습하고, 운명을 지배했던 존재를, 뿌옇게 열리고 있는 하늘을 보며 영호는 깊은 한숨을 내쉬었다.

영호는 굳게 닫혀진 어구점의 문을 두드렸다. 한참 동안이나 두드렸을 때 어구점에서 일하는 청년이 잠이 덜 깬 얼굴로 문을 열었다.

"주인 계시나?"

어합조합 서기가 이른 아침에 웬일로 찾아왔을까? 어리둥절해하다가 청년은,

"집에 들어가있는데요."

하고 말했다.

"집에? 집이 어딘데?"

청년이 가르쳐준 조남현의 살림집은 가게에서 그리 멀지 않은 곳에 있었다. 그 역시 영호의 출현을 어리둥절한 표정으로 맞이했다.

"노인이 세상 떴소."

할아버지라 하지 않고 노인이라 했다. 남현은 눈살을 찌푸렸다. 그러나 다음 순간 그 노인의 죽음을 어찌 당신이 내게 알려주러 왔는가? 조남현의 표정은 그렇게 바뀌었고 희미하나마 친근감을 나타내는 것이었다.

"조형은 먼저 가시오. 아버님 경황이 없으시오."

"그, 그러지요."

"거, 동생하고, 누이동생, 주소가 있으면 주시오. 전보를 쳐야 하지 않을까요?"

"그럴 필요까지야 있겠소?"

하다가,

"아버님이 그러라 하시던가요?"

"아니, 그래야 할 것 같아서."

"날씨가 몹시 추운 모양인데."

영호가 떨고 있는 것을 보고 말했다. 그리고 남현은 주소를 적은 쪽지와 자기 외투를 꺼내어 주며,

"우선에 걸치고 가소."

영호는 너무 추워서 그랬던지 사양하지 않고 입고 갔다.

남현은 아이들을 깨워서 옷을 입히고 있는 아내에게,

"아이들 데리고 갈 필요 없어! 가게 문은 닫고 덕준이 와 있으라고 하소."

날카로운 어조로 말했다. 장례식의 기억을 아이들에게 남기고 싶지 않았기 때문이다. 그만큼 조준구에 대한 남현의 증오심은 컸다. 과거의 행적도 행적이지만 통영에 나타난 이후의 그 추한 모습을 남현은 결코 기억하고 싶지 않았다.

남현이 서문밖 집에 갔을 때 상복에 굴건(屈巾)을 쓰고 상장(喪杖)을 짚고 서서 병수는 곡을 하고 있었다. 몽치는 가고 없었으며 휘가 아래채 툇마루에 우두커니 앉아 있었고 이웃 아낙 두세 명이 숙이랑 함께 부엌에서 일을 하고 있는 것 같았

다. 남현은 눈짓으로 휘를 불렀다.

"준비가 다 돼 있어서 별 어려운 거는 없었다. 마침 몽치가 와 있어서 그 아이가 염을 했고 김형이랑 대충 하느라 했는데 한밤중이라 선생님이 놀라신 것 같다."

휘는 간략하게 설명했다.

"오면서 생각했는데 부고는 낼 필요가 없고 화장을 해야겠어."

남현의 단호한 어조에 한동안 잠자코 있던 휘는,

"선생님이 그러라 하실까?"

"그렇게 해야 해!"

'하기는 그래. 집 안에서 죽은 것만도 과람했지.'

마음속으로 중얼거렸으나 휘는 내색하지는 않았다. 그러나 결국 화장 문제로 병수와 남현, 이들 부자간에 격론이 벌어지고 말았다.

"어떤 경우에도 부모는 부모, 자식이 행할 도리는 있는 거다."

"아버님 당대뿐이지요. 누가 벌초를 하며 산소를 돌보겠습니까. 그러느니 깨끗이 화장해야 합니다."

"너희들은 산소를 돌보지 않겠다, 그 말이냐?"

"네. 돌보지 않겠습니다."

"어째서!"

"언제까지나 자손들이 그 악행을 기억하라 그 말씀입니까?"

"착하고 거룩한 사람만이 부모더냐?"

"나쁜 것도 나름이겠지요. 차라리 잊어주는 것이 효도인지 모르지요."

"목련 존자는 악모를 천도하기 위하여 지옥에까지 찾아가셨다."

"천도할 여지가 있었습니까?"

남현은 강경하고도 냉소적이었다.

"애비 뜻에 따라랏!"

"그 뜻만은 따르지 못하겠습니다."

"너, 이놈! 아비를 능멸하는 거냐!"

"아닙니다. 아버님! 아버님 서러운 세월을 어찌 저더러 잊으라 하십니까!"

처음으로 남현은 눈물을 흘렸고 드디어 그것은 통곡으로 변했다. 결국 남현은 지고 말았다. 그리하여 미리 마련해둔 장지에 조준구는 묻힌 것이다. 끝내 사천에서 교사로 있는 종현(宗鉉)과 출가한 딸 내외는 나타나지 않았다.

장례가 끝난 뒤 휘의 집에서 남현과 영호는 함께 술을 마셨다. 처음에는 남현이,

"이 갈린다!"

하며 으르렁거렸으나 술에 취하면서 눈물을 흘렸다.

"아버지가 어떻게 살아오셨는지 그걸 내가 아는데, 그걸 내가 어찌 잊을 건가. 불구의 몸만 아니어도 내 맘이 이리 찢어지지는 않았을 거다."

"그만해라. 김형이나 자네는 모두 어진 분을 부친으로 두었으니 그것만으로도 고맙기 생각해야 할 기다. 이제는 다 끝났고 다 잊어야 한다."

휘가 달래었고 영호는 남현의 술잔에 술을 따르었다.

음력 섣달 단대목이다. 장터의 풍경, 중년 아낙이 장바구니를 들여다보고 있었다. 마른 가자미가 두 마리, 볼락이 한 마리, 조갯살 조금, 그리고 푸성귀며 콩나물 미역 등이 들어 있다.

"이거를 가지고 어디다가 찍어 붙이겠노. 머가 있어야 사제. 장바닥은 싹 쓸어놓은 것 겉고, 참말이제 설도 설 같잖게 보내겄다."

중얼거리는데 키가 작달막한 여자는,

"제사고 머고 때리 엎어부리든지 해야지, 산 입에도 거미줄 치게 생깄는데 구신까지 우예 챙기 믹이겠노."

내뱉듯 말했다.

"제집이 간둥간둥, 말을 그리 함부로 해대다가 추구(신벌)라도 받으믄? 큰일 나제."

"세상 돼가는 꼬라지가 그런데 낸들 우짤 기고. 흥 구신이 참말로 있다믄 이렇그럼 사람을 벼랑 끝으로 몰고 가지는 않을 기다."

"말 마라. 우리 구신보다 왜구신이 더 무섭운께 그렇지. 설도 왜설이 더 춥지 않던가 배?"

중년 아낙은 비아냥거리듯 말했다.

"무릎이 닳도록 절하고 축수하고, 조상에 빌고 터주에 빌고 조앙에 빌고, 무신 소용이 있노. 빌어묵을 놈은 곰배팔이라도 됐는가, 글 모리는 까막눈도 아니겄고 우째 일자 소식도 없는 긴지."

"편지 쓸 형편이믄 와 안 그라겄노. 그럴 사정이 아닌께 그렇겄지."

"넘들은 객리에 나갔다가도 설이믄 돌아오는데."

"니도 참 딱하다. 징용 간 아아가 설이라꼬 돌아오겄나."

"그거를 누가 모리건데? 오죽 답답하믄 그러까. 들리는 소문이 하도 숭악하고 밤마다 꿈에 뵈고 정말이지 피가 마르는 것 같다."

"소문 그거 믿을 게 못 되네라. 내 눈으로 보기 전에는."

"안 땐 굴뚝에 연기 나겄나. 도망쳐 오는 사람이 더러 있다 하던데, 그 사람들 입에서 나온 말이믄."

"아무 일 없일 기다. 조상이 굽어살피도록 제사를 때리 엎으니 어쩌느니, 찬물이라도 정성 아니가."

"그때 그만 개깃배라도 타라 할 거로. 그 쇠가 오만 발이나 빠져 죽을 놈 따문에 일이 이리 됐제."

"그거는 또 무신 말고?"

"우리 아아가 있던 오복점 주인 놈 말이제. 그 쇠가 빠지 죽을 왜놈이 점방을 치우믄서 이자는 일자리도 없어졌어이 징용에 가믄 돈도 벌고 기술도 배우고 넓은 세상 구겡도 하고,

사알사알 꼬우는 바람에, 어리석은 그놈 자식이 그만."

"그때사 꼬우는 바람에 갔겠지마는 요새는 길에서 마구잡이로 잡아간다 하더마. 젊은 사람이 징명서 없이 나다니다가는 큰일 나는 세상이라."

몽치는 얘기하며 가는 아낙들 뒤를 슬슬 따라간다.

"참말이제 그러저러한 생각을 하믄 설이고 머고…… 자식이 죽었는지 살았는지, 그래도 때 되믄 밥을 묵고 사니."

평소보다 사람들은 많은 편이었지만 장바닥은 허퉁했다. 끝물이기는 하지만 그 흔하고 지천으로 쌓이던 대구 한 마리 구경할 수 없는 섣달그믐, 단대목의 장터였다. 대추며 잣 땅콩 곶감 같은 것도 더러 있긴 있었으나 다락같이 비싸서 주머니에 자신 없는 사람은 엄두도 낼 수 없었고 과일도 대개 구색은 갖추어져 있었으나 비싸기론 마찬가지였다. 아랫도리에서 거슬러 올라오는 바람 속을 두 여자는 가고 몽치는 과일가게 앞에서 사과와 배를 광주리에 넣어달라 하고 값을 치렀다. 그것을 들고 몽치는 선창가 길로 돌아 나온다.

목욕도 하고 이발도 하고 제법 깔끔해진 모습이지만 못생긴 얼굴이 어디 갈 리는 없다. 그는 지금 모화의 집을 향해 가고 있는 것이다. 누이 숙이와 매부 영호는 어제 평사리를 향해 떠났다. 함께 가서 설을 쇠자고 숙이가 간곡하게 말했으나 몽치는 볼일이 있다 했고, 휘 역시 함께 가자고 권했다. 예년에는 대개 휘를 따라 산에 갔고 돌아오는 길에 평사리를 들렀는데 몽치는 휘에게도 볼일이 있다고 말했다. 휘는 그저께 처자가 먼저 가 있는 산을 향해 떠났다.

"웅이할무이 기십니까?"

부엌에서 웅기할매가 내다보았다. 웅기도 함께 내다보았다. 의형제를 맺으라고 웅기할매가 애원했던 그날 이후 처음 찾아온 것이다.

"웬일인고? 이 단대목에."

반가워하지 않는 것은 아니었지만 한편 무안하고 꽤씸해하는 심정도 나타난 표정이었다.

"단대목이니께 왔지요."

"고향에는 안 가고?"

"지 겉은 놈이 고향은 무신 고향입니까."

"고향 없는 사램이 어디 있노."

몽치는 햇볕이 따뜻해 보이는 마루끝에 가서 걸터앉는다.

"절로 나서 절로 컸제요. 이거나 받으시소!"

몽치는 광주리를 내밀었다.

"아아니, 그라믄 우리 줄라꼬 사왔나?"

과일 광주리를 들고 있는 것을 못 본 것은 아니었지만 웅기할매는 자기네한테 가져온 것이라고는 감히 생각지 못했다. 과일을 사가지고 가는 길에 술 한잔 마시려고 들른 것으로만 알았다. 그러니 반색을 하는 것도 무리는 아니었다.

"우리 집에 이런 거를 사오는 사람이 다 있다니."

얼른 받아서 살강 위에 올려놓는데 웅기가 목을 빼고 그것을 올려다본다.

"고맙다. 명절이라꼬 이런 거를 받기는 여기 와서 처음이구마는."

"지도 이런 거 들고 오기는 처음이오."

"처음이라꼬? 그라믄 와 그라제?"

"……."

"사람이 매력궂게(차갑고 모질게) 남의 청을 뿌리치더마는."

역시 반가우면서도 무안하고 섭섭했던 감정을 강하게 나타낸다. 그러나 웅기할매는 궁금했다. 저절로 나서 저절로 컸다는 말이 궁금해 견딜 수 없었다. 흘러내리는 치맛말기를 몸을 흔들며 두 손으로 밀어 올리면서,

"저분 때는 누님이 둘이나 있다 안 했나? 고향도 없고 저절로 컸다믄."

"그거는,"

하다가 몽치는 슬그머니 웃는다.

"고향도 근본도 모리는데 우예 누님이 둘이나 있노 말이다."

"그러는 데는 그만한 내력이 안 있겠소. 나는 마, 신세타령이 딱 질색이라요. 하야간에 빈말을 한 거는 아닌께요."

"자네가 그렇기 말을 한께 이 늙은기이 부끄럽고 민망하구마."

"……."

"하지마는 아무나 보고 내 신세타령하는 거는 아닌께."

웅기할매는 부루퉁해서 말했다.

"그보다도 웅이어매는 어디 갔십니까?"

"대목이고 해서 외상값 걷으러 갔는데 안 오네."

"그라믄 술 한잔 주소."

하고 몽치는 작은방으로 들어간다. 웅기할매는 끈 떨어진 매 쳐다보듯 작은방 닫혀진 방문을 쳐다보다가,

"사나아가 오세바세 안 하고 입이 무겁은 거도 좋다마는 남 의 말을 귓등으로 듣는 것도 그리 좋은 거는 아니구마는. 아 가 웅아."

"응."

"능금 하나 주까?"

"응!"

웅기할매는 살강에 올려놨던 과일 광주리 속에서 빨간 사 과 한 알을 꺼내어 씻고 닦고 해서 웅기에게 쥐여준다.

술상을 디밀어 넣어주고 웅기할매는 부뚜막에 앉아서 나물 거리를 다듬는다. 웅기는 사과를 먹지 않고 안고 있었다.

"묵어라, 와 안 묵노?"

"옴마 오믄 묵을 기다."

웅기할매는 나무새를 다듬다 말고 웅기를 쳐다본다.

'저눔 자식이 에미한테는 잘 가지도 않더마는 마음속은 그 기이 아니던가 배.'

슬그머니 혼자 웃는다.

"웅아."

"응."

"묵어라. 묵고 나믄 또 줄 기고, 씨고 나믄 옴마랑 할매도 묵을 긴께."

"씨고 나믄, 그기이 멋고?"

"내일이 정월 초하루니께 터줏대감 대접은 해야제. 조앙에도 빌고."

작은방에서는 술을 더 달라는 말도 없었고 돌아갈 기색도 아니었고 얼마 후 코 고는 소리가 들려왔다.

"아이구, 참 숫구(숫기)도 좋다. 남의 집에서 잠이 오까? 그것도 섣달그믐날에."

웅기할매는 중얼거렸다.

모화는 좀처럼 돌아오지 않았다. 어두워진 뒤에도 한참 지났을 때 저녁은 어쨌느냐 하며 그는 돌아왔다.

"웅이만 먹었다. 능금 하나를 묵더니 밥은 잘 안 묵고, 지금 잔다."

"능금이라니요?"

"아 참, 몽치 그 총각이 사왔더라. 지금 작은방에서 코를 골믄서 자고 안 있나."

"와요?"

모화는 정색을 하며 묻는다. 그때야 비로소 이상하다는 생각이 들었는지 웅기할매 얼굴에 당혹해하는 빛이 떠올랐다.

"그러씨…… 고향도 없고 절로 나서 절로 컸다 캄서…… 니는 어디 갔느냐 묻더마."

"얄궂어라."

웅기할매는 딸의 얼굴을 살핀다.

"니 또 울었더나."

"아니요."

"눈이 빨간 거를 보이 또 바닷가에 가서 울었는갑네?"

"흘릴 눈물이나 어디 남아 있겠소?"

"하기사 머, 외상값은 좀 걷혔나?"

"더러 받긴 받았소."

"섣달그믐날 니도 와 논이 안 나겠노. 남 사는 거를 보믄 절로 논이 날 기다."

"그만두소. 한 해 두 해 겪는 일이라서 논이 날 기요? 남 사는 거 치다보고 살라 카믄 목이 뿌러질 기요. 엄니가 그런다고 내 속이 편해지겠소!"

"그나저나 저 방의 저 사람은 우짤 기고?"

"가라 해야지요."

모화는 목에 두른 목도리를 풀고 작은방으로 건너간다.

벌거숭이 전등에 불이 켜져 있었다. 시간이 되면 들어오고 시간이 되면 나가는 전기니까 저 혼자 켜진 거겠지만.

"보소, 일어나소!"

몽치는 한잠이 들어 있었다.

"일어나라 카이요! 남자 없는 집에 이래도 되는 깁니까!"

방문이 열려 있어서 찬 바람이 방 안으로 몰려들었다. 깨우는 모화 목소리보다 찬 바람에 잠이 깬 듯,

"어크, 그새 잠이 들었던가?"

몽치는 눈을 비비며 일어나 앉았다.

"장석겉이 서 있지만 말고 앉이소."

팔짱을 끼고 서 있는 모화를 올려다보며 몽치는 말했다.

"날도 저물고 하니 어서 가소."

"내가 할 일이 없어서 여기 온 줄 압니까? 술 몇 잔 묵을라꼬 온 것도 아니오."

"그라믄 머하러 왔소."

"앉기나 하소."

어정쩡하다가 모화는 앉았다. 몽치는 팔을 뻗어서 방문을 닫았다.

"그렁께 내 본명은 박재수요. 몽치는 아명이구, 조실부모, 산속에 떨어져서 살았소. 누이가 한 사람 있고는 천지간에 혈혈 단신이오."

신상보고를 하듯이 말했다. 모화는 멍청한 표정으로 몽치를 바라보고 앉아 있었다.

"거두절미하고, 외롭은 사람끼리 우리 함께 살믄 우떻겠소?"

"머라꼬요?"

"의형제니 머니 하는 것보다 부부로 사는 기이 우떻겠느냐 그 말이오."

모화의 좀처럼 변하지 않는 낯빛이 변했다. 벌겋게 됐는가 싶었는데 다음 순간 하얗게 질린다.

"실성을 했는가 배? 허파에 바람 든 소리, 그런 말 하지 마소!"

"와요!"

"말이라고 하요?"

"그러씨, 와 말이 안 되는가 이유가 있을 거 아니오."

모화의 얼굴은 한층 더 창백해졌고 눈동자는 이상한 빛을 내고 있었다.

"명색이 총각인데 아이 달린 제집을, 그것도 나이 많은 제집을, 누구 놀리는 기요?"

으르렁거리듯 말했다.

"법에 어긋난다 그 말이오?"

말[言語]에 쫓기는 한 마리 짐승같이 모화는 벽을 등지고 몽치를 쳐다본 채 대꾸를 못한다. 그러나 그의 눈에는 분노와 상처받은 신음과 실낱같은 희망이 타고 있었다.

"내가 아는 법은, 장개 못 간 엄더레(나이 찬) 총각이 과부나 소박데기를 뒤빗이 업고 와서 사는 것을 나라에서는 눈감아 주었고 여자가 남자보다 나이 많은 것은 우리네 혼인 풍속 아니었던가요? 머가 또 잘못된 것이 있다믄 말해보소."

"그거는 옛날 지나간 얘기고 잔소리 그만하고 가소! 술주정이라 생각할 기니께, 주정뱅이한테 매도 맞고 사는데."

모화는 도무지 처음부터 몽치가 맨정신으로 하는 말이라는 것을 인정하지 않으려 했다.

"못 가겄소. 그렇게는 못하겄소."

"술장사를 하는 여자믄 다 그렇기 쉽기 농락될 줄 알았소?"

"내 세상에 살다가 청혼을 농락이라 하는 사람 처음 보겄네. 그러지 말고 웅이어매, 내 하는 말 좀 진중하게 들어줄 수 없겄소?"

결사적으로 치켜들었던 독사 대가리가 힘이 빠져 까부라지듯 모화는 고개를 떨구었다.

"노류장화, 노는 곳에서 만난 것맨치로 살다가 그만둘 기라는 생각이 든다믄, 하기는 머 웅이어매가 노류장화도 아니고 나는 그곳에서 노는 한량도 아니오만, 아무튼 의심이 생긴다믄 민적부터 먼저 하고 살아도 좋소."

모화는 아무 말 하지 않았다. 몽치도 더 이상 말하지 않고 가만히 앉아 있었다. 얼마 동안의 시간이 흘렀을까.

"그런 실없는 말 하지 마소. 처녀들이 얼매든지 있는데 왜 하필 나 겉은 여자를 얻을라 카요. 누가 들어도 웃일 일 아니겄소? 그라고 팔자 기박한 년이 앞으로 무신 일을 당할지 뉘 알겄소. 두 분 다시 나는 그런 꼴 안 볼라요."

"구더기 무섭어서 장 못 당군다는 말이 있더마는 그 짝이네. 앞날을 알고 사는 사람이 세상에 어디 있소. 앞날 걱정하다가는 물가에도 못 가고 산중에도 못 가지. 선 자리에 가만히 있어야. 그럴 바에야 그만 죽어부리지 와 사는고? 이치가안 그렇소?"

"그라믄 나 겉은 제집을 와 택했는지, 머 볼 것 있다고 그러는지, 나는 아무래도 깨달을 수가 없소."

"그야 좋으니까 그렇제. 이유가 머 따로 있겠소? 신발이란제 발에 맞아야 하고, 내 발에 맞일 기다 싶은께."

"얼매나 겪어봤다꼬……."

하다가 모화는 얼굴을 쳐들었다.

"나는 남자한테 정이 떨어져부린 제집이오. 이대로 사는 기이 내 소원이오. 하지마는 이대로 살기가 너무 어려워서,"

잠시 동안 목이 메는 듯하다가,

"세상 풍파 다 겪었는데 못할 말이 머 있겠소. 그라믄 기둥서방 노릇이나 해주소."

서슴없이 모화는 말했다.

4장 적(赤)과 흑(黑)

적갈색 묵직한 도어를 열고 이시다[石田] 선생이 들어왔다. 상의는 보고 있던 소설을 재빨리 책상 속에 넣는다. 교실 안

의 소음은 새벽녘의 별같이 차츰 사라져갔다. 사라지는 소음
의 속도는 교실에 들어오는 선생에 따라서 다르다. 엄격하고
무서운 선생이거나, 학생들이 좋아하는 선생일 때, 그 소음은
일시에 멎는다. 그러나 싫어하는 선생, 학생들에게 무관심하
거나 실력이 없는 선생일 때는 소음이 꽤 오래, 민적거리듯
서서히 멎게 된다.

"기립!"

당번 열장(列長) 구령에 따라 나무의자의 부딪는 소리를 내
며 학생들이 일어섰다.

"경례!"

절을 하고,

"착석!"

앉는데 한동안 또 나무의자 끌어당기는 소리가 꼬리를 이
었다. 이시다 선생은 출석부를 펴고 호명을 한다. 재미없고
지루한 시간이 시작된 것이다. 상의는 역사 과목은 좋아했지
만 이시다 선생의 수업은 지겨웠다. 서양사를 하는데 사람도
수업의 내용도 말할 수 없이 구닥다리였다. 나이도 사십은 넘
었지만.

이름을 부를 때마다 이시다 선생의 얄싹한 입술이 달싹거
렸다. 안경 속의 쬐그마한 눈은 거의 흰자위가 보이지 않아
검정콩을 연상하게 했다. 눈썹은 넓게 퍼지고 짙었다. 눈이
작았을 뿐만 아니라 얼굴도 작고 턱도 짧았다. 면도 자국이

푸른 양 볼은 푹 꺼져서 그리 크지도 않은 코가 오똑해 보였다. 좀 심하게 표현을 하자면 피골이 상접한 모습이라고나 할까. 각반을 감은 다리는 막대기같이 가늘었고 뼈만 앙상한 양어깨는 쳐들려서 거의 직각이었다. 키는 좀 큰 편이었다. 단벌인지도 모른다. 또 언제 세탁을 해 입는지 그것도 알 수 없는 일이지만 이시다 선생은 일 년 내내 카키색 국민복 한 벌로 지내는 것 같았다. 축제 날에는 각반을 하지 않았고 여름에는 흰 셔츠를 입는 그 정도의 변화뿐이었다. 그리고 올올이 드러난 늑골을 상상할 수 있을 만큼 그 국민복은 늘 헐거워 보였고 초라했다. 일견 그는 고지식하고 순한 것 같았지만 원리원칙대로, 융통성이 없는 고집은 학생들의 옳고 그름에 대해서도 항상 기계적으로 대응했다. 그러나 워낙 말수가 적고 분노한다거나 흥분한다거나 그런 일이 좀체 없었으므로 소리내어 학생을 꾸짖는 일은 없었다.

호명을 한 뒤 출석부를 덮어놓고 이시다 선생은 천장을 한번 올려다보았다. 그런 뒤 수업에 앞서 시국 얘기를 시작하는 것이었다. 흔히 있는 일이며 다른 선생들도 때때로 시국 얘길 하곤 했다.

"우리들은 보다 더 긴장해야 한다. 전선에서는 매일매일 천황폐하를 위하여 대일본제국의 남아들이 죽어가고 있다. 총후(銃後)의 우리들 마음가짐이 안한(安閑)하다면 그것은 불충이다. 우리는 이번 성전에 신명을 다 바쳐서 승리로 이끌어가야 하며 천황폐하의 거룩한 빛이 사해(四海)를 덮고 생명 받은 자 그 모든 것들이 폐하 앞에서 감읍하는 세상을 만들어야 한다. 귀축(鬼畜) 영미(英米)는 머지않아 이 지구에서 사라질 것이다. 기필코 우리는 그놈들을 몰아낼 것이며 오로지 매진할 뿐이다. 그러나 가장 명심해야 할 일은 천황폐하의 신금(宸襟)을 편안하게 하는 일로서, 우리 오오기미[大君]는 억조창생의 어버이시며 군왕이시며 또한 현인신이시다. 우리는 일사불란, 마지막 피 한방울까지 바쳐서 국가 만대의 안녕은 물론 팔굉일우(八紘一宇)의 이상을 완수해야 하며 영원토록 와카기미(나의 임금)의 옥체를 보위해야 한다……. 우미 유카바, 미즈쿠 가바네, 야마 유카바, 구사무스 가바네, 오오키미노 헤니코소 시나메, 가에리미와 세지."

마지막 부분에 와서 이시다 선생은 눈을 지그시 감고 노래 구절을 암송했다. 바다에 가면 물에 잠기는 시신, 산에 가면 풀이 우거지는 시신, 오로지 대군 옆에서 죽겠노라, 결코 돌아보지 않으리, 대강 그러한 뜻인데 『만엽집(萬葉集)』에 실린 오토모 야카모치[大伴家持]의 노래 일부에다 곡을 붙인 것으로서 일본 해군의 의식가(儀式歌)였으나 요즈막에 와서는 학교에서도 의식가로서 빈번히 불리게 되었다. 태평양전쟁의 여파인 듯, 아무튼 거기까지는 괜찮았다. 그런데, 이시다 선생은 하얀 손수건을 꺼내었다. 안경을 걷어 눈물을 닦으며,

"오오 덴노사마[天皇樣, 천황님], 덴노사마."

하는 것이 아닌가. 반의 삼분의 일쯤 되는 일본아이들은 엄숙한 표정으로 감격해 있었지만 조선아이들은 말똥말똥, 더러는 웃음을 참느라 애를 쓰는 것이었다. 피골이 상접한 사내가 우는 것도 그랬지만 덴노사마라는 용어 자체가 잘 쓰이지 않는 것이었고 다분히 희극적 표현이었기 때문이다. 가령 예를 들면 센세이사마[先生様] 했다면 그것은 무식하고 신분이 낮은 사람이 존경을 표하기 위한, 지나친 것으로 간주하는 게 통례다. 슈쇼사마[首相様] 다이진사마[大臣様] 하고 부르지 않기 때문이다. 한데 불행하게도 교실 한구석에서 낄낄낄, 아주 낮은 웃음소리가 났다.

"다레카(누구냐)!"

이시다 선생의 얄팍한 입이 마치 허공만큼이나, 엄청난 크기로 벌어졌다. 목소리는 뇌성벽력이었다.

"와랏타 야쓰와 도이쓰카(웃은 놈은 어느 놈이냐)!"

교실 안은 마치 죽음의 바다처럼, 정적에 응고된 것처럼 느껴졌다. 상의는 숨이 막힐 것 같았다. 딸꾹질이 나올 것만 같았다. 바로 옆에 앉은 옥선자(玉仙子)가 웃었던 것이다.

"데테고이(나와라)!"

이시다 선생은 부들부들 떨면서 소리를 질렀다.

"다마카와[玉川, 옥선자의 창씨개명]! 오마에다로(너지)!"

"……."

"오마에가 와랏타나아(너가 웃었구나)!"

"……."

"데테곤카(나오지 못하겠나)!"

달려간 이시다 선생은 선자의 가슴팍, 교복을 움켜쥐고 교단 앞까지 질질 끌고 나왔다.

"고노 후쓰모노, 한갸쿠샤(이 불충자, 반역자)!"

뺨을 연달아 갈긴다. 그러더니 선자를 벽면 쪽으로 끌고 가서 벽에다 머리를 짓찧기 시작했다. 쓰러지니까 발로 차고 짓밟고 이시다는 완전히 짐승이 되었으며 들린 사람 같았다. 학생들 속에서 고함과 울부짖는 소리가 났다. 일본학생들만은 차갑게 구타장면을 지켜보고 있었다. 무서운 폭행이다. 선자의 비명과 이시다의 으르렁거리는, 포효하듯 외쳐대는 소리, 무시무시한 폭행이다.

바로 이것이, 이시다의 광란하는 모습이야말로 일본인의 실상이 아니고 무엇이랴. 어질고 심약한 자도, 양심을 운운하고 도덕을 논하는 자도, 부자 빈자 할 것 없이, 유식한 놈이나 무식한 놈 가릴 것 없이 일본인은 거의 모두가 신국사상(神國思想) 현인신(現人神)에 대한 광신자들인 것이다. 일본에는 투철하게 진실을 탐구하는 지성이 없다. 만세일계(萬世一系), 현인신이라는 황당한 그 피막을 찢고 나오지 않는 이상 그 땅에는 진실이 존재할 수 없고 지식인은 말라버린 샘터와도 같은 심장을 안고 있을 수밖에 없다. 일본이 어째서 섹스의 왕국인가. 말라버린 샘터를 채우기 위함이요 그나마 진실과도 같이 착각하기 때문이다. 그들 스스로가 말했고 20년대에 유행한 바 있는 에로, 그로, 난센스, 말할 것도 없이 그로테스크는 칼, 피, 괴기이며 그것은 필연적으로 에로티시즘과 상합하고 무의미의 결과를 낳는다. 그 세 가지야말로 일본 문학이 변함 없이 되풀이해온 주제다. 높게는 탐미주의 문학이요 낮게는 육체문학이다. 그 땅의 역사는 사람들을 그렇게 가두어왔다. 아무리 석학이라 해도 진리에 봉사하는 것은 차선이요 이른 바 일본 국체에 관한 한에 있어서 그것이 반진실(反眞實)임이 명백함에도 이론적으로 날조 조작에 동참하는 것이 그들 석 학들의 절대선이요 최고 지상의 사명인 것이다. 그 사명을 위 해서 진실은 언제나 서슴없이 필요에 따라 우그려놓는 구리 그릇과도 같은 것이며 그들에게는 역사의식이 없다. 종교나 철학이 발붙이지 못하는 것이 그 땅이다. 자체적으로도 그렇 다. 소위 신의 말이라는 것이 도요아시하라(豊葦原, 日本)는 영 원히 내 자손이 통치한다. 그러니까 상속 문제 이외는 달리 말이 없는 신도(神道)에다가 다시 말하자면 종교로서 갖추어진 것이 아무것도 없는 신도에다가 신불습합(神佛習合)이니 신유 습합(神儒習合)이니 하면서 불교와 유교를 끌어다가 신도에 접 을 붙이려고 애썼지만 결국 허사였고 명치 이후 신도는 도덕 이니 조상숭배니 모호하게 흐지부지되고 만 것이 그 땅의 실 정이다. 지성이 진리에 봉사하지 않는 예를 들자면 한이 없 다. 그러나 한두 가지, 에도시대(江戸時代) 후기, 국학자 사대인

(四大人) 중 한 사람으로 꼽히는 히라타 아쓰타네[平田篤胤]가 있는데 신대문자(神代文字)라고 들고 나온 것이 한글과 흡사한 것이었고, 그는 이것이야말로 일본의 신대문자로서 조선에까지 전달이 되어 언문이 되었노라 강변했고 일본의 저명한 언어학자 가나자와 쇼사부로[金澤庄三郎]는 그의 연구 저서 『일한양국어동계론(日韓兩國語同系論)』에서 조선어와 일본어는 동일 계통의 언어로서 조선어는 일본어의 한 분파에 불과하며 그것은 마치 유구어(琉球語)와 일본어와의 관계와 같은 것이라 했다. 그 저서는 영역까지 해서 내놨는데 그 저의는 뻔한 것이다. 그는 진실을 탐구하고 학문을 사랑했던 것이 아니었고 다만 국책에 순응했던 것이다. 날조하고 기만하는 것도 소위 현인신을 정점으로 하는 국체에 이바지하는 것이라면 그 자체가 그들에게는 진실이요 도덕인 것이다. 우리는 저 유명한 1928년 3월 15일을 기억한다. 그 연월일은 고바야시 다키지[小林多喜二]의 소설 제목이기도 하지만, 그날의 공산당 검거선풍은, 보통선거에 임하여 공산당이 내놓은 정책 중 첫머리에 군주제 철폐! 특히 그것에 기인한 것으로 현인신의 광신자들에 의해 그날을 기하여 공산당은 철저하게 고립무원 속에서 함몰되고 말았다.

반전론자 반군주제를 주장하는 자는 그 땅에서 살아남을 수가 없다. 그 같은 틀에서는 비교적 자유롭다 할 수 있는 언론계라고 예외는 아니다. 얼마 전에 있었던 일인데 동경이라

했던지, 아무튼, 서양 포로가 실리어 가는 광경을 본 어느 여인네가

　"오카와이소니(가여워라)."

했다고 해서 일제히 신문들이 두들기고 나선 일이 있었다. 소위 히코쿠민[非國民]이라고 무섭게 몰아댄 것이다. 식민지인 조선, 진주에까지 그 소문이 날아들었으니 여론의 비등이 얼마만한 것이었는지 짐작이 될 것이다. 그 얌전하고, 카와이소라는 말에 오 자를 붙였으니 필시 얌전한 여자였을 것이며, 인정 많은 그 일본여자는 어찌 되었을까? 남경 삼십만 대학살에 대해서는 구린 데 뚜껑 덮어놓고 견디면서 한 여인의 인간적 연민을 국적(國賊)으로 몰고 불충자로 매도하는 그 왜소함이여. 하기는 언론계가 군국주의의 첨병이니 말해 무엇하리. 지금 교실에서 벌어지고 있는 비희극도 바로 그런 것이다. 이시다는 교육자도 선생도 아니고 천황폐하의 첨병인 것이다.

　이 사건은 상당한 물의를 일으켰다. 옥선자는 정학처분을 받았고 이시다는 조선학생들 가슴에 미친개로 남았다. 소문은 순식간에 퍼져서 학부형들 간에도 말이 많았다. 남학생도 아니겠고 시적 시집을 갈 과년한 여학생을 그럴 수 있느냐, 여식 아이를 집 떠나 보내면서까지 다른 지방에 유학을 시켰다면 그래도 행세깨나 하는 집안일 터인데 부모가 가만있겠는가, 상급학교까지 보낼 형편이면 매 때려가면서 길렀겠는가, 한두 번의 손찌검도 뭣할 텐데 개 패듯 팼다 하니 그게 어

디 있을 법한 일인가, 지금껏 여학교에서 그런 일이 있었다는 것은 들도 보도 못했다. 교육자가 아니라 순 백정 놈 아닌가, 그런 비난의 소리를 학교 측에서도 의식했던지 옥선자의 정학처분은 의외로 빨리 풀렸고 집에서 항의를 했는지 내막을 알 수 없으나 그는 학교로 돌아왔다.

사실, 식민지 조선에 나와 있는 일본인들은 질이 많이 떨어지는 편이었다. 약고 냉담하고 악랄한가 하면 포악하고 무지막지하며 더러는 멍청하고 어리석은 그런 부류도 있긴 있었다. 약고 냉담한 쪽은 정신적으로 조선인을 경멸했고 포악하고 무지막지한 것들은 힘으로 조선인을 지배하려 했다. 그리고 멍청하고 어리석은 부류는 조선인을 두려워했다. 그러나 한 가지 공통점은 어떤 점에서든 월등한 조선인에 대해서는 예의가 바르고 저자세로 나오는 것이 그들의 특징이다. 말하자면 진실로 존경한다는 뜻인데 그것은 아마도 강자지향의 그들 역사 때문인지 모른다. 물론 여학교의 교사들이 최고 교육을 받은 지식인이지만 약고 냉담하고 악랄한 부류에 속하는 사람들인데 학생들 또한 선발된 상류층 집단인 만큼 때린다는 그 야만적 행위는 금기로 되어 있었다. 결국 그들도 찜찜하니까 정학을 쉽게 풀어주었을 것이다. 웃었다는 것은 불경죄였는지 모른다. 그러나 웃었다는 것 하나로 불경죄의 증거는 될 수 없는 것이다. 여하튼 돌아온 옥선자에게는 전교 학생들 눈이 모두 쏠렸다. 호기심의 눈도 있었지만 가슴 아파하고 분함을 참지 못하는 그런 눈들이 많았다. 그러나 이상한 것은 옥선자의 태도였다. 그는 아무 일도 없었던 것처럼 전과 조금도 다름없는 학교생활로 돌아와 있다는 것이었다.

애초, 옥선자가 웃은 것은 틀림없는 일이다. 그러나 이시다 선생이 그를 지목한 데는 그럴 만한 이유가 있었다. 옥선자가 있는 쪽에서 소리가 나기도 했지만 이미 교사들 간에 옥선자는 불량학생, 문제 학생으로 낙인찍혀 있었으며 교무실 출입이 잦았고 특수한 용모 때문에 그를 모르는 교사는 없었다. 옥선자의 별명은 많았으나 대표적인 것이 유령미인이다. 미인이란 옥선자에게는 일종의 반어(反語)였으며 미인과는 거리가 멀었다. 그를 보면 연체동물을 연상하게 한다. 낙지와 같은 느낌, 또 하나의 별명은 버들미인인데 버들가지 같은 몸매를 두고 붙여진 것이지만 몸이 약한 그는 체조 시간이나 교련 때는 버드나무 밑에 서서 늘 견학을 하기 때문이다. 그는 중심 없이 허늘허늘 걸었고 체중이 가벼워 그랬던지 발소리 없이 다가와 학생들을 곧잘 놀라게 했다. 사실 그는 마음씨 좋은 아이였다. 눈빛이 유순했다. 그러나 뾰족하고 날카로운 콧날은 마귀할멈 같았고 엷고 작은 입술은 꽤 수다를 떨 것같이 보였으나 말수는 적었다. 다만 이따금씩 하는 말은 지능지수를 의심하게 했고 남의 감정을 상하게도 했는데 결코 의도적인 것은 아니었다. 그의 또 하나의 별명은 대학생이었다. 지각을 밥 먹듯 했고 결석이 잦았으며 공부하고는 진작부터 담을 쌓은 상태였으나 그럼에도 곧잘 그는 어려운 수학 문제를 풀곤 했다. 빛바랜 듯한 노랑머리는 숱이 적고 부드러워서 늘 흘러내려 얼굴을 덮었다. 그가 문제 학생으로 떠오른 것은 남학생과 편지를 주고받는다거나 몰래 영화 구경을 간다거나 그런 일 때문은 아니었다. 사소한 잘못을 지속적으로 하기 때문에 문제 학생이 된 것이다.

첫째, 게으르고 숙제나 일기를 써온 일이 없으며 과제물, 그러니까 재봉이나 수예 같은 것을 마무리하여 제출한 일이 없고 결석 지각뿐만 아니라 슬그머니 조퇴를 하는가 하면 공부 시간에는 딴 책을 꺼내어 보고 있었다. 야단맞는 일에 옥선자가 면역이 되어 있다면 선생들은 두 손 바짝 들었다고나 할까. 그러나 학교에서 문제 삼은 것은 또 따로 있었다. 여학교에서는 흔히 있는 S에 관한 것인데 소위 의형제, 서로 마음에 드는 하급생을 골라 프로포즈를 하는데 그것은 연애 감정 비슷한 것이어서 학교에서는 엄금하고 있는 일이었다. 그렇다고 해서 그런 일들이 없어지는 것은 아니었다. 반반하게 생긴 상급생이나 귀엽게 생긴 하급생은 거의 모두 S를 맺고 있었다. 소위 그 프로포즈하는 편지의 전달자가 바로 옥선자였다. 그 일이 발각되어 번번이 교무실에 끌려가서 꿇어앉곤 하는데 그는 그 일에서 손을 떼지 않았다. 누구든 부탁하면 기꺼이 맡았고 때에 따라서는 예쁜 아이를 점찍어놨다고 반 아이에게 권유하기도 했다. 그리고 배고픈 사생(舍生)들을 위해,

그는 하숙을 하고 있었기 때문에 가능했지만 하여간 배고픈 사생들을 위해 암거래하는 떡집이나 기타 음식점에 소개하는 것도 그의 소임이었다. 또 한 가지는 사감의 손을 거치고 싶지 않은 내용의 편지를 그는 부쳐주었고 답장을 사생한테 전해주는 일이었다. 그렇게 봉사를 하건만 반 아이들은 그를 소외했다. 자기 볼일만 보면 그만, 옥선자를 친구로서 상종하려 하지 않았다. 불량학생이라는 딱지 때문에 경원하는 것이었고 진짜 불량학생들도 그 죄질이 다르기 때문에 그를 그들 클럽에 끼워주지 않았다. 외모에서부터 그는 회피하는 인물이 되었다. 그는 고독했으며 고독을 즐기는 듯도 했고 초연해 있는 것 같기도 했다.

그가 학교에 나오게 되고 시일이 지나면서 모든 것은 원상으로 돌아갔다. 처음 그에게 쏠렸던 동정심은 다 식어버렸고 옛날같이 옥선자는 소외되고 소홀하게 대접받는 존재가 되었다. 상의는 그러한 옥선자를 보는 것이 고통스러웠다. 상의 역시 다른 아이들과 관점이 다를 것이 없었고 그가 마음에 들지 않는 것도 마찬가지였지만 마음 한구석에서는 늘 그러한 자기 자신에 대한 비난이 있었다. 게다가 은근히 옥선자가 자신을 좋아하고 있다는 것을 느끼면서부터 더욱이 그를 멀리하려 했고 기분이 언짢았는데 이상하게 그럴수록 어떤 아픔이랄까 자괴심을 느끼는 것이었다.

이날도 수업이 끝나고 종회도 끝나고 돌아갈 채비를 하는데 옥선자의 가늘고 긴 팔이 상의 눈앞에 쑥 뻗었다.

"이거, 우리 오빠가 가져왔는데 너 줄려고 가져왔다."

자그마한 봉지 하나가 그의 손바닥 위에 올려져 있었다.

"뭔데?"

상의는 쌀쌀하게 물었다.

"사탕이야, 딸기사탕. 오빠가 동경에 있거든. 오면서 사 왔어."

"싫어. 내가 왜 그걸 받니?"

질색을 하며 책보를 들고 급히 교실에서 나오는데,

"리노이에[李家, 상의의 창씨]상!"

아무개야, 나랑 노올자아! 하며 부르는 아이의 목소리같이 옥선자의 부르는 소리가 들려왔다.

"리노이에 쇼오기[李家尙義]상!"

상의는 더욱더 걸음을 빨리했다. 두 귀를 막고 싶을 만큼 그 목소리가 싫었다. 신발장 속의 신발을 꺼내어 신고 운동장을 뛰다시피, 그리고 기숙사로 돌아왔다. 책상 앞에 앉아 숨을 내쉬는데 가슴이 따끔따끔 아픈 것 같았다. 견딜 수 없는 기분이었다.

'정말 싫은데…… 아이 싫어!'

상의는 고개를 설레설레 흔들었다. 언제였는지, 신경에서 소학교에 다닐 적의 일이었다. 인혜하고 함께 학교에서 나왔는데 이상한 노파가 계속 뒤따라오는 것이다. 겁에 질린 상의

와 인혜는 결사적으로 뛰었다. 상의는 그때 일이 생각났다. 그 노파는 고모였고 그 고모를 얼마나 싫어했는가, 더욱이 금밀수사건으로 아버지 어머니가 체포되었을 때 고모가 밀고한 줄 알고 그 얼마나 노여워했던가. 그것이 아니라는 것이 판명되었을 때 당황하고 죄책감을 느꼈던 일도 생각이 났다.

'공부 그만두고 집에 가버릴까?'

모두들 학교에서 돌아오기 시작했는지 현관 쪽이 시끄러웠다.

"무택이가 말이야 막 우릴 째려보지 않아?"

"니시야마[西山] 선생이 미우니까 그러는 거지 뭐."

"니시야마 선생이 미우면 미웠지, 왜 우리한테까지 그러니?"

목소리와 함께 방 앞을 지나가는 발소리가 들려왔다.

상의는 소설에서 본 일이 있는, 인상에 남은 한 구절을 생각하고 있었다.

'사랑을 얻지 못하는 불행보다 사랑할 수 없는 것이 더욱더 큰 불행이다.'

'왜 나는 싫은 것에 대해서 견디지 못할까? 정말 싫다는 것은 너무나 괴로운 감정이야.'

열일곱의 상의는 ES여고 삼 학년이었다. 삼 년 전 정월에 조선으로 압송된 부모를 뒤쫓아, 외가가 있는 통영으로 동생들과 함께 온 상의는 그 불운했던 사건이 마무리된 후에도 어머니 보연의 와병으로 일 년간 휴학했다. 일 년을 보낸 뒤 상의는 복학을 강경하게 명령하는 아버지의 편지를 받았고 외삼촌 허삼화는 전학 수속에 필요한 서류와 선처를 바란다는 편지를 매형으로부터 받았다. 삼 학기가 시작되기 전에 상의는 외삼촌과 함께 진주에 와서 전학 수속을 마치고 ES여고의 학생이 된 것이다. 상근이도 금년 들어 이곳 중학교에 입학했으며 학교 기숙사에 들어 있었다. 한편 신경서 진주로 돌아온 천일은 버스회사에 취직을 했으며 진주와 통영을 내왕하는 버스를 몰고 있었다. 그는 집도 넓고 하니 상의와 상근을 맡겠다 주장했으나 보연은 완강하게 그 제안을 물리치고 오누이를 각각 학교 기숙사에 넣은 것이다.

상의는 옛날같이 명랑한 아이는 아니었다. 내성적이며 병약해 보였고 책을 많이 읽는 여학생, 매사에 소극적인 것 같았으며 옛날의 그 활달한 상의를 상상할 수 없었다. 상의의 성격이 달라진 것은 물론 환경의 변화 때문이지만 아직 그는 신경에서 아버지 어머니가 수갑을 차고 형사에게 끌려가는 그날의 충격에서 벗어나지 못하고 있었다. 그러나 일 년 동안 어머니 병간호와 어린 동생들을 돌보면서 많이 성숙해진 것은 사실이나 무엇보다 상의를 변하게 한 것은 아버지와의 이별이었던 것이다. 그리고 아버지가 단순히 사업하는 사람 이상의 다른 무엇을 하고 있었다는 것도 어렴풋하게나마 깨닫게 되었으며 그렇게 하지 않으면 안 되었던 이유도 알게 되었다.

어릴 적에 부모 따라 만주로 가서 그곳에서 성장한 상의에

게 조선은 낯선 풍토였다. 그러나 조국이었고, 고립되고 폐쇄
된 남의 땅 신경의 생활과는 달리 눈 들면 가는 곳마다 산이
있듯이 열려진 곳에서 만나는 사람들은 모두 조선사람이며
귀에 들리는 것은 조선 말이었다. 도대체 일본은, 일본인은
무엇이며 왜 우리 땅에 와서 주인 노릇을 하고 있는가, 그것
도 머릿속에다 실금을 놓듯 가르쳐준 것은 고국의 산천이며
사람들이었다. 상의는 일본사람, 일본인이라는 조선 말을 거
의 들어보지 못했다. 왜놈, 왜놈의 새끼, 쪽발이라고들 했다.
통영은 어떤 곳이었던가. 이순신 충무공이 좌정했던 곳이며
왜적이 몰살당한 고장이다. 그 자부심은 맥맥이 흐르고 있었
으며 명정리 충렬사는 통영사람들 마음속의 영원한 성지다.
상의는 외조부를 찾아오는 적잖은 노인들, 소위 유림들의 깐
깐한 목소리를 들을 수 있었다. 외삼촌 허삼화를 찾는 친구들
의 분노의 음성을 들을 수 있었다. 바닷가 뱃사람들, 기갈 센
장바닥의 장사꾼들, 장날이면 작은 배 타고 모여드는 섬사람
들, 선창가에서 팔짱 끼고 짐을 기다리는 지게꾼, 그들의 목
소리도 다 들었다. 일본, 일본인에 대해 두려움보다 모멸의
감정이 훨씬 강했고 노골적이었던 그들의 언어.

　"지금 재판소 있는 곳이 옛날 아문(衙門) 자리제. 그거를 흘
고 재판소 지을 적에 왜놈이 몇 놈 급사했구마."

　"영문(營門)이 깨어졌을 직에 모두 땅을 치며 대성통곡을 했
다."

"왜놈들, 밤에는 세병관에 얼씬 못한다. 구신들이 나와서 잡아묵을까 봐 겁이 나는 기지."

"그놈들이 충렬사를 없앨라꼬 사당에 들어가기만 하믄 돼지는 기라. 해서 충렬사는 손을 못 대고 남아 있는 기지."

그런 전설 같은 얘기, 그것은 길고 긴 역사에서 오는 자부심이었고 슬픈 넋두리였다. 일본인 또한 치졸하게 거들먹거리며 동방요배(東方遙拜)니 황국신민의 맹세니, 기타 만화 같은 행위를 조선인에게 강요하고 결사적으로 역사를 왜곡하려는 것도 선험적 열등의식 때문일 것이다. 상의는 진주에 와서 또 보았다. 남강에 있는 논개바위를. 왜장을 끌어안고 남강에 투신했다는 그 바위 위에 섰을 때 상의는 형용할 수 없는 감동을 받았으며 그 바로 위 촉석루, 또 그 바로 위 한 단 높게 조성된 일본 신사를 보았을 때, 긴 뱀처럼 꿈틀거리며 진주 시가를 누비고, 계단의 수만큼 높다는 것인지 가파른 계단을 숨가빠하며 올라가서 학생들은 대오를 정비하며 촉석루를, 논개바위를 내려다보며 신관(神官)이 두드리는 막대기 소리에 따라 신사 앞에서 머리를 조아려야만 했다. 진주는 일견 유장한 것 같았다. 그러나 결코 꺾이지 않는 기개, 민란의 진원지요, 왜적에게 항쟁한 기골의 흔적은 역력하며 분위기로써 일본인을 압도하고 있다는 것을 상의는 피부로 예리하게 감득했다. 그리고 아버지가 가족을 두고 왜 또다시 만주로 떠나야 되었는가를 곰곰이 생각하게 되었다. 또 한 가지, 상의를 변하게 한 것이 있었다. 그것은 독서였다. 책을 읽게 된 시초는 외삼촌 허삼화가 소장한 책에서부터였고 처음 재미있는 소설류를 얻어다가 읽던 것이 차츰 독서 범위가 넓어졌으며 허삼화 서가는 그러한 상의의 독서욕의 공급원이었다.

그것은 굉장한 영향이었다. 남들은 내성적이며 소극적으로 보는 상의였으나 기실 그의 내부에서는 반항의 정열이 불타고 있었다. 아버지가 그리울 때, 아버지 신변에 불안을 느낄 때 반항의 열정은 한층 치열해졌으며 여자 혁명가를 꿈꾸게 되었다. 그 아버지의 소식이 요즘 뜸해진 것이다. 해서 우울했던 참에 옥선자의 구타 사건이 발생하여 상의를 경악하게 했다. 옥선자가 싫고 좋고 그런 것을 떠나서 상의는 전율과도 같이 일본을 일본인을 증오했다.

"리노이에상!"

방문을 두드리며 누가 불렀다.

"리노이에상 있어?"

"응."

상의는 맥 빠진 대답을 했다. 방문을 열고 들여다본 아이는 삼 학년 이 반, 기숙사 5호실에 있는 미나미 준코[南順子], 그러니까 남순자였다.

"혼자 있구나. 모두 안 왔어?"

"왔다가 나갔겠지 뭐."

"안 나가?"

"어딜?"

"모두 발리볼을 하고 있어."

"난 싫어."

"얘두 참."

하다가 남순자는 무슨 생각을 했는지,

"나가자. 나 너한테 할 말이 있어."

"뭔데?"

"굉장한 뉴스. 하지만 절대 비밀이다. 절대로."

남순자는 상의 팔을 잡아끌었다. 그들이 기숙사 현관문을 열
고 나섰을 때 바로 그곳은 학교 운동장이었고 둥글게 원을 그
리고 서서 사생(舍生)들이 발리볼을 하고 있었다. 2료(寮)와 3료
는 학교 안에 있었다. 상의가 있는 2료는 측백나무로 가려 있
긴 했지만 운동장과 곧바로 잇달려 있었고 이층 왜식 건물인
3료는 담장으로 막았고 출입문이 있었으며 정원이 넓었다. 수
목이며 돌이며 제법 근사한 왜식 정원으로 꾸며져 있었다. 그
것은 일본아이들의 기숙사였다. 1료와 4료는 학교 밖에 있었
으며 학교 담장 옆의 도로 하나를 사이에 두고 키 큰 포플러,
포플러 잎새가 바람에 찢기듯 흔들리고 있는 곳이 기숙사 정
문이었다.

"우리 저어기 가자."

남순자는 상의 팔을 잡아끌었다. 그의 손은 뜨거웠다. 뭔가
심상치 않은 일이 있는 것 같았다. 왜냐하면 남순자가 운동장

을 질러서 상의를 끌고 간 곳은 온실 옆의 무화과나무 밑이었기 때문이다. 그곳은 상급반 여학생들이 곧잘 밀담을 나누는 곳이었던 것이다. 방과 후의 교정에는 발리볼을 하는 사생 말고는 별로 학생들이 눈에 띄지 않았다.

"너 소문 들은 것 없어?"

쌍꺼풀이 굵게 진 남순자의 눈이 반짝반짝 빛났다.

"무슨 소문? 나 아무것도 못 들었는데?"

"여간 큰일이 벌어진 게 아니야. 지금 중학교에서는 난리가 났다는 거야."

상의는 공연히 가슴이 내려앉았다. 중학교라니까 동생 상근이 생각이 났던 것이다. 상의 표정이 달라지는 것을 본 남순자는 그도 상의 못지않게 긴장을 하면서 말했다.

"이거는 굉장한 비밀이야. 이런 말 하고 있는 걸 알면 우리도 경찰서에 붙잡혀갈 거야."

"……?"

"학교에서도 그렇고 경찰서에서도 비밀이 새나갈까 봐 전전긍긍하고 있다는데."

"무슨 일인데?"

상의는 안타깝다는 듯 말을 재촉했다.

남순자는 목소리를 낮추었다.

"저기, 봉안전(奉安殿)에 말이야. 봉안전 앞에다가 누가 똥을 싸놨다는 거야."

"뭐라구!"

상의는 펄쩍 뛰듯 놀란다.

"그거 정말이니?"

"글쎄, 나도 전해 듣기만 했으니까 확실한 건 모르지 뭐."

"정말 그랬을까?"

"지금 경찰서는 불난 집 같다 했어."

"잡혔다는 거야?"

"안 잡혔으니까 불난 집 같다 하지 않았겠어?"

"잡히기만 하면 죽이겠지?"

"설마, 징역 살겠지."

"아니야. 죽일 거야."

"지금 경찰서에서는 밖의 사람이 했는가 학교 안의 학생이
했는가, 그것도 종을 잡지 못하고 있다는 거야. 공연히 의심
나는 사람들만 잡아들이고 있다는 거야."

"고문을 하겠지."

"그럼."

봉안전이란 일본 천황의 소위 어진영(御眞影)을 모셔놓은 곳
이다. ES여학교에는 천황의 칙어(勅語)가 교장실 어딘가에 간
수되어 있겠지만 봉안전은 없었다. 규모가 큰 학교에는 대강
있는 모양이었다. 일본 신사 비슷한 조그마한 석조건물로써
삼 단 정도의 기단 위에 있었는데 봉안전 앞이라면 틀림없이
그 기단 위일 것이다. 누구든 그 앞을 지나갈 때는 절을 해야

하며 절대로 접근해서는 안 되는 곳이었다. 그 봉안전 앞에다가 똥을 싸놨다면 그것은 정말 보통 일은 아니다.

말하자면 천황 얼굴에다 똥을 싼 격이며 대일본제국에 대하여 그 이상의 모욕이 어디 있겠는가. 총부리를 겨눈 것 이상이다. 학교 당국이나 경찰서가 벌벌 길 일이며 사실을 은폐하기 위하여 결사적인 것은 너무나 당연하다.

상의는 자기 자신이 범행한 것처럼 새파랗게 질려서 벌벌 떨었다. 남순자도 상의의 그런 태도를 보고 공포를 느꼈는지 얼굴이 파랗게 변했다.

"미나미상, 아무보고도 그런 말 하지 말어. 누구한테 들었느냐고 추궁하면 큰일 나아. 나도 누구한테 들었느냐고 묻지 않겠어."

"그, 그래."

언젠가 남순자는 만주, 우리 독립군의 지도자는 김일성이라는 말을 상의에게 속삭인 일이 있었다. 신출귀몰, 그 얼굴을 아무도 모르며 절대로 사진을 찍지 않았고 단체사진을 찍을 때도 찍는 순간 주저앉아 얼굴을 감춘다는 그런 말도 했다. 남순자가 상의에게 접근하고 그런 비밀스런 얘기를 하는 것은 상의가 만주 신경에서 전학해 온 때문이며 책을 많이 읽기 때문인 것 같았다. 그렇다고 해서 둘이 아주 절친한 사이는 아니었다. 기숙사에서 네댓 명 몰려다니는 클럽의 하나이기는 했지만. 어느덧 발리볼을 하던 아이들은 다 가고 없었

다. 텅 빈 운동장에는 황혼이 스며들고 있었다. 상의와 순자
는 동시에 손을 잡고 뛰었다.

"이 애, 아무도 없다!"

"늦었나 봐."

하는데 1료 쪽에서 식사를 알리는 종이 울리기 시작했다. 둘
은 허겁지겁 2료로 달려가서 젓가락통을 찾아들고 뛰어나왔
다. 1료 식당까지 갔을 때 쇼쿠젠노 고토바*가 들려왔다. 둘
은 생쥐처럼 식당으로 기어들어갔다. 1료의 사감, 무타쿠(무턱
이)라는 별명대로 턱과 목이 분명하게 구분되어 있지 않은 사
카모토[坂本] 선생이 힐끗 쳐다보았다. 2료의 사감 니시야마[西
山] 선생은 모르는 체하고 있었다. 그는 여선생 중에 유일한
조선인이며 무용 선생이었다. 고리(얼음)라는 별명의 냉정하고
매력적인 미야지마[宮島] 선생은 4료의 사감이었고 눈이 댕그
랗고 얼굴도 둥그렇고 안경을 끼었으며 바보로 착각하리만큼
순진하여 학생들 앞에서도 말을 더듬는 신참 사토무라[里村]
선생은 일본아이들이 있는 3료의 사감이었다. 모두 네 명의
사감과 입이 크고 먹보인 위생실의 간호부 모리[森]를 합하여
다섯 명이 가로놓인 긴 식탁에 앉아 있었다. 사생들은 가로놓
인 식탁을 중심하여 세로 열 줄가량 되는 긴 식탁에 각각 앉
아 있었다.

식사가 시작되었다. 상의는 뛰어왔기 때문에 그렇기도 했
겠지만 남순자로부터 들은 얘기 때문에 가슴이 두근거려 쉽

사리 밥이 목구멍에 넘어가지 않았다. 식당 안에는 먹는 소리 이원 아무 소리도 나지 않았다. 접시에 밥은 아주 소량이었지만 쌀과 보리와 수수를 섞어 한 밥이어서 맛은 좋았다. 어떤 때는 콩깻묵을 섞은 밥이어서 기름 냄새가 났고 사생들은 사감 몰래 그것을 골라내느라 밥을 더디게 먹곤 했다. 식사가 끝나고 쇼쿠고노 고토바*를 끝냈을 때,

"일어서지 말고 기다려라."

하고 사카모토 선생이 말했다. 사감 중에서는 그의 호봉이 제일 위였다.

"내일은 토요일이지요?"

"네."

"내일 수업이 끝나면 점심 빨리 먹고 한 시까지 사생은 모두 운동장에 집합하세요."

사생들은 의아해하며 일제히 사카모토 선생을 쳐다본다.

"과수원에 풀 매러 가는 겁니다."

왜요, 하듯 사생들의 시선이 사카모토 선생에게 모였다. 어째서 사생들만 풀 매러 가느냐 하고 묻는 눈빛들이다.

"대신 돌아올 때는 감자를 얻어올 수 있어요."

"와아!"

몇몇 아이들이 소리를 질렀으나 대부분은 불만스런 표정이다.

"날로 식량은 부족하고 과수원에서는 일손이 달리니까 서

로 편리를 보자는 거예요. 공연히 아프다고 엄살 부리며 빠지는 사람이 없도록 하세요. 자아 그럼 됐어요."

식당에서 사생들이 우르르 몰려나왔다.

"리노이에상!"

몰려나오는 속에서 상의를 부르는 소리가 들려왔다. 그리고 상의 가까이 다가와서 손에 무엇인가를 쥐여주고 급히 가버리는 것이었다. 시라카와 진에이[白川鎭英]였다. 상의와 가장 친한 친구였다. 얼굴이 뽀얗고 눈동자가 약간 푸르며 머리털은 갈색, 아주 특이하게 아름다운 소녀였는데 어른들은 그를 보고 여식답게 생겼다고 했다. 성질이 유순하고 우등생이며 또한 모범생이었다. 상의의 학업성적은 좋은 편이 아니었다. 어떻게 해서 진영이와 친해졌는지 상의는 그 동기가 생각나지 않았다. 아무튼 상의는 진영을 굉장히 좋아했으나 세심한 배려는 늘 진영이 쪽에서 했다. 나이는 동갑이지만 진영은 정다운 언니같이 상의에게 자상했다. 그는 1료의 사생이었다.

상의는 1료를 나섰다. 사방에서 어둠이 묻어왔다. 바람이 이는지 나뭇잎새들이 흔들리는 소리가 들려왔다. 거리에는 오가는 사람이 더러 있었고 학교의 빨간 담벽을 따라 2료로 가는 사생들이 저만큼 한 무리가 되어 가고 있었다.

진영이가 쥐여준 것은 데루야[輝屋]의 만게쓰[滿月]였다. 진주 명물인 생과자다. 어제저녁 기숙사 사생들이 받은 간식은 사과 한 알과 생과자 하나였다. 이미 사생들 배 속에서 소화가 끝난 간식이었고 물론 상의도 어제저녁 한방 아이들과 함께 그것을 먹었다. 식량사정이 극도로 악화되어 배급에 의존하여 연명하고 있는 상태이기는 하나 여하튼 기숙사에서는 하루 걸러서 오야쓰라는 이름으로 간식이 나오는데 가끔은 맛보기 힘든 만게쓰 같은 생과자도 있었다. 하루 걸러서 그나마 꾸준히 간식을 먹을 수 있는 것은 여학생이라 하여 사회에서 귀엽게 보아주는 면도 있었지만 학부형 중에는 업주나 상인들이 많았고 사감들의 정치적 수완도 좋았다 할 수 있을 것이다. 그러나 한창 발육기에 들어선 사생들에게는 코끼리의 비스킷 격이었고 늘 사생들은 배고파했다. 식욕이 왕성하고 비윗살 좋은 아이들은 식모할머니한테 따리를 붙여서 누룽지를 얻어먹기도 했으며 비루하고 참을성 없는 아이들은 밤이면 바구니마다 아침거리로 씻어놓은 쌀을 슬쩍 퍼다 놓고 먹다가 다른 아이들에게 눈총을 받기도 했다. 대개 지방에서는 집안 형편들이 괜찮은 편이어서 사생들은 방학에서 돌아올 때, 미숫가루며 유과며 여러 가지 먹을 것을 장만해 오지만 열흘을 넘기기가 어려웠고 운수 사납게 사감에게 들키기라도 하면 혼이 났다. 기숙사에서 내놓는 음식 이외에 먹어서는 안 된다는 규칙 때문이다.

운동장에 들어선 상의는 자기 몫을 먹지 않고 남겨두었다가, 진영이 쥐여준 만게쓰를 꺼내어 한입 베어 물었다.

토요일이 지나고 일요일 아침, 기숙사의 기상 종소리는 언제나 그랬지만 사생들에게는 원망스럽기 짝이 없는 것이었다. 더구나 어제는 상당한 거리의 독골까지 걸어가서 풀을 매고 돌아왔기 때문에 사생들은 모두 녹초가 돼 있었다. 그러나 역시 일요일은 가슴 설레는 날이다. 신청한 용돈을 받아쥐고 외출을 한다는 것은 신바람 나는 일이었던 것이다.

기숙사를 나온 사생들은 삼삼오오, 무리를 짓기도 하면서 흩어졌다. 상의가 천일의 집에 갔을 때 상근이 먼저 와서 기다리고 있었다.

"누나……."

상근은 활짝 웃었다. 얼굴은 까칠했다. 상근은 제 또래의 아이들에 비해 키가 작았다. 신사참배 때 어쩌다가 중학교의 행렬과 여학교의 행렬이 엇갈릴 때가 있는데 일 학년에서도 맨 꽁지에서 부지런히 걷고 있는 상근을 볼 수 있었다. 그는 걸으면서도 누이를 찾듯 삼 학년 여학생 대열에 힐끔힐끔 눈을 보내곤 했다.

"상의 오나?"

호야네도 반가워했지만 호야할매가 더 반가워했다. 천일이 진주에 오면서부터 천일네는 평사리 작은아들 집에서 진주 큰아들 집으로 옮겨온 것이다. 집도 기와집이었고 만주서 벌어온 돈도 있었으며 안정된 직업, 버스운전수니까 든든했고 차를 몰고 다니는 만큼 시골서 식량도 구해다 놓고 아쉬울 것 없이 살고 있었다. 천일네는 아주 신관이 좋았다. 그는 보는

사람마다,

"만고에 편하다, 늘그막에, 아무 걱정이 없네라."

곧잘 자랑을 하곤 했다.

"상근아."

상의가 불렀다.

"응."

"얼굴이 까칠하구나. 상급생한테 맞았니?"

"아아니."

"밥은? 적지?"

"날 조끄맣다구…… 밥을 뺏아 먹어."

"누가?"

그러나 상근은 누구라는 말을 하지 않았다.

"별일은 없지?"

상의는 상근의 표정을 유심히 살핀다.

"아무 일 없어."

상근의 표정에는 별다른 변화가 없었다. 상의는 봉안전사 건을 물어보려다가 그만둔다. 그 말이 풍설이거나, 아니면 상근이 모르고 있다는 것을 깨달았기 때문이다.

"밥이 곧 될 기다. 너이들 배불리 믹일라고 아지매가 밥 안쳐놨다. 모두 귀한 자식들인데 공부 와가지고 배를 졸졸 굶고 있으니."

"점심 먹었어요."

상의 말에 호야할매는,

"말 안해도 안다. 접시 바닥에 서너 술 깔아놓은 것 묵고 우찌 견딜 기고, 지금 나이엔 돌이라도 삭일 긴데, 집에 있었이믄 머를 묵어도 너거들 창자사 못 채우겠나. 너거 어매 고집도 어지간하다. 방도 많고 여기 있이믄 묵는 거사 안 기럽을 (그리울) 긴데."

호야할매는 혀를 찼고 상의와 상근은 잠자코 있었다.

오누이는 차려준 점심을 맛나게 먹는다. 보리를 조금 섞어서 고슬고슬하게 지은 밥에다가 된장 고추장을 풀고 파와 풋고추를 듬뿍 넣고 마른 갈치를 넣어서 끓인 찌개, 마늘장아찌, 된장에 박은 콩잎, 사캉사캉 씹히면서 향기가 나는 김치, 주로 왜식인 기숙사에서는 고추장도 천하일미요, 누군가가 구해온 고춧가루를 왜간장에 풀어 도시락, 밥 위에 얹어서 먹으면 살맛이 나는 그런 처지고 보면 실로 오누이가 받은 밥상은 성찬이 아닐 수 없었다. 호야할매는 편히 오누이가 밥을 먹게 배려한 듯 큰방으로 건너갔다. 그쪽에서 식구들은 점심을 먹는 눈치였다.

"누나, 입에서 살살 녹는 것 같다."

"그래, 참 맛있구나. 하지만 삼 주일에 한 번이다. 약속한 것 알고 있겠지?"

"일요일마다 오라 하던데, 아저씨도 그러고 할머니도."

"아무리 그래도 우리는 염치를 차려야 해. 친한 사이에도 예의가 있어야 한다는 말 몰라? 요즘 식량사정이 어렵기는 누구나 다 마찬가지야."

상의는 타이른다.

"알았어. 한데 누나."

"왜 또?"

"아버지한테서 편지가 왜 안 올까? 누나도 편지 못 받았지?"

"응 아마 바빠셔서 그럴 거야."

"하지만 전엔 자주 하셨잖아."

"……."

"무슨 일 있는 거 아닐까?"

"무슨 일?"

어느 정도 알고서 저런 말을 하나 싶어서 상의는 가슴이 두근거렸다.

"나 그때, 신경서 그 일을 당한 뒤 자꾸 이상한 꿈을 꾸어."

"……."

"아버지가 수갑 차는 모습 말이야."

"무슨 소리 하는 거야!"

상의는 펄쩍 뛰었다.

"그래도 꿈이 그런걸."

"그때 아버지 잘못은 없었어. 아버진 결백했단 말이야."

그 말에는 어머니 보연에 대한 불만이 약간 내비쳐져 있었다.

"그건 그렇지만……."

"쓸데없는 걱정 말고 공부나 열심히 해."

"공부? 누나 무슨 말 하는 거야, 공부하는 시간이 어디 있어? 밤낮 훈련이야. 훈련 아니면 군수공장에 가서 일하고."

"하긴 그래."

상의는 저도 모르게 웃었다.

중학생, 그들은 과연 학생인가? 카키색 교복에 전투모를 쓰고 배낭을 짊어지고 각반을 다리에 감고 그들은 등교한다. 운동장에서는 연일 목총(木銃)을 들고 군사훈련을 받는 것이 그들의 교과다. 완전한 전투태세였고 사실 그들은 전쟁이 쉬 끝나지 않는 이상 고스란히 전선에 내몰릴 판국이다. 지난달 그러니까 팔월에는 드디어 조선에도 징병제도가 실시되었다. 누군가의 말로는 조선인에게는 병역을 실시하지 말 것이며 절대로 무장시켜선 아니 된다 하고 명치천황(明治天皇)이 유언을 했다던가 어쨌다던가. 사실이 그렇다면 얼마나 다급했으면 유언을 무시하고 징병제를 시행하겠는가. 아무튼 앞으로 중학교 군사훈련에 박차를 가할 것은 너무나 뻔한 일이다. 공부 안 하기로는 여학교라고 다를 것이 없었다. 전보다 교련 시간이 많아졌고 목검(木劍)이다, 나기나타다 하며 무술 시간은 체육이나 무용 시간을 완전히 점령했고 모내기에서 보리 베기, 벼 베기에 동원됐으며 폐품수집에서 국채 팔러 다니기, 센닌바리 만들어주기, 공장에서 미완성으로 나온 군테* 마무리 작업, 게다가 방학의 십 일간을 반납하고 교사 부지 고르는 데 동원된 근로봉사, 그런 모든 것 중에서도 가장 성가시고 고통스러운 것이 방공연습이었다. 재작년 12월 8일·영미(英米)와 전쟁이 시작되면서부터 8일에는 반드시 방공연습을 하는데 그것이 여간한 만화가 아니었다. 의상부터가 낮 도깨비라고나 할까. 한여름 더운 날에도 검은 즈킨*이라는 것으로 온통 머리통을 감싸고 고테*라는 것 역시 검정빛이었으며 몸뻬에서 교복 윗도리, 그러니까 머리에서 발끝까지 검정 일색인데 일본 말로 하자면 구로쇼조쿠[黑裝束]가 된다. 전쟁에 나가는 무사인지 시합에 나가는 무사인지, 거기다가 여학생 키의 두 배가 넘는 장대 갈고리며 역시 불 끄는 데 쓰인다는 먼지떨이 같은 것이 부착된 장대를 어깨에 둘러메고 천으로 된 바케쓰, 들것, 구급약품의 상자며, 그런 소도구를 손에 들고 햇빛이 튀는 운동장에서 시꺼먼 군상들이 이리 몰리고 저리 몰리고 호각 소리는 요란하고, 그것뿐이면 또 모르겠는데 간첩 잡는 연극까지 하게 된다. 간첩의 역할은 학교 앞에 있는 약방주인이 도맡아 하는데 그를 잡아내는 여학생들이 킬킬거리며 웃는다. 그러면 교련 선생은 고래고래 소리를 질러대는 것이었다.

"누나."

"응."

"내일 합동 방공연습 하는 것 알어?"

"알어."

상의는 짤막하게 대답했다.

합동 방공연습이란 진주에 있는 중학교 여학교 사범학교 농업학교, 이 네 개의 학교, 전교생들이 남강 강가의 사장으로 나가서 함께 벌이는 방공연습을 말하는 것이다. 그 살벌하기 짝이 없는 행사가 학생들에게 로맨틱한 감정의 물결을 일게 하는 이유는 남학생 여학생이 다 같이 사춘기였기 때문이다. 심리적으로 사회적으로도 그랬지만 엄한 학칙 때문에 단절되고 폐쇄된 여학생 남학생의 세계가 어쨌든 한자리에 모여서 꽤 긴 시간 서로 간의 행동을 바라볼 수 있다는 것은 그리 흔히 있는 기회는 아니었다. 기대와 호기심과 설렘은 당연한 현상이었던 것이다. 신사참배 때도 간혹 중학생의 행렬과 여학생의 행렬이 길 위에서 엇갈리는 경우가 있다. 그럴 때면 어쩔 수 없이 여드름 투성이의 남학생들은 가자미눈이 될 수밖에 없었고 여학생들 대열에서도 바람에 흔들리는 나뭇잎새들처럼, 눈에 보이지 않는 소용돌이가 일었다. 그러면 행렬 옆을 따라가는 선생들은 공연히 옆을 보지 말라고 소리 지르곤 했다. 쌍방에서 다 같이 볼 수 있는 얼굴들은 뭐니 해도 교기(校旗)를 든 학생이며 얼굴이 잘생겼든 못생겼든 간에 대대장 중대장 소대장의 순이 된다. 그러나 외관상으로는 소대마다, 소대의 단위는 한 학급이지만 장방형으로 앞 소대와 거리를 두고서 마치 물체같이 행군을 하고 있는 것이다. 태어나면서부터 가정이나 사회에서도 적령기, 혹은 적령기를 앞둔 남녀 사이의 접촉은 금기로 되어 있었고 학칙은 또 추상 같았지만 그럼에도 내밀하게 편지를 주고받는 학생들이 전혀 없는 것은 아니었다. 그러다가 소문이 나면 불량학생으로 찍혀 학생들 간에서 소외되었고 만일 학교 당국에서 아는 날에는 퇴학처분을 당할밖에 없었다. 해서 대부분의 여학생들은 연애편지가 날아올까 두려워 전전긍긍했다. 수치심도 큰 것이었지만 여자로서의 일생이 망가진다는 공포심 때문이다. 특히 보수적 성향이 강한 지방에서 모여든 기숙사 사생들에게 그런 경향이 두드러졌다. 1료와 4료는 학교 밖에 있었고 기숙사 문만 나서면 학교 붉은 담벽을 사이로 길이 있었으며 그 길은 등교하는 중학생들의 통로였기에 올라가고 내려가며 중학생과 사생들은 얼굴을 마주치게 돼 있었다. 그래서 여학생들은 기숙사 문을 나서기에 앞서 윗주머니 밑에 꿰매어놓은 이름표를 재빨리 윗주머니 속으로 집어넣어야 했으며 엎어지면 코 닿는 곳의 학교 정문에 들어서면 이름표를 꺼내놔야 했다. 그 짓을 부지런히 하는 사생들 중의 한 사람이 상의였다. 그런 살얼음 같은 분위기 속에서도 발 없는 소문은 떠돌았다. 짝사랑하던 중학생이 결국에는 병들어서 학교를 그만두고 고향으로 내려갔느니, 누구는 편지질을 하다가 여학생 부모가 고발하여 퇴학을 당했느니, 달밤에 강가에서 누가 중학생 누구와 만났느니, 중학생들이 가장 많이 짝사랑을 하는 당자는 시라카와 진에이라는 소문도 있었다. 그러나 그는 모범생이

며 우등생이었기에 불량소녀라는 점이 찍히지는 않았고 피해
도 없었다. 오히려 선망의 대상이었다. 그가 무리 속에서 두
드러져 보이는 것은 상아같이 흰 얼굴과 갈색에 가까운 머리
털, 푸른 기가 도는 눈동자, 서양인형을 연상시키는 미모 때
문인데 성격은 아주 유순하고 차분하며 참한 규수 감이었다.
학교 선생들도 진영이를 좋아했으며 그러나 잘난 체하지 않
는 성품 때문에 아이들의 시기를 받지 않았다. 그리고 연애편
지에 관하여 근거가 있는지는 모를 일이나 옥선자가 중계역
할을 한다는 풍문이 있었다. 해서 아이들이 그를 꺼리는 이유
중에는 그 풍문도 포함이 되었다.

　"이제 그만 먹어. 배탈 나겠다."

　먼저 숟가락을 놓은 상의가 웃으며 말했다. 상근이는 미련
이 남은 얼굴이면서도 배가 불러서 숨이 차오르는지 별수 없
이 숟가락을 놓았는데 무안 타듯한 몸짓을 하며 픽 웃었다.
상의는 상을 들고 나갔다. 호야네는 밥그릇을 들여다보며,

　"밥이 남았네? 와 다 안 묵고."

하고 말했다.

　"아주머니가 너무 밥을 많이 담아서 그래요."

　"하기사, 너거들이 언제 밥을 그리 많이 묵던 아이들이가.
신경 있을 적에는 뭐가 기럽었노. 쌀밥에다가 개기 반찬이지
마는 너거들이 밥을 안 묵어서 얼매나 옴마한테 야단을 맞았
노. 너거들의 그 쪼맨한 양도 못 채우주는 세상, 참 큰일이다.

언제꺼정 이럴 긴가."

"그래도 여학생 기숙사의 배급은 많은 편이래요."

"와 아니라. 그런께 적어도 밥을 묵지. 다른 사람들은 배급
받아서 밥 못 묵는다. 모두 죽밖에 못 묵지."

"배급받아서 그것만 가지고 사는 사람은 그렇다 하데요."

"죽도 씨래기를 잔뜩 넣어서 쌀알은 오 리 가다 하나씩. 참
말이제 우리도 밥 묵기가 미안하네라. 이웃이 알까 두럽고,
숭년에 남의 몫을 훔치묵는 기분이 든다."

호야네는 설거지를 하며 부뚜막에 걸터앉은 상의에게 얘기
를 계속한다.

"어무이도 말씸하시기를 우리도 죽 묵자, 하늘이 무섭다.
그러나 우선은 양식이 있인께 사람의 맴이 어디 그렇나? 내사
마, 너거들이라도 자주 와서 배불리 묵고 갔이믄 싶은데 호야
아배도 내가 머 너거들을 푸대접해서 안 오는 거로 아는지 들
먹이쌓는다. 뉘 덕에 우리가 오늘 이렇게 사는데? 내가 푸대
접하겄노."

"외출을 자주 할 수가 없어요."

"일요일에는 와 못 오노? 그라믄."

"그거는 또…… 볼일도 있고 해서, 걱정 말아요 아주머니,
굶어 죽지는 않아요."

상의는 웃었다.

"상근이가 너무 불쌍하다. 삐쩍 말라가지고. 한창 묵을 땐

데 아이 꼴이 말이 아니다."

"크느라고 그렇겠지요."

호야네는 상의 얼굴을 빤히 쳐다본다.

"참 우리 상의도 이자 철 다 들었다. 요새 니를 보믄은 어른
이 다 됐구나 하는 생각이 든다."

마루에서는 호야할매가 상근이를 상대로 얘기를 하고 있었
다. 상의는 설거지하는 호야네를 바라보다가 부엌에서 나왔
다. 호야네도 대강 설거지를 끝내었는지 이내 뒤따라 나왔다.

"아이들은 어디 갔어요?"

생각이 난 듯 상의가 물었다.

"외갓집에 다 갔다. 외삼촌이 말 시바이(곡마단) 구겡시키준
다 캐서 갔네라."

호야할매가 말했다.

"요새도 그런 것 할 수 있어요?"

"머 동네에 들어온 쬐그마한 것이겠지. 그 사람들도 벌어야
배급 쌀이라도 안 타묵겠나?"

하자 호야네가,

"그러다가 징용에 붙잡혀 가믄 우짤라고."

"젊은 남정네야 있을까? 제집 아아들하고 늙은 사람이 하
겠제. 그나저나 성환할매가 아프다 카이 큰 걱정이다."

"아프다니 어무이는 그 말을 뉘한테 들었십니까."

"독골의 두만네성님을 장에서 만났다. 평사리 다니온 모양

이더마."

호야네는 잠자코 있었다. 평사리에 갔다 왔다면 필시 시동
생에 관한 소식도 들었을 터인데 호야할매의 언급이 없는 것
이 마음에 걸렸던 것이다.

"한분 들여다봐야 하겠는데."

"다녀오시지요."

"그러씨……."

하다가 호야 할매는 상의에게로 얼굴을 돌렸다.

"상의 니도 성환이를 알제? 정성환이 말이다."

"네."

했으나 상의 대답은 시무룩했다. 성환은 물론 알지만 성환할
매에 대해서는 말로만 들었지 기억은 뚜렷하지가 않았다. 성
환은 몇 번 만난 적이 있었다. 처음 전학해 왔을 무렵, 진주에
볼일이 있어 내려와 있던 환국이가 기숙사로 상의를 찾아온
일이 있었다. 홍이에 대한 배려였던 것 같았다. 그도 선생이
직업인 만큼 사감하고의 대화가 수월했던 모양이다. 일요일
도 아닌 토요일인데 외출을 허가해주었고 상의는 환국이를
따라 최참판댁에 갔던 것이다. 거기서 상의는 서희를 만났고
그 위엄에 질려버리고 말았다. 자주 들르라는 서희 말이 있었
으나 상의는 그 후 한 번도 그 집에 간 일이 없었다. 그때 상
의는 중학교 상급반인 성환을 만났다. 그러나 중학생 여학생
의 처지도 처지려니와 상의는 극도로 긴장해 있었고 쌀쌀하

게 그를 대했으며 말 한마디 건네지 않았다. 그리고 가끔 먼 발치로 등교하는 성환을 본 적은 있으나 상의는 의식적으로 그를 외면했다. 두 번째 성환을 만난 것은 작년 가을이었다. 장씨 아저씨가 진주 온 길에 상의를 면회하러 온 일이 있었다. 장씨 아저씨는 아버지 어머니가 통영경찰서에 갇혀 있을 때 외갓집을 두 번이나 다녀갔고 아버지가 만주로 떠난 뒤에도, 일 년 동안 상의가 어머니의 병간호를 하고 있을 때 장씨 아저씨는 세 번이나 찾아오곤 했다. 그런 경위로 하여 상의는 친척같이 생각하는 터였는데 장씨 아저씨가 기숙사에 나타났을 때는 혼자가 아니었고 성환을 동행하여 왔던 것이다. 그는 대학생 제복을 입고 있었다.

"집안 내력을 알고 보믄 동기간이나 진배없고, 성환이도 이자는 대학생이 됐으니께 상의도 오빠겉이 그렇게 알아라."

하고 장씨 아저씨는 말하는 것이었다. 그러나 상의는 처음 만났을 때도 그랬지만 두 번째도 거부감을 느꼈다. 사람한테 거부감을 느꼈기보다 제복에 거부감을 느꼈는지 모른다. 학교 규칙이나 사회의 눈이 두려웠는지 모른다. 어쨌거나 그들은 청춘남녀였으니까. 호야할매 입에서도 성환의 이름이 나오기론 이번이 처음은 아니었다.

"오매불망, 손주 때문에 눈물로 세월을 보내더니, 이자는 성환이도 대학생이 되었으니 할매가 원풀이 한풀이를 다 했일 긴데 아프기는 와 아프는고. 옛말하고 살아야 하는 긴데."

251

"아픈 거사 인력으로 되는 일입니까."

호야네가 말했다.

그 말에 다소 신경이 쓰이는지 호야할매는 며느리 얼굴을 잠시 살피다가,

"오죽 답답했이믄 그런 말을 하까. 대학을 아무나가 가는 기가. 하늘의 별을 따지. 옛날로 치자믄 상놈이 과거한 거 아니던가 배? 좀 있이믄 성환이가 졸업을 할 기고 그렇기 되믄 은 늙은이가 늘이 보고 살긴데 와 그리 고랑고랑 아프노 말이다. 그 성님 살아온 거를 내가 아는데, 나도 너거 시아부지 가시고, 그 원수 놈, 헌병 놈한테 총 맞아 가신 뒤로는 세상이 적막강산, 온갖 풍상 다 겪었다. 하지마는 그 성님한테 비하믄 은 청풍당석이었제. 하모, 아무것도 아닌기라. 자식들은 눈앞에 보고 산께…… 상의야."

"네."

"성환이 집이 옛날 너거 할아부지가 살던 집이라는 거 아니?"

"알아요."

"하기는 알 기다. 상의 상근이가 쪼맨할 때 평사리에 오고는 했인께, 상근이사 너무 에리서(어려서) 모릴 기다마는."

그것은 어슴푸레 상의도 기억하고 있었다. 공이 구멍이 나있던 마루에서 성환이 남희, 그리고 몹시 거칠었으며 못생긴 머슴아이 귀남이, 그들과 함께 놀았던 기억이 아주 희미하게 남아 있었다. 마루에서 내려가려고 짧은 다리를 자꾸자꾸 뻗

다가 겨우 신돌에 발끝이 닿았던 그때 불안했던 느낌도 남아 있었다. 호야할매는 얘기를 계속하고 있었다.

"인물이 준수하고 공부 잘하고 아이가 진중하고 어디다가 내놔도 나무랄 데가 없는 성환이 아니가. 아배를 닮아서, 그 못돼묵은 에미 년을 닮았이믄 안 그럴 긴데…… 답댑이 아이가 수이(기상) 없는 기이 그기이 좀, 애비 에미 없이 자라서 그런지 풀이 죽은 것이 맘에 안 좋다."

성환은 물론 출중한 편이었지만 외모는 호야할매가 말하는 것만큼 준수하지는 않았다. 풀이 죽어 있다기보다 말이 적은 편이었다.

"석이가 떠난 지도, 몇 세월이 됐는지, 수을찮이 됐일 기다. 그 아아들이 아주 어렸일 직 일인께, 아마 애비 얼굴도 모를 거로? 죽었는지 살았는지…… 와서 아아들 치다보믄 기가 맥힐 기다."

"살아나 있이까요?"

자세한 내막을 모르는 호야네의 말이었다. 실은 호야네가 신경에 있을 때 석이는 홍이를 찾아 공장에 나타나곤 했었다. 그 사실은 천일이도 모르는 일이었지만.

"살아 있이야제. 하모, 살아 있이야 하고말고. 제집만 온당한 거를 만냈이믄…… 숭악한 년. 제 소나아를 형사 놈하고 붙어서 경찰에 잡아넣을라 안 했나? 살인 죄인이라도 제 가장이믄 못 그랄 긴데. 제 년은 조선 백성 아니던가? 하기사 지금

도 왜놈하고 산다 카이 애씨당초 종자가 다른 기라. 영팔이노
인이 지금도 그년 말만 나오믄 이를 덕덕 간다. 아무튼 그 바
람에 석이가 튀고는 감감소식 아니가."

"세상이 이런께 살아 있다 캐도 쉽기는 못 돌아오겄구마요."

상근이는 가물가물 눈을 감았다가 뜨곤 한다. 얘기의 내용
도 잘 알 수 없었지만 너무 많이 먹은 탓인지 졸음을 쫓느라
애를 쓰고 있었다. 상의는 유심히 듣고 있었다. 석이에 관한
것은 처음 듣는 얘기였다. 아버지하고의 어떤 동질감 때문에
상의는 유심히 듣는 것이다.

"그러니 성환할매도 골병이 드는 거 아니겄나. 참말이제 최
참판댁이 아니었으믄 그 식구들 살아남기나 했이까? 그 댁 은
혜가 백골난망이다. 그 댁 아들도 엄전하고 사리가 깊어서,
성환이를 대학까지 보내준다는 것이 보통 사람이 할 수 있는
일이건데?"

"장래가 있일 기라고 본께 그랬겄지요."

"그래도 그렇지. 애비가 있어도 대학까지 공부를 시켰겄나.
잘해야 중학이지. 남도 그러는데 그 천하에 몹쓸 년, 그 숭악
한 년이 이제 와가지고 개까죽을 썼는가 무신 낯짝 치키들고
다 키우놓은 남희를 뺏아갔노 말이다. 그 성님 그래저래 해서
병이 났일 기다. 명천에 하나님이 기신가, 우째서 악한 년이
성하고 착한 사램이 쇠하는지 정말 모리겄다."

"언제고 벌을 받겠지요. 죄지어서 남 줍니까."

호야네 말이었다. 매사에 칠칠하고 안존하던 천일네가 나이 들면서 차츰 말이 많아졌는데 진주에 온 후 호야할매로 불리게 되면서 더욱 말이 많아진 것은 그의 주변이 적요해졌기 때문인지도 모른다. 당연히 와 있을 곳에 왔고 그만하면 아들 며느리도 괜찮은 편이며 손자 손녀, 평생 처음 살아보는 기와집에다가 남들이 죽 먹을 때 밥 먹고 그의 말대로 만고에 신관이 편했다. 그런데도 작은아들 내외와 갈등을 겪었던 평사리가 천일네는 그리운 것이다. 모두 낯익은 얼굴이며 말벗으론 성환할매 아무어매가 있었고 살아온 내력도 모두 그곳 산천에 널려 있었다. 성환할매 얘기를 지치지도 않고 계속하는 것도 그곳에 대한 그리움이었는지 모른다. 붉은 고추가 주렁주렁 매달려 있는, 지금이 한창인 고추밭 생각이 났고 논둑길에 물 흐르는 소리며 사공들이 부르는 노랫소리도 귓가에 쟁쟁했다.

"가기는 내가 한분 가야 할 기다."

그것으로서 호야할매의 말은 끝이 났다.

상의는 그들에게 작별인사를 하고 상근이를 앞세우며 거리에 나왔다. 해는 남아 있었지만 곧 황혼에 휩싸일 거리는 쓸쓸했다. 일요일이어서 오가는 사람도 별로 없었다.

'봉안전사건은 헛소문이었을까?'

상근이는 아무것도 모르는 것 같았다. 그런 일이 있었다면 누이에게 말하지 않을 리가 없었다. 혹 발견자와 학교 당국만 알고 재빠르게 극비조치를 취했는지 모른다. 신중히 내사를 하고 있어서 철없는 일 학년 학생들은 특히 모를 수도 있을 것이다. 상의는 그렇게도 생각해보았다. 여학교 정문 앞까지 왔을 때,

"시간 늦을라. 어서 가아."

하고 상의는 말했다.

"힘들어도 참는 거야."

"알았어."

멀어져가는 상근의 뒷모습을 바라보며 상의는,

'봉안전사건은 헛소문이었을까?'

또 한 번 마음속으로 중얼거렸다. 어쩐지 허전하고 실망 같은 것을 느낀다. 외출 시간을 아쉬워하는 표정으로 거리엔 사생들이 삼삼오오 돌아오고 있었다.

이튿날 월요일에는 수업이 전폐되었다. 교실마다 와글와글 떠드는 소리, 학생들은 준비해 온 즈킨을 머리에 쓰고 손에는 고테를 감아 묶고, 몸뻬는 교복이나 다름없는 일상용이니까 갈아입을 필요도 없었다. 치마는 축젯날이나 돼야 입는다. 학생들은 운동장에 나오기 시작했다. 집합 종소리가 울리면서 선생들도 한둘씩 나타나기 시작했으며 흩어져 있던 학생들도 사열대를 중심하여 모여들며 대열을 정비한다. 판에 박은 교장의 훈시가 있었고 교련 선생의 주의사항 설명이 있은 뒤 교기의 기수를 선두로 하여 대열은 교문을 빠져나간다. 머리끝

에서 발끝까지 온통 흑색으로 무장이 된 대열은 시내를 누비며 지나간다. 대열의 맨 마지막에는 구급약품이 들어 있는 적십자 마크의 가방을 메고 일 학년 조무래기들이 뛰다시피 따르고 있었다. 시내를 벗어나 들판으로 나왔을 때 흑색 대열은 마치 벌판을 달리는 기차 같기도 했다. 논에는 꽃이 피기 시작한 벼가 싱그럽게 바람에 물결을 이루고 있었다. 그러나 하늘은 낮게 내려앉기 시작했다. 도동면(독골) 가는 길, 연습장으로 정해진 넓은 사장 가까이까지 갔을 때 맞은편에서 카키색 행렬이 나타났다. 이윽고 네 학교의 네 줄 행렬은 사방에서 흰 모래사장을 향해 행진해 들어왔다. 그 광경은 좀 장관이었다. 큰 덩어리로 학생들이 모여지자 다 합동 방공연습에 대한 훈시가 있었고 일단 소대별로 모래밭에 쭈그리고 앉아서 잠시 휴식을 취한 뒤 호각 소리와 교련 선생의 외치는 소리에 따라 원형으로 물러서면서 방공연습은 시작되었다. 가건물을 향해 갈고리 대가 올라가고 불 끄는 큰 총채가 올라가고 두드리며 허물며 난리법석인데, 한편에서는 길게 강가에서부터 두 줄로 늘어선 학생들은 천으로 된 바케쓰로 강가에서 형식적으로 물을 퍼올려 옆으로 옆으로 넘겨주고 빈 바케쓰는 다른 한 줄을 통하여 강가로 돌아오고, 들것에 학생을 싣고 나르는가 하면 구급가방을 멘 아이가 뛰어간다. 사장에는 헤일 수 없이 많은 인원이 우왕좌왕, 호각 소리는 날카롭고 요란했으나 실상 교내에서 한 학교 단위로 연습을 할 때보다 훨씬 느슴했다. 선생들도 워낙 학생 수가 많은지라 통제가 잘 안 되는 눈치였고 학생들 정신 자체가 벌써 장난기에다가 좀체 없었던 남녀학생 혼성의 행동인 만큼 완연하게 들떠 있었다. 수를 믿고 농땡이를 부리는 경향도 없지 않았다. 그도 그럴 것이 학생들에게는 이런 행사 자체가 우스웠던 것이다. 하늘에서 폭탄이 떨어지는데 즈킨이다 고테다 하는 것이 재봉 시간에 만든 것으로 홑겹 검은 천인데 그것으로 머리를 보호하고 손등을 보호하겠느냐는 것이었고 갈고리 총채 몇 자루 들고 흔든다고 불이 꺼지겠느냐는 것이었다. 강물은 이 만화와도 같은 행사를 무심히 바라보는 것 같았으며 하늘은 자꾸만 내려앉았고 강가의 이름 모를 풀들이 바람 따라 드러눕곤 했다.

드디어 소나기가 쏟아졌다. 소나기는 학생들을 통제하지 못하고 난감해 있던 선생들에게는 구원이었는지 모른다. 학생들은 신이 나서 비를 맞으며 춤이라도 추고 싶은 기분인 것 같았다. 빗속에 각각 학교마다 대오를 가다듬고 결국은 비가 그치지 않아 합동 방공연습은 중지되고 말았다. 학생들은 생쥐 꼴이 되어 학교로 돌아왔다. 옷들이 함빡 젖었고 시간도 넉넉히 남은 것도 아니었으며 그보다 책가방들을 가져오지 않았기 때문에 학생들은 여느 날보다 일찍 집으로 돌아갈 수 있었다.

"우리 2료 사생들만 보면 왜 그러는지 모르겠더라. 괜히 잔소리하고 아무것도 아닌데 야단치고, 2료의 사생들은 모두 왜 그 모양이야, 참 기가 막혀."

기숙사로 돌아온 아이들은 옷을 갈아입고 잡담을 시작한다.

"그거 몰라서 하는 소리니? 무택이가 니시야마 선생이 미워서 그러는 걸."

고수머리 장옥희가 윽박지르듯 말했지만 상의 방에 모여 앉은 사생들이 그것을 몰라서 한 말은 아니었다. 사카모토 선생과 니시야마 선생 사이의 미묘한 갈등은 이미 다 알고 있는 일이었다. 니시야마 선생은 전임자인 무용 선생이 좀 문제가 있어서 사임한 뒤 그 후임으로 왔다. 떠난 사람 역시 유일한 조선인 여선생이었다. 몸집이 작고 다부져 보이며 영리한 눈동자의 니시야마 선생과 달리 키가 훤칠했던 그 무용 선생은 성격이 음산했고 거칠었으며 어딘지 모르게 비꼬여 있는 사람 같았다. 그러나 그의 무용실력은 정평이 나 있다고들 했다. 사건의 발단은 학교 뒤뜰에서 조선말을 쓰고 있던 여학생 두 명을 적발하여 교무실에 불러다가 꿇어앉히는 벌을 준 때문이었다. 그 일은 금방 교내에 퍼졌고 학생들은 흥분하고 분개했다. 같은 조선인이면서 그럴 수가 있느냐는 것이었다. 학생들이 조선말을 쓰다가 선생에게 들키면 어떤 형식으로든 벌은 받게 돼 있었다. 그러나 벌을 준 선생이 조선인이었다는 것에서 학생들은 심한 배신감을 느낀 것이다. 못 들은 척, 얼마든지 지나쳐버릴 수도 있었던 일인데 일본인과 다름없이 그것을 집어내어 벌을 주었다는 것이 학생들을 심히 자극했던 것이다. 아직 어리고 얼핏 보기에 매우 온순한 것 같았지만 뭔가 쏟을 곳 없는 분노, 반항심이 마음속에서 늘 일렁이고 있는 사춘기의 여학생, 가령 출석부에 일본인 학생들 이름에다 표시를 해놨다든가, 조선인 선생의 월급이 월등하게 적다든가, 무슨 회의 때 조선인 선생을 따돌렸다든가, 그런 차별 대우에 관한 얘기를 들으면 굉장히 민감하게 반응을 나타내었다. 이와사키[岩崎]라는, 고양이같이 살금살금 걷는 국어 선생이 있었는데 긴 담뱃대 물고 있는 꼴이 야만적이라는 둥, 나태하게 한길을 팔자걸음으로 걷는 것은 꼴불견이라는 둥, 불결하게 방 안에다 요강을 들여다 놓는다는 둥, 수업 때 곧잘 조선인의 흉을 보는 버릇이 있었다. 그럴 때마다 교실에서는 움직이는 학생, 입을 여는 학생은 없었지만 입 속에서 내는 으으으음…… 그 목소리는 대단한 힘으로 울려 퍼졌다. 그리고 일본인 학생의 수가 적은 탓도 있었겠지만 이곳은 우리 조선인의 학교라는 의식이 강하여 일본인 학생들을 군식구 취급하는 경향도 있었다. 본시 ES여학교는 미션스쿨이었으나 조선인이 인수하여 조선인 교사들로 구성이 된 사립학교로서 배일 감정이 농후한 역사를 가지고 있었다. 그러나 오 년 전에 당국에서는 사립을 폐지하고 내선공학(內鮮共學)이라는 기치를 내어걸면서 공립으로 학급도 증설하여 새로 출발했던 것이다. 말할 것도 없이 교장 이하 모든 선생들은 축출되었고 완벽하게 일본인 손으로 넘어갔다. 어쨌거나 그는 그렇고, 파문을 일으킨 무용 선생 처사에 대해서 학생들이 교묘하게 은밀하게 배척운동을 시작했던 것이다. 절 안 하기, 무용 시간에는 이 수 저 수 써가며 골탕먹이기, 무리 지어 가다가 무용 선생을 만나게 되면 일제히 노려보기, 지나가다 뒷모습을 향하여 야유하기, 그런 일들은 누가 지휘한 것도 지시한 것도 아니었다. 자발적으로 조선인 학생들이 단결하여 행해진 일이었다. 한두 명의 학생도 아니었고 일본인을 제외한 전교생이 그러는 데는 무용 선생도 속수무책, 그렇다고 해서 일본인 선생들이 편을 들어주는 것도 아니었으며 지식인 특유의 냉담과 방관으로 시종했고 더러는 잔인한 쾌감을 맛보며 그를 바라보기도 했다. 남자 선생들 중에도 조선인이 한 사람 있었다. 나이 지긋한 실업(實業) 선생으로 매우 심지가 굳은 사람이어서 무용 선생은 그 동족으로부터도 위로를 받지 못했다. 결국 그는 학교를 떠났다.

니시야마 선생은 조심스럽게 처신했다. 그러나 속없이 거만하고 심술궂은 사카모토 선생은 처음부터 조선인이라 하여 니시야마 선생을 얕잡아보았다. 치기 어린 그따위 우월감이 차차 증오감으로 변하게 된 것은 4료의 사감 미야지마 선생 때문이다. 니시야마 선생이 오기 전부터 미야지마, 사카모토 이 두 선생 사이에는 암투가 있었던 것이다. 앞서도 말했지만 미야지마 선생은 매력적인 여자였다. 고리라는 그 별명같이 차가운 성격, 쏜살같이 말이 빠르지만 내용이나 음성에서 어떤 여운을 남기는 것도, 투명하리만큼 창백한 얼굴, 외같이 긴 눈매, 그런 것이 어우러져서 독특한 매력을 자아내었다. 그를 좋아하는 학생들은 많았다. 남선생들 사이에서도 인기가 있었으며 학벌이 어마어마하다는 젊은 교감이 그를 사랑한다는 풍문도 있었다. 교감은 자유주의자처럼 교육자라는 틀에 박힌 사람이 아니었다. 교감인데도 학교 일은 도외시하고 있는 것처럼 보였다. 그런대로 무슨 특별한 배경이 있었던지 늙은 교장은 그를 은근히 대하는 것 같았고 교직원들 역시 늘 경의를 표하는 그런 분위기였다. 그러한 교감이 호감을, 혹은 애정을 느꼈다면 중환자는 아니었지만 결핵을 앓고 있는 미야지마 선생의 처지, 근무성적도 그렇고 학교에서 여러 가지 배려하는 면에서도 교감의 입김이 들어 있다는 것은 상상하기 어렵잖은 일이다.

아무튼 처지가 그러한 미야지마 선생과 병정같이 몸집이 크고 건강하며 일면 날카로움도 있는 사카모토 선생의 반목은 성격의 차이에서 오는 것도 있었을 것이며 호봉의 차이가 근소하여 라이벌 의식, 질투심도 작용했을 것이다. 혹 다른 이유가 있는지 모르지만 그러나 사감들의 세계는 두꺼운 베일에 가려져 있어서 사생들은 그 이상의 추측은 할 수 없었다. 이럴 무렵 니시야마 선생이 부임해 왔고 어찌 된 영문인지 그는 미야지마 선생과 가까워졌으며 그들의 친밀도는 날이 갈수록 더해져서 미야지마 선생이 앓아눕기라도 할 때는 밤을 새워가며 니시야마 선생이 간병하는 정성까지 이르게 된 것이다. 3료의 바보같이 순진한 사토무라 선생도 이들 두 사람을 졸졸 따라다녔으며 덩달아서 간호부 모리까지 합세하여 그야말로 사카모토 선생은 고립무원, 완전히 소외되고 말았다. 미야지마 선생은 성격이 차갑고 교감의 후광도 있어서 덤벙대는 사카모토 선생의 적수는 아니었다. 결국 니시야마 선생에게 집중적으로 증오감을 나타내게 된 것이다. 2료의 사생들을 미워한다는 아이들 말은 과장도 빈말도 아니었다. 사실이 그러했다. 사카모토 선생은 2료의 사생들만 보면 눈엣가시로 여기는 것 같았고 무엇이든 트집을 잡아서 싫은 소리 하는 것이 요즘의 버릇이었다. 그것은 니시야마 선생에 대한 미움의 간접표현이었다. 그렇게 되니까 2료의 사생들도 당하고만 있지는 않았다. 분위기적으로 니시야마 선생을 옹호하게 되었고 사카모토 선생을 적대시하여 결코 고분고분하게 대하려 하지 않았다.

"1료의 나리타 아키코 알지?"

남순자가 말했다.

"할머니같이 생긴 그 아이? 그 애는 무택이 아이코(애제자) 아니야?"

옥희가 말했다. 그러자 혀가 짧은 듯한 말씨였지만 이들 중에서 제일 어른스럽고 아는 것도 많으며 웅변도 잘하는 경순[秋山京順]이 고개를 갸웃거렸다.

"이상한 일이야."

"뭐가?"

"나리타 그 애 말이야. 어째 아이코가 됐지? 공부도 별로고 생긴 것도 그런데 말이야."

"그러게 말이야. 할머니 같은 인상에다 눈동자도 뿌옇게 흐려서, 별로 아이들하고 사귀는 일도 없잖아?"

"부려먹기 편하니까 그랬겠지. 그 애가 무택이 온갖 심부름 도맡아서 하지 않아? 밤에까지 불러다 놓고 팔 주물러라, 다리 주물러라, 한다지 뭐니?"

"굉장히 신임을 받고 있다는 거야. 1호실에 배치한 것도 애당초 심부름시킬 요량으로 그랬겠지. 그 앨 보고 있으면 햇빛 보고 눈부셔하는 것 같은 그런 표정이야."

1호실은 사감실과 가장 가까운 거리에 있었다.

"요장(寮長)이 있는데 왜 그러지?"

"요장 시킬 일 따로 있고 그 애 시킬 일 따로 있지. 하지만 진짜 아이코는 시라카와 진에이야."

여드름 투성이의 키가 작은 오송자(吳松子, 구레 마쓰코)가 힐끗 상의를 쳐다보며 말했다.

"왜 날 보는 거야?"

"시라카와는 리노이에상 너에겐 특별한 친구 아니니?"

모두 웃는다.

"하여간에 그 애 입에서 나온 말인 모양인데."

남순자가 하다 만 말을 이었다.

"니시야마 선생이 기숙사를 비우고 4료에 가서 미야지마 선생을 간병한 일을 무택이가 문제 삼았다는 것, 너희들은 모르지?"

"뭣 땜에 문제로 삼아?"

"말하자면 책임자가 밤에 기숙사를 무단으로 비웠다, 그거 아니겠니?"

"그래서 어찌 되었는데?"

모두 긴장하여 남순자를 쳐다본다.

"아무 낌새도 없는 걸 보면 흐지부지된 거겠지 뭐. 무택이 인기가 없지 않아?"

그 정보는 틀린 것이 아니었다. 사카모토 선생이 직원회 때 그 말을 꺼낸 것은 사실이었다.

"동료가 아픈데 그럴 수 있는 일 아니겠소? 문제 삼을 것 뭐 있어요?"

남자들 반응은 그러했다.

"하지만 기숙사 비운 사이에 무슨 일이라도 생겼으면 그 책임은 누가 지지요?"

"아무 일도 없었지 않았소. 사감이라 해서 개인적 사정이 전혀 없는 것도 아니고 불가피한 일이 있으면 귀성하기도 하는데 그럴 땐 아이들한테 맡길밖에 없지요."

"시시한 얘긴 그만하고 회의 끝냅시다."

불쾌해하며 교감이 말했다. 그 말은 코앞에 사람을 세워놓고 문을 쾅! 닫아버리는 것과도 같은 무안을 주었다.

"저기, 제가 책임이 있는 만큼, 보고 안 할 수도,"

사카모토 선생은 우물쭈물 말했다. 1료의 사감이 수장 격인 것만은 사실이다. 그러나 결과적으로 교감의 미움을 사게 된 것이며 남선생들에게는 자신의 속마음을 드러내고 만 것이 되었다.

미야지마 선생은 저 때문에 미안하게 됐다 했고 니시야마 선생은 앞으로 그런 일 없도록 하겠다 하여 일은 일단 결착이 되었다.

"순악질이야."

"비겁하고."

"그게 무슨 교육자야. 고자질이나 하고."

"같은 여자끼리, 아무리 사이가 나쁘다기로."

성토가 시작되었다.

"무택이는 수업 시간에도 제일 차별이 심해. 일부러 책상 앞에까지 가서 친절하게 가르쳐주는 아이가 있는가 하면 물어도 들은 체 만 체 코대답도 안 하고 물어본 아이에게 무안을 주는 거야."

사카모토 선생은 재봉을 가르치고 있었다.

"그것뿐이라면? 기숙사에서는 어떻고? 신청한 대로 용돈을 척척 내주는 사람도 있고 신청금액을 무자비하게 깎아버리는 경우, 그게 지 돈인가? 다 우리 부모가 쓰라고 보내준 건데 말이야. 숫제 용돈을 내주지 않는 경우도 있어. 그러고는 한다는 말이 이 돈 가지고 야미 떡집에 가서 군것질할려고 그러지? 나는 다 알고 있어. 그런다는 거야. 참, 우리가 1료 사생이 아닌 게 천만다행이지 뭐니."

"야미 떡집은 어떻게 알까?"

"누가 스파이 짓 했겠지."

"너희들은 다 몰라서 그래."

남순자 말이었다.

"모르긴 뭘 몰라?"

"그럴 만한 이유가 다 있지."

"그 이유가 뭔데?"

"누구누구는 방학에서 돌아오면서 무택이한테 비단 방석을 해다 바쳤고 누구누구는 약과 정과를 만들어 와서 바쳤고."

"자알들 논다."

"용돈을 쉽게 받아내는 치들은 아마 그런 뇌물 덕을 보는 거 아닐까?"

"더럽아서."

"누군 그럴 능력이 없어서 안 하는 줄 아나? 치사스런 그 짓 하고 싶지 않아서 안 하는 거지."

"요즘에는 말짱 다 그 판이야. 야오야노 무스메[八百屋の娘, 야채가게의 딸]가 열장 된 것도 몰라?"

남순자 말에 모두 낄낄거리며 웃는다.

"그 애는 실력이 있어."

경순이는 옹호하듯 말했다. 그 아이하고 경순이는 친한 사이였다.

"그만한 실력이 그 애 혼자뿐이니? 목소리만 컸다면 중대장도 시켰을 거야. 어쨌든 선생들이 그 애 앞에선 한마디씩 하거든. 아첨이지 그게 뭐겠니?"

"먹고살자니 하는 수 없다. 싸고 좋은 걸 달라, 공짜면 더욱 좋고, 그거지 뭐. 모두 걸신이 들었다."

"미술 선생은 뭐라는 줄 알아? 애들이 점수가 짜다고 했더니 설탕 가져오면 달게 해주겠다. 농담으로 한 말이지만 그건 진담이야."

"통학생 누구는 김치를 담가서 담임한테 갖다 바쳤다는 거야. 마늘 냄새 난다고 말말이 흉을 보던 이와사키도 김치라면 사족을 못 쓴다는 거야."

"이와사키 말이 나왔으니까 그런데 왜 삼 학년 삼 반에 리노이에 준토쿠[李家順德]라는 아이 있잖아?"

"그래. 얼굴이 빨갛고 뚱뚱한 아이 말이지?"

"응, 이와사키가 그 애 앞에서는 쩔쩔맨다는 거야."

"그 얘긴 나도 들었어. 뭐 굉장한 집안이라던가? 이왕가하고 관계가 있다 하던가?"

"음, 그 애 서울말씨 써."

"마늘 냄새 난다고 흉을 보면서 김치를 보면 사족을 못 쓰고 조선인을 야만인이라 하면서 신분 높은 사람에게는 사족을 못 쓰고…… 노예근성이지 뭐."

"리노이에상, 너 오늘은 어째 한마디도 안 해?"

경순이가 화제를 중단하고 상의를 쳐다보았다. 상의는 꿈에서 깨어난 것처럼 어리둥절한다.

"뭘?"

"왜 말이 없느냐고."

"음, 다른 생각 좀 하느라고."

"무슨 생각?"

"그냥."

상의는 남순자를 힐끗 쳐다본다. 상의는 지금껏 봉안전의 그 사건을 생각하고 있었다. 그는 남순자에게 다시 한번 그 일을 확인해보고 싶은 유혹에 빠져 있었던 것이다.

"이 애는 가끔 이래, 무슨 생각이 그렇게도 많은지, 책도 너무 많이 읽으면 미쳐버리는 사람도 있다는 거야. 더 조심해라."

그 말은 옥희가 했다.

"하리모토[張本玉嬉]상, 너 말 함부로 하는 거 아니니? 책 많이 읽는다고 미친다면 누가 학문을 하겠어. 철학자들이 혹 그렇게 된다는 얘긴 들었지만, 우리 오빠는 늘 그래, 조선사람들 당장은 쓰이지 않더라도 공부하는 길밖에 없다고, 그건 장래를 위해 비축하는 거라나?"

경순이 말했다. 그의 오빠는 지금 동경에 유학 중이었고 경순은 곧잘 오빠의 말이라 하며 인용하곤 했다.

아무래도 경순의 웅변과 박식과 문학 취향은 그의 오빠로부터의 귀동냥인 것 같다.

"소설도 공부니?"

꼬집듯이 고수머리의 옥희가 말했다. 그는 성질이 좀 팔팔했고 변덕이 심한 편이었다.

"그럼 소설 읽고 미친 사람 있어?"

경순이 반격하자 순간 말이 막혀버린 옥희는 우물쭈물하다가 화를 발끈 내었다.

"너가 왜 그리 열을 올리니? 정작 상의는 잠자코 있는데 괜히 잘난 체하네."

"내가 잘난 체했니? 너가 어깃장을 놓은 거지."

경순의 혀 짧은 소리가 더욱 짧게 들리는 것을 보면 그도 화가 난 것 같다.

"이러지들 말어."

상의가 말리는데 얼굴이 상기되어 있었고 눈은 열에 젖은 듯 보였다.

"잘난 체 안 했다구? 말말이 우리 오빠, 우리 오빠 하는 말이 이렇고 저렇고, 흥! 동경유학은 아키야마 게이준의 오빠 혼자만 갔나?"

경순의 얼굴이 시뻘게졌다.

"그래 우리 오빠 말 자주 한 건 사실이야. 하지만 틀린 말했니? 틀린 말은 바로 너가 하고 있는 거야. 너가."

"그만들 두어, 제발."

머리를 짚으며 상의가 또 말했다.

"막상막하야. 둘 다 변호사나 해라."

벽 쪽으로 물러나 앉으며 남순자가 말했다. 오송자는 웃고만 있었다.

"흥! 혀짜래기(혀 짧은 사람)는 다 바른말만 하는 모양이지."

"뭐라 했니!"

"혀짜래기는 옳은 말만 한다 했어. 내 말이 또 틀렸니?"

"악취다!"

"어차피 난 문학소녀도 웅변가도 아닌 속물이거든."

"아이구 머리야!"

상의는 이마를 치다가 자리에 고꾸라졌다.

"얘가 왜 이러니?"

"심약해서 그래."

"아니야. 아까부터 얼굴이 벌겋더라구. 이 애 상의야."

남순자가 안아 일으킨다.

"열이 대단하다."

"비 맞고 감기 들었나 봐."

"모리를 불러와!"

상의가 쓰러지는 바람에 일단 시비는 끝이 났다.

남순자와 오송자가 3료에 있는 모리를 찾아갔다.

"간고후*상."

순간 모리의 눈이 가끄름해졌다. 그는 한사코 모리 선생이
라 불러주기를 원하는 터였다. 그러나 학생들은 결코 선생이
라 하지 않았다. 소학교 나와서 간호부가 되었는데 여학생이
어찌 선생이라 부를까 보냐. 그러나 모리는 철없는 하급생들
에게 노골적으로 선생이라 부르라 했다는 것이며 그게 다 웃
음거리 얘깃거리가 되었다. 그러나 온건한 학생들은 대개 간
고후라는 호칭을 생략하고 용무를 전하거나 말을 걸거나 했
다. 그랬는데 대뜸 간고후상! 했으니 모리의 심사가 온당할
수 없다. 소문으로는 일본에서도 아주 후미진 고장의 갯촌에
서 왔다는 것이며 촌스럽고 무교양하며 어딘지 모르게 지저
분했다. 그는 도립병원에서 차출돼 온 간호부였다.

"리노이에 쇼기상이 아파요. 와보세요."

오송자가 말했다.

"너 구레 마쓰코지?"

엉뚱스럽게 이름을 묻는다.

"그건 왜 묻지요?"

오송자가 발끈해서 말했다. 그러나 모리는 그 대답은 않고,

"보나 마나 감기겠지. 비 맞고 와서 그럴 거야. 요즘 같은
전시에 그까짓 비 좀 맞았다고 병이 나아? 정신들이 돼먹지
않았어."

"설교 들으러 온 거 아니에요."

"약 줄 테니까 먹여. 그리고 쉬라고 해."

"어디가 아픈 것도 모르고 덮어놓고 약 먹여요?"

"난 의사 아니야."

"그런 무책임한 말이 어디 있어."

남순자가 쏘아붙인다.

"열이 있어?"

"펄펄 끓어요."

"그럼 감기야. 약 줄 테니, 난 지금 바빠."

"뭐가 바빠!"

남순자가 반말로 따지니까 다소 움찔하던 모리는 어세를 누그러뜨리며,

"해열제 줄 테니까 먹이고 찬물 찜질을 해주어. 그래도 심하면 날 데리러 와."

하고 말했다.

약을 받아 돌아오면서,

"건방지게 지가 뭔데? 참 같잖다."

오송자가 투덜거렸다. 자리를 깔고 누워 있는 상의에게 약을 먹이고 찬물 찜질을 하려는데 상의는 한사코 싫다 했다.

"이제 괜찮아. 아까는 현기증이 나서 그랬던 거야. 감기 들었나 봐."

안심한 아이들은 방금 겪은 일을 오송자가 보고하자 모리

에 대한 성토가 벌어진다.

한참 동안 신나게 떠들어대던 아이들, 그 덕분에 경순과 옥희의 시비는 물 건너갔으며 흐지부지 화해 아닌 화해가 된 꼴이었는데 어쨌든 떠들던 아이들은 식사하러 가라는 2료 요장의 외침 소리를 듣고 자리에서 일어섰다.

"괜찮겠니?"

나가면서 남순자가 물었다.

"괜찮아. 어서 가아."

투당투당, 신발장에서 신발 꺼내는 소리, 젓가락통 흔드는 소리, 재잘거리는 소리, 그 소리들이 사라지고 기숙사 안은 쥐 죽은 듯 고요해졌다. 상의는 숨이 트이는 것 같았다. 열이 나고 머리가 아팠지만 못 견딜 정도는 아니었다.

'상근이는 감기 안 들었을까?'

그도 도동면 사장에서 비를 쫄딱 맞고 돌아갔을 것이기 때문이다. 상급생들 식기를 씻어주고 속옷도 빨아주는 조그마한 상근이 모습이 떠올랐다. 여학교 기숙사에서도 더러 그렇게 하급생을 부려먹는 상급생이 있었다.

'상근이만이라도 호야네 집에서 통학하게 엄마보고 의논을 해야겠어. 아이가 점점 크기는커녕 줄어드는 것 같다.'

일 년 동안 병간호는 물론 엄마 역할을 했던 만큼 상의가 상근이를 바라보는 눈은 세심했다. 아버지가 없는 탓도 있었을 것이다. 신경에서 어린 동생 둘을 안고 울었던 기억 때문이기도 했을 것이다. 상근이가 그때 빨랫방망이를 들고 나와서 고모를 때리던 생각도 났다. 가끔 생각나는 일이었다.

'고모는 어찌 되었을까? 아버지가 가셨으니까 찾아와서 손 내밀어 가면서 살고 있겠지. 어째서 세상에 그런 사람이 다 있을까.'

그러나 그를 밀고자로 의심하였던 생각을 하면 어떤 죄의식 같은 것을 상의는 느끼곤 했다. 생각을 하니, 집안에서 할머니에 관한 얘기가 도통 없었다는 것, 왜 그랬을까? 고모 생각을 할 때는 늘 따라나오는 의문이었다. 할아버지에 대한 얘기는 어머니나 아버지도 가끔 했다.

"점잖은 어른이셨다."

어머니는 그렇게 말했고 아버지는 할아버지 얘기를 할 때는 눈이 젖는 것을 상의는 보았다.

'왜 그럴까? 할머니는 고모 같은 사람이었을까?'

언제였는지 상의는 어머니한테 물은 적이 있었다.

"친고모가 아니라면, 그럼 몇 촌쯤 되는 고모예요?"

"그런 것 알아 뭘 해."

어머니는 불쾌한 표정을 지으며 말했다. 정작 궁금한 그 사실을 알려준 사람은 고모였다.

"아배가 다르니라. 말하자믄 울 어매가 날 데리고 너거 할아부지한테 개가를 한 기라. 팔자가 기박해서 일부종사 못한 기고, 그런께 너거 할아부지는 나한테 의붓아부지 아니가."

식사가 끝난 모양이다. 사생들이 돌아오는 기척이 났다. 그러고는 와글바글 떠드는 소리가 들려왔다.

"언니 밥 가져왔어요."

한방에 있는 이 학년의 다카세 신애[高瀬信愛]가 들어오며 말했다. 그의 뒤를 따라 남순자와 진영이가 들어왔다.

"몹시 아파?"

하고 진영이 물었다.

"견딜 만해."

"미나미상한테 들었어."

"무슨 큰 병이라구."

"그래도 단짝인데 안 알려줄 수 있니? 식사하러 안 나왔으니까 어차피 알게 될 테지만 말이야."

남순자는 그러면서 묘한 시기심 같은 것을 느끼는 것 같았다.

"언니 어서 밥 잡수세요."

신애가 말했다.

"나 생각 없어. 먹고 싶지 않아. 너희들 먹으려무나."

"좀 먹어보지그래."

진영이 말했다.

"아니 입 안이 써."

"그럼 난 간다아."

하고 남순자는 나갔다. 진영이는 상의 이마를 짚어보고 눈살을 찌푸렸다.

"병원에 안 가도 될까?"

"감긴데 뭐."

실장이 들어왔다.

"단짝이라 왔구나. 열 좀 내렸니?"

하고 물었다.

"열이 많아요."

진영이 대답했다.

"내일은 쉬어. 학교 가지 말구. 의외로 리노이에상 약질인
가 봐. 보기엔 시라카와상이 더 약한 것 같은데."

하다가 실장은 진영이를 빤히 쳐다본다.

"시라카와상."

"네."

"너를 지독하게 짝사랑하고 있는 남학생이 있다는 것 너 모
르지?"

"언니도 참, 몰라요!"

진영의 얼굴이 빨개졌다.

"내 사촌인데 중학교 오 학년이야. 그 애네 집 굉장한 부자
야. 지주고 양조장도 하구. 거기 시집가면 호강할 거야."

"듣기 싫어요. 상의야 나 간다."

진영은 허둥지둥 일어서서 실장에게는 인사도 없이 나간다.

"순진해서 저런다."

실장은 낄낄거리며 웃었다. 이 학년 한 명 일 학년이 두 명인 한방 아이들도 덩달아서 웃었다. 그러나 상의는 기분이 몹시 언짢았다. 갑자기 진영이가 자신하고는 무관한 다른 세상에 사는 아이 같았고 이상하게 상실감 같은 슬픔을 느끼는 것이었다. 시집을 가느니, 결혼을 하느니, 그런 일은 여태까지 진영이나 상의 자신의 현실로 생각해본 적이 없었던 것이다. 실장도 부잣집 딸이라 했다. 그는 물건 사재기로 소문이 나 있었다. 일요일 외출 때는 신나게 물건을 사들이는데 요즘에는 살 것이 없어 그렇지, 한때는 외출만 하면 별의별 것을 다 사온다는 것이다. 이른바 결혼준비라는 것이었다. 아무래도 진주는 큰 도시였고 작은 지방에서는 살 수 없는 것도 더러 있었겠지만, 심지어 전구까지 사재기를 한다는 것인데, 그 전구도 요즈막에는 구하기 힘든 품목의 하나가 되고 말았다. 사학년쯤 되면 대개 화장품 같은 것, 예쁜 그릇이며, 스탠드, 방 안 장식품 같은 것을 사놓게 되곤 했다.

이튿날, 상의는 결석을 했다. 좀 무리하면 갈 수도 있었지만, 감기 든 것을 다행으로 여기며 상의는 느긋하게 자리에 누워 있었다. 처음 상의가 이 학교에 전학해 왔고 난생처음 집을 떠나서 기숙사라는 곳에 들어왔을 때는 참 견디기 힘들었다. 취침 시간, 기상 시간, 식사 시간, 자습 시간 또 무엇 무엇 하는 시간이라 해서 하루에도 여러 번 기숙사 종이 울리는데 상의는 그 종소리에 공포감을 느꼈다. 종소리를 들을 때마다 놀랐고 자기 자신이 어떤 틀 속으로 끼어들어 가는 것 같아서 답답하고 가슴이 뛰곤 했다. 그 증세에 한계가 오면 상의는 별수 없이 꾀병을 앓을 수밖에 없었다. 결국 결석을 하는 것이다. 그때는 1료에 있을 때였다. 현관에서 마지막 떠나는 아이들 기척이 사라지고 사방이 고요해지면 상의는 마치 자유의 천지로 나온 것처럼 마음이 기뻤다. 장방형의 기숙사 건물에는 건물 내부에 장방형 잔디밭이 있었다. 그리고 세면실 앞에는 무궁화 한 그루가 있어서 보랏빛 꽃이 흐드러지게 피었다. 상의는 혼자 잔디밭에서 뒹굴다가 방마다 돌아다니며 소설책을 집어다가 시간 가는 줄 모르게 탐독했다. 지금은 그 잔디밭에 고구마를 심었고 무궁화도 베어져서 없었다. 상의의 꾀병은 정확하게 짜여진 시간에 따라 움직여야 하고 어느 한순간도 혼자 있을 수 없는 데서 나타나는 일종의 우울증에 대한 치유법이었다. 그는 수없이 학교를 그만둘 생각을 했다. 그는 꿈속에서도 학교를 졸업하지 못하고 집에도 돌아가지 못하고 헤매는 자신을 본다. 그것은 번번이 꾸게 되는 꿈이었다. 그리고 또 하나는 기차를 타고 아버지가 있는 만주로 가는 꿈이었다. 삼 학년으로 올라오면서 꾀병의 도수는 줄어들었지만 그래도 상의는 가끔 꾀병을 앓는다. 그러나 전과 같이 소설을 탐독하지는 않았고 대신 글을 썼다. 상의가 제일 욕심을 내는 것은 노트였고 그는 상당히 질 좋은 노트를 많이 구해다 놨다.

운동장에서는 조회가 끝나고 학생들은 모두 교실로 들어간 것 같았다. 정적, 마음 밑바닥까지 맑은 공기가 스며들어오는 것만 같은 고요, 상의는 어떤 희열을 느낀다. 어느 누구에게도 방해받지 않는 소중한 시간, 어느새 알지 못하는 사이에 흘러가버린 것이 아닌 시간, 심장의 고동같이 시간은 상의 곁에 있는 것이다. 상의는 천천히 노트를 꺼내어놓고 책상 앞에 앉았다. 노트를 한 장 한 장 넘기는데 거기에는 빨간 잉크로 쓴 글씨로 가득 메워져 있었다. 일부러 빨간 잉크로 글을 쓰겠다, 작정한 것은 아니었지만 마침 검은 잉크가 바닥이 났고 해서 할 수 없이 붉은 잉크로 썼는데 이제는 그대로 붉은 잉크로 글을 쓰는 것이다. 이 노트는 상의의 보물이었다. 물품검사가 있을 것이란 말이 나돌면 상의는 노트를 신문지에 싸서 아궁이 속에 숨겨놓고 학교에 가곤 했다. 가끔 기숙사에서는 물품검사가 있었다. 아이들이 학교에 가고 난 뒤 사감들이 모여 물품검사를 하게 되는데 별의별 것을 다 압수했다. 특히 많이 나오는 것이 미숫가루였다. 그것은 가끔 간식으로 나오게 되는 단팥죽 속으로 녹아들어 갔다.

상의는 펜에다 붉은 잉크를 찍어서 노트에 어제는, 하고 썼다. 어제, 강가 풍경은 너무나 인상적이었다. 옥봉(玉峯)을 비맞으며 지나올 때 우산으로 몸을 감추고 서 있는 소녀가 있었다. 대열이 술렁거렸다. 그는 얼마 전까지 학교의 급사였었다. 학교를 그만두고 권번(券番)에 들었다는 소문은 사실이었던 모양이다. 소녀는 우산으로 몸을 가린 채 담벽에 붙어 서서 행렬이 지나가기만을 기다리고 있는 것 같았다. 옥봉은 기생집이 많은 곳이다. 학생들은 비를 맞고 걸으면서 가엾다는 말들을 속삭였다.

상의는 한참 써내려가다가 그 이상하고도 불길한 검은 행렬이 눈앞에 떠올랐다. 동시에 붉은 잉크 글씨가 선명하게 눈에 비치었다. 적(赤)과 흑(黑) 그것은 너무나 무서운 예감이었다. 아버지를 다시 만날 수 없을지 모른다는 섬뜩한 예감.

5장 사랑의 피안(彼岸)

경인열차였고 낮이어서 승객이 그리 많은 편은 아니었지만 그래도 출찰구는 다소 붐볐다. 사람들 틈새로 빠져나온 양현은 사방을 두리번거렸다. 그러나 영광의 모습은 보이지 않았다.

'안 나왔구나!'

눈앞이 캄캄해졌다.

'안 나왔어.'

역 광장에 서서 양현은 막연한 시선을 던진다. 도시에는 가을이 머물고 있었다. 물들기 시작한 가로수 아래, 얼음 갈라지는 소리라도 들려올 것 같은, 서늘하고 푸른 하늘 아래, 꾸물꾸물 움직이고 있는 군상들, 누더기 같은가 하면 곤충 같기도 한 군상들이 서로 방향을 달리하며 혹은 같이하며 가고 있었다. 낡은 상자 같은 트럭이 달리고 짐 실은 우마차도 지나가고 있었다. 여인을 신이 만든 꽃이라 했던가, 자연의 열매라 했던가. 꽃으로도 열매로도 볼 수 없는 몸뻬 차림의 우중충한 모습들, 남자들은 한결같이 카키색, 사람들에게는 계절이 없었다. 배급소에서 식량을 달아주고 배급표를 챙기는 그 현실만이 있었을 뿐이다.

양현은 걷기 시작했다. 검은빛 슬랙스에 갈색 재킷, 가방 하나를 들고, 또각또각 나는 구두 소리가 색 바랜 것 같은 마음에 비정한 무게로 실려온다.

'전보를 받지 못했을까? 아니면 집에 없었던가.'

그러나 그 생각도 양현에게는 위로나 도움이 되지 못했다. 만일 영광이 서울에 없다면 어쩔 것인가. 어떻게든 양현은 영광을 만나야만 했다. 인천에서 전보를 친 그 순간부터 양현은 영광을 만나야 한다는 그 하나의 생각에만 사로잡혀 있었던 것이다.

'나는, 그럼 어떻게 해!'

전차를 타기 위해 길을 건너야 하는 지점까지 왔을 때, 그곳에 영광이 서 있었다. 그는 양현의 모습을 줄곧 지켜보고 있었던 것이다.

'오빠······.'

소리는 입 밖에까지 나오지 않았다. 마음속으로 사라졌다.

"무슨 일이야? 전보까지 치구."

영광이 물었다.

"그냥."

"그냥?"

되묻다가 영광은 대답 같은 것 바라지 않는 듯 걸음을 옮긴다. 두 사람은 길을 건넜다. 전차를 기다린다.

"오빠."

"……."

"어디 갈 곳이 없을까?"

갈 곳이 없었다. 남산? 창경원? 우이동? 자하문 밖? 옛날에는 그런 곳이 있었다. 그러나 지금은 그런 곳도 젊은 사람들은 마음 놓고 갈 수가 없다. 전시라는 의식은 그런 곳에 더욱 높은 장벽으로 군림한다. 히코쿠민[非國民]이라는 딱지가 붙기에 십상인 것이다. 결전(決戰)의 해로 연일 신문은 떠들어대고 있는 것이다. 총후의 국민이 할 일 없이 유원지에서 노닥거리고 있어 되겠는가.

"대관절 뭣 하러 왔어."

"오빠 만나려고요."

"나 만난 뒤 진주 내려갈 건가?"

"……."

전차가 왔다. 두 사람은 전차에 오른다. 영광은 왜 양현이 자신을 만나려 하는지 알고 있었다. 언젠가 이런 때가 올 것이라는 것도 알고 있었다. 이들은 돈암동 종점에 내리기까지 각기 생각에 잠겨 말이 없었다.

"집으로 가는 거예요?"

"아니."

짤막하게 대꾸하며 영광은 앞서 걷는다.

재작년 가을부터 영광은 돈암동에 정착했다 할 수 있었다. 지리산 도솔암에 있던 영선네가 깊이 생각한 끝에, 사돈인 강쇠와 장서방과도 의논을 해서 관수의 유산이라며 손에 쥐여준 목돈, 내막적으로는 최참판댁에서 보태어서 내놓은 돈이었지만 여하튼 그것으로 서울 돈암동에다 자그마한 집 한 채를 마련했던 것이다. 그리고 떠돌이같이 생활하고 있는 아들을 위하여 그가 결혼하게 될 때까지라는 단서를 달고 영선네는 서울에 와 있었다. 영광이도 지방 공연이나 위문공연이 있을 때는 부득이 집을 비우지만 서울에 있을 때는 어김없이 집으로 돌아왔고 말하자면 반란적인 그 자신의 기질을 누르고 비교적 안정된 생활에 적응해가고 있었던 것이다. 양현은 서울 있을 때까지만 해도 가끔 그 집을 찾았고 영선네도 만났으며 환국이 역시 울적할 때는 술병을 들고 와서 영광이와 함께 마시곤 했다. 양현은 금년 봄에 여의전을 졸업했으며 지금은 인천의 어느 개인병원에 취직해 있었다. 학교 부속병원에 남을 수도 있었고 진주도립병원에 갈 수도 있었지만 양현은 덕희와의 약속을 지키기 위해 인천으로 간 것이다. 서희가 노발

대발한 것은 말할 나위가 없다. 서희는 양현의 졸업을 고대했으며 진주에 돌아올 것을 바라고 있었다. 그리고 윤국이와 결혼시키려는 생각을 버리지 않고 있었다. 그것은 어쩌면 서희 꿈의 완성인지 모를 일이다. 이상현과 봉순의 딸 이양현과 최서희와 김길상의 아들 윤국이의 결합은.

당장 진주로 내려와야 한다고 엄명을 내린 서희를 설득한 것은 환국이었다.

"학교 병원에 남을 수도 있고, 진주에도 도립병원이 있고 의논도 없이 그 애가 어째 그랬더란 말이냐."

"성적이 좋으니까 학교에 남을 수는 있었겠지만 도립병원은 관립이니만큼 다소 문제가 있겠지요."

"어째서 하필이면 인천이냐? 그것도 개인병원이라며?"

"개인병원이지만 규모가 크니까요. 실은 원장 아주머니께서 유치원 문을 닫고 보니, 건물은 비어 있고 양현이더러 경험을 쌓은 뒤 개업을 하면 어떻겠느냐 말씀하신 적이 있습니다. 그래서 오히려 개인병원에서."

말이 끝나기도 전에,

"그것은 안 된다. 병원 차릴 정도가 되면 명희 씨한테 신세 질 이유가 없다."

"네. 그건 그렇습니다."

환국은 대답하면서 마음속으로 어머니가 변했다는 생각을 한다. 신세 질 필요가 없다 한 말이 너무나 감정적인 것이었기 때문이다.

"하여간 당분간 양현을 놓아주십시오. 현명한 아이니까 그릇된 판단은 하지 않았을 것입니다. 그 애도 집 떠나 남들이 사는 속에서 부대껴보는 것도 경험이 되지 않겠습니까."

"그 애가 그러는 데는 무슨 까닭이 있을 거 아니냐?"

"무슨 까닭이 있겠습니까."

말하면서 환국은 어머니의 기색을 살핀다.

"양현이는 까닭 없이 그럴 애가 아니다."

하고는 한숨을 쉬는데 그 순간 환국은 어머니와 자신의 생각이 일치하는 것을 강하게 느낀다. 그것은 원인이 덕희에게 있다는 것과 그 일에 대해서 거론하지 말자는 생각의 일치였던 것이다.

"당분간 양현이 하는 대로 지켜보다가 기회를 봐서 진주로 데려오든지 그러시는 게 좋을 듯싶습니다."

환국은 진작부터 양현에 대한 덕희의 거부감을 알고 있었다. 양현이 아프다는 핑계로 아버지 면회에 나타나지 않았을 때 환국은 한순간 오해를 하기도 했으나 그럴 리 없다는 강한 의문을 느꼈고 어떤 서슬엔가 명희가 암시적인 말을 하기도 했다. 환국은 비정상적인 덕희의 시샘과 양현에 대한 증오가 이미 위험수위라는 것을 깨달았다. 그러나 그것을 문제 삼는다면 일이 미묘해질 뿐만 아니라 양현에게는 물론 덕희에게도 좋을 것이 없고 더군다나 아버지가 옥고를 치르고 있는 마당에 집안이 분란과 갈등에 휘말리는 것을 환국은 원치 않았다. 서희 역시 그런 생각인 것 같았지만 그걸 삼켜버리기가 힘든 것 같았다. 그러니 설득을 하는 아들이나 화를 내는 어머니나 이심전심은 하면서 말로는 변죽만 친 꼴이었다.

"너의 아버지가 저리되시고 내 마음이 갈피 잡을 수 없이 어지러운데, 양현이라도 곁에 있었으면 싶었다."

서희는 드물게 아들 앞에서 자신의 허약함을 나타냈던 것이다. 어쨌거나 모자간의 묵약이라고나 할까, 양현의 인천행은 흐지부지 승인이 된 것처럼, 그렇게 시간이 지나갔다.

영광은 양현이 따라오거나 말거나, 큰 것은 아니었지만 가방을 들어줄 생각도 않고 아리랑고개 쪽을 향해 걸어간다.

"오빠 어딜 가는 거예요?"

"산에."

두 사람이 간 곳은 돈암동 뒷동산이었다. 나무도 별로 없는 민둥산이었다. 돈암동 일대, 신설동까지 내려다보이는 산등성이에 두 사람은 다 같이 죄인처럼 웅크리고 앉아서 아래를 내려다본다. 군데군데 체면처럼 들국화가 한두 포기, 보라색 꽃이 피어 있었다.

"왜 전보를 쳤지?"

오랫동안 말이 없다가 영광이 먼저 입을 떼었다. 대답 대신 양현은 울기 시작했다. 영광은 담배를 꺼내어 붙여 문다. 담배 연기를 뿜어내면서 먼 산을 쳐다본다. 흐느껴 우는 양현이

보다 영광의 눈이 더 절망적으로 보였다. 양현이 왜 우는지 영광은 가슴이 저리도록 그 이유를 알고 있었다. 그 일 때문에 몇 밤 몇 날을 자신이 번민했던가.

'양현이는 내가 아무것도 모르는 줄 알고 있겠지. 차라리 몰랐더라면.'

담배 연기를 후우 하고 내어뿜는다. 그것은 얼마 전의 일이었다. 함께 술을 마시다가 환국이 흘려버린 말이었다. 어머니가 양현을 며느리로 삼으려 하시는데, 그게 가능할까? 그런 말을 했던 것이다. 그 순간 영광은 벼락을 맞은 기분이었다. 양현에게 사랑을 고백한 일도 없었고 자신의 신부로 꿈꾸어 본 적도 없었는데, 그러나 영광은 때때로 양현을 소유하고 싶은 충동을 느끼곤 했다. 그것은 불가능에 대한 몸부림 같은 것이기도 했다.

"오빠."

양현은 손수건을 꺼내어 눈물을 닦으며 스스럽게 불렀다.

"나 오빠하고 함께 살면 안 돼?"

영광은 미동도 하지 않았다. 그러나 그는 전신으로 전율하고 있는 것 같았다.

"너 미쳤어?"

잠긴 듯한 목소리는 지극히 낮고 평정했다.

"오빠는 날 사랑하지 않나요?"

쏘는 듯한 영광의 눈빛이 양현에게로 왔다. 눈을 다시 먼

산으로 옮기며,

　"그거는, 그거……사랑한다는 것과 함께 사는 것은 다르다."

　"어째서 다르지요?"

　"나는 아마도, 너를 파괴할 거야."

　"어째서요! 어째서요, 오빠!"

　양현은 필사적이었다.

　"내게는, 그, 그런 게 있어. 잠자고 있는 폭력이 있어. 그것은 피, 칼이야."

　"그건 아니에요! 오빠 아직도 과거의 악몽에 시달리고 있는 거예요."

　"그런지도 모르지. 그러나 너무 늦어버렸어."

　"무슨 뜻이지요?"

　"아니면 양현이가 술집 여자든지."

　"아아 오빠, 그런 말 하지 말아요."

　"나는 공주를 얻기 위해 결투장에 나갈 수 있는 기사가 아니야."

　"그건 오빠의 진심이 아니에요. 기생의 딸하고 백정의 아들, 다를 게 뭐 있지요? 우리는 다 사람이지 않아요?"

　"상투적인 그런 얘기 하지 마. 수평이 맞아야 한다는 그따위 시시한 얘긴 하지 말어."

　"그럼 뭐지요? 오빠 난 다급해요. 너무 고통스러워요."

　"결혼해."

"……."

"결혼해서 잘 살아. 다 그렇게들 살고 있잖아. 사람은 구십
구 프로 상식적인 동물이야."

영광은 일어섰다.

"이러지 말아요! 제발."

양현은 영광의 팔에 매달렸다. 그 순간 영광은 양현을 껴안
았다. 격렬하게 입맞춤하면서,

"사랑해! 사랑한다! 널 잃고 싶지 않아!"

"……."

"나는 나쁜 놈이다! 나쁜 놈이다!"

영광은 땅바닥에 주저앉았다. 두 사람은 넋이 빠진 것처럼
산등성이에 언제까지나 앉아 있었다. 사방이 어둑어둑해질
때까지.

영광은 일어서서 오두마니 놓여 있는 가방을 들었다.

"내려가자."

두 사람은 비탈길을 내려온다.

"혜화동으로 갈 거지?"

"……."

"혜화동으로 가아."

"안 갈 거예요."

"……."

"거긴 안 가요."

"어떡하겠다는 거야?"

영광의 눈에 두려움이 실린다.

"하룻밤만 재워주세요. 어머니 곁에서 잘 거예요."

"어머니는 안 계셔."

"네?"

"통영 가셨어. 누이 집에 다니러 가셨다."

"언제요?"

"어, 어제."

하는데 영광은 왠지 당황하며 어쩔 줄 몰라한다. 양현은 그러한 영광의 모습을 처음 보았다.

"조석은 어떡허구요."

"앞집 할머니가."

두 사람은 어느덧 전차 종점까지 와 있었다.

"이거."

하고 영광은 가방을 내밀었다. 떠나는 것도 보지 않고 영광은 집으로 돌아왔다. 대문을 밀치고 들어선 영광은 방으로 들어가서 벌렁 나자빠졌다. 그러다가 몸을 굴리듯 엎드려져 두 팔 위에 얼굴을 묻는다.

인천의 양현으로부터 전보를 받은 것은 어제 낮이었다. 영광은 몹시 서둘러서 모친 영선네를 밤 기차에 태워 통영 영선에게 가게 한 것이다. 영선네는 그 전보가 통영에서 온 것으로 착각했던 모양이다. 사유를 말하지 않는 아들에게 거듭 물어볼 겨를도 없이 황망하게 떠난 것이다. 어머니를 그렇게 서둘러 보낸 것은 물론 양현을 만나기 위한 공간을 얻기 위한 것이었다. 아니 그보다 양현을 얻기 위한 마지막 수단이었다 하는 것이 옳았다. 그것은 거의 본능적인 행동이었다. 부끄럽고 치사스런 일이기도 했다. 그 순간에는 그것을 헤아리지 못했다. 오직 양현을 쟁취하리라는 일념 때문에 그는 자기 자신 정열의 불덩어리가 되어 있다는 것도 알지 못했다. 그러나 결국 그는 그렇게 하지 못했다. 욕망과 희생의 싸움이었다. 사람 속으로 뛰어들어 자기도 한몫을 하겠다는 충동과 세상을 바라보며 국외자로서 흐르는 대로 흘러가겠다는 에고이즘과의 싸움이었다. 집념과 포기의 싸움이었다. 도덕과 반도덕, 그에게는 윤국이 거대한 성(城)으로 인식되었다. 그것은 결정적인 것이었다. 그렇기 때문에 영광은 더욱더 자신이 피를 많이 흘려야 한다는 생각을 한 것이다. 그러나 그에게 치명적인 것은 믿지 못할 자기 성격적 결함이었다. 제2의 혜숙을 또 만들지 모른다는 강박관념은 그의 전진에 제동을 걸었다. 영광은 양현을 사랑했으며 이 세상에 나와서, 가장 강렬한 집념이었다.

영광은 일어나 앉았다. 전등이 켜져 있었다. 재떨이를 끌어당겨 담배를 붙여 문다. 그의 얼굴은 온통 눈물에 젖어 있었다.

한편 혜화동에서 내린 양현은 명희를 찾아가는 길이었다. 그는 영광에게 윤국의 얘기를 하지 못했던 것을 생각하며 걸고 있었다. 너무나 두려워 양현은 그 말을 입 밖에 낼 수가 없었다. 편지에는 병원을 그만둘 것, 중대사안이 있으니까 곧바로 하향할 것, 동경서 윤국이 왔다는 대강 그런 내용이 쓰여 있었다. 양현이 서희의 의중을 알게 된 것은 최근의 일이었다. 도저히 있을 수 없는 일이었다. 양현은 단 한 번도 윤국이를 친오빠가 아니라는 생각을 해본 적이 없었다. 얼마나 윤국이를 사랑했던가. 그러나 그것은 오빠를 사랑했던 것이며 그를 이성으로 본다는 것은 끔찍스런 일이다.

"아주머니."

"양현이니?"

"네."

뜨개질을 하다가 명희는 내다보았다. 방으로 들어서는 양현의 얼굴을 본 명희는 깜짝 놀란다.

"이 애 니 얼굴이 왜 그러냐?"

"왜요? 여위었지요!"

"너무 수척해졌다. 남의 밥 먹기가 쉽지 않은 모양이지?"

"네."

"차 마시겠니?"

"주세요. 아침부터 아무것도 못 먹었어요."

"그럼 밥부터 먹어야겠구나!"

"차부터 주세요."

명희는 심부름 아이를 불러 이른다. 유치원을 그만두면서 홍천댁 내외도 그만두게 했고 명희는 대신 여자아이를 하나 데려왔다. 그만두게 된 홍천댁 내외를 겪어내면서 명희는 세상살이의 어려움과 배신의 쓰라림을 구역질나게 체험했다. 여러 가지 교묘한 수단을 써가며 횡령한 금액도 적지 않았지만 그것이 백일하에 드러났음에도 부끄러워하기는커녕 오히려 더 뻔뻔스럽게 이대로는 못 나가겠다, 생활의 방도를 강구해달라 협박하듯 대어들던 그 끔찍스런 얼굴은 꿈에서 만날까 두려웠다. 세상에는 가지가지 삶이 있겠으나 이런 삶도 있었던가 명희는 진저리를 쳤다.

"소문 듣자니까 원장도 남편 버리고 갔는데 시동생하고 좋아지낸 덕분으로 많은 유산을 받았다 하더군요. 우리가 뭘 그리 큰 잘못을 했다고 빈손으로 내어쫓을라 하지요?"

홍천댁은 잡아 비틀듯 말했고 남정네는,

"수틀리면 싹 불질러버리겠다. 그까짓 콩밥 몇 해 먹지 뭐."

하고 으름장을 놨다. 환국이가 오고 명희의 재산관리를 하고 있는 변호사가 오고 하는 바람에 사내와 계집은 풀이 죽었고 협박한 일 없다며 잡아떼다가 야간도주를 했던 것이다.

"인천서 곧장 오는 길이니?"

"아니요. 어디 좀 들렀다가."

홍차를 마시며 양현이 말했다.

"집에는 아직 안 갔겠구나."

"네. 나 여기서 자고 내일 아침에 내려갈 거예요."

"인천으로?"

"아니, 진주 갈 거예요."

"어머니가 보시면 놀라시겠다. 얼굴이 말이 아니구나."

"온종일 굶어서 그래요."

"당장 병원 그만두라 하시겠네."

"그러지 않아도 병원 그만두고 내려오라는 편질 받았어요."

"어째서?"

"모르겠어요."

어째서? 하고 물었지만 명희는 짐작하고 있는 일이 있었다. '고민을 많이 하는가 보군. 가엾은 아이.'

밥상이 들어왔다. 명희도 저녁 전이어서 함께 밥을 먹는데 양현은 몇 술 뜨다 만다. 대신 숭늉을 한 대접 다 마신다.

"너 어디 아픈 거 아니겠지?"

"안 아파요."

"왜 그리 힘이 없어 보이니?"

"아주머니."

"왜."

"서울이라고 와보아도 참 갈 곳이 없는데요."

"갈 곳이 없다니? 고아 같은 말을 하네. 우리 집도 있고 오빠 집도 있구 친구들도 있잖아."

"집 말구요. 아마 요즘엔 거지들도 돌아다니기 어려울 것 같아요."

"그래, 맞어. 얻어먹을 것도 없을 거야 아마."

"청량리 여옥아주머니는 어떻게 지내시지요?"

"괜찮다. 지금 서울에 없어."

"어딜 가셨는데요?"

"전에 있던 곳에 간다면서…… 곧 돌아오겠지."

"그러다가 또 잡혀가면 어쩔려구."

"지켜주는 사람이 있으니까 괜찮을 거야."

하면서 명희는 좀 장난스럽게 웃었다. 그러나 그 웃음은 어쩐
지 쓸쓸해 보였다.

"아주머니도 저랑 여행 안 해보시겠어요?"

양현은 명희를 쳐다보지도 않고 우울하게 말했다. 여행을
하자 할 때는 어느 정도 설렘이나 활기 같은 것은 있게 마련
이다. 그런데 그것은 무의식적인 것 같았고 죽은 말이기도 했
다. 눈동자는 흐려져서 생각은 먼 곳을 떠돌고 있는 것 같았
다. 사랑의 환희, 사랑의 성취, 목마르게 소망하던 그 진실을
가슴에 안았고 입맞춤의 촉감은 아직 입술에 남아 있는데 그
성취감 환희보다 짙고 절망적 고통이 옥죄어 오는 것은, 분명
까닭이야 있었다. 양현은 자신을 추슬러보려고 애를 썼으나
허사였다.

"양현아."

"네."

"무슨 일이니? 지금 넌 무슨 생각을 하고 있는 거지?"

그냥 모르는 척 넘어가려 했다. 그러나 명희는 물어보지 않을 수 없었다. 양현의 처참하고 절망적인 내면이 선명하고 안타깝게 명희는 느껴졌던 것이다.

"저기 그건."

하다가 양현은 기어이 울음을 터뜨렸다.

"아주머니, 저, 전 의리가 아니에요. 으흐흣흣…… 그런 것 아니에요."

"의리라니?"

얼굴을 가린 두 손, 두 손 손가락 사이로 눈물이 흘러내린다.

"진주어머니한테 말이냐?"

"오빠두요. 으흐흐흣……."

"윤국이 말이구나. 의리가 아니구 애정이다 그 말이지?"

"……."

"너 그 남자를 사랑하는 거지? 그렇지?"

"그, 그 사람 때문이 아니에요. 혼자서 늙어 죽는다 해도 난 오빠하고 결혼 같은 것 안 할 거예요. 결단코."

막상, 양현이 시인하는 순간 명희는 가슴이 철렁 내려앉았다. 팽팽하게 당겨진, 결코 누그러질 수 없는 긴장 속으로 들어간 느낌이었다. 양현은 계속해서 울었다. 명희는 저도 모르게 뜨개질하다 만 것을 집어들었다.

'언제나 그렇게 엇갈려. 왜 그렇지? 그러면서도 사람은 살아간다. 하늘이 무너지고 땅이 꺼지는, 그런 슬픔 속에서도

여전히 사람은 살아가고, 얼마나 신기한 일이냐? 양현아, 실은 나도 지금 혼란스러워.'

바늘에 실을 걸어 빼고, 또 실을 걸어서 빼고 하면서 명희는 어떤 착각에 빠진다. 양현의 운명이 마치 자기 운명인 것처럼, 그러나 깊고 뼈저린 회한이 엄습해왔다.

'나는 세상에 나와 이룬 것이 없지만 너의 눈물은 뭔가를 이루기 위해 흘리는 것이다. 울어. 많이 울어라. 양현이 너는 나같이 자신을 기만하며 살아가지는 않을 거야. 너의 청춘은 정말 아름답다. 고통도 슬픔도 어쩌면 그렇게 투명하니? 나는 허울만 쓰고 살아왔구나. 세상의 눈이 두려웠고 내 명예 내 결백만을 신주 모시듯, 실은 그것조차 기만에 지나지 않았는데 말이야. 희생이라는 미명 하에 나는 무풍지대로 기어들어 갔고 그러다가 오히려 태풍을 만났던 거지. 왜 나는 전과 같이, 홍천댁이 시동생과 좋아 지냈다 했을 때 억울하지 않았을까? 분노하지도 않았다. 왜 그랬을까? 내 명예 내 결백을 위하여 나는 잔인하게 그 진실에 상처를 입혔다. 남이 뭐라 하건 개의치 않고 나를 염려하여 찾아온 사람에게 나는 오로지 내 자신만을 지키기 위하여, 그것은 참 추악한 모습이었을 거야. 뭣 땜에, 누구를 위해 눈물을 흘리고 고통스러워했는가? 지금은 그것조차 알 수가 없다. 백치(白痴) 같은 삶이었지. 그러고도 내가 무엇을 이루었다 할 수 있을까? 인실이도 그렇고 여옥이 선혜언니도 그래. 양현이 너도. 분명히 자기 자신보다 소중한 것이 그들에게는 있었다. 자신을 내어던질 대상이 있었다. 살았다는 것, 세상을 살았다는 것은 무엇일까? 내게는 살았다는 흔적이 없다. 그냥 그 날이 있었을 뿐, 잘 견디어내는 것은 오로지 권태뿐이야. 양현아. 난 네가 시집갈 때 꽃베개를 만들어주고 싶어. 현란한 결혼의상도 만들어주고 싶어. 하지만 그것도 내 몫은 아니겠지?'

"아주머니."

"음."

양현은 눈물을 닦으면서,

"실망하셨지요? 아주머니도 절 비난하실 건가요?"

"어째서."

"안 그런가요?"

"나는 몰라. 한 번 보았을 뿐 어떤 사람인지 모르는데 실망할 단계는 아니잖아?"

"아시게 된다면……."

"너를 믿으니까."

"어째서 저를 믿으시는가요? 아주머니가 믿는 양현이 아니라면 어쩌시겠어요?"

"그래, 믿는다는 말 대신 사랑한다 해야겠지."

"아주머니는 뜨개질만 하고 계시잖아요. 저는 절박해서……."

"우는데."

명희는 웃었다. 양현의 말은 아직 성숙되지 못한 흔적이었기 때문이다.

"나 무슨 생각 했는지 모르지?"

"……."

"양현이가 시집갈 때 꽃베개랑 아름다운 결혼의상을 만들어주는 것을 공상하고 있었어."

양현은 명희를 쳐다보았다.

'결혼할 수 있을까? 아마 난, 결혼 못할 것만 같다.'

양현은 갑자기 영광과 자신이 쌓은 성이 얼마나 허약한 것인가를 깨닫는다. 무너지고 말 것 같은 예감이 엄습해왔다. 늘 그랬었다. 자신에게 비쳐진 영광은 항상 떠나는 사람이었다. 한 곳에 머물지 못하고 뒷모습을 보이며 머리칼을 바람에 나부끼며 떠나는 모습이었다. 가까이 다가오는가 하면 어느덧 뒤돌아서 가고 있었다. 너를 잃고 싶지 않다는 그 절규와도 같았던 고백은 실상 얼마나 불안한 것이었던가. 진실의 한 순간은 이미 지나갔고 이제는 없는 것인지 모른다. 그의 방은 비어 있을지도 모른다. 그는 영원히 떠도는 영혼인지 모른다. 그런 부질없는 생각에 양현은 떨었다. 영광이 쪽이 무너지고, 윤국이 쪽이 무너지고, 섬진강 강가에 가서 꽃다발을 던지며 생모를 부르는 자기 자신의 모습이 눈앞에 크게 떠오른다. 인천서 전보를 쳤던 일에서부터 양현은 자신이 정상적이 아니었던 것을 깨닫기 시작한다. 영광이 자신을 사랑한다는 것은 그의 고백이 아니었더라도 양현은 다 알고 있었다. 그러나 왜 그랬을까? 양현이 자신은 그를 향해 밧줄을 던지는 사람이면 영광은 항상 밧줄을 걷어내고 도망치는 사람이었고 그의 실체는 언제나 손가락 사이로 빠져버리는 물과 같이 허망했다. 언젠가 서울에서 공연이 있을 때의 일이었다.

"오빠, 나 거기 가면 안 돼요? 연주하는 모습 보고 싶어요."

그때 영광의 얼굴은 시뻘겋게, 무섭게 변했다.

"만일 온다면 나는 영원히 색소폰 불지 않겠다."

양현은 더 이상 말하지 않았다. 어떻게나 그 태도가 격렬했던지, 그 후 영광은 가끔 말했다.

"양현이 오지 않았을까 그 생각을 하면 불안해서 연주를 못하겠어. 오지 않았지?"

"절대로요."

이튿날 아침차로 양현은 진주에 내려왔다. 올 때마다 설렜던 대문 앞, 양현은 가방을 든 채 한참 동안 대문을 바라본다. 자신이 이 집 가족이 아니라는 것을 이때처럼 절실하게 느낀 적은 한 번도 없었다. 집 안으로 들어갔다.

"어머니 저 왔습니다."

방문 여는 소리, 하얀 버선발이 먼저 나왔다. 여느 때 같으면

"들어오너라."

했을 것을, 서희는 마루에까지 나왔다. 그는 양현을 보고 놀라는 것 같았다. 양현이 역시 놀란다. 서로가 다 말할 수 없이 수척해져 있었기 때문이다.

"모두 어디 갔습니까? 왜 이리 조용할까."

뒤늦게 찬모가 부엌에서 내다보며,

"아씨 오셨군요."

하고 인사를 했다.

"모두 부역 나갔어요. 곧 돌아오겠지요. 차서방댁은 병원에 약 타러 가구요."

"누가 아픈가요?"

신발을 벗으며 양현이 물었다.

"소화가 안 돼서."

서희가 대답했다.

"어머니가요?"

"음."

방으로 들어간 두 사람은 마주 보고 앉아서 서로를 바라본다.

"너 많이 수척해졌구나."

"차 타고 오느라 그럴 거예요. 저보다 어머니가."

"나는 괜찮다. 너 어디 아픈 것 아니냐?"

"아니요. 아픈 데는 없습니다. 병원에는 가보셨습니까?"

"신경성이라 하는구나. 요즘엔 이래저래 맘 쓰이는 일이 많아 그런가 보다. 너도 사회생활에 익숙지 않아 그런 모양이지? 그런데 도무지 여의사 같지 않구나."

양현은 웃었다.

"요새도 성가시게 굴어요?"

한동안 말이 없다가,

"사람은 가두어났고, 저이들 하자는 대로 하는데…… 헌금 내라면 내고 부인회에 나오라면 나가고."

자조하듯 서희는 웃었다.

'어머닌 힘이 다 빠지셨다. 아버지가 계셨더라면.'

"병원은 그만두고 왔느냐?"

"휴가를 받아 왔습니다."

"어차피 그만두어야 한다."

"……."

"일단 혼인부터 하고, 병원을 차리든지."

"병원을 차리기에는 아직 경험이 부족합니다."

"그 일은 차차 생각하기로 하고."

혼인부터 해야 한다는 말은 예상하고 왔지만 양현은 가슴이 서늘해지는 것을 느낀다. 하여간 못 들은 것으로, 양현은 잠시 눈을 감았다. 그리고 얼굴을 숙이며,

"작은오빠는 어디 가셨어요?"

묻지 않을 수 없었다.

"지리산에."

말끝을 맺지 못하다가,

"시우랑 함께 도솔암에 갔다."

서희의 어조는 어딘지 모르게 어색했다.

"시우오빠하구요?"

"음."

각일각 다가오는 사태는 마치 플랫폼을 향해 돌진해오는 기관차와도 같이 공포감과 긴박감을 안겨준다. 이제 어쩔 것인가. 어떤 방향으로 돌파해나가야 할는지. 어떤 방법으로 반란을 일으켜야 할는지, 양현은 숨이 막힐 것만 같았다.

'오빠, 작은오빠! 정말 그럴 거예요?'

양현은 마음속으로 소리쳤다. 도시 윤국이는 지금 어느 위치에 서 있는 것일까. 그는 지금 무슨 생각을 하고 있는 것일까. 무슨 까닭으로 도솔암에 가 있으며 병원 일도 바쁠 시우가 어째 동행을 했을까. 시우까지 동원이 되었다면 구체적인 격식절차는 이미 다 갖추어졌다 할 수 있을 것이다. 시우의 등장은 말할 것도 없이 윤국에게 양현은 완전하게 타인이었다는 사실을 선명하게 드러내는 일이기도 했으며 이시우의 이복누이, 이상현의 딸 이양현이라는 신분을 드러내는 것이기도 했다. 하기는 이씨 일가가 양현의 혼사에 참여하는 것은 당연한 일이다. 사리를 따지자면 그들이 주도한다 해도 과히 틀린 일은 아닌 것이다. 사태의 진전은 명약관화, 그럼에도 양현은 항거, 항변의 실마리를 찾지 못하고 꿀 먹은 벙어리로 앉아 있을 수밖에 없었다. 혼인이라는 말이 잠시 나왔으나 서희는 아직 구체적인 말을 꺼내지 않았고 혼인의 상대가 윤국이라는 말도 하지 않았기 때문이다. 서희의 처지도 난감하고 미묘했던 것은 사실이다. 애지중지 딸로서 기른 아이, 감정적으로 완전히 딸이 되어 있는 양현에게 별안간 타인임을 선고하고 며느리가 되어라, 양현이 혼란에 빠지는 것도 염려스러웠지만 심리적으로 자기 자신도 그렇게 급격하게 회전하기가 어려웠던 것이다. 윤국이와 양현을 맺어준다, 그것은 바람이요 희망이었지만 마음이 착잡해지는 것 역시 어쩔 수 없는 일이었다.

"시우가 떠나면서 네가 내려오면 도솔암으로 보내라 하더구나."

"저를요?"

"평사리에 가서 장서방더러 데려다달라 해라. 그리고 오랫동안 못 가뵈었으니 너의 본가에도 가보구, 며칠 묵는 것도 괜찮겠지."

'오빠 이건 안 돼요! 정말 안 되는 일이에요.'

"양현아."

"……."

"얼굴이 왜 그리 어두우냐? 무슨 근심이라도 있어 그러나?"

"어머니."

"말해보아."

"아버지가 나오신 후에 혼인하면 안 되겠습니까?"

"뭐?"

"아버지가 저러고 계시는데."

돌파구가 되지 못할 것을 너무나 빤히 알면서 해본 말이었다.

　"철없는 소리."

했으나 웬일인지 서희의 안색이 변했다.

　"언제 나오실지 기약이 없는데 어째 그런 말을 하느냐."

　"……."

　"낸들 어찌 그 생각을 안 해보았겠느냐. 세상이 험해서……
칼끝에 서 있는 것 같은데, 꿈자리는 시끄럽고."

　서희는 간밤 꿈에서 길상을 보았다. 서희는 윤국과 양현의
얘기를 했던 것 같다.

　"그 애들의 혼인을 나는 찬성할 수 없소. 저희들끼리 좋아
서 그런다면 모를까."

　"찬성 못하시는 이유가 뭡니까?"

　"남매 사이로 그냥 두시오. 순리를 어기면 부작용이 생기는
법이오. 양현이는 당신 딸이 아니었소?"

　"그 아이한테 걸맞은 혼처도 없거니와 출생을 이러쿵저러
쿵, 말들이 많았습니다. 저는 그 애가 출생 때문에 기죽여가
며 사는, 그 꼴 못 봅니다."

　"그것은 구실이겠지."

　"어째 그런 말씀을 하시오."

　"양현이 누구의 딸인가. 이상현의 딸이 아니었소?"

　"네? 뭐라 하셨습니까?"

　길상의 얼굴은 순간 무섭게 변했다. 눈이 이글이글 타듯 빛

났다.

"최서희는 이상현과 이루지 못한 연분을 윤국이 양현이 그 아이들을 통하여 이루려 하는 거요. 아니라고 말할 수 있겠소! 진정 아니라고 말할 수 있겠느냐 말이오!"

"여보!"

"나는 빈껍데기를 데리고 산 게요. 구천에 사무치는 한이오. 내 인생이 아니었소."

하는데 갑자기 흰 바지저고리를 입은 길상의 모습이 남루한 몰골로 변하는 것이 아닌가. 얼굴도 어느덧 구천으로 변해 있었다.

"여보! 환국이아버지!"

"떠나면 되는 거지, 무거운 절 떠날 것 없이 가벼운 중 떠나면 되는 게요. 진작 떠났어야 했는데 말이오. 천지가 변했음 변했지 최서희가 변할 여자요?"

"아아, 아아, 왜 이러십니까! 당신의 몰골은 왜 이리된 것입니까!"

팔을 잡으려 했으나 그는 안개같이 물러났다.

"나는 최가가 아니오! 나는 김가요! 내 자식들은 최가가 아니오!"

안개같이 사라지면서 음성만이 울려왔다.

"아아, 아아."

안타깝게 팔을 휘저으며 외치다가 서희는 잠에서 깼다. 가

숨이 뛰고 전신이 땀에 흠씬 젖어 있었다.

'아아 끔찍스럽다! 어째 그런 꿈을 꾸었을까? 도대체 무슨 일이 일어났단 말인가!'

아침 내내 꿈 때문에 서희는 우울했고 속이 뒤집힐 것만 같아서 안자를 병원으로 보냈던 것이다. 다른 볼일도 한 가지 있었기 때문에, 안자는 유모가 죽은 뒤 그가 하던 일을 대신 하고 있었다.

평소 그런 말은 고사하고 일체 그 같은 기색조차 내비치지 않았던 남편이 꿈속에서 잔인하리만큼 정곡을 찌르고 나왔다는 것이 놀라웠고, 자기 자신도 미처 의식하지 못하였던 일을 추궁하는데 당황하지 않을 수 없었다. 그러나 그런 일보다 떠나야 한다는 마지막 부분의 말이 마치 화인과도 같이 가슴에 들러붙어 서희는 정말 견딜 수가 없었다. 불길한 꿈임에 틀림이 없다.

'그분 신변에 무슨 일이라도 일어난 게 아닐까? 신변에 무슨 일이!'

안자가 왔다. 그는 양현이 앉아 있는 것을 보자 필요 이상 놀라움을 표시했다. 약봉지를 내려놓으며,

"양현아씨 오셨구먼요."

"네, 안녕하셨어요?"

"얼굴이 몹시 상했습니다."

하다가 시선을 서희에게 돌리며,

"의사 선생님이 마님께서 지나치게 신경을 쓰시나 부다고 했습니다. 요즘엔 위장병 환자가 많이 적어졌다 하시기도 하구요."

집 안의 분위기가 가라앉는 것을 의식하며 애써 그런 말을 하는 것 같았다. 아무 반응이 없자 안자는 밖으로 나가서 물 한 대접을 가지고 왔다. 그리고 약 한 봉지를 풀어서,

"드십시오."

하며 서희에게 내밀었다. 서희는 약을 받아서 입 속에 털어놓고 물을 마신 뒤,

"양현아."

"네."

"가서 쉬어라."

양현은 나갔다.

"가보았는가?"

양현이 나간 뒤 서희는 안자에게 낮은 목소리로 물었다.

"네."

"어떻게 났던고?"

안자는 지갑 속에서 꼬깃꼬깃 접은 것을 꺼내어 서희에게 건네준다.

'음력 9월 12일…… 한 달 넘기 남았구나.'

"저기, 말씀을 드려야 할지……."

안자는 엉거주춤 말했다. 서희가 쳐다본다.

"저기, 궁합을 보아주겠다고 자청을 하기에."

"그래서."

"말씀드리기가 좀."

"안 좋다 하더냐?"

"네. 좀 살이 끼었다 하더구먼요."

잠시 동안 말이 없다가 서희는 이마를 짚으며,

"쓸데없는 짓을 했다. 자리 깔아놓고 나가 보게."

아침에 걷은 자리를 다시 깔면서 안자는 스스럽게 말했다.

"죄송합니다, 마님."

안자는 나가고 서희는 자리에 들었다. 낮에 자리에 들기는
좀처럼 없는 일이었다. 천길만길 나락으로 가라앉는 기분이
다. 서희는 돌아눕는다. 정연하게 엮어온 그물코가 일시에 뒤
엉켜서 어디서부터 손을 대어 제자리에 돌려놔야 할지 막막했
다. 이제는 아주 지쳐버리고 만 것 같았다. 위태위태했던 세
월, 제반 상황들이 간밤에 꾼 꿈으로 하여 왕창 주저앉는 느
낌이 드는 것이었다. 길상의 신변을 조심하다가 그 불길한 예
감을 달래고 다독거리고 나면 또 다른 괴로움이 솟아오른다.

'내 마음속에 정말 그이가 말했듯이 이루지 못한 연분에 대
한 한이 남아 있었더란 말인가. 그렇지는 않아. 결코 그렇지
는 않아. 나는 양현을 전생의 인연으로 생각했다. 그 아이의
행복을 원하는 마음에는 추호도 다른 것이 있을 수 없다. 이
제 와서 날더러 어떻게, 내가 뭘 어떻게 잘못했는가.'

서희는 다시 벽 쪽을 향해 돌아눕는다. 돌이켜야 하는지 진행을 해야 하는지 그것도 구분할 수 없으리만큼 혼란해 있었으나 일은 이미 서희의 소망이라는 한계를 넘어서 버린 상태였다. 문제는 모두 윤국이에게 넘어간 셈이다. 윤국은 양현을 누이로서보다 한 여인으로 사랑했으며 오랫동안 감추어졌던 그의 본심을 서희는 알게 된 것이다.

'저희들끼리 좋아한다면 모를까……'

꿈속에서 길상은 그 말을 하기는 했었다. 그가 구금되기 전에 도솔암에서 두 사람의 혼인을 반대했던 일도 있었다. 서희가 그의 의중을 말했을 때 길상은 펄쩍 뛰었다.

"당신은 어느 하나도 잃지 않으려는 욕망, 그 욕망 때문에 젊은 아이들까지! 그들은 남매로 자랐소. 그럴 수는 없는 일이오."

서희는 그때 길상이 한 말을 떠올리고 있었다.

'욕망이라 했었지. 욕망, 그렇다면 그 욕망이란 바로 이상현 그 사람을 집착한다 그런 뜻이었던가.'

의식 깊은 곳에 그것이 남아 있었는지 모를 일이다. 양가의 결합은 다만 할머니 윤씨만 원했던 것은 아니었다. 서희가 원했을 때, 그때는 이미 어쩔 수 없는 상황이었다. 그러나 서희가 이상현을 잊은 지는 오래되었다.

'전세가 악화되면 형무소에 있는 사상범은 온전할 수가 없을 게야. 내 자식들인들 무사할까?'

서희의 생각은 또 다른 곳으로 옮겨갔다. 서희는 애국부인회의 간부였다. 처음에는 회장으로 물망에 올랐으나 길상의 문제도 있고 해서 그것을 핑계 삼아 서희 쪽에서 사양했던 것이다. 물론 총명하고 품위가 있고 능력이 있기 때문이지만 뭐니 해도 회장으로 거론된 데는 그의 막강한 재력 때문이며 지금까지 상당 액수의 헌금을 해온 그 공로를 무시할 수 없었던 것인데 서희로서는 남편에 대한 일종의 구명책이기도 했고 아들 둘에 대한 보호책이기도 했다. 본시부터 도움이 될 만한 일인들과 연관을 가져온 터이기는 했으나 애국부인회 관계로 그들 요로의 부인들과 만날 기회가 있었고 민감한 서희는 그들 사회의 분위기가 전과 같지 않은 것을 느끼고 있었다. 영미와 전쟁이 시작되고 햇수로만 일 년 팔 개월이 지나간 지금, 확실히 사태는 전과 같지 않았다. 신문지상에서도 금년 들어 일군은 과달카날섬에서 철수를 했고 사월에는 연합함대(聯合艦隊) 사령관 야마모토 이소로쿠[山本五十六]가 비행기 속에서 전사했으며 오월에는 또 아스섬의 일군은 전멸했다는 보도였다. 소위 옥쇄했다는 것이다. 그리고 그들의 맹우(盟友) 독일도 소련의 스탈린그라드에서 항복했으며 북아전선(北阿戰線)의 독일군도 항복했으며 이태리의 무솔리니도 실각, 파시스트당은 해산이 되었다. 일본의 패색이 짙은 것은 이제 부인하지 못할 지경에 이르렀다. 그것은 희망이기도 했지만 조선인에게는 절망이기도 했다. 일본은 결코 그냥 물러가지는 않을 것이다. 모두 옥쇄한다고 떠들지만 저들만 옥쇄할 것인가. 서희는 정신대라는 이름으로 끌려나가는 어린 처녀들이 어디로 가는지 알고 있었으며 농부며 노동자, 심지어는 도시의 중산층 청년들까지 어디로 끌려가고 있는지 알고 있었다. 언제 어느 때 학생들이 몽땅 전선으로 내어몰릴지 알 수 없는 일이었다. 얼마 전에 조선에도 징병제가 실시되어, 그것에 대비하여 중학교에서는 그토록 치열하게 군사훈련을 해오지 않았던가. 식량배급의 통장은 어디든 달아날 수 없는 조선 청년들 소녀들, 그리고 중장년들의 무겁고도 무거운 멍에였다.

제 방에 가 있던 양현이 방문을 열고 나왔다.

"어머니는."

하고 안자에게 물었다.

"주무시는 모양이오."

"그럼 나 오빠 집에 갔다 온다고 어머니가 찾으시거든 말씀하세요."

"오라버니는 도솔암에 가셨는데요?"

"알아요. 올케언니 만나러 가는 거예요."

"네. 그럼 다녀오십시오."

거리에 나왔다. 속으로는 헐벗고 굶주리고 내일을 예측할 수 없는 위기의식 속에 전전긍긍하고 있겠지만 거리는 평온해 보였다. 어차피 사람들은 사는 날까지 살 수밖에 없었고 구르는 바위 아래 새알 같은 순간일지라도 질기고 모질게 순간을 살 수밖에 없는 존재인가. 아들을 모조리 전선에 보내었고 그들이 또 모조리 전사를 했건만 몸뻬 입은 노파는 배급 쌀을 타러 갈 수밖에 없으며 장한 어머니로서 나라에서 주는 표창을 묵묵히 받을 수밖에 없는 것이다. 일본인도 사람이며 일본인도 어머니다. 그들은 진정으로 현인신 천황 폐하에게 자식을 모조리 바친 것을 영광으로 아는가. 아니다. 그것은 불가항력인 것일밖에 없기 때문이다. 양현은 자신의 문제와는 아무 상관이 없는 일을 생각하며 길을 걷는다. 자신의 문제에서 도망치고 싶은 무의식적인 생각이었는지 모른다.

'어머니는 칼끝에 서 있는 세상이라 하셨지만 바로 도살의 세월이다. 아무 일도 없는 듯 이 거리는 평온하지만, 사람들은 무엇이든, 심지어 양은솥도 식량하고 바꾸어 며칠을 산다. 결혼? 결혼은 왜 해야 하나. 난 작은오빠하고 결혼 안 할 거야. 결단코! 영광오빠하고도 안 할 거야!'

양현이 간 곳이 옛날의 그 박효영 의원이었다. 이복 오라비 이시우가 그 병원을 인수하여 개업하고 있었다.

양현은 병원 문을 밀고 들어간다.

병원을 통하여 살림집으로 들어가는데 양현은 복도가 어두운 탓도 있었지만 눈앞이 캄캄해지면서 현기증을 느낀다. 앞치마에 손을 닦으며 일하는 여자가 나오다 말고,

"아이고."

하다가,

“인혜어머니, 인혜고모님 오십니다.”

안을 향해 부산스럽게 말했다. 시우댁네 정란(貞蘭)이가 방문을 열고 나왔다.

“어서 오시오, 아가씨.”

정중하게 말했다. 평범한 용모였지만 몸집이 작고 재바르게 보였다.

“손님 계신가 본데.”

양현이 주춤했다.

“소림언니예요.”

방 안으로 들어간 양현은 구면인 양소림에게 인사를 했다.

“안녕하셨습니까.”

“오래간만이군요.”

소림은 반갑게 말했으나 다소 당혹해하는 빛이 있었다. 소림은 양현을 만날 때마다 처음에는 당혹해하는 것이다. 양현이 환국의 누이로 자랐기 때문이며 환국을 연상하게 되는 탓이다. 소림과 정란은 고종사촌 간이며 남편의 직업도 같았기 때문에 서로의 집을 자주 드나드는 사이였다.

“언제 내려오셨어요?”

정란이 물었다.

“오늘, 새벽차로 왔어요.”

“축하합니다, 아가씨.”

“……”

"나도 축하해요."

소림이도 말해놓고 빙긋이 웃었다. 양현은 다만 망연한 표정으로 그들을 번갈아 바라본다. 소림이나 정란은 다 같이 양현이 쑥스럽고 부끄러워 그러는 줄만 안다.

"오빠 윤국 씨랑 함께 도솔암으로 가신 것 아시지요?"

"들었습니다."

"참 잘됐어요. 오빠가 얼마나 좋아하던지. 조선 천지 다 다녀도 어디서 그만한 신랑감을 구해오겠느냐 하면서."

"정말이야. 나도 처음 얘길 들었을 때는 좀 어리둥절했어. 어딘지 이상하기도 하구, 하지만 곰곰이 생각하니까 이상할 것 하나도 없지 뭐니? 정말 잘된 일이고 기가 막히는 한 쌍이 될 거야."

소림은 진심으로 말했다.

"하동의 어머님께서도 여간 기뻐하시는 게 아니에요. 한시름 놨다, 이제는 걱정 없다 하시면서 말예요."

양현은 주변의 수많은 사람들에게 등을 돌려야 하는 앞으로의 일이 무섭고 무거운 바윗돌같이 가슴을 짓누르는 것을 느낀다. 그리고 아니에요! 그게 아니란 말이에요! 마음속으로 울부짖듯 했으나 입을 떼지는 못한다. 입을 떼지 않았던 것은 양현의 가냘픈 이성 때문이다. 자신의 의사를 어머니나 윤국이를 제쳐놓고 제삼자에게 먼저 토설할 수 없었고 그래서도 안 된다는 것을. 그러니 재갈 물린 꼴이며 소름이 돋아나는 기분일 수밖에 없었다.

"언니, 학벌도 그만하면 최고 아니에요!"

"그럼."

"대학 나왔다고들 하지만 알고 보면 대개 전문부지 학부까지 나온 사람은 그리 흔치 않아요. 전문부 나와가지고 징용 피하느라 경찰서 순사로 들어간 사람도 두 명이나 있어요."

얘기가 묘하게 꺾인다.

"그게 정말이니?"

"네, 정말이에요. 누구누구 하면 알 만한 사람인걸요. 그것도 교제를 해서 들어갔다나 봐요."

"기가 막혀서."

얘기는 자꾸 엉뚱한 곳으로 흘러간다.

"세상이 그렇게 돼버린 걸 어떻게 해요? 할 수 없지."

"그렇다면 돈 쓰고 공을 들여서, 일본까지 뭘 하러 공부하러 가느냐 말이야."

"처음에야 뭐 순사 되려고 그랬겠어요? 전문부 나와가지고 사실 조선사람들 취직자리가 어디 쉬워요? 놀고먹기 십상이지. 소사 급사 서기 순사가 고작 아니에요? 고등문관에나 패스하면 모를까, 그건 하늘의 별 따기, 선생이나 의사가 최고급이지 뭐. 하니 어떡하겠어요? 놀고먹다가 징용에라도 잡혀가면 그것으로 그만이에요. 살아서 돌아오기 어렵다 하더구먼요. 차라리 군대 가는 편이 낫다 그러고들 말하대요."

"하긴 그래. 징용 안 가려고 성한 다리를 뿌러트리는 사람도 있다던가."

"어마, 얘기가 왜 이리 돌았지요?"

두 여자는 웃었다. 그러나 양현은 웃을 수가 없었다. 정란이 일어섰다. 밖으로 나갔다. 돌아오면서,

"저녁 준비 시켰으니까 언니도 잡숫고 가세요. 형부는 밤늦게 오신다면서요?"

"응."

"무슨 일인데요?"

"유지들이 모여서 무슨 회의를 한다나? 회의 끝나면 자연 술도 마시게 될 거라 하면서."

"아이구, 남자들 없으니 편하지. 안 그래요, 언니?"

"그래, 일 년 열두 달 한 지붕 밑에 있으니까 때론 숨이 막혀."

소림은 전적으로 정란의 말에 동조했다.

양현은 가라앉다가는 떠오르고 가라앉다가는 떠오르듯 수없이 자신을 다스리고 또 다스리곤 했다. 소림이나 정란도 차츰 양현이 뭔가 깊이 상심하고 있다는 것을 깨닫기 시작했다. 십팔 세 소녀도 아니겠고 어엿한 사회인인 여의사가 결혼한다 해서 들떠 있을 수는 없지만 그렇다고 해서 저렇게 깊이깊이 가라앉는 이유는 뭣일까? 그러나 두 여자는 다 같이 그것을 물어볼 수가 없었다. 소림이도 원래 그렇지만 정란이 역시

맘이 약하고 선량한 성품이었으니까.

여자 세 사람은 넉넉한 둘레판*에 둘러앉아 저녁을 먹기 시작했다. 어쩔 수 없이 양소림의 손이, 그 손등에 있는 흉스러운 혹이 눈에 띄게 된다. 그러나 양소림은 그것을 극복한 듯 보였다. 말할 것도 없이 그것은 그의 결혼 생활이 순조롭다는 것을 의미한다.

"언니."

"왜."

"요즘에도 그 여자 형부한테 편지하나요?"

"아니."

밥이 입 속에 가득해서 그랬던지 소림은 목 멘 소리로 말했다.

"무슨 여자가 그런 게 다 있어?"

"그때 이모랑 함께 내려왔을 때, 어머니가 좀 지나치게 푸대접을 했거든. 아마 그래서 앙심을 품은 것이 아닐까 그런 생각이 들어."

"그래도 그렇지. 그게 어찌 언니한테 와? 안 그래요?"

"글쎄, 좀 정상이 아닌 것 같기는 해. 인상도 고약했고 자칭 예술가라 하니까 그런가 부다 하기는 했지만."

"형부가 혹 틈을 보인 건 아니에요?"

정란은 웃으며 소림을 놀려먹듯 말했다.

"얘두, 참. 틈을 보일 사람이 따로 있지. 나이도 많고 이쁘기는커녕 숭해. 이모가 데리고 왔으니까 대접상 그날 밤 술을 몇 잔 함께했을 뿐이야. 틈을 보일 시간이나 있었나?"

"순진하기는. 아무렴 형부가 그런 여자한테 관심을 보였겠어요?"

"이모도 왜 그런지 모르겠어. 아예 세상을 버린 것같이 자포자기하고, 그런 여자는 왜 상종하는 건지."

양소림은 추호도 남편을 의심하지 않았다. 얘기의 장본인은 다름 아닌 배설자였다. 그는 서울로 돌아간 뒤 일부러 소림이 보란 듯 허정윤에게 편지를 보내오곤 했다.

"당신, 어떻게 된 거예요?"

소림이 편지를 내밀며 물었을 때 허정윤은 정신이 번쩍 드는 표정을 지었다. 그는 마음속으로 그날 밤 촉석루에 나가지 않았던 것이 얼마나 다행한 일이었던가를 깨달은 것이다. 말하자면 응해오지 않았던 허정윤에 대한 분풀이, 심통 같은 것이었으며 반은 앙심, 반은 장난 삼아서 집안에 분란을 일으키려는 의도였던 것이다.

"미친 계집이오."

정윤은 비로소 촉석루에서 만나자는 배설자의 전화 얘기를 털어났다.

"물론 가지 않았지. 당신도 알지 않소. 그날 밤 일찍 들어가서 잠자리에 든 것."

그런데 그 일을 알게 된 친정어머니 홍씨는 노발대발 서울

에 있는 동생에게 편지로써 크게 나무랐던 것이다. 홍성숙은
자신의 행적이야 여하튼 소림을 지극히 사랑했던 만큼 배설
자를 찾아가서 대판 싸움을 했다는 것이었다.

"정란이 너 시동생도 곧 장가보내야 하지 않아?"

소림은 새로운 화제를 꺼내었다.

"학교를 마쳐야지요."

"아니, 여직도 졸업을 못했어? 누이도 졸업을 했는데."

"그게 다니던 학교가 형편없는 사립이었잖아요. 인혜아버
지도 그걸 늘 마음에 끼고 있었는데 작년에 다시 시험을 쳐서
와세다[早稻田]대학에 들어갔어요."

"그거 참 잘됐구나."

"그동안 대련님도 자존심이 상해서 술 마시고 성질도 영 거
칠어져서 걱정들 했어요. 그러잖아도 그이 요즘 아주 느긋하
게 기분이 좋은가 봐요. 아가씨 혼사만 끝나면 걱정할 것 없
다 하면서."

"이서방 형제간의 우애가 보통 아닌가 봐."

"그건 그래요. 진작부터 아버님을 대신해 살았기 때문인지
책임감도 강하구. 도련님이 시험에 떨어질 때마다 그이가 먼저
앓아 누웠다니까요. 이번에도 병원일 바쁜데 만사 제쳐놓고
윤국 씨를 따라갔지 뭐예요. 하나뿐인 누이동생이다, 하면서."

정란이 힐끗 양현의 눈치를 살피는데 양현은 얼굴을 숙였
다.

저녁이 끝나고 소림이도 돌아간 뒤 갓난아기를 돌보는 새 양현은 돌아갈 생각도 않고 우두커니 앉아 있었다. 그렇다고 해서 정란에게 할 말이 있었던 것도 아니었다.

"아가씨 어디 몸이라도 불편하세요?"

왜 그렇게 우울하냐 묻고 싶었지만 정란은 간접적으로 물었다.

"아니요. 기분이 좋지 않아서 그래요."

"무슨 일이 있었어요?"

하며 정란이 긴장하는데 뜻밖에도 시우가 들어왔다.

"아니, 여보!"

"오빠."

정란과 양현은 동시에 불렀다.

"양현이 왔구나."

시우는 자리에 털썩 주저앉으며 기분 좋은 표정으로 양현을 쳐다보았다. 그는 거나하게 취해 있었다.

"어떻게 된 거예요?"

"어떻게 되긴? 윤국이가 가라 해서 왔지. 누구 명이라고 거역하겠나, 아암 가라면 와야지."

"그건 또 왜 그래요?"

정란이 좀 불안한 듯 물었으나 그 말 대꾸는 없이,

"양현아."

"네."

"너같이 지성적인 여성에게는 상투적으로 들릴지 모르지만 말이야, 너 굉장히 복이 많은 애다. 윤국이 그 자식 원래 똑똑하다는 것, 내 모르는 바는 아니로되 그 자식 사내 중의 사내야. 잘난 놈이다. 이 나 이시우 두 손 바짝 들었어."

"네. 알았어요. 알았으니까. 여보 저녁은 어떻게 했지요?"

"저녁 안 먹어도 배불러."

"이이는? 샘나게 자꾸 그러실 거예요? 누이동생만 보였지 마누라 얼굴은 눈에 뵈지도 않는 모양이지요?"

정란도 덩달아 기분이 좋아서 농을 걸었다.

"이봐요. 인혜엄마, 이부사댁 자부가 그래도 되는 거요? 청백리 이부사댁 법도가 아니 그렇다는 것 아시오 모르시오."

정란은 킥 하고 웃는다.

"아가씨 가관이지요?"

"허허엇!"

"저녁 차려요?"

"오다가 경방단 단장인가 뭔가 하는 작자를 만났소. 우리 병원 환자 아니오."

"해서요?"

"술 한잔 마시자고 해서 좋다! 하고 따라갔지요."

"자알했소. 그따위 날건달하고 어울렸으니 출세했군요."

"내 기분이 좋고, 술 생각이 났던 참이라 사양할 것 없지."

"청백리 이부사댁 당주가 친일파하고 어울린 거는 썩 잘하신 일이지요."

"허어? 말할 줄 아네? 양현아."

"네."

"너 내일 평사리에 가거라. 윤국이 거기 와 있다."

"네."

"네, 네 하지만 말고, 왜 그리 기운이 없어."

"아니에요, 오빠."

정란은 그들을 바라보며 왠지 일말의 불안을 느낀다. 오라비는 한없이 들떠 있고 누이는 한없이 가라앉고.

'씨도둑질은 못한다 하더니, 나란히 앉아 있으니까 어쩌면 저렇게 닮았을까? 하기는 누이가 훨씬 더 미인이지만, 행복의 조건이 넘치고 넘치는데, 그런데 왜 저렇게 상처받은 사람같이 우울해 있는 걸까?'

"아무튼 세상이 더럽게 돌아가고는 있다마는 우리 집은 경사의 연속이니 어째 미안한 생각도 드는구나. 돌아가신 할아버님께 죄송한 생각도 들구, 하지만 일본은 머잖아 망할 게야. 그때까지 콧구멍으로 숨만 쉬고 있으면 된다. 아, 암 윤국이는 큰 기둥이야. 처음에는 다소 어색하고 난처하기도 하겠지만 시일이 지나면 그것도 없어질 것이고…… 윤국이 잘난 것도 그렇지만 양가의 오랜 인연을 생각하더라도 썩 잘된 일인 게야."

"당신 왜 그리 말씀이 많아요? 어째 두렵습니다."

정란의 말에 시우는 다소 무안을 타는 듯했으나,

"말이 없어도 걱정, 말이 많아도 걱정, 여자들이란. 양현이는 제발 그 뿐 보지 말어. 알았냐?"

"오빠 나 갈래요."

"좀 더 있다 가지?"

"내일 평사리 가야 하니까요."

"음, 그건 그렇다."

"집에까지 좀 데려다주세요."

"그러지."

시우는 얼른 일어섰다.

"언니 저 갈게요. 걱정 끼쳐서 죄송해요."

양현은 우울해 있는 자신을 근심스럽게 바라보던 정란의 눈빛을 생각하며 말했다.

밖으로 나온 오누이는 나란히 밤길을 걷는다. 하늘에는 별이 총총히 빛나고 있었다. 번화가에도 불빛은 많지 않았으며 상가들은 호젓하게 어둠에 젖어 있는 것 같았다. 천륜이라 했던가. 그것은 무엇일까? 참으로 신비한 것이었다. 물론 세상에는 그렇지 못한 경우도 얼마든지 있긴 있다. 이복형제가 원수지간이 되어 지내는 사람도 흔히 있다. 그러나 시우는 처음부터 양현을 애틋하게 생각했으며 호적을 옮기는 일도 그가 가장 강력하게 주장했다. 민우는 아버지에 대한 환멸 때문에 거부반응을 했으나 시우는 그렇지가 않았다. 귀한 씨앗을 걷

어들이듯. 원래의 성품은 냉담한 편이며 의지적이었는데 양현
에 대해서는 오빠인 동시 아버지와도 같은 연민을 가지고 있
었다. 양현이 역시 시우에 대해서는 어떤 부담감도 느끼지 않
았다. 사실 양현에게 육친이라고는 시우와 민우 이외는 없었
으니까.

"오빠."

"응."

"나 이 결혼 못해요."

"뭐? 뭐라 했나!"

"이 결혼 못해요. 차라리 죽겠어요."

시우는 걸음을 딱 멈추었다. 어둠 속에서도 낭패하는 그의
모습을 역력히 느낄 수 있었다.

"일이 왜 이렇게 되어가지?"

혼잣말처럼 시우는 중얼거렸다.

"오빠에게도 그렇지만 얼마나 많은 사람들에게 상처를 주
는 일인지 그거 저도 알아요. 하지만 이 결혼 한다면 더 깊은
상처를 주게 될 거예요. 네, 돌이킬 수 없는 상처를요."

"억장이 무너지는구나."

"저, 만일 집이 파탄지경에 빠져서 저를 팔아야 한다면 아
무리 싫은 사람이라도 팔려가겠어요. 하지만 이 결혼만은 안
돼요. 오빠 절 이해해주세요."

"이유가 뭐냐?"

술기가 싹 가셔버린 듯 시우는 낮은 목소리로 물었다. 그리고 담배를 꺼내어 붙여 문다.

"이유를 말해보아."

"……."

"이유가 있을 거 아니겠어? 윤국이가 싫으냐?"

"아니요. 절대로 그렇지 않아요. 하지만 오빠예요. 저의 오빠란 말이에요. 그럴 수는 없어요. 정말 그럴 수는 없는 일이에요."

양현은 흐느낀다.

"그게 이유의 전부냐?"

시우는 걷기 시작했다. 양현도 따라 걷는다.

"그 기분 이해 못하는 바는 아니지만 시일이 지나면 해소될 수 있는 일이고 그런 경우가 전혀 없는 것도 아니지 않아. 윤국이는 한 여자로서 너를 깊이 사랑하고 있어. 그가 여태 결혼을 안 한 것도 너 때문이며 혼자서 많이 번민을 한 모양이야. 너도 어린 나이가 아닌데 그런 여태까지의 감정을 바꾸는데 뭐가 그리 힘들겠냐."

"……."

"혹 너 좋아하는 사람이 있는 거 아니냐?"

시우는 다시 걸음을 멈추었다. 대답이 없자 다급해진 시우는,

"말해. 기왕, 둑은 터진 거다."

"있어요."

순간 시우의 두 어깨가 축 처졌다.

"끔찍스런 일이다!"

시우는 다시 걷다 말고 서 있는 양현에게 말했다.

"그게 누구냐!"

"아직은 말할 수 없어요."

"떳떳하다면 왜 말을 못하나!"

"오빠."

두 사람은 집에 거의 다다랐을 때까지 말이 없었다.

"그러면서도 내일 평사리 간다는 게냐?"

"피할 수 없지 않아요. 나 그냥 도망갈 생각 몇 번 했는지
몰라요."

"가서, 그러면 어쩌겠다는 겐가."

"……."

"윤국이어머님한테는 말씀 드렸어?"

"아니요. 오빠가 처음이에요."

"흥! 자알했다, 자알했어! 네가 나한테 이런 실망 안겨줄 줄
은 꿈에도 생각지 못했다. 하물며 윤국이는 어떻겠는가. 정말
이럴 수는 없다."

하다가 땅이 꺼지게 시우는 한숨을 내쉬는 것이었다.

"어떤 놈이 그리 잘났어! 이놈을 그만 다리몽댕이를,"

하다 만다.

"오빠."

"……."

"저를 용서해주세요. 땅끝에 혼자 서 있는 것 같아요. 너무 감당하기 힘들어요. 아까 오빠가 기뻐했을 때 전 그 자리에서 그냥 눈처럼 녹아버렸음 싶었어요."

"……."

"차라리 태어나지 말았으면, 태어났더라도 온갖 천대 받아 가며 자랐더라면."

양현은 더욱 격렬하게 흐느껴 운다.

"다 왔다. 들어가보아."

의외로 시우의 음성은 부드러웠다.

"오빠."

"더 이상 너에게서 무슨 말을 듣겠느냐. 나로서는 속수무책이다. 자아 들어가아."

시우는 허탈한 것같이 발길을 돌렸다. 양현은 눈물 젖은 얼굴을 들어 하늘을 올려다본다. 별빛이 너무나 찬란했다.

"엄마!"

그 엄마가 서희였는지 봉순이였는지 양현이 자신도 구별이 되지 않았다.

"나, 저 별 속으로 사라져버리고 싶어요. 영원히 숨어버리고 싶어요, 엄마."

집 안으로 들어갔다.

"이제 오세요? 양현아가씨."

안자가 마루에서 내려오면서 말했다.

"어머니는요."

"기다리시다가 막 잠이 드셨습니다."

"아프신 데는."

"좀 가라앉으신 모양입니다. 저녁은 어떻게 하셨습니까."

"오빠 집에서 먹었어요."

캄캄한 방으로 들어간 양현은 전등을 켰다.

이튿날 아침, 양현은 평사리를 향해 떠났다.

시우와 함께 도솔암으로 간 윤국의 의도나 또 시우를 돌려
보내고 혼자 평사리에 남은 윤국의 심정 같은 것을 양현은 깊
이 헤아려볼 겨를이 없었다. 하여간 윤국이를 만나야만 했다.
만나지 않고 연기처럼 그냥 사라져버리고 싶은 충동과 절실
하게 만나고 싶은 마음이 상충하는 자기 자신을 간신히 싸안
고 하동 포구 나룻배에 몸을 실은 것은 해가 중천에 떠 있을
무렵이었다. 본가에는 들르지 않았다. 언제나 그랬었다, 평사
리에 올 때는. 하동을 지나치면서 본가에 들르지 못하는 것은
양현의 의지 밖의 일이었다. 큰어머니 박씨가 그 일을 두고
섭섭해하는 말을 했으나 또 박씨의 섭섭함을 당연한 것으로
생각했으나 양현은 어쩔 수 없었다. 그 집을 방문하기 위해서
는 평사리에 가서 어느 정도 마음의 준비를 해야만 할 것처럼
발이 그곳으로 향해지지 않는 것이다. 언제부터였는지 하동
포구는 양현에게 괴로운 곳이 되었다. 본가를 의식하게 되는

것도 그랬고 섬진강에 몸을 던진 생모를 떠올려야 하는 것도 그러했다. 나이 들면서 그것은 더욱 깊어지는 상처였다. 그러나 양현은 지금 그러저러한 생각이 머릿속에 없었다. 배 바닥에 가방을 의지하여 웅크리고 앉은 자기 자신이 한없이 초라하고 왜소하게 느껴지는 것이었다. 세월이 되돌아오기라도 한 듯 점점 자기 자신이 작아져가는 것 같았고 아무것도 가진 것 없는 고아, 계집아이. 성숙해진 여자도 아니었으며 여의사라는 그 빛나는 사회적 지위도 간 곳 없고 가지가지 누릴 수 있었던 남다른 특혜 역시 환상이었던 것만 같았다. 잎을 털어버리고 헐벗은 겨울나무, 바람 부는 노지에 홀로 서 있는 빈집 같은 자기 자신.

'옛날과 같은 나의 오빠…… 작은오빠였다면 내가 지금 오빠를 찾아가는 것은 아마도 고통스런 내 애정 문제를 의논하기 위하여, 그래 나는 맨 먼저 작은오빠에게 고통을 털어놨을 거야. 그러기 위해 지금 가고 있다면 얼마나 좋을까? 나무라고 야단치고 설령 때린다 하더라도 나는 지금 이같이 불행하지는 않을 거야.'

언제나처럼 강물은 짙푸르렀다. 하늘도 푸르게 드높았다. 나룻배에는 승객이 몇 사람 되지 않았다. 그런데 웬일인지 그들은 모두 숨을 죽인 듯 말이 없었다.

'하나님은 그동안 내게 베풀어주신 것을 한꺼번에 갚으라 하신다, 한꺼번에…… 어머니도 잃고 오빠들도 잃고 나를 축복하는 그 모든 사람들을 나는 잃게 될 것이다. 양현이가 술집 여자든지, 영광오빠 그런 말을 했다. 술집 여자…….'

순간 양현은 영광이 어딘가 떠나고 없을 것만 같은 생각이 들었다. 그 생각은 마치 비실거리는 자기 자신에게 마지막 타격 같은 것이었다.

'아아, 그러지 말아요 영광오빠!'

불안한 사랑, 앞이 보이지 않는 사랑, 그러나 양현은 자기 자신이 얼마나 그 불안한 사랑에 매달려 있는가를 깨닫는다. 외부의 장애보다 영광의 내면에 도사리고 있는 장애물이 그 얼마나 큰 것인가를 양현은 새삼스럽게 통감한다. 그것은 그의 처절한 외로움이며 그 외로움을 타고 흐르려는 그의 삶의 방식이라는 것을. 양현은 그를 꼭 붙잡고 자신의 체온으로 그의 외로움을 녹여주리라! 마치 영광이 옆에 있는 것처럼 그러는가 하면 등을 돌리는 뒷모습에 매달리는 광경을 보기도 하고 영원히 자기 앞에서 모습을 감추어버리는, 그 돈암동 거리를 눈앞에 떠올려보기도 한다.

양현이는 집이 보이는 오르막길을 헤매듯 올라간다. 올해도 당국화꽃은 흐드러지게 피어 있었다. 흰꽃 분홍빛 보랏빛, 걸음을 멈추고 당국화꽃을 내려다본다. 영광의 첫대면 때 이 꽃이 있었다. 강물에 떠내려 보내던 꽃, 그리고 그 강가에서 이상한 사내를 만나지 않았던가.

대문을 밀고 양현이 안뜰에 들어섰을 때 윤국은 멍한 표정으로 마루에 걸터앉아 있었다.

"아."

하며 그는 일어섰다. 그러나 다음 순간 윤국은 당황했다. 목
덜미에서 귓불까지 벌게졌다.

"오빠."

멀고 먼 곳에서 온 사람같이 양현은 숨 가빠하며 불렀다.

"응."

태도와는 달리 윤국의 대답은 무뚝뚝했다. 흰 베 바지저고
리를 입은 그는 몹시 야위어 보였다. 붉은 빛이 가신 얼굴은
창백했다. 양현이 온 기척을 듣고 건이네 내외가 나왔다.

"양현아가씨 이제 오십니까."

그들 내외는 공손하고 밝은 표정으로 인사를 했다. 축하의
인사이기도 했다. 그리고 건이네가 양현의 손에서 가방을 받
아들었다.

"모두 안녕하셨어요?"

하는데 사랑 쪽에서 장연학이 나타났다.

"이제 오나?"

"네 아저씨."

건이네 내외와는 다르게 연학의 얼굴은 밝지만은 않았다.

"올라가자."

"네."

세 사람은 함께 대청으로 올라갔다. 가방을 안방에 들여다

놓고 나오는 건이네한테,

"점심은 어떻게 됐는고?"

연학이 묻는다.

"곧 될 깁니다."

건이네는 부리나케 부엌으로 들어갔다. 윤국은 담배를 입
에 물었다. 성냥을 그어대는 그의 손이 잘게 떨리고 있는 것
같았다. 흥분과 불안이 얼굴에 역력했다. 연학이 양현의 기색
을 살피면서 물었다.

"인천의 병원은 그만두고 내려왔나?"

"아니요."

"그럼?"

"휴가를 받았어요."

"휴가를 받다니?"

"......"

연학은 대답을 강요하지는 않았다.

"서울식구들은 모두 편안한지 모리겄네?"

"들르지 않고 바로 왔어요."

"일간 나도 한분 올라가기는 가야겠는데."

하자 윤국이가,

"어째 안 들르고 그냥 왔어?"

양현에게 말했다.

"어쩌다가 그리 됐어요."

윤국은 초췌한 양현의 모습이 마음에 걸리는 듯 눈을 내리
깔았다.

"오빠…… 오신 지 오래 됐어요?"

"일주일쯤."

그러고는 말이 끊겼다.

"요즘 서울사람들은 머 묵고 사는지 모리겠네."

침묵을 휘저어버리듯 연학이 말했다.

"배급 타먹고 살겠지요."

역시 무뚝뚝하게 윤국이 말했다.

"배급 가지고는 태부족이니께 그러는 거 아닌가."

"시골에 옷가지 일용품 가지고 곡식을 구해오나 봐요."

양현은 간신히 말했다.

"양현이 니 임교장 소식 모르제?"

"네."

"많이 좋아졌더마. 윤국이 자네도 임교장 만나보았제?"

"네. 서울에는 안 가시겠다 하시더군요."

"친구 따라 강남 가더라고, 산골에 모여서 신선 돼갈려는지
온."

비꼬는 투가 없지도 않았다. 윤국은 쓴웃음을 띠었다.

점심은 세 사람이 함께 둘러앉아 먹었다. 양현은 밥보다 물
을 많이 마셨다. 안 내려가는 밥알을 어거지로 내려보내려는
듯 물을 마시는 것이었다. 점심이 끝나자 좀 쉬라는 연학의

말이 떨어지기가 무섭게 우물가에 가서 손발과 얼굴을 씻은 양현은 안방으로 들어와서 드러누웠다. 이리저리 몸을 뒤쳤으니 잠이 올 리가 없었다. 잠을 자려고 드러누웠던 것은 아니었지만. 윤국이와 연학은 사랑으로 간 것 같았다. 건이네도 설거지를 끝내고 채마밭으로 나갔는지 집 안은 쥐 죽은 듯 고요했다. 다만 시계 소리가 뇌수를 찍듯 채각채각 소리를 내고 있었다. 쉬기는커녕 긴장은 한층 고조되어 가슴을 짓누르기만 하고 이마에서는 식은땀이 배어났다.

"베주머니에 의송(議訟) 들었더라고 장서방 사람됨이 그렇다."

무슨 말끝에 나온 것인지 어머니가 유모보고 하던 말이, 아무런 그럴 계기도 없이 양현의 머릿속에 떠올랐다. 아주 어릴 때 일이었던 것 같았다.

"어머니, 의송이 뭐예요? 그런 과일도 있나요?"

했더니 어머니는 유모와 함께 웃었다.

"그것은 말입니다. 과일이 아니고 송사에 지게 되면 더 높은 사람한테 항소하는 문서를 말하는 것입니다."

"양현아."

"네 어머니."

"그 속담은 겉보기에는 별수 없이 보이지만 실상은 똑똑한 사람이라는 뜻이니라."

"예……."

전혀 뜻밖의 기억이 되살아났다는 것은 그럴 계기가 있든

없든 긴장을 완화하는 데 상당한 역할을 했다. 어쩌면 그것은 본능적인 자구책이었는지 모른다.

"양현아."

윤국의 목소리였다. 양현은 숨을 죽인다.

"양현아 자는 거야?"

"아니요."

"바람 좀 쏘이러 안 나가겠어?"

"……"

"피곤하면 관두고."

"아니요 나갈게요."

양현은 일어났다. 간편한 옷으로 갈아입고 마루로 나갔을 때 윤국은 마당에 우두커니 서 있다가 양현을 힐끗 쳐다보았다. 보기만 하면 눈에 연신 웃음이 실리곤 했던 그 눈이 아니었다. 뭔지 형용하기 어려운 그런 눈빛이었다.

함께 집을 나섰다. 해는 서편 산마루에 걸려 있었다. 당국화가 때마침 불어오는 바람에 몹시 흔들리고 있었다. 윤국의 걸음은 빨라졌다. 양현을 의식하지 않았을 리가 없는데 마치의식하지 않는 것처럼 그는 앞서서 급히 걸어가는 것이었다.

한복을 벗어버리고 감색 즈봉에 역시 감색의 긴팔 셔츠를 입은 윤국은 발빠르게 걸으면서 한 번도 돌아보지 않았다. 그가 간 곳은 강가, 옛날 숙이가 곧잘 빨래를 하러 오곤 했던 장소였다. 사춘기 무렵, 윤국의 엷은 연정이 스민 곳이다. 그 일은 거의 다 잊고 있었지만. 무릎을 세우고 무릎 사이 모래밭을 잠시 내려다보다가 호주머니 속에서 담배를 꺼내어 물었다. 양현은 모래를 밟고 내려가다가 잠시 멈춘다. 멈추어서 윤국의 뒷모습을 바라본다. 윤국의 뒤통수는 여전히 보기가 좋았다. 진주 남강에서 놀다가 날이 저물어 윤국에게 업혀서 집에 돌아온 어릴 적 일이 생각났다. 양현은 강 하류 쪽을 한동안 바라보다가 윤국이 옆에 가서 그도 무릎을 세우고 앉았다.

무슨 새인지, 새는 물장구를 치듯 물 위에 두 발을 담갔다가는 날아오르곤 한다. 둑길을 도부꾼이 노래를 부르며 간다.

"얼굴이 왜 그래?"

양현을 쳐다보지도 않고 담배 연기 뿜어내며 윤국이 말했다.

"직장 일이 고단했나?"

"아니요."

"그럼 무슨 고민이라도 있는 건가?"

역시 양현을 보지 않고 말했다. 상당한 거리를 두고 아주 자제하는 음성이었다. 양현의 대답이 없자 무릎 사이로 모래밭을 내려다보던 윤국은 피우던 담배를 강물을 향해 휙 던진다.

"웬 잠자리가 이렇게 많아."

하다가 이야기를 별안간 돌렸다.

"얘기 듣고 왔나?"

"네."

"무슨 얘기?"

"오빠 무슨 얘길 말하는 건가요?"

양현은 설움이 북받쳤다. 윤국은 정말 타인 같았다. 그보다 심술궂기까지 했다.

"우리 혼인 얘기."

"……."

"모르고 온 건가?"

"아니요."

"그래서."

"어머니는 말씀 안 하셨어요. 서울 새언니가."

"어떻게 생각했나."

윤국의 목소리도 그러했으나 분위기는 압축기에 넣어서 눌러버린 듯 딱딱했고 뭔가 갑자기 정지된 것처럼, 시간이 정지된 것처럼 양현에겐 느껴졌다.

"오빠, 그건 안 될 일이에요."

윤국은 오랫동안 말이 없었다. 그러나 심한 동요는 나타내지 않았다.

"어째서."

절망적으로 신음하듯, 그러나 역시 태도는 평이했다.

"오빠잖아요."

"……."

"저는 어느 순간에도, 오, 오빨 남으로 생각해본 적이 없어요."

"남자로 생각해본 적이 없다, 그 말이군."

"⋯⋯."

"이유는 그것뿐이야?"

"또오."

하는데 윤국은 양현의 입에서 나올 말에 대하여 두려움을 느낀 듯 가로막아서 말했다.

"예상하지 않았던 것은 아니었다. 양현이 너가 들어서는 순간⋯⋯ 그걸 느꼈어."

"어떻게 그런 일이 있을 수 있어요? 오빠. 이젠⋯⋯ 우리 남매가 아닌가요? 우리 인연은 이것으로 끝인가요? 오빠."

"인연이 저주스럽다!"

"으흑."

양현은 울음을 터뜨렸다. 무릎 위에 얼굴을 묻고 절실하게 흐느껴 운다. 윤국은 돌이 된 듯 앉아 있었다. 그는 마음속으로 일어나야지, 이곳을 떠나야 해, 하면서도 몸이 모래밭에 붙박인 듯 움직일 수 없었다. 네가 들어서는 순간 그것을 느꼈다, 하기는 했으나 윤국의 예감은 그보다 훨씬 전부터 있어 온 것이다. 어쩌면 양현을 누이 아닌 한 여자로 의식했을 때, 깊이 사랑하고 있다는 것을 깨달았을 그 순간부터 윤국은 내 사람이 될 수 없을 것이란 괴로운 예감에 사로잡혀 있었는지 모른다. 그리고 그도 양현과 마찬가지로 어떻게 그런 일이 있을 수 있겠는가, 수없이 생각하곤 했었다. 어머니한테서 양현과의 혼인 얘기를 들었을 때 전신에서 피가 끓는 것을 느꼈고 또 피가 빠져나가는 것을 느꼈다. 그것은 환희인 동시 일종의 공포 같은 것이기도 했다. 양현은 늘 그의 마음속에서 피안에 서 있었기 때문이다. 그리고 또 하나 정체 모를 불안이 있었 다. 양현이 사랑을 하고 있지 않나 하는 불안이었다. 그리고 그 상대에 대해서는 상상의 문에다가 자물쇠를 걸어놓고 굳 게 밀폐해버렸던 것이다. 스스로 망상이라 생각했으며 터무 니없는 일로 치부했다. 그러나 그것은 늘 꿈틀거렸고 숨통을 막는 것만 같았다. 삼사 년 동안 동경 생활에서도 그랬지만 조선에 돌아와도 그는 늘 우울했다. 물론 그것은 양현이 때문 만은 아니었다. 아버지의 투옥과 윤국이 관계하고 있는 조직 이 여러 번 위기에 봉착한 현실의 정세 때문이기도 했다.

조선 유학생 몇이 주축이 되고 운동에 경험이 있는 노동자 출신을 포함하여 조직이 된 사회주의 성향의 비밀결사였는데 조직의 두 명은 이미 체포되었고 관헌에게 쫓기는 사람도 몇 있었다. 그러나 조직의 성격상 결사의 윤곽은 드러나게 돼 있 지 않아 윤국에게까지, 아직은 위험이 미치지 않고 있었다. 연 장자이며 농과대학을 졸업했고 Y대학에서 다시 경제학을 전 공하고 있는 윤국은 비밀결사의 이론적 지도자로서 상당히 깊이 관여하고 있었다. 그러한 처지에서 사실 윤국은 결혼 운 운할 계제는 아니었다. 그는 결혼하기 위해 귀향했던 것은 아 니었다. 가능하다면 약혼 정도는 생각해보았다. 그러나 그는 나오라는 어머니의 편지를 받았을 때 일단 끈질기게 따라다니는 망상에서 떠나고 싶었고 양현의 마음을 확인하고 싶었다. 그리고 다만 양현을 누이 아닌 여자로 한번 안아보고 싶었다. 살벌하고 긴장의 연속이며 메말라가는 일상에서 양현은 지극히 인간적이며 순수한 것을 지탱하게 하는 존재였던 것이다.

"그래, 또 다른 이유는 뭐냐."

윤국은 기어이, 결국 묻고 말았다.

"저기."

"말해. 이제는 괜찮다."

말로는 그랬으나 윤국은 흡사 지옥 같은 곳을 헤매고 있는 기분이었다.

"나, 누굴, 사랑하고 있어요. 나룻배 타고 오면서…… 그 일을 의논하기 위해 오빠를 찾아가는 길이라면 얼마나 좋을까 생각했어요. 오빠 절 용서해주세요."

"……."

윤국은 담배를 꺼내어 물었다. 성냥을 그어대는데 아까 집에서 그랬던 것보다 그의 손은 훨씬 심하게 떨고 있었다.

"오빠."

"그가 누구냐?"

"저어."

"대학생 놈이냐? 유부남이냐? 아니면 동료 의사냐!"

"아, 아니에요. 그렇게 말하지 말아요. 제발."

"왜 시원하게 말 못해!"

"여, 영광오."

하는데 윤국은 두 손에 모래를 꽉 움켜쥐고 벌떡 일어섰다. 창백하다 못해 그의 얼굴은 백지장이었다. 눈은 형형히 빛나고 있었다.

"오빠! 날 용서해주세요."

"너 지금 뭐라 했지! 한 번 더 말해보아."

"제발."

"영광이라 했나? 송영광 그자라 했나?"

양현은 고개를 끄덕였다.

"안 돼! 그건 안 돼!"

윤국이 소리쳤다.

"그 죽일 놈! 만일, 잘 들어. 양현이 너, 단념을 안 한다면 나는 그놈을 죽일 거다."

"그러지 말아요. 오빠! 그렇게 말하지 말아요."

"그놈만은 안 된다. 하늘이 깨어지는 한이 있어도 그놈만은 안 된다. 그놈은 인간 이하, 악마에 들린 놈이다. 너를 망가뜨릴 거야. 너를 못쓰게 망가뜨릴 거야! 그놈은 지옥에서 왔다! 음탕하고 무책임하고 영혼이 썩었어!"

윤국은 완전히 이성을 잃고 있었다.

"오빤 백정에 대해서, 시, 심한 편견을 갖고 있어요. 그, 그럼 안 되는데, 안 되는 일이에요. 제발 그 그러지 마세요."

    윤국을 올려다보며 말하는 양현의 눈에 눈물이 또 가득 고
인다.

    "저라고 뭐 별수 있나요? 저도 기생 딸인걸요. 세상에서 멸
시하는, 안 그래요? 오빠!"

    윤국은 고개를 꺾었다.

    "안 된다 양현아."

    "왜 안 되나요? 어째서 그렇지요?"

    "나하고 약속해. 그를 단념하겠다고 약속해."

    "안 한다면요."

    "해야 돼."

    "그럴 수는 없어요."

    "그놈은 전과자야! 한 여자를 망쳐놓은 전과자란 말이야!
나쁜 놈이다! 도덕심이 마비된 파렴치한이다!"

    윤국은 또 한 번 이성을 잃는다. 양현은 어리둥절하며 윤국
을 쳐다본다.

    "몰랐어? 서울 가거든 형님한테 물어보아."
하다가 윤국은 두 손으로 머리를 감싸 쥔다.

    "아아, 가아! 집으로 가아! 어디든 가버려! 내 앞에 나타나
지 말어!"

    "……."

    "제발 양현아."

    "……."

"날 혼자 있게 내버려두어. 견딜 수가 없다. 부탁이야."

양현은 비실거리며 일어섰고 몇 발짝 걸어가다가 뛰었다. 뛰어서 그는 둑길로 올라간다. 그 뒷모습이 시야에서 사라질 때까지 지켜보고 있던 윤국은 모랫바닥에 털썩 주저앉으며 모랫바닥을 주먹으로 쳤다.

사방은 어두워져 오고 있었다. 어느새 해는 지고 없었다. 둥지로 돌아가는 새들의 모습도 끊기고 없었으며 강물은 소리 없이 흐르고 있었다.

그 길로 윤국이는 하동으로 나왔다.

옛날 동학군이 쳐들어왔을 때 벼슬아치들의 목이 추풍낙엽처럼 떨어졌다는 곳, 강가 송림까지 온 윤국은 강쪽을 살핀다. 하얀 모래가 반달에 반사되어 사람 하나가 움직이고 있는 것을 볼 수 있었다. 나룻배가 강가에 매여 있는 것도 볼 수 있었다. 윤국은 급히 그곳까지 내려간다.

"사공 없소?"

소리를 지른다. 모래밭에 꺼무끄름하게 보이던 사람이 돌아보았다.

"와요."

하며 그는 되돌아왔다. 늙수그레한 사공이었다.

"배 나갈 수 있소?"

"하 참, 방금 다니왔는데."

"후히 줄 테니 건넙시다."

"그럽시다."

사공은 선선히 말하고 배를 매어둔 밧줄을 푼다. 윤국은 배에 올랐다. 사공은 장대로 배를 밀어내면서,

"술 생각이 나서 가는 거요?"

하고 실쭉 웃었다.

"그런갑소."

강 건너에는 유명한 횟집이 하나 있었다. 섬진강에서 건져 올린 물고기가 횟감이었는데 특히 은어회는 천하일미였다. 작년 여름 윤국은 민우랑 함께 그곳에 간 적이 있었다.

"젊은 사람 나다니기가 상그럽운데 조심하소."

장대를 걷어 올리고 노를 저으며 사공이 말했다.

"그래서 도둑고양이처럼 밤에 오는 거 아니겠소."

"면소에서 통지하고 소집을 해서 데리고 가던 것도 이자는 옛일이오. 대나 깨나 마구잡이로 끌고가이 이런 시절에는 무자식이 상팔자요."

"징용 말입니까?"

"그거 아니믄 머할라꼬 사람 끌고 가겠소. 갔다 한 연에는 돌아왔다는 사람이 없인께."

"전쟁이 끝나야지요."

"어느 세월에? 씨 다 말리고 전쟁 끝나믄 머할꼬?"

"그래도 살아남는 사람은 있을 겁니다."

"일전에도 강가에서 양복쟁이 몇 놈이 서성대고 있더마는

나룻배가 닿자마자 젊은 사람은 말할 것도 없고 나이 지긋한 사람까지 끌고 가더마요. 모친 약 지으러 왔다가 그리 되고 보니 약이나 지어주고 오겄다, 통사정한들 무슨 소용이 있겄소. 젊은 댁네는 또 울면서 남정네를 뒤쫓아가고 참말이제 눈뜨고 못 보겄더마. 저승차산들 어디 그놈들 같을라고."

"……."

"덕분에 살판난 기이 면소 읍소 서기 놈들이지. 그놈의 집구석에 가든 없는 기이 없다 하더마. 징용을 면해볼라꼬 똥 묻은 중우(바지)까지 팔아서 그놈들 배애지다 쑤셔 넣는 판국인께."

"그런다고 무슨 소용이 있겄소. 어차피 갈 데까지 가겠지요."

"하여간 면소 읍소 서기 놈들 살판났다 카이. 아까도 면소 서기 놈이 읍소 서기 놈 몇 데리고 건너갔구마."

윤국이 배에서 내릴 때,

"좀 있다가 이 배가 오기는 올 기요. 그놈들이 오라 했으니. 하여간 젊은 양반 몸조심하소."

"고맙소."

윤국은 오르막길을 올라간다. 마을도 아니었고 가파로운 언덕 위의 강을 내려다보는 곳에 그 횟집이 한 채 있었다. 횟집에 들어서자,

"저물기 오시네요."

앞치마를 두른 여자가 말했다. 벌써 요란벅적한 웃음소리가 흘러나왔다. 사공이 말하던 그 서기 패거리인 것 같았다.

"혼잡니까?"

여자가 또 물었다.

"그렇소."

"최참판댁 서방님이제요."

"어떻게 알았소?"

"작년에 이부사댁의."

"음."

총각이었지만 삼십이 가까운 윤국을 보고 여자가 서방님이라 한 것도 무리는 아니었다. 윤국은 조그마한 방에 안내되었다.

"횟거리가 씨원치 않은데."

"술만 있으면 괜찮소."

"옆방이 좀 시끄럽제요."

"그런 것 같군."

"여기서는 굿을 쳐도 모린께 저리 야단입니다."

이윽고 술상을 차려왔다. 깔끔하게 정성 들여서 차려온 술상 같았다. 윤국은 술 한 잔을 부어놓고 우두커니 그것을 내려다본다.

'송영광, 정말 그는 도덕심이 마비된 파렴치한인가? 아니다. 그는 정말 인간 이하인가? 그것도 아니다. 여자들 농락을 일삼는 색마인가? 그것도 아니다. 악마에 들린 것도 지옥에서 온 사내도 아니다. 왜 그런 말을 했지?'

윤국은 술을 들이켠다. 속이 타는 것처럼 아팠다.

'하지만 그는 안 돼. 신체가 불구인 것처럼 결코 정상적인 인물은 아니야. 어딘지 병적이고…… 그렇지만 난 또 뭐야! 아까 왜 그렇게 미친 지랄을 했지?'

그것은 참 이상한 일이었다.

처음 영광이 평사리에 나타났을 때 윤국의 감정이 왜 그랬는지, 직감적으로 뭔가가 머리를 내리치는 것 같았다. 윤국은 자기 자신도 모르게 격앙했다. 양현과 영광의 태도가 어색하여 그들이 이미 아는 사이가 아닌지 단순히 넘겨짚은 것만은 아니었다. 강가에서 우연히 만난 경위를 나중에야 양현한테서 듣긴 했으나 그래도 경계심은 남았다. 어째서 그렇게까지 격앙했는지, 경위 설명을 들은 뒤에도 어째서 경계심을 풀지 않았는지, 그것은 결코 오라비가 누이를 걱정한 마음은 아니었다. 그것을 깨닫는 순간 윤국은 경악했고 강한 충격을 받았다. 그해 여름은 윤국에게 우울한 계절이었다. 어쩌면 그때 오늘을 예감했는지 모른다. 그 후 윤국은 때때로 뭔지 모를 상실감에 빠지곤 했다. 그럴 때 그를 추스르게 하는 것은 일이었다. 그리고 아버지의 구금은 그런 상실감에 제동을 걸었다. 윤국이 사회주의 노선으로 간 것은 아버지에 대한 애정에서 비롯되었고 아버지의 신념에 대한 존경심 때문이다. 그러나 윤국은 아버지가 공산주의자라고는 생각지 않았다. 사실 전쟁에 광분하는 일본의 심장부 동경에서 일본의 사회주의는 함몰했

고 철저한 군국주의 통제하에서 윤국이 관여하고 있는 조직이
란 실로 미미한 존재다. 반전의 기색만 있어도 자유주의의 편
린만 보여도 용납 못하는 체제하에 많은 일본의 진보적 인사
들은 투옥되었으며 죽임을 당했으며 말살되었다. 그런 상황에
서 조직은 미미했을 뿐만 아니라 실은 풍전등화 같은 위험을
안고 있었다. 다만 희망을 일본 패망에 걸고 작으나마 조직의
강화를 꾀하며 이론무장의 방향으로, 미래를 바라보는 정도였
다. 이 조직에는 일본인도 두 명 있었다. 이 같은 윤국의 처지
에서는 송영광은 충분히 비판받을 만했다. 자유주의자, 이기
주의, 방관자, 부패분자, 세속적으로도 영광은 결함이 많은
인물이었다. 그러나 이데올로기를 떠나서 순수한 인간적 입장
에서 본다면 아무리 헐뜯어도 영광은 경멸당할 그런 인물은
아니었다. 백정의 자식이라는 것도 사상적으로 윤국은 거론할
처지가 아니었다. 다리가 약간 불편하다는 것도 그의 모습 전
체에서 우러나는 강한 매력은 그것을 커버하고도 남는다. 대
학은 비록 나오지 않았으나 그의 지식과 안목, 깊은 문학적
소양을 윤국은 알고 있었다. 그럼에도 그런 장점과 장래성을
홀연히 버릴 수 있었던 영광은 어떤 면에서는 정신적 강자라
할 수도 있다. 유랑극단의 색소폰의 주자, 소위 딴따라, 그게
어떻단 말인가. 강혜숙과의 관계도 환국이로부터 들어서 윤국
은 대강 알고 있었다. 한 여자를 버리고 망쳤다고 했으나 실
상 그것은 사실과 달랐다. 사춘기 때 편지질이 유죄일 수는 없

었다. 그것도 여자 쪽이 먼저 아니었던가. 그것으로 인하여, 혜숙의 부모들에 의해 영광은 학교에서 쫓겨나야 했으며 백정의 자식이라는 신분이 공개적으로 성토되었던 것이다. 영광의 미래는 그것으로 끝장나고 말았다. 일본으로 달아난 그는 돌이킬 수 없는 깊은 상처를 받았고 철저하게 자신을 포기했으며 불구가 된 것도 그 때문이었다. 일본으로 영광을 찾아온 것도 혜숙이었다. 자포자기한 그는 혜숙과 동서하게 되었으며 공부를 다시 시작하라는 환국의 간곡한 부탁을, 최참판댁에서 학비를 내겠다는 제의도 다 마다하고, 결국 상처가 깊었던 영광은 혜숙과의 생활도 감당하지 못했다. 혜숙이 떠난 것은 그를 놓아주기 위해서지만 영광을 자신이 망쳐놨다는 회한도 없지 않았을 것이다.

술을 마시면서 윤국은 자신의 편견이 심한 것이 아닌가고 생각해본다. 영광은 분명히 피해자다. 그러나 역시 아무리 자신이 바로 서보려고 해도 양현과 결부시키는 것은 견딜 수가 없었다. 정말 견딜 수가 없었다. 양현을 잃었다는 것도 견디기 어려웠다. 정말 양현을 잃은 것일까? 그는 자문해보는 것이다.

'아버지 용서하십시오. 역시 이것은 길이 아니지요? 양현은 제 누이지요? 아버지. 저는 누이를 잃었습니다. 차라리 그 애가 죽었다면 마음속에나마 남아 있을 것을…… 사내자식이 왜 그리 나약하냐, 아버지는 그렇게 말씀하시지 않을 것입니다.'

윤국은 빈 술잔에 술을 따라 단숨에 마신다.

"거 얘기를 들은께 젊은 놈들, 지리산으로 많이 숨어들어 간다 카는데 그렇기 내비리두어도 될까 모리겠소? 우떻게 잡 아내올 도리는 없이까요?"

옆방에서 들려오는 목소리였다. 면사무소 서기 우개동의 목소리였다.

"무신 수로? 산도 보통 산이건데? 처박히버리문 별수 없제. 배애지가 고파서 기어나온다믄 모리까, 누구네 방 안이라서 뒤져보겠나."

"군대라도 동원한다믄."

"이 사람이 정신이 있나 없나. 지금 시국이 우떤데 그런 소 리를 하노. 전선에도 병정이 모지라는 판국에, 조선인 징병제 도는 병정을 쓰고 남아서 하는 줄 아나?"

"하기사 그럴소만, 징용 할당량은 많고 사람은 없어이."

"없기는 와 없노. 아직이야 썼다. 젊은 놈 없이믄 늙은거라 도 보내야지, 우리가 알 게 멋고? 시키는 대로 하믄 되는 기 라. 우서기 집에는 형님이 있잖은가."

걸걸한 목소리에 누군지 모르지만 일부러 약을 올리려고 한 말인 것 같다.

"무슨 소리 하요? 우리 성이 가고 나믄 농사는 누가 지을 깁니까. 우리 식구 죽는 꼴 볼라꼬 그랍니까."

발끈해서 하는 우개동의 목소리다.

"할당량이 많다고 해쌓으니께 해본 말이제."

"그래도 그렇제요. 세상 사람이 다 가도 우리는 못 그러요. 남 먼저 내 동생이 지원해서 일선으로 나갔고 그만하믄 나라에 봉사할 만큼 안 했십니까? 우리가 출정가족(出征家族)이라는 거를 몰라 하는 말입니까?"

"그거를 누가 모리나? 그 덕분에 자네는 서기 감투를 썼고, 세상 사람이 다 아는 일 아니가. 출정가족이라……."

"그러지 마이소. 허주사를 지가 얼매나 존경을 하는데 그리 빈정거리 쌓십니까."

우개동이 숙어 든다.

"말만 가지고 존경하믄 머하노. 입 다실 기이 있어야, 금강산도 식후경이라 안 하던가 배? 술 몇 잔 가지고 고울라 카는 (꾀려는) 우서기 심보가 훤하게 들여다보이서 그랬다."

"하아 참, 지가 그리 미련둥이는 아닙니다. 그 집 처지가 하도 난감해서 나선 일인데, 원래 돈푼은 있는 집인께 빈손으로야 부탁을 하겠소? 그 점은 걱정 놓으이소."

"하하핫 하하하핫, 좋도록 하지 머, 누부 좋고 매부 좋고, 그거 다 우리 손에 달린 거 아니가, 하핫핫핫……."

"저러니, 면소 읍소 서기 놈들 살판났다 할밖에, 그놈의 집 구석에는 범의 눈썹도 안 기럽다는 소리를 듣지."

그것은 다른 목소리였다.

"흠! 점잖은 강아지가 부뚜막에 올라앉는다 카더마는 만판 정한 척 그래 봐야 소용없제. 꿩 묵고 알 묵고, 배급계에 있는 놈들 세상이 다 아는 도적놈 아니가."

"나는 도적놈으로 치자. 너희들은 지금 머를 하는 기제? 목숨들을 바꾸어치기하고 있는 것 아니가."

"둘러치나 메어치나 매일반 아니가. 다 살고 볼 일이다. 자네나 내나 시절 따라 살아가는 인생이니 별수 있겠나."

"그건 그렇고, 우리끼리니 하는 말인데."

갑자기 목소리가 낮아졌다.

"뭔가 조짐이, 영 기분 나쁘다. 전세가 씨원찮은 눈치라, 보도만 보아도 철퇴니 전멸이니 하고."

"한두 번의 실수야 병가상사라 하니께요. 걱정할 필요 없십니다."

우개동의 잘난 척하는 목소리였다.

"야마모토 사령관의 경우만 해도 미국놈들이 사령관이 탄것을 미리 알고서 비행기를 떨어뜨렸다는 말도 있고."

"그건 확실히 기분 나쁜 소식이더마. 진주만 공격 때 지휘관이라 해서 그놈들이 복수한 걸까? 명색이 별 세 개짜리 해군대장 아니가. 한쪽 쭉지가 뿌러진 기지. 일본사람들 라디오에서 그 뉴스를 듣고는 얼굴이 노오래지더마. 아닌 게 아니라 예사 사건이 아닌 기라."

"만일 일본이 지믄 우리는 우찌 될까?"

"재수 없는 소리 그만두라! 그렇기 되믄 이판사판, 제에기랄! 머 일본이 질 리도 없겠지마는 징용에 끌려가서 죽느니,

내일 산수갑산 갈갑세, 오늘 하늘 높은 줄 모리고 산께."

"이태리서는 무솔리니가 손을 들었다 카고, 독일군도 소련에서 항복했다 카고……."

"일본은 절대로 손 안 들 깁니다. 다 죽었이믄 죽었지 항복할 나랍니까? 일본에 앙갚음할 놈들 살려두지도 않을 기고, 그렇게 되는 날에는 나라도 가만히 안 있일 깁니다. 안 있고 말고요."

"어쨌거나 돈은 있어야 해."

나는 도적놈으로 치자, 했던 사내의 말소리였다.

'죽일 놈들!'

윤국은 술잔을 움켜쥐었다가 또 퍼마시기 시작했다. 술을 마시면서 그는 잠들고 싶다는 생각을 했다.

'아버지! 우리는 만날 수 있을까요? 살아서 만날 수 있을까요?'

정신이 몽롱해진다. 눈앞이 흔들리고 있었다.

'양현아! 너 그러면 안 된다! 정말 그러면 안 돼! 가지 말어! 가지 말어! 내 누이로 돌아와. 내가 잘못했다. 내가 잘못 생각한 거야.'

손에 든 술잔이 흔들리어 술이 엎질러졌다.

'송영광이, 그래 여자들이 좋아할 만하지. 인정한다. 그에게는 외로움과 절망과 허무주의의 짙은 그늘이 있어. 그는 세상을 용서 안 하고 있어. 세상에 안기려 하지도 않아. 나는 그

점을, 바로 그것을 인정할 수가 없다. 송영광 그대는 죽어야해! 죽어! 그대는 진실로 여자를 사랑하는가? 양현아 점잖고 머리 좋고 능력 있는 의사 하나 골라. 마음이 따뜻한 사내를 말이야. 아아 머리가 터질 것 같다. 난 난…… 한가하게 이, 이러고 있을 수 없어. 양현…….'

윤국이 눈을 떴다. 타는 듯 목이 말랐다. 손을 뻗쳐 자리끼를 더듬었으나 없었다. 방 안을 둘러본다. 집이 아니었다. 그리고 밤도 아니며 사방은 환했다. 이불을 걷으며 벌떡 일어나 앉는다. 가슴이 꽉 메인 듯 아팠다. 어젯밤 일이 생각났다. 뭔가 마음으로 외치다가, 외치다가 쓰러져 잠이 들었던 것 같았다.

"일어나싰구마요."

어젯밤 그 여자가 들여다보며 웃었다.

"이거, 미안하게 됐소."

"아입니다."

"나 물 한 그릇 주시겠소?"

여자는 얼른 물 한 그릇을 가져다준다. 윤국은 시계를 보다가 물을 마신다.

'저런 남자를 지아비로 삼는 여자는, 우떤 여잘까? 갖출 것 다 갖추고 저 잘생긴 얼굴, 보기만 해도 가슴이 뛴다.'

윤국은 물그릇을 비우고 그릇을 방바닥에 놓았다.

"어젯밤 옆방 손님들 데리러 배가 왔일 때 깨우려 했지마는 정신없이 주무시는 바람에."

"그 서기 놈들 말입니까?"

여자는 킬킬 웃었다.

"예, 그 서기 놈들 말입니다."

신이 난 듯 그도 서기 놈이라 했다. 윤국이도 슬그머니 웃는다.

횟집 주인 남자에게 셈을 하고 나서려 했는데,

"좀 있어야 나룻배가 올 깁니다. 여기서 기다리다가 배 오거든 나가시지요."

여자가 말했다.

"아닙니다. 강가에서 기다리지요."

윤국은 횟집에서 내려왔다. 강가에서 얼굴을 씻고 손수건을 꺼내어 닦고 나서 담배를 꺼내어 붙여 문다. 늦은 아침의 강과 하늘 숲은 마치 사춘기의 시절같이 싱그럽고 좀 어설펐다. 이쪽은 산이 가파르고 산기슭이 강물에 바싹 다가서 있었다. 저쪽은 하얀 모래밭과 둑길과 마을이 있었다. 그쪽 물가는 흰빛을 띠고 있었으며 이쪽 물가의 물은 청록빛이었다. 흐르지 않는 청록빛의 강물, 세월의 이끼와 자연의 엄숙함, 냉담한 그림자가 드리워져 있었다. 저쪽은 다사로운 햇빛이 부서지고 있었으며 엉성하고 잡다한 사람들의 입김이 서려 있었다. 윤국은 차안에 서서 피안의 양현을 바라보고 있다는 생각을 한다. 이 강을 결코 건너지 못하리라는 것을, 피안에 닿지 못하리라는 것을 윤국은 깊이 깨닫는다. 양현은 양현의 길을 가고 자신은 자기의 길을 가야 하는 것을 받아들일 수밖에 없다는 사실도 인정해야 한다는 생각을 한다. 자기 자신에게도 어두운 그림자는 있다. 죽을지도 모르고 체포될지도 모른다. 언제 딛고 있는 땅이 함몰할지 모른다. 그것은 현재 조선인이 처해 있는 입지이기도 했다. 마음으로나마 풀어주자. 양현을 그 인습에서나마 풀어주자, 편견에서도 풀어주고 세속적 기준에서도 풀어주자.

나룻배가 건너오고 있었다. 늙은 사공은 이따금 하늘을 올려다보며, 눈부셔하며 노를 젓고 있었다. 배를 보았는지 횟집 여자도 비탈길을 내려오고 있었다. 물가까지 온 사공은 간밤에 긴가민가했는데 낮에 대면하게 된 윤국에게 웃으며 인사했다. 여자는 윤국에게 자기는 하동읍에 장을 보러 간다고 했다. 쑥색 치마에 연분홍 저고리를 입고 있었다. 몸뻬가 아닌 여인의 모습이 흔치 않은 때인 만큼 여자 모습은 연연해 보였다.

집으로 돌아갔을 때 연학이 대문에서 뒷짐을 지고 서서 마을을 내려다보고 있었다. 돌아오지 않는 윤국을 근심하여 마을 길을 바라보고 있었던 것 같은데 윤국의 모습을 발견하고는 대문 안으로 들어가버린다. 윤국이 마당으로 들어섰을 때 건이네가 뒤뜰에서 달려나왔다. 눈이 휘둥그레져 있었다.

"저기, 저어 양현아가씨가 아침에 떠났습니다."

맨 먼저 보고를 해야 할 것으로 생각했는지 서둘러 말했다.

"그래요?"

윤국의 태도가 태연하여 건이네는 당황하고 무안해한다.

"걱정 마십시오. 진주에 갔을 겁니다."

윤국은 사랑으로 돌아나왔다. 연학이 역시 뒷짐 진 모습으로 파초 옆에 우두커니 서 있었다.

"그 빌어묵을 놈이 들어서 동네 씨를 말릴라 칸다."

그의 첫마디가 그것이었다. 양현이가 떠났다든지 어젯밤 윤국이 어디 가서 잤느냐는 따위의 말은 내비치지도 않는다.

"처음에는, 엽이네 아들을 맨 먼저 보국대(징용)에 내보내더마는 눈 밖에 난 사람만 차례차례 뽑아 보내고 이자는 니 내 할 것 없이 싹 쓸고 안 있나. 그래서 그 공으로 표창까지 받았으니 그 직일 놈!"

"씨를 말리기도 하겠지만 더러는 빼내주기도 한다면서요?"

"어디서 그 말을 들었노."

"아저씨 저도 귀 있습니다. 남 듣는 말 저라고 못 듣겠어요."

윤국이 웃으니까 빤히 쳐다보던 연학은 얼굴을 돌리며

"옛날 같으면…… 관수형님이 살아 기싰더라면, 개동이 그 놈 목이 온전했겠나……."

6장 옛날의 금잔디

몸에 꽉 끼는 국민복을 입고 낡은 구두를 신은 홍수관은 작년보다 더 몸이 줄어든 것 같았다. 옷이 작아서 작게 보인다면 모를까, 몸이 줄어들었는데 몸에 옷이 꽉 끼었다면 그 연유는 알 길이 없다. 이순철의 도움으로 간신히 생계는 잇고 있는 모양이지만 요즘에는 이순철의 사업도 개점휴업이나 다를 바가 없었다. 명색이 서긴데 별로 할 일이 없는 것이다.

"어머님은 안녕하시지요?"

걸으면서 윤국이 물었다.

"그럭저럭 이어가고 계신 셈이지."

기운이 없는 수관의 목소리였다. 윤국은 수관이한테 그의 어머니 안부를 물을 때마다 거의 어김없이 그때, 십 년 넘게 세월이 흘러버린 그때 일을 생각하게 된다. 학생들이 시위하는 대열을 쫓아오면서 수관아! 수관아! 하며 부르던 그 어머니의 모습이 떠오르는 것이었다.

"내일 간다며?"

수관이 물었다.

"가야지요."

"장가는 안 가고 어쩔려고? 혼자 살 건가?"

"해방이 되면 가지요."

"그게 언제일까⋯⋯."

수관은 꿈꾸듯 말했다.

"머지않소."

"나도 그런 생각은 하지만 때때로 그게 믿기지 않아 미칠 것 같은 기분이 될 때가 있다."

체념하고 타협하고 귀 막고 사는 것처럼 보였다. 그 시절의
오기는 찾아볼 수 없었고 그 시절의 준수한 모습은 간 곳이
없었다. 생활에 찌들리고, 어깨에 힘주고 거리를 누비는 자들
눈초리에 찌들리고, 보행조차 옛날처럼 단정치 못했다. 구멍
가게를 하면서, 남의 집에 드난꾼으로 드나들면서 오로지 아
들 하나 바라보며 졸업 후에는 월급쟁이가 될 것을 꿈꾸며 희
망을 걸었던 그의 모친, 또한 두뇌가 우수하여 장래가 촉망되
던 홍수관이 아니던가. 광주학생사건의 여파가 진주에도 거
세게 밀어닥쳐 학교마다 시위가 벌어졌을 때 주동자의 한 사
람이었고 조선은 중국의 속국이었다는 취조관에게 대어들어
그렇지 않다는 것을 조목조목 따지던 홍수관이 졸업을 앞두
고 학교에서 쫓겨났으며 징역살이를 하고 사회에 나왔을 때
그에게는 발붙일 자리가 없었다. 그때 어머니는 가슴앓이의
지병을 얻었던 것이다.

윤국이 진주에 오면 대개는 수관을 한번 찾아보고 간다. 집
에서도 윤국이를 통해 도움을 주기도 했고. 윤국이 조금 전에
백화점을 찾았을 때 수관은 창고정리를 하고 있었다. 배를 채
우기도 힘든 세상에서는 화급히 필요로 하지 않는 재고품들
이었다. 마침 순철이가 나오다 말고,

"윤국이 아니가!"

큰소리로 말했다.

"형님, 그간 별고 없었습니까?"

윤국은 고개를 숙이며 인사했다.

"나야 그날이 그날이지 뭐. 언제 왔노?"

"한 열흘 됐습니다."

"아주 왔나?"

"가야지요."

"졸업 안 했던가?"

"일 년을 까먹고, 명년에 졸업입니다."

"남들은 학부를 한 번 나오기도 힘든데, 하기야 뭐 농과 경제과 다 좋지. 수관아."

"네."

"윤국이 데리고 산홍이 집에 가거라. 나 좀 바빠 다녀올 곳이 있어서 나중 갈게."

순철은 서두르듯 말하고 나갔다. 수관은 민적거리듯 윤국을 쳐다본다. 기생집에 가는 것이 내키지 않는 것 같았다. 그러나 순철은 일방적으로 말하고 나가버렸으니.

"형, 갑시다."

"너는 그런 곳에 더러 가나?"

"가본 일은 있습니다. 술 마시러 가는데 아무 데면 어떻습니까?"

해서 수관과 윤국은 거리에 나온 것이다.

"형수씨랑 아이들도 다 별일 없지요?"

뜸했던 말을 윤국이 이었다.

"나야말로 결혼한 게 잘못이었어."

"왜 그런 말을 합니까."

"가장 노릇, 애비 구실도 못하는 주제에."

"노릇이나 구실은 뭘 두고 하는 말이지요? 지게꾼도 처자는 거느립니다. 하긴 말할 자격은 없지만."

"차라리 그 편이 떳떳하지. 우리 어머니를 저리 사시게 한 것도 다 내 탓 아니겠나? 희생도 보람이 있어야지. 내가 뭘 했다고, 입 놀린 것밖에 더 있나?"

"그런 생각 마십시오. 우리에게는 미래가 있습니다. 다 산 것은 아니지 않소?"

"글쎄…… 그 미래에 대한 확신이 서지 않을 때 미칠 것 같다니까. 이건 사는 게 아니야. 목에 올가미를 씌우지 않아도 서서히 죽이고 있는 것 같다."

"……"

"물론 나만 그런 거 아니라는 것은 알어. 억울한 게 아니다. 자기경멸이지."

자기경멸이라는 수관의 말에 윤국은 고개를 떨어뜨렸다. 고개를 떨어뜨리고 한참 걷다가 한숨을 내쉬며 다시 고개를 쳐들고 하늘을 올려다본다.

'가난한 것은 수치가 아니다. 일을 해도 배불리 먹을 수 없는 척박한 땅에 사는 것은 수치가 아니다. 사로잡혀서 사는 거야말로 수치다. 너는 내 종이다, 너는 나의 노예다, 배가 터지게 먹일 수도 있고 굶겨서 죽일 수도 있다, 노리개로 삼을 수도 있고 고혈을 빨아먹을 수도 있다, 너는 내 곳간을 채우기 위해 뼈가 으스러지게 일을 해야 하며 약탈과 살육을 위해 나팔 불며 일장기 휘날리며 진군할 때 너희 조선놈들은 총받이로 앞장을 서야 하고 화기(火器)를 위해 쇳물이 되고, 분쇄기에 넣어 가루가 되며 압축기에 넣어 기름을 짤 수도 있다, 가죽을 벗겨 군화를 만들 수도 있고 우리 속에 가두어두었다가 화학전에 대비하여 실험 인체로 쓸 수 있다. 아니, 이미 실험 인체로 쓰여지고 있다. 정액의 홍수 속에서 미치고 죽어가는 계집아이들, 아아 너희들은 무엇이든 할 수 있다, 무엇이든, 이 짐승들아!'

거리를 오가는 사람들 모습이 몽롱해 보였다.

윤국은 마음속으로 꿈결같이 외치고 있었다. 흐릿한 시야에 등을 보이며 둑길을 달음질쳐 사라지는 양현의 모습, 낮에 뜬 반달같이 서늘하고 허무한 그 뒷모습.

"살아남아야지요. 형, 우리는 살아남아야 해!"

"그래, 그래, 그날이 오면 우리 저 남강물에 뛰어들어 목욕하자. 더러운 왜놈의 때 빡빡 밀어내는 거야."

수관의 얼굴에는 아주 엷은 미소와 희망의 빛이 떠올랐다.

두 사람은 옥봉 산홍의 집으로 갔다. 산홍은 성깔깨나 있어 뵈는 삼십 대 기생이었다.

"이사장은 안 옵니까?"

산홍은 윤국을 곁눈질해 보며 물었다.

"좀 있다 오실 거요."

수관은 낡은 구두를 벗으며 말했다.

"요즘에는 장사가 어떻소?"

수관은 앞장서 방으로 들어가는 산홍의 뒤꼭지에다 대고
물었다.

"니 내 할 것 없이 다 마찬가지 아니겠소. 기생들이 몸뻬 입
고 훈련받으러 나가야 하고 근로봉사 하러 나가야 하고……
옥봉에서도 장사하는 집 몇 안 돼요. 그놈의 나리들 땜에,
흥! 반시국적 분자다, 입으로는 그러지마는 금주할 수 없는
높으신 나으리…… 덕분에 이럭저럭 아직은 문을 안 닫았을
뿐이지요."

산홍은 수관을 믿고 말하는 것 같았다. 좁은 지방이어서 수
관의 전력을 대개는 다 알고 있었으며, 그 무렵의 수관은 젊
은 여자들의 동경의 대상이기도 했고 또 이순철이 산홍의 집
을 자주 드나들었기에 자연 산홍과 수관은, 터놓고 얘기한 바
없지만 마음으로는 서로 무관한 사이는 아니었다. 날라다 주
는 요리를 상 위에 옮겨놓으면서 산홍이 목소리를 낮추어 물
었다.

"중학교에서 봉안전 앞에다가 똥 싸놨다는 소문 그게 정말
이오?"

"글쎄, 정말인지 아닌지."

수관은 덤덤하게 말했다. 윤국이 의아해하는 표정으로 수
관을 쳐다보았으나 수관은 윤국의 궁금증을 풀어줄 생각을
안 했다.

"쉬쉬들 하는 모양인데, 사실이라면 아이들 참 맹랑하지
요?"

"글쎄, 아이들이 했는지 어른이 했는지 모를 일이지요."

"전에, 가정부(假政府)에서 와서 군자금을 뺏어간 사건도 끝
내 밝혀내지 못했는데 이번 일도 죄 없는 아이들만 많이 끌려
가고들 한다는데…… 꼭꼭 숨어라, 머리카락 보일라, 그런 말
이 요새 유행이라 합디다."

"그때도 그 말이 유행어였지요."

하며 수관은 윤국을 쳐다보았다.

"그러면 술 드십시오. 기생은 물러갑니다."

눈치 빠른 산홍은 분위기에서 자신이 불필요하다고 판단했
는지 일어서 나갔다.

"봉안전 어쩌고 하는 그 말, 무슨 일이 있었소?"

"그게 극비로 되었으나 태평양에서 일어난 일도 아니겠고
바로 코앞에서 일어난 일이니까 비밀이 보존될 수도 없
고…… 아까 말한 대로 봉안전 앞에다가 누가 똥을 싸놨다는
건데……."

"허어, 참 교묘한 발상이군요."

수관은 싱긋이 웃었다. 산홍이 앞에서는 소극적이던 그가 윤국이 앞에서는 기정사실로 인정한 것이다.

"요즘 아이들은 소위 치고 빠지는 전법을 쓰고 있는 모양이다. 세상이 많이 변했어. 우리 때는 정공법이었거든."

"……."

"성과는 적고 희생은 크고."

"그렇게만 말할 수 없지요. 정신적으로 심어준 것이 크니까."

"그 일 아니라도 요즘 아이들 많이 잡아간다. 현행범은 없고 모두 심증범이지. 경찰서에서도 애를 먹는 모양이다. 딱 잡아떼니까, 나는 그런 일 안 했다. 보통 영악한 게 아니라는 게야. 고문을 해도 안 했다로 일관하니까."

"소위 그 죄질이 뭔데요?"

"알다시피 요즘 학생들 군사훈련 아니면 군수공장에 가서 일하는 것 아닌가. 말하자면 노동자들 선동하기, 눈치껏 태업하기, 공장 기구 파손, 변소간에는 말할 것도 없고 후미진 곳이라면 어디든 벽면에 낙서하기, 그 낙서의 종류에는 별의별 것이 다 있는 모양인데 조선 독립 만세서부터 귀축(鬼畜) 일본 물러가라, 해방의 그날이 오면 너희들 모가지는 추풍낙엽이다, 친일분자의 모가지부터 비틀어버리겠다 등등 지워도 지워도 끝이 없다는 거고, 하는 수 없이 학교 당국에서는 호주머니 속에 백묵이나 연필 따위가 들어 있는지 조사를 해서 들여보내는데도 낙서는 줄지 않는다는 거다. 요즘 애들 결코 정면대결은 하지 않아."

"신통하군요."

"그 애들 보면 희망이 생겨, 옥쇄가 아니고 지속성이거든."

"하여간 봉안전 똥 얘기는 걸작이군요. 참 교묘한 발상이오."

"결국 철통같은 일본의 치안도 구멍이 뚫렸다 볼 수도 있어."

"한계에 온 거지요."

"통제한다는 것은 치안유지의 금과옥조 같은 것으로 생각하는데, 실은 그만큼 인원을 동원해야 하는데 요즘 같은 시기, 일본의 인적자원의 고갈현상에서 그게 어디 쉬운 일이겠어? 죄수가 많으면 옥졸도 늘리는 게 당연하지 않나? 그게 지금 일본은 어렵게 돼 있거든. 참 자네 강병택이 알지?"

"알지요. 나보다 한 반 밑이었지요."

"지금 뭘 하는지 모르지?"

"전문학교를 나왔다는 얘기는 들었습니다."

"병택이가 지금 순사질을 하네."

"네?"

"믿기지 않아?"

"그럴 사람이 아닌데…… 하필이면 순삽니까?"

"법정전문학교를 나왔으니 뭘 하겠나. 법원의 서기 자리가 적격이지만 병택이를 위해 자리가 남겨져 있는 것도 아니고, 그야말로 자리가 있다손 치더라도 하늘의 별 따기지. 집이 살 만하니까 그동안 놀고먹은 셈인데 징용 문제가 급해졌거든.

끌려가지 않으려니 별수 있겠나? 전문학교 출신의 신참 순사라니, 본인도 괴로울 게야. 기껏해야 보통학교 나온 졸때기 속에서 큰 눈을 꿈벅꿈벅하고 있을 병택이 생각을 하면 안쓰럽다."

"형은 괜찮겠습니까?"

"모르지. 그걸 어찌 알겠나. 순철형도 고민이 많아. 사실 바쁜 것처럼 동분서주하고 있지만 내용적으로는 바쁠 게 하나도 없어. 그냥 엉거주춤 만사가 그런 상태다. 그 사정이야 일본인들도 마찬가지지만. 관공서에도 늙다리만 남아서 목소리만 요란했지 거세당한 느낌이다. 순진파들이 신문보도에 핏대를 올리지만 뭔가 가라앉고 있어. 결국 배급받아 먹는 것 이외 정열이 없다고나 할까. 그런데도 나는 때때로 절망해. 일본은 어디까지 가서 끝을 낼 건가 싶어서……."

"하기는 막판이 어렵지요. 얼마만큼 조선인들을 몰아낼 것인지…… 어떤 경우에도 형, 징용만은 피해야 합니다. 한 번 죽는 게 아닙니다. 차라리 형무소에 들어가는 편이 나아요. 여기서는 실정을 잘 몰라서 설마 하는 경향이 있고…… 동경서 비밀히, 징용자들이 종사하는 곳의 실태에 대해서 정보를 모아보았는데 한마디로 지옥입니다. 매 맞고 고문당하고 그런 차원을 넘어섰어요. 굶겨가며 일을 시키다가 움직일 수 없는 상태가 되면 숨이 끊어지지도 않은 사람을 생매장하기 아니면 숲속에 던져서 야수들이 뜯어먹게 하는 겁니다. 숨을 쉬는데 콧구멍에서 구더기가 기어나와요."

수관은 몸서리쳤다. 말하는 윤국이도 술잔을 들며 눈을 감았다.

"형."

윤국은 술을 마시고 빈 잔을 수관에게 건네준다. 술을 부어 주면서,

"우리가 살아남는다면, 뭔들 못하겠소. 살아남은 목숨값은 해야겠지요. 마음을 단단히 먹고, 마음으로 지고 들어가면 그 것으로 끝장입니다. 우리는 다 보아야 하며 다 느껴야 하며 사회주의로 가야 합니다. 그것은 역사의 법칙입니다."

윤국의 목소리는 뜨거웠다.

"나는 그렇게 생각하지 않는다."

"어째서요?"

"나는 민족주의다."

"사회주의는 민족주의가 아니란 말인가요?"

"일단 나는 그렇게 생각한다. 계급투쟁은 이 민족을 분열시킬 거야."

하는데 밖에서 기척이 났다.

"많이 기다렸지?"

방문을 여는데 순철이 혼자가 아니었다. 경방단장 김기성이 동행했던 것이다. 방 안의 두 사람도 놀랐지만 김기성도 깜짝 놀란다. 김기성 등 뒤에 서 있는 이순철이 두 사람을 향

해 강하게 눈짓을 했다.

"들어가게."

순철이 기성을 떼밀었다.

"내가 올 자리 아닌 거 같은데?"

"무슨 소리 하나. 오늘 여기서 동창회 하자 안 했던가? 모두 동창인데 꽁무니 빼서 쓰나."

순철은 넋 빠진 듯 앉은 채 올려다보는 윤국과 수관에게,

"너희들 뭘 해?"

"......"

"버릇없이, 선배를 대하는 그 꼴이 그래 되겠나? 일어서서 깍듯이 인사해! 꾸어다 놓은 보릿자루도 아니겠고."

그러고는 심하게 인상을 쓰고 눈짓을 여러 번 했다. 그럴 만한 이유가 있는 것 같았다.

"아, 네."

두 사람은 엉거주춤 일어섰다.

"선배, 오래간만입니다."

하고는 꾸벅 절을 한다. 김기성의 마음은 두 갈래였다. 수관하고는 동석하고 싶지 않았다. 그러나 껄끄럽기는 했으나 윤국이하고는 합석하고 싶은 유혹이 있었다. 그것은 김기성의 허영심 때문이다. 최윤국, 그가 누구인가. 최참판댁 둘째 아들, 귀공자라는 것은 그만두더라도 세상이 다 아는 수재요, 진짜 제대로 명문대학의 학부를 마쳤으며, 뿐인가 또 다른 대

학에서 다른 분야를 전공하고 있으니, 말로는 대학이라 하지만 전문부 아니면 예과를 다니고 마는 경우가 대부분인데 하나도 난감한 학사를 두 개나 따게 생겼으니 그 점에서 윤국이 기성에게는 별과 같은 존재다. 그리고 기성의 입장은 아버지 김두만의 경우와 다소 다르기도 했다.

"앉게. 뻗장나무같이 서 있지 말고, 후배들이 환대하는데 선배의 도리가 있지, 앉자, 앉어."

기성을 잡아끌어 앉힌다. 순철은 요즘 무슨 생각을 했는지 앙숙이던 김기성과 좋게 지내보려고 노력하는 것을 수관도 알고는 있었다. 그리고 순철이 까닭 없이 덤벙대는 위인이 아니라는 것도 알고 있었다.

새로운 요리상이 들어왔다. 순철이나 기성도 다 같이 산홍의 단골이며 봉이다.

"참말, 김단장은 오래간만이에요. 왜 그리 얼굴을 볼 수 없을까? 제가 뭘 섭섭하게 했습니까?"

산홍이 슬쩍 기성의 신경을 건드려본다.

"바빠서 그래."

"그게 아닐 겁니다."

"무슨 소리."

"섭섭해서 그러셨지요? 하지만 우리 잘못 하나도 없습니다. 월화(月花)가 그리된 것 정말 우리도 모르는 일이었어요."

"무슨 얘길 하나?"

순철이 궁금한 듯 묻는다.

"글쎄 월화 아시지요?"

"알지."

"그 애가 김단장 아버님 소실로 들어갔지 뭡니까?"

"이거 보통 일 아니군그래."

기성은 쓰다는 듯 얼굴을 찡그렸다.

"우리 집에만 매여 있는 애도 아니겠고 그리 된 연후에 우리도 알았어요. 정말 그러지 않아도 오해가 있으면 어쩌나 생각했습니다. 며칠 전에 월화를 만났지요. 신색이 훤하더군요. 그때도 부디 본댁한테 잘하라고 누누이 타일렀습니다. 본시 심성은 괜찮은 아이니까."

간들간들 간드러지게 약을 올리는 건지 위로를 하는 건지, 알쏭달쏭한 눈웃음을 치며 산홍은 말했다. 본댁이란 서울네를 말하는 것은 아니었다. 기성의 생모, 강제이혼을 당하고 독골에서 시모랑 함께 사는 기성네를 두고 한 말이었다.

"그 때문에 집안이 쑥밭이 됐다. 골치 아파서."

기분이 언짢은 것 같았지만 그러나 기성은 그 사실을 인정했다.

"소실 둘 나이도 됐지 뭐. 재력을 보나……."

순철은 어물쩍 넘기려 한다.

"그럼 이사장도 나이 들면 소실 두겠네요?"

옆구리를 찌르듯 산홍이 말했다. 그는 김기성과 순철의 만

남이 마음에 들지 않는 것 같았다.

"그거야 세대가 다르지 않은가."

따끈따끈하게 데운 정종이 든 주전자를 산홍이 들었다.

"그거 이리 내놔."

순철은 사기 주전자를 산홍으로부터 받아든다.

"오늘 밤은 우리 동창들의 모임이다."

"참, 그리고 보니 그렇네요."

"하니 산홍이는 좀 비켜주는 것이 어떨까?"

"네, 네 그렇게 하옵지요. 한데 다른 젊은 아이들도 들여보내지 말까요, 이사장님?"

농치듯 말했다.

"필요 없어. 후배들 앞의 선배 체통이 있지."

"네, 네 알아서 기겠습니다."

"저 늙은 여우."

산홍이가 나가자 대신 술을 따르려는 수관의 손을 밀어내고 순철은 자신이 술을 부었다.

"자아 그러면 우리의 미래를 위해 건배하자."

순철은 술잔을 높이 쳐들었다. 그리고 멋쩍은 듯 앉아 있는 기성에게 은근한 눈길을 보내며 술잔을 들라는 시늉을 한다. 수관과 윤국은 엉겁결에 술잔을 들었다.

어색한 건배가 끝나자,

"생각을 해보면 우리가 서로 등지고 지낼 까닭이 뭐 있겠

나. 우리 모두 오 년 동안 잔뼈가 굵은, 빛나는 역사의 진주중학교 동창들 아닌가, 수관이는 사불여의하여 졸업은 못했지마는. 지금이 어느 때고? 전쟁 중이다. 언제 적기가 날아와서 폭격을 할지 모르는 비상시국, 내일이 어찌 될지 아무도 예측할 수 없다. 서로가 협심을 해서 살아도 아쉬움이 남을 세상인데 하잘것없는 감정 때문에 서로 원수 보듯 해야겠나? 안 그런가? 기성아."

"내가 뭐 어쨌기에."

볼멘소리다. 그 목소리에는, 너희들이 나를 깔보았고 너희들이 나를 소외했으며 날건달로 치부하지 않았느냐, 아비 돈으로 이름 없는 전문학교 나왔다 해서 빛나는 너희들 수재 놈들, 나를 둔재라 하지 않았더냐, 나도 오기는 있는 놈이다, 학교의 우등생이 사회서도 우등생 되라는 법 없지, 홍수관의 꼬라지를 보아, 그런 투의 항의가 있었다. 하기는 그랬다.

"뭘 어쨌다기보다 서로 소원했던 것은 사실이고, 나이가 가르친다는 말도 있듯이 이제는 그래서 안 되겠다는 것이 내 생각이다. 자네나 나나 명색이 동경유학생 아니었나. 그리고 좁은 지방이지마는 그래도 우리 조선인 사회에서 먼저 깼다 할 수 있고 지도적 위치에 있는 만큼 전후좌우를 돌아볼 줄도 알아야 할 것 같다. 안 그런가, 기성아."

"......."

"똑똑한 후배 충고도 들어줄 줄 아는 아량과 어려운 후배

도와줄 줄도 아는 의리도 있어야 할 것 같다. 또 후배는 후배대로 어려울 때 선배를 떠받쳐주는 힘이 되어야 하고 상부상조, 독불장군으로는 못 사네. 너희들도 그렇다. 어떤 경우에도 선배는 선배인 게야. 너희들이 선배를 존경하는 것은 즉 너희들 자신의 힘이다. 이끌어주고 떠받쳐주고 그래야 뭔가 돼도 되지 않겠는가. 그게 사람 사는 게 아니겠어? 지난 일이야 어떻게 되었든 그건 다 지나간 일이고 또 그것은 부모들 세대의 일이니까 우리가 그것에 얽매일 필요는 없다. 우리는 우리대로 사는 방식이 있어. 내 말이 틀렸나?"

부모들 세대의 일이란 자신과 기성과 윤국의 집안이 얽혔던 지난날의 가정부 군자금 강탈 사건을 두고 한 말이었다. 윤국은 순철의 저의를 깨달았는지,

"네, 그렇습니다. 순철형님의 말씀이 옳습니다."

동의를 하고 나섰다. 기성은 좀 의외란 듯 윤국을 가만히 쳐다보았다.

"너희들 말만 그러지 말고 선배 술잔 비워두고 왜들 그러고 있나."

"네."

이번에는 수관이 기성의 술잔에 술을 부었다.

사실 김기성이 날건달인 것만은 틀림이 없었다. 허영심이 강하고 한편 단순한 면도 있었다. 그것은 그의 성장과정과 무관하지 않았다. 서울네가 본가로부터 남편과 아들 둘을 떼어

내어 독점하기 위한 책동 중 하나가 기성과 기동을 회유하는 일이었다. 생모 막딸이 보잘것없고 무식하며 부끄러운 존재라는 것을 두 아들에게 주입하는 것은 물론 환심을 사기 위해 아이들 요구는 무엇이든 다 들어주었으며 결국 자기 중심의 이기적 성품으로, 인내심 없고 나태하며 인생을 향락적 시각으로 보는 방향으로 성장했던 것이다. 생모를 경멸하며 어떤 위기에 섰을 때도 생모에게 도움이 되지 않았던 기성은 그러나 서울네에 대해서 애정이 있었는가 하면 그것도 아니었다. 형식이었을 뿐 그에 대한 마음은 차가웠다. 아버지 김두만에 대해서도 예외는 아니었다. 옛날 주종 관계였다 해서 그 열등감 때문에 까닭 없이 최참판댁에 증오심을 갖고 있는 두만과 달리 기성은 그런 것은 없었다. 자신이 무시당하며 최씨네 우수한 형제들에 비하여 열등한 자신에 대한 열등감 때문에, 그것은 이순철에게도 마찬가지였지만, 어디 두고 보자는 심보였던 것이다. 내면적으로 사실 그들과 어울리고 싶은 동경 비슷한 것이 없었다고는 결코 말할 수 없었다. 이해상관 때문에 열렬한 친일파 행세를 해온 김두만에 대해서도 역시 기성은 무관심한 편이었다. 그는 아비가 모은 돈을 쓰기만 하면 되는 입장이었기 때문에 국가니 민족이니 하는 의식이 희박했다. 그렇다고 해서 일본에 충성하여 앞길을 열어보겠다는 야망이 있는 것도 아니었다. 경방단장은 아비가 따내준 것이었지만 그것으로 기성은 거들먹거리고 다니면 되는 것이었다.

"아버님이 고생하고 계시다며?"

기성은 윤국에게 뭔가 말을 해야겠다 생각한 것 같다.

"네."

"거 참 큰일이다. 시국이 이러니 쉽게 나오시지도 못할 거구."

서로 간에 쌓여 있던 것이 일시에 풀릴 수는 없었지만 그러나 일단 내딛고 보니 기성의 기분은 나쁘지 않았다. 그러나 순철의 사람 다루는 솜씨는 기성보다 한 수 위였고 윤국이나 수관은 나름대로 다 세파를 겪었기 때문에 역시 감정의 절제는 훌륭했다.

"자네 동생은 지금 어디 있나."

순철이 물었다.

"부산에."

"취직은 했고?"

"음 철도국에 있어."

"그거 괜찮군."

"그럭저럭인 셈이지 뭐."

기성은 동생에 대해서도 별 관심이 없는 태도였다.

"아까 듣자니까 산홍이가 극구 변명을 하던데 월화는, 혹 자네가 찍어놓은 아이가 아니었던가?"

화제에 궁했다. 해서 구차하게 꺼낸 말이었다.

"예키! 순, 별 망측스런 소릴 다 듣겠네."

기성은 화를 내는 체했으나 슬그머니 웃었다. 그러니까 그런 관계는 아닌 모양이다.

"집안에 분란이 생기니까 산홍이 그러는 거지. 하여간 골치가 아프다. 사실 아버지가 소실 두는 것을 좋아할 아들이 어디 있겠나."

"지금 함께 사는 사람도 소실 아닌가."

"그거는 사정이 좀 다르지. 호적도 버젓이 돼 있고 소실이라 할 수는 없다."

"그래도 생모는 아니지 않은가."

"몰라, 그따위 일 생각하는 것만도 귀찮아. 육친, 흠…… 육친에 대한 정이라는 것도 따지고 보면 그거 습관 아닐까?"

밋밋하게 생긴 기성의 얼굴에 희미했으나 죄의식 같은 것, 회한 비슷한 것이 떠돌았다.

"습관이라 할 수도 있겠지. 그러나 씨[種]가 생기면서부터 그건 변하지 않았던 습관이다."

"하지만 자랄 때 환경이라는 것도 무시할 수는 없지. 어쨌거나 그거는 부모들의 책임이고 우리는 희생자야."

"그럴까? 아무튼 쌍 바람이 불었다. 아버지는 늦바람, 아들은 올바람."

윤국과 수관이 씁쓸하게 웃었다. 기성의 여자 행각은 유명한 얘기였기 때문이다.

"나야 뭐 소문만 요란했지 별 실속도 없지만 아버지 경우는 문제다."

"어째서?"

"백팔십 도로 변했거든."

"아직 환갑 전이시지?"

"음."

"허무해서 아마 그러실 거다. 돈이 많아도 쓸 곳이 없고."

"허무해서 그렇다는 말엔 나도 동감이다. 자네도 알다시피 사업은 올스톱, 돈의 가치는 날로 떨어지고 부동산 매매나 된단 말가. 땅에서는 공출로 몽땅 나가버리니, 전쟁은 불리하고…… 현재를 실감하는 데 여자밖에 더 있어? 나 역시 그래. 마음 붙일 곳이 있어야지. 나는 출발에서부터 야망 같은 것 없었으니까. 자네들 수재하고는 형편이 달랐어. 한순간, 순간을 즐기다가 가는 거지 뭐. 어차피, 땅속에 들어가 썩을 몸 아닌가."

윤국은 그들 말을 귓가에 흘리면서 술잔을 기울인다. 양현의 모습이 다가오기도 했고 송영광의 우울한 얼굴이 다가오기도 했다.

"형님."

수관이 순철을 불렀다.

"왜?"

"내일 윤국이 떠나는데 이쯤 하고 우리는 가야겠습니다."

"내일 떠나나?"

기성이 윤국에게 물었다.

"네."

"일본의 사정은 어떤가?"

"다를 게 뭐 있겠습니까."

"소문으로는 소개(疏開)가 시작됐다 하던데?"

"더러 연고가 있는 사람들은 시골로 가는 모양이더군요. 그러나 아직 소개 명령이 내린 것은 아닙니다."

"만일 소개 명령이 내린다면 자네도 동경에 머물기가 어려워질 텐데……."

경방단장인 만큼 그런 정보에는 빠른 것 같았다.

"그것은 그때 가서 생각해보아야겠지요."

"그나저나, 지금 일본은 무슨 생각을 하고 있을까?"

순철이 기성을 보며 말했다.

"생각이라니?"

"이태리는 이미 항복을 했고 독일도 스탈린그라드 전선에서 항복했으며 북아(北阿)전선의 독일군 역시 그러니 전세를 만회하기는 어려울 게야. 독일이 무너지는 것은 시간문제라고 보고들 있는데, 일본도 역시 철퇴, 전멸, 전황이 그러하니…… 만일의 경우 일본은 본터에서의 결전을 각오하고 있는지, 각오를 하고 있다면 대책은 있는 건지."

"본토에까지 미군이 상륙하게 될 경우 그건 일본 국민 전원의 옥쇄를 의미하는 것 아닐까?"

애기가 그렇게 되자 수관은 서둘러 일어섰다.

"형님, 우리는 그만 가볼랍니다."

"그래, 그럼 가보아."

수관과 윤국은 작별인사를 하고 나갔다.

"자, 우리끼리 더 마시자."

하고 순철은 산홍을 불렀다.

"이젠 선배 체면 안 차려도 되겠네요."

산홍이 웃으며 왔다.

"술 떨어졌어."

"술도가도 아닌데 술이 무진장 있습니까? 어디,"

"술도가도 바닥났어."

기성이 말했다.

"아주 폐업을 했습니까?"

"폐업 직전이지 뭐."

"그래도 그동안 많이 벌었으니까, 그렇지요? 김단장."

"못 벌었다 할 수는 없겠지. 하지만 그건 아버지 소관이니까 난 잘 몰라."

"한땐 김단장이 맡았다는 소문이던데요?"

"그거 다 빈말이고 아버지가 나한테 맡길 것 같아? 오죽했으면 독골 땅을 팔아서 썼을까? 삼촌하고 육박전까지 하면서, 그 일 땜에 나는 독골에는 발도 디딜 수 없게 됐다."

"추옥이한테 정신 못 차리고 있을 때지요?"

"지난 얘긴 왜 해."

"지난 얘기는 김단장이 먼저 했습니다."

"하긴 다돼가는 세상에 이러면 어떻고 저러면 어떠리. 그래 추옥이는 잘 산다 하던가?"

"네에, 영감님이 신줏단지 위하듯 한답니다."

"그게 젊은 나를 마다하고 늙은것을 따라갔으니 알다가도 모를 일이군."

"늙기는 했어도 그 어른 풍류를 알지요."

"그러면 나는 풍류를 모른다 그 말인가?"

"압니까?"

"모르지, 허허어 헛헛헛……."

"풍류가 뭐야?"

순철이 물었다.

"멋이지요."

"멋? 멋이라…… 멋."

"동경 유학생들은 그런 것 몰라요. 신식이지요."

"그러면 기생은 구식을 좋아한다 그 말이로군."

"그렇지는 않아요. 멋이란 신식 구식을 다 꿰뚫는 거랍니다. 일본에는 멋이란 게 없다 하더구먼요. 해서 일본기생은 몸을 먼저 팔고 조선기생은 마음을 먼저 판다는 것입니다."

"유식하군. 제법 유식해."

"저도 들은 풍월이지요."

"그러니까 얘기를 하자면 진주기생은 논개다?"

"황진이도 있지 않습니까?"

“그래그래, 그 말은 맞다. 일본에는 관기(官妓)라는 게 없어. 관기란 무엇이냐, 따지고 보면 선비 상대 아닌가. 칼잽이들하고는 다르지. 하핫핫핫…… 기성아, 말 되지?”

“그렇군.”

“우리 동경유학생들이 칼잽이 밑에서 배워왔기 때문에 멋이 없다 그 말인 게야.”

계속해서 술을 마시고 노닥거리다가 산홍의 집을 나온 두 사람이 서로 거머잡고 비틀거리다가 헤어진 것은 열두 시가 지나서였다.

집으로 돌아간 기성은 그냥 자리에 쓰러져 잠이 들었다. 얼마나 잤을까?

“보소, 보소! 일어나이소.”

아내 금옥이가 흔들어 깨우는 것을,

“왜 이래?”

손을 뿌리치고 기성이 돌아눕는데,

“큰일 났어요.”

비로소 기성은 눈을 비비며 일어나 앉는다.

“무슨 일인데 그러나.”

“안방에 가보이소. 아버님 어머님이, 칼부림이 났습니다.”

“뭐?”

기성은 벌떡 일어섰다. 마당에 나갔을 때 사방은 뿌옇게, 어둠이 걷히고 있었다.

"날 죽여! 죽여라! 이 개상놈아!"

새된 서울네 목소리가 귀청을 뚫고 지나갔다.

"이년이 푼수를 몰라도 유만부동이지, 어디다 대고 쇳바닥을 함부로 놀리나. 니 푼수에 안방마님?"

"망태 메고 이 집 저 집 빌어먹으러 다니던 목수 놈이 뉘 덕에 오늘이 있어? 내 죽고 니 죽고 함께 죽자!"

놈을 붙이며 막 나가는 것이 오늘 처음은 아니었다. 패는 소리, 울부짖는 소리. 기성이 방문을 열고 들어섰다. 부엌 식칼이 저만큼 나동그라져 있었고 두만이와 서울네는 한 덩어리가 되어 방 안에서 구르고 있었다.

"남부끄럽게 와들 이러십니까! 길게 이럴라면 차라리 갈라서이소!"

하면서 기성은 뜯어말렸다. 산발을 한 서울네는 작은 마귀 같았다. 두만이는 곰 같았다. 비대해진 몸에 숨이 가빠서 허우적거렸다.

"내 일생이 허사구나! 이렇게 배반을 당하다니 내가 죽어도 이 원수는 갚고 말 거야. 그냥 물러설 내가 아니다! 갈라서라고? 이놈 기성아! 감히 그 말이 너 입에서 나올 수 있느냐! 내가 너희 형제들을 어떻게 키웠다고, 갈라서라고? 왜 내가 갈라서노. 이 목을 쳐죽일 놈들! 너희들 빈 몸으로 나가라! 나가아! 피알* 하나도 다 내 것, 너희들 게 뭐 있어!"

"남산 쇠가 웃겄다. 저년이 아주 미쳤구마."

"미쳤다고? 그래 미쳤다! 미쳤어! 거리 거리를 미쳐서 쏘다니며 저주할 거야! 아아, 아아, 정말 이대로는 못 살아! 불을 지를 거야! 모두 함께 죽어야 해!"

서울네의 눈은 이글이글 타고 있었다. 분노가 충천하여 그의 조그마한 몸뚱이도 타고 있는 것만 같았다. 그들은 완전한 타인이었다. 삼십 년 가까이 동고동락하며 함께 살아온 남자와 여자의 정의는 티끌만큼도 남아 있지 않았다.

김두만은 월화 집에서 자고 새벽녘에 돌아왔다. 밤새도록 이를 갈며 눈 한번 붙이지 않았고 식칼을 옆에 두고 기다리고 있던 서울네는 방으로 들어서는 두만을 보는 순간 칼을 휘둘렀던 것이다. 그러나 우람한 남자의 손은 서울네의 손목을 비틀었고 칼은 방바닥에 떨어지고 말았다.

서울네의 분노는 어쩌면 당연한 것이었는지 모른다. 서울네 없는 오늘을 상상할 수 없는 것은 진실이다. 김두만이 서울네를 만나지 않았더라면, 서울네가 진주서 쪼깐이 비빔밥이라는 음식점을 시작하지 않았더라면, 서울네 말대로 연장망태 짊어지고 과거 윤보가 그랬듯이 목수로 방랑했을지 모른다. 오늘 김두만의 부는 그 기틀이 서울네라는 것은 분명한 사실이다. 따라서 그만큼 서울네는 전횡(專橫)을 했고 유별나게 가족으로 똘똘 뭉쳐 있던 김씨일가에서 김두만을 잘라내었으며 부모와는 등졌고 조강지처 막딸과는 기어이 호적을 팠으며 공부시킨다는 명목 아래 진주로 데려온 아들 형제도 자식 없는 그 자신을 위해 독점하고 말았던 것이다.

"네년이 나한테 칼을 들이대 놓고서도 그 자리가 온전할 것 같나? 독사 같은 년, 내가 그거를 모리고 이날까지 살았제. 만정이 떨어진다."

서울네는 새우같이 등을 꾸부리고 앉아서 눈을 치뜨고 두만을 노려본다. 힘이 다 빠져서 입도 몸도 뜻대로 놓아주지 않는 것 같았다.

"이래가지고는 어디 마음 놓고 집이라고 찾아오겠나? 저년은 서방 밥그릇에 비상 타고도 남을 년이다. 생각해보믄 저년으로 인해서 부모 형제하고 등졌고 죄 없는 제집 민적까지 파고 자식놈은 저 모양……."

새우처럼 꾸부리고 있는 서울네 등이 튀듯 움직였다. 전등 빛을 받고 서 있던 기성이,

"지금 와서 그런 말씀 하시면 뭐합니까."

볼멘소리로 말했다.

"이마작해서(이 마당에 와서) 이런 말 하는 나를 내가 생각해봐도 가소롭다. 내가 직일 놈이제. 눈에 명태 껍데기 붙이고 살았는갑다. 돈이 있이믄 뭐 하노. 전쟁이 처들어오믄 그거 다 소앵이 없는 기라, 내 맘이 갈 바를 몰라 설령 바람을 피웠기로, 소실 하나 얻었기로 그기이 무신 큰 죄고. 세상에 저리 흉악한 년이 어디 또 있겠노. 남정네 말이라 카믄 죽는 시늉도 하는 제집의 본색이 저렇그럼 흉악할 줄은 차마 몰랐다.

저년이 지 탓으로 내가 오늘 이리 됐다고 말말이 들고 나오는데 그까짓 음식점 해가지고 이리 됐단 말가? 그거야 새 발의 피, 제 년이 눈먼 돈 몇 푼 가지고 떠돌아댕깄이믄 못된 놈한테 걸리서 돈 털리고 버림받고 지 신세가 어찌 되었일꼬? 안방 차지하고 눈에 뵈는 사람이 없는 오늘을 누맀일까? 생각할수록 푼수 모리는 제집이다. 설령 내가 소실을 얻었다 하더라도 제 년같이 월화가 안방 넘볼 기든가. 다 지 한 깐이 있어서 저 지랄이제."

순간 서울네는 용수철같이 튀어 올랐다. 그리고 비호같이 달려들어 두만의 머리칼을 양손으로 움켜줘었다.

"이년이!"

기성이 뜯어말린다.

"저울에 달면 한 품도 차가 없겠습니다. 아무리 막돼먹은 자식이지만 부모의 체면이 있는데 이게 무슨 짓입니까!"

그렇게 실랑이를 해가 돋을 때까지 했다. 결국 조반도 못하고 김두만과 기성이 나가버린 뒤에야 안방은 흐느낌 소리가 간간이 들려왔을 뿐 조용해졌다. 집안이 좋다는 조건 하나로 데려온 며느리 금옥은 말없이 찬모와 함께 아침 준비를 했고 밥상을 안방으로 들고 들어갔다.

"어머니 아침진지 드시이소."

하고 웅크리고 있는 서울네 앞에 밥상을 내려놓는다.

"목구멍에 밥이 내려가겠느냐."

의외로 차분한 목소리였다.

"그래도 좀 드셔야지요. 어제저녁도 안 드셨는데."

"거기 좀 앉아라."

"네."

금옥은 슬그머니 자리에 앉는다.

"아가."

"네."

"내가 어떻게 했으면 좋겠느냐. 말할 사람은 너뿐이니……
이렇게 적막강산일 수가 없다. 내 살아온 걸 어느 누굴 보고
다 얘길 하겠니?"

실은 자기 자신이 어떻게 어떻게 해서 오늘을 이룩했는가
귀에 못이 박이도록 며느리에게 얘기해왔다.

"그걸 아버님이 모리실 리 없습니다. 화가 나믄 마음에 없
는 말도 하게 되니까 어머니께서 이해하십시오."

노리끼하고 잔주름이 모인 서울네 얼굴이 한때 멍하니 금
옥을 바라본다.

'저러다가 미치기라도 하믄 우짤꼬?'

금옥은 서울네 시선에서 얼른 비킨다.

"어떻게 해? 나는 어떻게 하면 좋으냐?"

"시간이 지나면."

"변했다. 변해도 기막히게 변했어. 내 말이라면 팥으로 메
주를 쑨다 해도 곧이듣던 사람이 어째 하루아침에 그렇게 변

할 수 있을까? 정말이지 살고 싶지가 않아. 마른하늘의 날벼
락이 이런 걸까. 세상에 이런 배신이 또 어디 있겠니. 내 죄라
면 자식 못 낳은 그것밖에 더 있어? 생각하면 기성이 그놈도
괘씸하다. 내가 지를 어떻게 키웠고 공부를 시켰는데, 지 에
미야 낳았다만 뿐이지 아무 한 것이 없다. 그놈이 지 아버지
한테 말 한마디 하는 법이 없고, 뭐 갈라서라고?"

"자기 행실도 그런데 아버님보고 머라 카겠습니까."

"그래도 그렇지. 그래도, 키운 공을 생각해서라도 그럴 수
는 없다. 오리 새끼 물로 간다더니."

"독골에 발 끊은 지가 언젠데요. 처자 생각도 안 하는 사람
입니다."

"다 소용없네. 나만 혼자, 나만 혼자 신다 버린 짚세기 꼴이
되었구나. 누굴 믿고 살꼬, 나한테 자식 하나만 있어도 이렇
게 억울하고 서럽지는 않을 게야."

서울네는 또 흐느껴 울었다.

"옛날에는 나 없이 하루도 못 살 것처럼, 내 말이라면 천도
복숭아도 따올 것처럼, 돈 벌 때는 둘이서 밤 가는 줄 모르고
일했으며 누가 내 마음을 거슬리기라도 할 것 같으면 대천지
원수로 삼던 그 사람…… 어이구 나는 못 산다 못 살아. 이
제 와서 부모 형제하고 등진 것도 나 때문이며 제집하고 민적
판 것도 나 때문이며 자식까지 잘못 길렀다고? 나 아니었으면
시골구석에서 보리죽도 못 먹을 주제에 내 덕 실컷 보고도 눈

엣가시처럼 내 마음에 응어리를 심었고 그까짓 추물, 나 아니라도 데리고 살았겠어? 애당초 정이 없었는데 이제 와서 날 원망해? 정말 이대로는 못 죽는다. 아이고!"

흐느끼다가 자기 머리를 쥐어뜯는다.

"어머니 왜 이러십니까. 진정하시이소. 이래 봐야 어머니만 상하십니다. 이럴수록 잡술 것 다 잡숫고 냉정하게 생각하셔야제요. 지사 뭐 하도 당하니까 이제는 아무렇지도 않습니다. 집에 들어오면 오는가 부다, 나가면 나가는가 부다, 그런께 오히려 심관(마음)이 편하더마요."

"어째 너 경우와 내 경우를 함께 생각하나. 내 집에 기르던 강아지한테 물려도 유만부동이지. 아아, 정말 이런 일이 있을 수 있을까? 천하의 사내들이 다아 첩질을 해도 자기는 못 그런다, 아암 못 그러고말고! 내가 그만 월화 그년부터 죽여버릴까? 눈에서 피눈물 나는 꼴을 못 보고는 나 눈을 못 감는다! 옛날 김목수, 그 무지렝이 시절로 되돌려놓지 않고는 나 떠날 수 없어."

하면서도 서울네는 오늘 지금의 자기 처지가 믿어지지 않았다. 호적상 정식으로 마누라가 된 후 서울네는 이제 더 바랄 것이 없다고 생각했다. 그것이 엊그제 일인 것만 같았는데, 이제는 자기 앞길을 가로막을 그 아무것도 없다는 생각을 했는데, 이렇게 될 줄은 꿈에도 생각 못 한 일이었다. 부모 형제에 대한 원망도 김두만이가 더 많이 했고 막딸이와의 인연을

저주했던 것도 김두만이었으며, 이들 형제를 독골에 가지 못
하게 했던 것도 서울네보다 두만이 쪽이 강경했다. 물론 그것
은 다 서울네의 입장을 생각한 때문이다.

"나가보아. 너하고 얘길 한다고 속이 풀리겠느냐?"

"진지 좀 드시지요."

"아니다. 먹고 싶지 않다. 그냥 내가거라."

하다가,

"아가."

새삼스레 불렀다.

"너 혹시 월화 그년하고 살림 차린 집 아느냐?"

"지가 우찌 알겠습니까?"

"됐다. 어서 상 들고 나가."

며느리가 나가자 서울네는 방바닥에 쓰러지듯 눕는다. 비
로소 온 삭신이 쑤시기 시작했다. 꿈도 아니었고 현실도 아니
었다. 서울네는 자기 자신이 한없이 떠내려가고 있는 것 같았
다. 그런가 하면 보따리 하나 끼고 삼가람길(삼거리)에 우두커
니 서 있는 자기 자신을 보기도 했다. 아득한 옛날 김두만을
만나기 전의 자기 모습이었던 것이다. 비아냥거리는 시어머니
의 얼굴이 지나가고 노려보는 시아버지의 모습도 지나갔다.
말을 걸어도 대답 안 하던 시동생의 얼굴도. 그야말로 적진
속에 갇힌 자기 자신을 서울네는 보았다.

"아아, 못 산다. 못 살아!"

그는 벌떡 일어나 앉았다. 그들이 일제히 자기 자신을 향해 웃음을 터트리는 것이다.

'달도 차면 기우나니, 남한테 몹쓸 짓 하고 죽는 날까지 영화를 누릴 줄 알았던가?'

그들은 일제히 자신을 향해 말하고 있었다.

일어나 앉아 보아도 다시 드러누워 보아도 몸을 가눌 수 없었다. 흐느껴 울어도 보고 울부짖고 넋두리를 해보아도 서울네에게 보이는 것은 캄캄한 절벽뿐이었다. 쌓아 올린, 삼십 년 가까이 쌓아 올린, 철통으로 믿었던 성이 무너졌다는 실감 이외, 한 줄기 희망의 빛도 볼 수 없었다. 처음 두만이가 어떤 나이 어린 기생과 바람을 피운다는 말을 들었을 때 서울네는 새파랗게 질려서 두만에게 따졌다.

"어째 그런 소문이 돌지요? 그럴 만한 이유가 있을 거 아닙니까? 제가 알아듣게 당신이 해명을 해보세요."

만일 그것이 사실이라면 손발이 닳게 두만이 빌어도 서울네는 용서하지 않으리라 굳게 마음을 먹었다.

"사내가 바람피는 것, 그게 뭐 그리 대수라고 따지나."

뜻밖에 두만은 냉담하게 말했다.

"지금 뭐라 했습니까? 제가 혹 잘못 들은 것은 아닙니까?"

"삼십 년 동안 죽어라고 돈을 벌었으니 이자는 나도 숨구멍 좀 터보자. 머 그게 잘못된 일가?"

두만은 주저하는 빛도 없이 뇌까렸다.

"어이구, 사람의 탈을 쓰고 입에서 그런 말이 나옵니까? 혼자 돈을 벌었어요? 혼자서 재산을 만들었어요?"

"누구한테 눈을 홉뜨고 달라드노! 머? 사람의 탈을 쓰고?"

"사람이면 그 짓 못할 거예요."

했으나 서울네는 허둥지둥이었다. 이런 사태가 믿어지지도 않았다.

"나도 사람이니께 그런다 와? 사내로 태어났으니께 그런다, 우짤래? 홍, 언제까지 제집 밑깔개가 되어서 살 줄 알았더나?"

서울네는 입술을 실룩거리며 응수하려다가 기가 넘어서 그만 까무러치고 말았다. 정신을 차렸을 때 두만은 나가고 집에 없었다.

그야말로 청천벽력이었다. 바람을 피운 것도 그렇지만 사람이 그리 변할 줄은 꿈에도 생각지 못한 일이었다. 조금 전의 일이 과연 생시였던가 의심스러웠다. 서울네는 그 후 두만이 집에 들기만 하면 싸움을 걸었다. 믿어지지 않아서, 확인하기 위하여 싸움을 걸었다. 억울하고 분하다 하며 땅을 치고 통곡을 했으며 때로는 애원도 해보았지만 김두만의 식어버린 마음은 되돌아오지 않았다. 한 달가량을 서울네는 지옥과 같은 속에서 발버둥치며, 결국 행동도 언어도 거칠어질 대로 거칠어졌으며 그 자신 옛날과는 전혀 다른 여자로 변해갔던 것이다. 예사로 놈 자를 붙이며 욕설, 육박전을 하고 발광을 했다. 외박을 한 것은 어젯밤이 처음이었다. 서울네는 위협하기 위해서 그랬던 것은 아니었다. 진정 두만이 나타나기만 하면 죽이리라 마음먹었다. 식칼을 놔두고 기다린 긴긴 밤, 그것은 사랑을 잃었다는 절망감 때문이 아니었을 것이다. 소유에 대한 상실감이었을 것이다. 소유를 위하여 서울네는 긴 세월을 걸어왔다. 한 남자를 소유하기 위하여, 남편을 소유하기 위하여, 아들 둘을 소유하기 위하여, 재물을 위하여, 남들보다 우월하며 남들에게 군림하기 위하여, 그런 자신의 위치를 확보해야만 했다. 그것은 사랑이 아니었는지 모른다. 김두만이 아니었어도 그랬을 테니까. 하여튼 그 모든 것을 얻었건만……

　서울네는 해가 중천에 떠올랐을 때 집을 나섰다. 그가 찾아간 곳은 이미 오래전에 팔아버린, 비빔밥으로 유명한 쪼깐이 집이었다. 그것을 인수한 여자가 기생 출신이었고 오가며 인사는 하고 지내는 처지였다. 서울네는 가게에 들어가지는 않고 주인 여자를 불러내었다.

　"우짠 일입니까?"

　"좀."

　"하여간 들어오시이소."

　주인 여자는 마음속으로는,

　'니나 내나 다를 기이 뭐 있노? 돈푼 있다고 갈롱을 피운다마는 니 근본을 누가 몰라서?'

했으나 겉으로는 반색을 했다. 그것이 현실이었고 추세를 따르는 사람의 마음이었다. 어쨌든 부잣집 유지의 마누라가 아닌가.

"들어갈 거는 없고, 나 뭣 좀 물어볼려고 왔는데."

"말씀하시이소."

"혹 월화라는 기생을 아는지."

"알지요."

"어디 사는지 그것도 알아요?"

"무신 일 땜에 그럽니까?"

주인 여자는 그간의 사정은 도통 모르는 눈치였다.

"만나볼 일이 있어서…… 어디 사는지 그걸 알아야겠는데."

"나는 잘 모르겠는데, 아 참 그 아이 오래비가 시장에서 야채장사를 하고 있는데 거기 가서 물어보시이소."

"글쎄 어쩔까?"

하다가,

"사정이 있어서 부탁을 하는데, 누구 심부름시켜서 알아올 수 없을까요?"

"그야 어렵지 않십니다. 우리 집 아아들 시키지요."

"한데, 내가 그러더라는 말은 말고 댁이 물어보는 것으로, 그래주었으면 좋겠는데."

주인 여자 얼굴에 의혹의 빛이 돌았다.

"부탁이오. 까닭은 묻지 말고……."

찜찜해하는 것 같더니,

"그러지요."

겨우 승낙을 했다.

"고맙소. 나 보답하리다."

"하여간 아이를 보낼 테니까 들어와 기다리시이소."

"아니 걱정 말아요. 나 여기서 기다리고 있을게요."

주인 여자는 가게 안으로 들어갔다. 심부름꾼을 내보내는 것 같았다. 서울네는 땅바닥을 내려다보고 이를 갈았다. 월화를 만나 어떻게 하리라는 생각도 없었다. 무조건 달려가는 그런 심정이었다.

'나를 이 지경으로 만들어? 나를! 이게 내 공로에 대한 보답이란 말인가?'

이윽고 주인 여자가 나타났다.

"저기 술도가 뒤에 있는 기와집이라 합니다. 기와집이 두 채 있는데 큰 기와집이랍니다."

"알았어요. 한번 날 찾아와요."

서울네는 횡하니 돌아섰다.

'술도가 뒤라고? 뻔뻔스럽게, 지척에다 숨겨두었구먼.'

저녁도 굶고 아침도 굶었는데 서울네는 기운이 펄펄 나서 달리듯 걸어간다.

'온종일 거기 처박혀 있었구먼! 벼락 맞을 놈의 인사! 어떻게 하면 이 분을 다 풀까.'

김두만이 월화에게 사준 기와집은 아담하고 조촐했다. 품에 옴싹 들어오는 계집같이 간드러져 보이기도 했다. 서울네는 대문을 밀치고 마당으로 들어섰다. 마루에는 보자기로 싸 놓은 물건이 두 개 있었고 어디 나갈 채비를 하는지 남치마에 옥색 저고리를 입은 월화의 뒷모습이 보였다.

"어디서 오셨습니까?"

일하는 계집아이가 물었다. 그때 뒤돌아선 월화는 몹시 놀란다.

"여기가 김두만이 집이냐?"

월화를 노려보며 서울네가 말했다.

"그렇습니다만,"

월화는 눈을 내리깔았다. 결코 녹록해 뵈는 여자는 아니었다.

"하면은 너는 누구냐!"

"아시고서 오신 모양인데 새삼스럽게 묻기는 왜 묻습니까."

항상 노리끼했던 서울네 얼굴이 시뻘겋게 변했다.

"누구 허락받고 김두만의 집에 들어왔지?"

"누구한테 허락을 받아야 하지요? 영감께서 들라 해서 들었습니다."

"아아니 이년이!"

달려들어 월화의 치맛자락을 잡는 순간 치맛말이 터져서 치맛자락이 흘러내렸다. 월화는 그 손을 착 뿌리치면서,

"점잖지 못하게 왜 이러시오!"

"뭐 어쩌고 어째? 네년은 점잖아서 늙은 영감 첩살이하냐?"

"지난날, 독골 본댁에서도 당신께 이러셨던가요?"

나이 스물일곱, 김두만의 팔자가 그러했는지 월화도 몸집
은 작았다. 모습은 연연해 보였지만 아주 당차다.

"이 주리를 틀어서 죽일 년이 뉘 앞에서 감히."

했으나 이미 약세였다.

"기생 팔자 남의 첩살이하기 예사 아니겠소? 불만이 있으면
영감한테 말할 일이지, 저보고 따질 이유 없습니다. 혹, 독골
의 본댁이 그러신다면 모를까, 나도 남사스럽지만 댁도 얼굴
에 철판 깐 행실이오. 이치가 안 그렇습니까?"

"나는 호적에 오른 정처다! 그걸 몰라 하는 소리냐!"

"왜 모르겠습니까. 하지만 나는 민적 파라는 말은 안 할 것
이니 염려 마십시오."

기생 생활 십여 년, 수작에는 이골이 나 있는 월화에게 서
울네는 적수가 아니었다. 이렇게 실랑이를 하고 있는데 몸집
이 크고 눈이 부리부리한 삼십 대쯤의 사내가 뛰어들었다.

그는 서울네를 째려보다가,

"뭐가 우찌 됐다 카노."

하고 월화에게 물었다.

"독골에 갈려고 막 나서려 하는데 저분께서 오셔서, 뻔한
일 아니겠어요?"

"엉겁결에 집을 가르쳐주고 이상하다 싶어서 비빔밥집에
갔더니."

하다가 월화오라비는 뻗장나무같이, 거의 넋을 잃고 서 있는
서울네한테 시선을 보낸다.

"뭐 하러 오셨어요. 장사 안 하고."

월화 말에는 대꾸없이 사내는,

"기생 누이를 두었으니 손가락질을 받아 마땅하겠지마는,
이보시오, 피차 남사스러운께 그만 돌아가소. 월화가 잘한 것
도 없지마는 묵고살자니 할 수 없고 들내놓은 노류장화, 따진
들 무신 소용이 있겠소?"

월화오라비는 일단 온건하게 나온다.

"댁도 월화를 면박할 처지가 아니지 않소. 월화를 나무라기
보다 돌아가서 영감 맘을 돌리놓는 것이 상수 아니겠소?"

"독골은 왜 가나!"

울부짖듯 말했는데 서울네 목소리는 피리 소리 같았다.

"도리 아니겠소? 내일모레가 추석인데 소실은 소실의 도리
가 있는 겁니다."

"누구 마음대로!"

한마디로 비참했다. 그것을 느꼈는지 월화오라비 얼굴에서
도전적인 빛이 사라진다. 그가 달려온 것은 작당을 해서 월화
에게 폭행을 하고 살림을 때려 부수고, 그러는 줄 알았기 때
문이다. 치맛말이 뜯어진 것으로 보아 다소 실랑이가 있었던
것은 짐작이 되지만 일대일이라면 젊은 월화가 당하고만 있
지는 않았을 것이다.

"서로가 다 팔자 기박해서 이런 지경이 된 것 아니겠소. 오기로 해결이 될 문제가 아닌 기라요. 그만 돌아가시이소. 월화니도 같은 여자 입장이니 풀 세게 그럴 거 없다. 전사(前事)야 우떻게 되었든 그거를 왈가왈부하는 것은 니나 내나 주제넘는 짓이고, 다 그거는 남정네 하기에 매인 일 아니겠나. 기왕지사 일은 이렇게 됐으니 월화 니가 굽히는 기이 순서일 것 겉다."

월화는 오라비를 힐끗 쳐다보았다. 서울네는 멍청히 서 있었다. 발광을 하다가도 멍청해지곤 하는 것이 요즘 서울네의 버릇이었다.

"독골에는 갈 것 없다. 가만히 들엎우리 있거라. 당을 만들어서 머할 기고? 영감하고 천년만년 살 기가? 기영머리 마주 풀고도 갈라서는데 기생 팔자……."

하다가 그는 호주머니 속에서 담배를 꺼내어 서둘러 붙여 문다. 가난한 것이 죄지, 장바닥에서 월화오라비는 사리 밝은 사람으로 통해 있었다. 오라비로서 누이를 기생으로 내보낸 것을 항상 부끄럽게 생각하기도 했다. 그런데 멍청하게 서 있던 서울네는 온다간단 말도 없이 어느새 사라지고 없었다.

"아아니, 가부렀네?"

"오빠가 오니까 봉변당할까 봐서 갔겠지요 뭐."

담배를 몇 모금 빨다가 버리면서,

"월화야."

"왜요?"

"아까는 머한다꼬 독골 가느니 어쩌니, 그런 말을 했노."

"구데기 무섭어서 장 못 당구겠소."

"그렇기 말하는 기이 아니다. 그 여자 처지나 니 처지가 다를 거 머 있노? 넘한테 적악하기로는 매일반 아니가. 오히려 니야 공로 없이 영감 덕에 호강하는 셈이고 그 여자는 그럴 만도 하다. 그 여자가 피나게 벌어서 오늘 그 집안이 일어선 거를 진주서는 모릴 사램이 없다. 예사 잘되고 보믄 시기심에서 못한 것만 들추게 매련인 것이 인심 아니겠나? 그만 알듯 모르듯 독골에 다니오믄 되는 긴데 그거를 이봐란 듯 그 여자 앞에서 나빌 것은 머 있노? 그거는 잘한 짓 아니다."

"오빠는 참."

"하기야 기생 오래비가 입이 열 개라도 무신 할 말이 있겠노. 내가 집안 처리를 잘했이믄 니가 기생이 되었겄나."

오누이 간에 한동안 침묵이 흘렀다. 집 안도 정적에 싸여 있었다. 빨간 벽돌로 야트막하게 담을 싼 장독가에 철 늦은 고추잠자리 한 마리가 날고 있었다.

"나 갈란다."

월화오라비가 일어섰다.

"오빠."

"……"

"영감이 장터 가게 하나 비면 오빠한테 주겠다 하데요."

"그런 소리 마라. 지금 난전에서도 우리 식구 입에 풀칠은

한께, 니 장래나 생각해라. 항상 젊나?"

하고는 대문을 열고 나갔다.

월화는 마룻가에 걸터앉아 생각에 잠겨 있었다. 독골에 갈
까 말까 망설이는 것이었다. 어제저녁, 밥상을 물린 뒤 식곤
증에 빠졌는지 비스듬히 누워서 숨 가빠하는 김두만에게 독
골 다녀오겠다 했을 때 그는 아무 말도 하지 않았다. 그러나
싫어하는 기색은 아니었다.

'어쩔까?'

오라비의 충고 때문만은 아니었다. 서울네가 와서 야료를
부려 기분이 상한 탓도 아니었다. 서울네가 오기 전부터, 준
비해둔 것을 마루에 내어놓고 옷을 갈아입을 때 월화는 망설
였던 것이다. 독골에는 달포 전에 한번 다녀온 일이 있었다.

"우리하고는 인연 끊어진 지가 오래인데 각시가 그 몹쓸 놈
의 인사하고 어떤 사인지 모르겠지마는 찾아올 까닭이 없고
절 받을 까닭도 없제."

백발이 성성한 두만의 모친은 월화의 절을 받지 않으려고
돌아앉았다.

"어무이도 참, 여까지 왔는데."

기성네는 난처해하며 말했다. 그의 머리도 반백이었다. 늙
어서 더욱더 체구는 조그맣게 되어 있었으며 얼굴빛은 몹시
검었다. 며느리 말에 다소 누그러진 두만의 모친은,

"그 숭악한 인사가 각시 자네보고 가보라 하던가?"

역시 궁금하기는 했던지 물었다.

"아닙니다. 제 자작으로(임의로) 왔습니다. 그렇게 해야만 도리일 것 같아서."

"도리를 아는 사람이 남의 소실로 들어왔나?"

아픈 곳을 찔렀다.

"가세가 곤궁하다 보니…… 기생 팔자를 어쩌겠습니까?"
하는데 월화는 그 순간 목이 메었다. 두만의 모친은 더 이상 말하지 않았고 기성네는 점심을 먹고 가라고 권했다.

돌아오는 길은 나룻배를 타지 않고 걸었다. 걷다가 월화는 짙은 노을을 바라보며 사람 없는 강가에 서서 눈물을 흘렸다. 도리를 아는 사람이 남의 소실로 들어왔느냐, 그 정도의 수모, 비난은 밥 먹듯 받아온 신세, 새삼스럽게 눈물이 흐를 이유도 없겠는데 월화는 울었던 것이다. 얼굴이 새까맣고 반백이 된 중늙은이, 본댁 티를 내기는커녕 오히려 낯가림하는 아이처럼, 그리고 수굿했던 김두만의 본마누라, 그 자리가 얼마나 대단한 것인가를 월화는 가슴 아프게 느꼈던 것이다. 호적이야 어찌 되었건 귀밑머리 마주 풀고 일부종사한 여자의 당당함을 월화는 느꼈던 것이다. 늙고 못생겼으며 난쟁이같이 볼품없는 체구 그 어디에선가 풍겨나는 당당함, 인생에서 눈에 보이는 것과 눈에 보이지 않는 것이 있다는 것을 깨달은 것이다. 시어머니 후광 속에 있던 그, 이웃 사람들에게 둘러싸여 있었고, 시동생, 손아래 동서 그리고 조카들에게 떠받침을 받고 있는 기성네 처지는 견고한 성만 같았다. 그것이 부러웠다. 자기 자신은 결코 가질 수 없는 자존심인 그것. 아무나 꺾을 수 있는 노류장화, 서로 정 때문에 어쩔 수 없이 묶이어 그늘에서 숨어 사는 것도 아니며 돈이 많아 호강은 한다지만 늙은 영감 수발이나 드는 소실 신세가 서러워 월화는 울었던 것이다.

결국 월화는 치맛말이 뜯어진 남색 치마 대신 검정 치마로 갈아입고 집을 나섰다. 초행 때보다 두만의 모친은 한결 누그러져 있었다. 못 이기는 체 절을 받기도 했다. 처음 냉대로써 며느리나 동네 사람들에게 체면은 섰다 생각한 것 같았다. 그 광경을 보고 마을 왔던 이웃집 노친네가 말했다.

"하모, 그래야지. 그래야 하고말고."

초행 때도 그랬지만 동네 사람들이 월화를 배척하지 않고 은근히 호의를 보내는 것은, 그것은 말할 것도 없이 서울네에 대한 반감 때문이다.

"어디 세상에 서울 년 그년같이 모질고 독한 년이 있일까, 기성아배 발걸음 끊은 지가 몇 해고?"

"그거사 머, 문전에 발 딜이놓기만 하믄 내 죽는 꼴 볼 기라고 했인께."

죽일 놈 살릴 놈 했으나 역시 어미의 마음, 천하 악독한 불효자로 만들고 싶지 않았고, 폭력으로 이혼장에다 며느리 지장을 찍게 했을 때는 두 번 다시 아들과 상면하지 않으리라

두만의 모친이 결심한 것도 사실이나 그것도 세월이 흐르니 잊어졌고 내심으로 설 명절 제사 때가 되면 혹시 아들이 나타나지 않을까 기다리기도 했으니 월화의 출현이 당혹스러우면서도 한편 반갑기도 했던 것이다.

"그래도 그렇지, 맞아 죽는 한이 있어도 자식 된 도리, 발걸음을 끊다니 말이나 되는 일이던가."

"우리 고향의 석이어매는 죽었는지 살았는지 아들 소식도 모르고 십수 년을 살고 있구마는. 품 안의 자식이제, 흠, 자식 없는 중이 사까?"

"이자는 작은 각시를 보내는 거를 보이 기성아배도 길 털라꼬 작심을 한 모앵이요."

"누구 마음대로?"

"길을 두고 뫼로 가나? 부모 자식이 우떤 인연인데, 역적질을 해도 오믄 받아야제."

"그런 말 마소. 민적 도로 가지오기 전에는 어림없구마."

"그 제집이 다른 거는 다 그만두더라도 천륜을 끊은 거만은 입이 열 개 있어도, 어디 그리 숭악한 년이 있노. 우예 천륜을 끊는단 말고. 각시도 그 뿐만은 봐서는 안 될 기구마. 본처 맴을 달래놔야 작은집 살림도 편한 법, 본처 눈에 피눈물 나게 해서 잘되는 것 못 봤인께. 사내들이란 과부나 여염집 제집하고 오입질을 하믄 본처 박대하기가 일쑤라 카고, 화류계 제집하고 오입질을 하믄 개심을 하여 본처한테 돌아온다는 말들이 있는데 그것 다 각시 하기 탓인 기라, 안 그렇소? 기성할매."

　마을 온 노친네 말대답을 기다리다 못해 월화는,

　"어머니 이거 받으십시오."

하고 보따리를 내밀었다.

　"멋고?"

　"옷감입니다."

하고는 허리를 굽혀 보따리를 푼다.

　"치수를 알았으면 지어서 가져왔을 건데 몰라서."

　"그거사 무신 걱정, 작은며느리 손끝이 야물어서 옷 맨드는 거사, 득달겉이 해 내놓을 긴데."

　노친네가 두만의 모친을 대변하듯 말했다.

　"이거는 어머니 것입니다. 쑥색은 형님, 분홍색은 작은댁 동서 거구요."

　"옷이야 머 기럽나. 늙은기이 입고 나갈 곳도 없고."

하는데 또 노친네,

　"그런 소리 마소. 늙을수록 옷은 잘 입어야 대접을 받는 기요. 참 좋네. 이런 것을 어이서 샀일꼬?"

　노친네는 부러운 듯 옷감을 만져본다. 쑥색과 분홍색의 옷 감은 호박단이었다. 흰색은 하부타에[羽二重]라는 천인데 일본 서 만든 고급 견직물이었다. 포근포근하고 눈이 부시게 흰 천 이었다.

　"요새도 이런 감 파는 데가 있나?"

궁금한 듯 노친네는 또 물었다.

"포목점에서 피륙을 팔기나 합니까? 전에 끊어다 놨던 것이지요."

월화는 내키지 않는 듯 대답했다.

"그러믄 그렇지. 광복 몇 마 배급받는 것도 꿈자리가 좋아야 애댕기는(만나는) 세상 아니가. 혼사를 할라 캐도 예단감 구하기가 그리 어렵단다. 요새 나오는 갈창걸이 엷은 비단도 달라는 것이 값이고 그것도 솔옵(속사정)을 알아야 천신을 한다카이, 없는 놈들 찬물 떠놓고 예를 올리는 핑계가 돼서 좋기는 하다마는, 요새 이리 좋은 감이사 어디서 구하겠노. 참 좋네. 기성이할매는 복도 많소."

"그런 말 마소. 복이 많아서 자식하고 담 쌓고 사요?"

"그래도 수양산 그늘이 강동 팔십 리를 덮더라고 진주 김두만의 모친이라 카믄 어느 누가 하시하겠소."

"속 모르는 소리 그만두소."

"와 속을 모리꼬. 못사는 자식이 하나나 있어야제. 여수 사는 딸만 해도 안 그렇소? 철철이 친정어매 옷을 해서 안 보내나, 명절 때 제사 때는 개기며 제수비용까지 보내주고, 효성이 지극해서 그러겄지마는 그것도 없이 살믄 그럴 수 있겠소?"

"그거는 그렇제마는."

처음으로 두만의 모친 얼굴에 미소가 떠올랐다.

"여수의 우리 그 아는 키울 때부터 실겁었소. 시집을 갔다

408

한 연에는 복덩이 들어왔다고 시부모가 오금덩걸이 위했고, 아닌 게 아니라 그 아아가 들어가고부터는 시가 살림이 불터걸이 일었인께. 하지마는 살림보다, 무엇보다 복 많은 거는 시부모를 잘 만난 일이오. 딸 사위보다 사돈네 일이라 카믄 어른들이 먼저 챙긴께."

"그러이 그것 다 기성이할매 복 아니겠소? 모진 시에미 만내서 친정에 울고 오고 울고 가는 딸을 봐야 하는 어매, 골병드는 사램이 얼매나 많다고."

"내 평생 여수의 우리 가아 걱정은 안 했거마는."

평소 수다스럽게 자랑 같은 것 하는 성미가 아니었는데 딸선이 얘기를 할 때는 두만의 모친 얼굴에 만족과 자랑스러움이 떠올랐다.

"뿐이건데? 작은아들 기완애비는 우떻고? 그런 효자 없제. 형수한테 하는 거만 보아도 그런 시동생 없일 기고 밤낮으로 일해서 사람은 곱돌걸이 튼튼하니 무신 걱정이 있겠소. 성이사 그러거나 말거나 등 댈라 안 카고, 마아 아니할 말로 진주 나가서 성한테 비비대믄서 거들먹거리고 댕길라 카믄 못 그랄 것도 없제. 하야간에 기성이할매는 대복을 찌고 나온 기라요. 동네 사람들이 얼매나 불버라 하는지 아요? 그러고도 한 가지 근심이 없다믄 그거는 재앙을 부르는 일 아니던가 배?"

노친네의 입담이 여간 아니다.

"그래도 머니 머니 해도, 딸은 출가외인이요. 기완이애비는 제금을 나갔이니 제상 받들 사람이사 기성에미 아니겠소? 뿐만 아니라 기성에미는 우리 집 살림 밑천이오. 고생도 많이 했고, 내사 마, 민적 파가던 그날을 생각하믄 지금도 눈앞이 캄캄해지요."

그 말은 월화 들으라고 한 말인 것 같았다.

"그거사 머 두말하믄 잔소리제. 하늘이 무심치 않아서 눈앞에 안 보요? 서울네 이자는 쪽지 뿌러진 신세 아니던가? 내가 벌써부터 머라 캅디까? 아무리 그래쌓아도 오리는 물로 간다고, 서방 뺏고 자식 뺏고 그래봐야 말짱 허사라 안 했소? 오다가다 만냈이믄 자식이나 있던가, 자식이라는 거물장(경첩)도 없는 처지 늙으믄 뻔한 신세라 말했는데 바로 그렇기 됐제. 기동이가 부산으로 간 것도 서울네 꼴 보기 싫어서 그랬다믄서요? 음지가 양지 되고 양지가 음지 되고 세월이 잠깐이라요."

"기성이 그놈은 틀렸어. 그놈은 사람 되기 글렀제."

"그래도 경방단의 머라 카던고? 웃대가리라 하더마."

두만의 모친은 고개를 설레설레 흔들며 한숨을 내쉬었다. 둘째 기동이가 달라진 것은 사실이었다. 장가를 들어 아이도 하나 낳았는데 명절에는 식구들과 함께 독골로 돌아왔고 어미를 위로했으며 부산에서도 안부편지를 종종 보내오곤 했다.

노인들의 얘기가 길어지는 것이 지겹기도 했지만 동네 사람들이 한둘씩 모여드는 것도 민망하고 어색하여 월화는 얘기가 끊어지는 순간 자리에서 일어섰다.

"어머니, 또 오겠습니다. 오늘은 좀 바쁜 일이 있어서."

"갈라꼬?"

이번에도, 두만의 모친 대신 이웃 노친네가 말했다.

"네."

"요다음 올 때는 기성이아배하고 함께 오니라."

"무신 소리 하요?"

두만의 모친이 가로막듯 화난 음성으로 말했다.

"내쫓기는 한이 있어도 와야제."

기성이아배와 함께 오라는 이웃 노친네 말은 월화를 당황
하게 했다.

"네, 그, 그렇게 하겠습니다."

권한 밖의 일이었지만 우물쭈물 대답한 뒤 두루 인사를 하
고 동네 사람들의 호기심에 가득 찬 눈빛에서 몸을 감추듯 월
화는 종종걸음으로 떠났다.

"씰데없이 와 그런 말을 합니까?"

두만의 모친은 노친네한테 화를 내었다. 그러거나 말거나,

"아이구, 깨소금겉이 꼬시다. 이 사람들아 안 그렇나?"

동네 사람들이 와글거리기 시작했다.

"세상에, 기성이아배도 바람필 날이 다 있던가 배."

"그게 어디 바람피는 정도가. 아주 딴살림을 차린 거 아니
가. 허 참, 피어나는 꽃봉오리 겉은 기생첩을 두었으니 서울
네가 얼매나 복장을 칠꼬. 밤에 잠이나 오겠나. 내 원수는 남

이 갚는다 카던 옛말이 하낫도 그른 거 없다."

"와 아니라. 올바람은 잡아도 늦바람은 못 잡는다 안 하던
가 배? 젊은것한테 푹 빠지믄 서울네 신세, 눈먼 구렁이 갈밭
에 든 기지 머."

"그러기, 사람이 너무 뺏독시럽게 해굴어도 신양(身恙)에 해
롭은 기라. 엊그제 지가 남한테 한 짓을 오늘은 남한테 지가
당하니 입이나 어디 한분 뻥긋 하겠나. 그기이 다 정한 이치
제. 꽃도 피믄 지는 법이고 달도 차믄 기우는 법이고."

월화가 떠나자 마자, 말을 못해서 입이 근질근질하던 동네
사람들은 저마다 한마디씩 내뱉으며 마치 자신들의 일인 양
신명을 내고 있었다. 그새 기성네는 베밀콩(밥에 두는 풋콩) 따겠
다 하며 소쿠리를 들고 밭으로 나가버렸다. 어른들이 있는 앞
에서 동네 사람들과 말을 주고받을 당돌한 성격도 아니었지
만 일을 낙으로 살아온 그의 일상은 항상 그랬으니 특별한 것
도 없었고 동네 사람 역시 그러려니, 개의치 않았다. 그러나
두만이모친은 아까 노친네 말에 기분이 언짢아 있었고 동네
사람들 입방아도 마음에 들지 않았던 모양이다.

"이 사람들아 대강 해라. 무신 경사가 났다고 야단이고."
하며 타박이었다.

"서울네 때문에 인병이 들어서 주야로 탄식을 하더마는 그
라믄 기성할매는 속이 씨원하지도 않다 그 말입니까? 남인 우
리도 삼 년 묵은 체증이 내리간 것맨치로 씨원한테 말입니다."

"못할 짓 하믄서 남의 앞(소실)이 되어 사는 제집들이사 그년이 그년, 뭐가 다를 기고. 내가 셋째 년보고 치하라도 할 줄, 너거들은 그리 알았더나? 삼간 오두막 다 타도 빈대 타 죽는 것 좋아라, 날보고 그러라 말가."

"아이고 참 그러지 마이소. 괜히 맘속으로는 좋아하심서, 고분고분 찾아와서, 인사도 하고 이바지도 하는 거를 보믄 머지않아 기성이아배도 안 오겠소? 제집 소나아 지아무리 죽네 사네 해쌓아도 돌아눕으믄 남 아닙니까. 오두막이 불타서 없어지지도 않을 기고 아무나가 기생첩을 거나리건데? 다 그럴 만한 성시(형편)가 된께 그러제요. 초년 고생이 노년의 낙이라 카더마는 기성네도 이자는 괜찮을 깁니다."

"하모요. 괜찮고말고, 이자는 오금 박아감서 기성할매나 기성네 큰소리치믄서 살게 될 깁니다. 다 심덕 탓으로, 기성네가 그렇기 시부모 공양함서 참고 살았는데 공든 탑이 무너지겠소? 사람은 노리가 좋아야, 참말로 기성네 고생 많이 했제요."

한소끔 요란하게 떠들어대던 동네 사람들이 다 빠져나갔을 때 영만이 내외가 슬그머니 나타났다. 장독가에서 김칫거리를 다듬고 있던 기성네는 무안해하듯 히죽이 웃었다.

"성님, 그 여자가 또 왔다믄서요? 와보고 접었는데 기완아배가 말리서 못 왔십니다."

기완네는 치맛자락을 걷고 쭈그려앉으며 함께 김칫거리를 다듬으며 말했고 영만이는 그런 여자들을 외면하듯 모친이 있는 방문을 열고 들어갔다.

"진주서 여자가 왔다믄서요?"

영만은 눈살을 찌푸리며 물었다.

"음."

"머하러 왔던가요?"

"추석이 가까워온께 인사하러 온 모앵이더마."

"망조 들었구마요. 기생첩이라니 말이나 되는 일입니까."

"그거는 그렇다."

두만이모친은 신중한 표정으로 말했다.

"개구리 올챙이 적 생각 안 한다 하더니 집안 꼴 자알돼갑니다. 하기야 넘같이 담 쌓고 사니께 우리가 상관할 바는 아니지마는 사람이 푼수를 알아야지. 기가 맥힙니다."

"제집이 심성이 나빠 뵈지는 않더마는 사람 속을 누가 알겄노."

"심성이 좋고 나쁘고 간에, 부자가 함께 그 살림 결딴내겄소."

"그거야 누가 아나. 하도 제집이 독한께 정이 떨어져서 한눈을 팔았는지. 지도 나이가 든께……."

"여자 나무랄 것 뭐 있십니까. 성이 집안 처리를 잘못했인께 그런 거지요. 형수 보기 민망합니다."

한참 말이 없다가 두만이모친은,

"나도 그렇기는 생각한다. 그러나 이번 일로 해서 니 성이 조맨치라도 맴이 달라져서 집에 오고…… 함께 살라는 얘기

414

는 아니다. 다만 니 형수를 본댁으로 대접한다믄 다행 아니겠나? 하니 그 젊은 아이를 박대해서 오기를 돋울 것이 아니라 살살 구슬러서 일이 좋게 됐이믄 싶다."

영만에게는 모친도 속마음을 털어놓는다.

"그런다고 제 버릇 개 주겠소."

영만은 조금치도 기대를 하고 있지 않는 표정이다.

"그렇기만 몰아세울 것이 아니라, 사램이 나이 들믄 생각하는 것도 달라지네라. 그까짓 재물이사 있건 없건, 옛날겉이 우리 식구 화목하게 사는 것을 보아야…… 내가 살믄 앞으로 얼매나 살겠노."

"……."

"내사 니 성 돈 많다고 남우 입질에 오르내리는 거 싫구마. 그때 가정분가 하는 데서 돈을 털어갔일 직에도 내사 마, 세상 보기가 부끄럽었다. 부자믄 뭐 하노? 한 끼에 밥 열 그릇 묵을 기가? 이밥도 입에 쓸 때가 있고 깡보리밥도 입에 달 때가 있제. 사람 사는 기이 그런 것 아니다."

"……."

"그러니 기완이애비 니도 성을 내치지만 말고 옛날겉이 성지간(형제간)에 잘 지낼 수는 없는 기가? 내 살인데 우쩔 기고? 에미사 뭐라 카든지 간에."

"누가 그러고 접지 않아서 안 그랬십니까? 저거들 재산 넘기다볼까 싶어서 미리 똥을 싸는데, 앵이곱고 디럽와서 지도

자연 성질이 났지요. 한마디로 성은 졸장부요. 돈이야 벌었는
지 모르지마는."

"그거 다 서울네 농간 아니가. 답댑이, 두만이 가아는 귀가
여린 기이 병이다. 밤에 잠이 안 오고, 이 일 저 일 생각을 해
보믄 후회가 될 때도 있네라. 그만 그때, 윤보 목수 딸리서 서
울로 보내는 거 아니었는데 싶기도 하고, 요새는 왜 그런지
자꾸 지난 일 생각이 난다."

"그리 안 했이믄 그때 어울리서 산으로 들어갔일지도 모리
지요."

"그럴 인야나 되건데?"

"다 팔자소관 아니겄소."

"니 아부지 살아 생전 부끄럽기 생각한 일이 꼭 하나 있었
네라."

"산에 안 가신 것 말이지요?"

두만이모친은 고개를 끄덕였다.

"두만이가 돈을 벌어서 진주로 나오기는 했다마는 니 아부
지 고집에 그 일만 아니었다믄 고향 버리고 떠났을 리가 없
다. 나 역시도 그렇고, 살아도 살아도 뜨내기 겉은 생각, 나이
들수록 그곳 생각이 난다. 그때가 좋았제. 어디로 가도 내 나
온 고향보다 좋은 곳은 없다."

"지난 일 생각하믄 뭐합니까. 만리타국에 가서 사는 사람들
도 있는데."

"선이 시집보낼 때 일이 엊그제만 같고 타작마당에서 굿판 벌이던 일, 함안댁성님이 살구나무에 목을 맨 일도 눈앞에 생생하다."

영만은 그러는 모친을 근심스럽게 바라본다.

"그런 기막힌 일을 겪었는데 한복이 가아는 고향에서 안 사나? 얼굴이 딸바가지가 돼가지고 달구지를 타고 오던 그눔아아, 이자는 옛말하고 실제……. 애당초 잘못한 기라."

"뭐가요?"

"니 아부지 세상 버릿일 직에 뫼를 평사리에다 쓰는 건데 잘못했다."

"……."

"그때는 어마도지해서 그런 생각도 못했는데 요새 와서 곰곰이 생각한께 잘못했다는 생각이 드네. 그랬이믄 나도 함께 고향에다 뼈를 묻는 긴데."

"아부지는 생전에 그런 말씀 안 했습니다. 기색으로 나타낸 일도 없었고요."

"이녁 입으로는 차마 말 못했일 기다, 마음에는 있었어도."
하는데 모친의 눈이 순간 젖었다.

"정 그렇다믄 이장하지요 머."

"그기이 어디 쉬운 일가."

"어렵울 것도 없십니다."

"산소는 함부로 건디리는 기 아니다. 그랬다가 집안 망한 경우가 흔히 있었인께……. 그냥 내 맴이 그렇다 그 말 아니가."

"평사리 김훈장댁 양자도 만주서 김훈장을 이장해왔다 카던데요?"

"그 말은 나도 들었다. 양반의 법도가 참 무섭구나 생각했제."

"어무이가 정 원한다믄 못할 것도 없십니다."

"아니다, 그렇게까지는 할 필요가 없고, 보나 마나 니 성은 길길이 뛸 기다. 우리 근본 얘기만 나오믄 자다가도 방맹이 들고 나올 사람 아니가. 어림없는 일이다."

"성을 참니시키지 않으믄 안 됩니까?"

"그렇게는 못한다. 그거는 그렇고 영만아."

"야."

"세상이 우찌 된다 카노?"

"야?"

"우리 동네서도 보국대에 뽑히간 사람이 수을찮은데, 연방도 뽑아간다 카는데 우리 집 아아들은 괜찮겄나?"

"직장이 있인께 아직은 별일 있겄십니까. 그러나 앞일이야 모리지요."

영만은 떨떠름하게 말했다. 큰아들 기완은 사범학교를 나온 뒤 거창 산골, 국민학교 교사직에 있었고 둘째는 농업학교를 졸업하고 우편국 사무원으로 근무하고 있었다. 그러니까 징용에서는 일단 안전권에 있다 할 수 있겠으나 둘째 기태는 호적이 잘못되어 실제보다 나이가 두 살이나 아래로 되어 있어서 징병에 걸릴 위험은 있었고 스무 살 난 막내딸 기숙의 남편은 같은 독골에서 과수원을 경영하는 처지였으나 징용에 대한 불안이 있었다.

"보래, 영만아."

갑자기 모친의 음성이 낮아졌다.

"만일에 말이다. 일본이 싸움에 져서 손을 든다믄."

"누가 그런 말을 하던가요?"

영만은 긴장했다.

"와? 촌구석에 있다고 아무것도 모리는 줄 알았더나? 늙어서 귀도 먹고 눈도 멀었는 줄 알았더나?"

"그런 게 아니고 함부로 말했다가는 무신 봉변을 당할지 몰라서."

"에미가 함부로 말할 사람가?"

"……."

"그런께, 만일에 그렇기 되는 날이믄 니 성이 우찌 될꼬?"

영만은 깜짝 놀랐다.

"사람들은 니 성을 친일파라 안 카나. 또 그때 돈 뺏겼을 직에도 니 성이 좀 야단을 했나? 사람들 입질에도 오르내리고 인심 많이 잃었제. 천방지축 모리고 이 사람 저 사람 찍어 넣고…… 기성이 그놈도 안 그렇나? 경방단장인가 먼가, 그것도 큰 흠이 될 것 겉은 생각이 든다."

소싯적부터 대범하고 지혜로운 모친이라는 것은 잘 아는 일이지만 그런 것까지 깊이 생각하고 있을 줄은 영만이 미처 몰랐다. 아닌 게 아니라 요즘 영만이 자신도 가끔 그런 생각을 해보곤 했던 것이다. 그것은 영만의 국량이기도 했으나 사돈뻘 되는 장연학의 영향도 컸다.

부친의 장례식이 끝난 그날 밤 소동을 영만은 아직 기억하고 있었다. 두만이 군자금 강탈 사건의 범인으로 어릴 적 친구였던 송관수를 지목하며 흥분해 날뛴 데서 사건은 발생되었고 드디어 영팔노인하고 시비가 붙었던 그날 밤,

"예끼 순! 이 나쁜 놈아, 동냥은 못 줄망정 쪽박을 깨지 마라 했는데 니 말대로 하자믄 관에서 쫓기댕기는 놈이 날 잡아주소 하고 진주에 왔겄나? 종무소식, 죽었는지 살았는지 모리는 사람을 두고."

처음에는 영팔노인도 그 정도로 말했다.

"흥! 초록은 동색이라 카더마는 다 그렇고 그런께 편역 들고 나서는 거 나도 압니다. 의병인지 동학인지 옛날에는 다 한통속인 거를 누가 모립니까."

"뭐 우째?"

"울 아부지가 산에 안 들어갔다고 후회를 했다고요? 어림 반 푼어치 없는 말 하지도 마소. 의병질을 했건 동학당을 했건 만주 가서 독립군을 했건 그거는 아저씨 소관이지 울 아부지가 와 후회를 합니까. 누구 망해 묵을라꼬 한단 말입니까."

"말 다 했나?"

그때 영팔노인은 분노에 차서 벌떡 일어섰다.

"이노오음! 이 불가사리 겉은 놈아! 그래, 니 말이 맞다. 나는 동학당도 했고 의병질도 했고 만주 가서 독립군도 했다! 우짤라노? 내 이 늙은 모가지에 썩은 새끼줄 감아서 왜놈한테 끌고 갈라나? 끌고 가믄 상 많이 탈 기다! 다 산 목심, 내 그기이 무섭으믄 성을 갈겠다. 이 천하 무도한 놈! 지 뿌리 짤라 묵고 사는 놈!"

모두가 뜯어말려서 영팔노인을 영만의 집으로 데려갔던 것이다. 두만이모친도 그때 가만있지 않았다.

"니 아부지 숨을 거둘 때 뭐라 카싰는지 벌써 잊었더나? 남의 가심에 못 박지 마라, 그 말을 벌써 잊었나? 별말 할 거 없다. 판술아배, 판술어매, 그라고 니 에미꺼지 모두 끌고 가거라. 독립군했다고 끌고 가서 까바치라. 그라믄 상금 많이 줄 기고 축간 돈 아귀가 맞일 거 아니가."

"기가 차서."

"기가 차는 거는 나다. 아무리 돈이 좋기로, 죄 없는 사람을 모함해도 되는 기가? 니 아부지 땅에 묻고 날도 안 밝았다. 피알 하나 안 속이고 살아온 아부지 겉은 노인을 모함해?"

"모함은 무슨, 말이 그렇다는 거고."

"관수는 와 들먹이노? 못사는 친구 도와주지는 못할망정, 자식 키우는 놈이 사람을 사지로 몰아?"

모친은 그때 두만의 멱살을 잡았다.

십여 년 전 그날 밤 일이 엊그제처럼 영만의 기억 속에서 되살아났다. 영만이도 형을 비난했다. 평소 못마땅하기도 했으나 군자금 강탈 사건 후 진주서 비등하는 여론을 모르지 않았고 순철의 부친을 칭송하는 대신 두만을 멸시하는 인심도 영만은 소상하게 알고 있었다. 그러지 않아도 형에게 충고하리라 마음먹고 있었던 참이었다.

"성, 성은 자기 한 대[一代]만 살고 말 생각이오?"

"……."

"자기 한 대만 살고 말라 카믄 마음대로 하소."

"무신 말고?"

"나는 내 자식 자손 대까지 살아주기를 바라는 맴이니께 이렇기 되믄 성하고 남이 되든지 해야겠소."

"좀 더 알기 쉽기 말해봐라."

"그라믄 내가 묻겠소. 성은 왜놈이 천년만년 우리 백성을 누르고 살 기라 믿소?"

"……."

"우리 백성이 천년만년 왜놈의 종으로 살 기다, 성은 그렇게 믿고 있소?"

"나중 일을 누가 알꼬."

"모리지요. 나도 모리요. 하지마는 한 가지 틀림없는 일은 만일에 나라가 독립한다믄 성은 역적이 된다, 그것만은 틀림

이 없을 기고 삼족을 멸한다믄 조카 두 놈에 우리 새끼들은
우찌 될 기요?"

"야아가 무슨 소리를 하노? 지금이 어느 시절인데, 이 개명
천지에 삼족을 멸할 기라꼬? 자다가 꿈 겉은 소리 하네."

그러고도 형제는 한참 동안 말씨름을 했다. 이러한 시시비비
에 찬물을 끼얹은 사람은 장연학이었다. 시종 말이 없었던 그
는 송관수의 이름이 나오자 긴장했고 두만의 입을 틀어막기
위해 묘수로 생각해낸 것이 일종의 협박이었던 것이다. 연학이,

"그런 일로 안 잽힌 경우가 별로 없지요. 그것이 또 가정부
서 정말 그랬는지 의심스럽기도 하고, 차라리 강도한테 당했
이믄 후환이나 없일 긴데."

하고 말했을 때,

"후환이라니?"

퉁기듯 두만이 되물었다.

"첫째는 경찰에서 시끄럽고, 혹시 내통하지 않았나 의심을
한께."

"그, 그 점은 나도 생각했고 이도영이 그 사람도 그것 때문
에 오라 가라 했던 모양인데……."

그때 두만의 눈은 몹시 불안해 보였다.

"두 번째는 반대로, 그 사람들이 잽히는 날이믄, 또 친일파
로 지목을 하고 그랬다믄은 물귀신맨크로 끌고 들어갈 수도
있는 일 아니겠소."

그것은 무서운 말이었다. 입 다물고 있는 것이 신양에 이로울 것이라는 뜻이 짙게 깔려 있었던 것이다. 어쨌든 그때 일은 돈 기천 원이 문제가 아니었다.

두만의 경우는 다르겠지만 이들 김씨네 일가에게는 충격적인 사건이었으며 뭔가 생채기 같은 흔적을 남긴 것만은 틀림이 없다.

"씰데없는 걱정 마이소. 왜놈이 그리 쉽기 손들 것입니까."

영만은 그 문제를 밀어버리듯 모친에게 말했다.

"미우니 고우니 해도 내 속에서 낳고 니는 동기간이니께…… 그만 남 사는 대로 살문 될 거로. 돈이 원수다."

"돈 벌라꼬 친일도 한 거 아닙니까."

"그러이 돈이 원수라 안 하나."

"코앞에 닿은 근심도 많은데 먼 앞날 걱정은 그만두이소. 가볼랍니다."

영만은 일어서 나갔다. 그가 나가자 두만이모친은 며느리 둘을 불러들였다.

"우쨌거나 가지고 온 기니께, 자아 너거들 몫이다."

하며 두만이모친은 월화가 가져온 옷감을 나누어준다. 기성네는 묵묵히 받아들었으나 기완네는 얼른 펴본다. 천을 만져보는 그의 눈이 황홀하게 빛났다.

"성님, 옷감이 참 좋네요. 요새는 이런 것 눈 땂고 볼라 캐도 없십니다."

"내사 뭐 입고 갈 데나 있나?"

"성님 것도 구겡 좀 합시다."

기성네가 옷감을 내밀었다.

"기생이라 눈이 다르거마는. 성님 나이에 알맞게 쑥색, 참 좋네요."

"동서 자네 주까?"

"무슨 말씀을 그리합니까."

"와? 분홍은 기숙이 주고 싶고 쑥색은 자네가 입으믄 꼭 좋겠제?"

"참, 우찌 남의 마음을 그리 잘 압니까."

기완네는 까르르 웃는다. 시어머니 앞에서 기성네보다 기완네가 훨씬 임의롭게 굴었다.

"씰데없는 소리 말고, 옷감을 본께 추석치레보다 설치레다. 올 설에 해 입어라."

"어디 갈 데가 있어야 해 입지요."

기완네 말에,

"와 갈 데가 없노. 산소에는 안 갈 기가?"

"엎어지믄 코 닿는 곳인데요."

"맘묵고 가지온 기니까 자식들 줄 생각 말고 해 입어라."

"맘묵고 가져왔다 카시지마는 이거 다 아주버니 호주머니서 나온 건데요 머."

"그라믄 더욱 좋고, 기성에미 평생 처음으로 남정네 덕을 보이."

"참 그렇네요. 어무이 말씀을 듣고 보이, 성님."

"……."

"오래 살믄 이런 일도 있는 모앵이제요? 그 감 이리 주이소.
지가 온갖 정성 다 해서 지어디리겠십니다."

하며 기완네 기분이 썩 좋은데 밖에 누가 온 모양이었다.

"아무도 없나?"

"뉘요?"

방문을 열고 내다본 기완네가,

"아이구 호야할무이."

하며 황급하게 마루로 나갔고 기성네도 얼른 따라나간다.

"우짠 일입니까."

기성네가 물었다.

"그냥 와봤다."

호야할매는 비시시 웃었다. 늙어서도 깔끔한 차림이었다.

"성님 기시나?"

"나 여기 있네."

며느리들이 대답하기 전에 두만이모친은 방 안에서 얼굴을
내밀며 말했다.

"아이구 성님!"

"운냐."

"괜찮십니까?"

"올라오기나 해라."

"야."

하고는,

"야아들아, 이거 받아라."

신문지에 싼 것을 호야할매는 내밀었다.

"멉니까."

기완네가 받았다.

"소개기다."

"이리 귀한 거를 우찌."

"성님 국 끓여디리라."

방으로 들어오는 호야할매를 올려다본 두만이모친은,

"앉거라."

"야."

"무신 바람이 불었노?"

"호야애비가 어이서 소개기를 좀 구해왔기에 앞가림 삼아서, 성님도 보고 접고 해서 왔십니다. 좀 우떻십니까? 신색은 좋아 뵈는데."

"갈 때가 지났는데 이리 살아 있으니 욕이지 뭐."

"그런 소리 마시이소. 기성네가 누구를 믿고 사는데."

"그거는 그렇다. 내 지금 눈감아도 아무 걸리는 기이 없거마는, 기성에미 하나가 내 가심에 박힌 못이다."

"이자부터는 안 괜찮겠소? 말년은 좋을 깁니다. 자식들만 돌아오믄."

"와, 무신 얘기 들었더나?"

"좀 들었습니다."

"우떻게?"

"쌈이 잦다 카데요. 부모 형제 인연 끊은 것도 조강지처하고 민적 판 것도 다 서울네로 인하여 그랬다 캄서…… 기성아배가 후회를 하는 갑더마는."

"누가 그러더노?"

"기성이댁네. 친정어머니가 우리 이웃에 삽니다. 성님하고 우리하고 가까운 거를 알고 그런 말을 한 모앵이라요."

"……."

"이웃에서 보믄 사람이 엄전하고 본 바 있고, 함부로 말할 사람은 아닙니다. 살림이 빠져서 생활은 넉넉잖은 형편이지마는……."

"실개 빠진 놈, 죽자 사자 은앙새, 팥으로 메주를 쑨다 해도 곧이듣던 때는 언제고, 이제 와서 누구를 원망하노. 그놈이 후회를 해서 그런 말 한 줄 아나? 새 제집한테 빠져서 그러제. 개과천선할 놈이 아니다."

"성님도 참, 자식한테 우찌 그렇게 매력궂게 말을 합니까."

"자석 질옆(앞날)은 부모가 아네라. 키울 때도 그랬네. 그 불쌍한 한복이, 쪼맨할 때지. 함안 외갓집에서 그 어린기이 걸어서 평사리에 왔을 직에, 풀모기에 물리서 얼굴이 딸바가지

가 돼가지고 그 애인한 성상을 우찌 말로 다 하겠더노. 영만
이는 그기이 불쌍해서 우짤 줄을 모르는데 두만이 놈은 샐인
죄인 자손 우짜고 함서 돌린 기라. 내가 야단을 쳤제. 아무래
도 천성은 쓰고 나오는 모앵이더마. 그 아이는 애비 에미 닮
은 구석이라고는 없인께.”

“사람은 열 번 변성한다 카는데, 애비 에미 자식, 애비 에미
안 닮고 뉘 닮겄소.”

“모리거든 말 말아라.”

두만의 모친은 역정을 냈다.

“제집 나무랄 거 뭐 있노? 다 손발이 맞아 그래놓고 이제
와서 제집 탓을 해? 천하의 못난 놈, 지가 사내자식이믄 못 그
란다. 정말 개과천선을 했다믄 제 발로 걸어와서 사죄하는 기
이 옳지, 새 제집 얻었다고 죽자 사자 은앙새였던 제집을 하
루아침에 몰아세워? 아무리 내가 서울네를 밉어라 하기로, 내
자석 옳고 그른 것 분별 못할까.”

“이치로는 그렇소.”

“사람이 몇백 년을 사나. 남의 눈에 피눈물 내감서 와 그리
살아야 하노. 내가 내 며느리라꼬 역성을 드는 거는 아니다.
우리 기성네를 보고 있으믄 긴긴 세월을 하루같이 남 원망하
는 일 없고 남 해꼬지하는 일 없고, 두 가지 맘 쓰는 일 없고
일이 낙이라, 말이나 더분더분 한단 말가. 불쌍하고 간이 아
프다. 모두 희희낙락할 때 일하고, 가장과 함께 오손도손 얘

기할 때 지는 등잔불 밝히감서 바느질하고⋯⋯."

두만이모친은 옷고름으로 눈물을 닦는다.

"심란키 생각지 마이소. 그런께 기성네 아입니까. 누가 와서 그 자리를 흔들 깁니까. 기완아배도 형수를 엄첩게(대견하게) 생각하고."

"그나저나 너거들 추석에는 평사리에 갈 기제?"

"야. 성님은 우짤랍니까."

"우리사 못 가지."

"하기는 그렇겠소. 기성이할배 산소가 여기 있인께."

"지난 한식 때 기완이애비가 평사리에 갔다 왔네라. 그것도 내 살아 생전이다. 나마저 없어지고 나믄 고향 떠나 있는 자석들이 조상 산소 찾아가서 벌초하고 사초(莎草)하고 그기이 어디 쉬운 일이겄나. 청산이 되는 거지 뭐. 세상만사 생각해보믄 다 서글프다. 제삿날에 물이야 떠놓겄지마는. 자네는 그래도 작은아들이 남아 있인께."

"그러시⋯⋯ 성님."

"와."

"무신 심산인지 모리겄소. 만고에 편하고 아들이나 며느리가 다시 없이 하는데 와 이리 갑갑증이 나고 심란한지, 태산겉은 농사일, 날이 날마다 동동걸음으로 밭에 가랴 논에 가랴, 지금 와서 생각한께 그때가 호시절이었소."

"⋯⋯."

"심장이 상해도 호미 자루 하나 들고 밭에 나가믄 시름도 잊고 노래를 부르니 누가 뭐라 하나, 또랑물에 얼굴 씻고 일어서믄 살 것 겉앴는데 여기서는 심장 상할 일이 머 있겄소. 조석 걱정을 하나, 아무 근심이 없는데 와 평사리 생각만 자꾸 나는지, 철만 바뀌어도 눈앞에 들판이 선하게 떠오르고 바람난 제집겉이 갈 발을 잡을 수 없고."

두만이모친은 웃는다.

"그거 다 일에 넋이 들어서 안 그렇나."

"일에 넋이 들다니요?"

"바느질쟁이 삯일 놓고 있이믄, 또 도부꾼이 도붓길에 나서지 않으믄 여기저기 삭신이 쑤시고 아파서 못 견디는 법이라, 번걸증이 나고, 그기이 다 일에 넋이 들어서 그런 기다."

"일 땜에 그렇겄소? 아입니다. 산 설고 물 설고 사람들이 낯설어서 그럴 깁니다. 하루믄 갈 수 있는 고향을 두고 내 맴이 이런데 영팔노인은 만주꺼지 가서 수삼 년을 우떻기 살았이까요."

"죽도 사도 못해서 살았겄제. 판술네 말이 많이 울었단다. 추석 때가 되믄 우리 부모 묏덩이 우묵장성 풀에 덮여서 돌아가도 묻힌 곳이나 찾을란가, 어느 누가 벌초를 해주겄나 함서 판술아배 대성통곡을 했다 안 카나. 요새 사람들이사 어디 그렇더나? 고향 떠나부리믄 그만이제. 하기사 떠나고 접어서 떠난 사람이 어디 있겄노. 또 돌아올 형편이 못 된께 못 돌아오는 기고, 윤보 목수 자네 알던가?"

"알고말고요. 용수골에 있일 직에 우리 집 까대기도 지어주었소. 근동에 윤보 목수 모릴 사램이 어디 있겄소. 빡빡 얽은 얼굴이 지금도 눈앞에 선하요."

"장개도 한분 못 가보고 사시사철 발 닿는 대로 돌아댕기믄서 목수질을 하다가 몽다리구신 됐다마는, 명절이나 부모 제삿날이믄 돌아오더니라. 그래서 김훈장한테 수틀리믄 달라들고 하는 윤보 목수를 김훈장은 엄첩게 생각했제. 산으로 들어간 그 사람은 죽었고 함께 갔던 김훈장도 만주로 달아났다가 만 리 타국에서 돌아가싰지. 모두 엊그제 일 같다마는…… 자네만 그런 줄 아나? 낯설기로는 나도 매일반이다. 옛사람은 하낫도 없고…… 우리도 그 일만 없었이믄 멋하러 고향을 떴겄노. 아무리 두만이가 성공을 했다 하더라 캐도 평사리를 등지지 않았일 기다. 그기이 또 생전의 두만아배 한이었고."

"그 일이라 카믄."

"최참판댁의 조준구를 직이고 물자를 탈취해서 산으로 들어갈 낌새를 알고 두만아배는 사돈댁으로 피했네라. 그라고 참판댁 애기씨가 곤욕을 겪었을 때 우리는 아무 한 일이 없었다."

두만이모친은 탄식하듯 말했다.

"흉년에 조준구가 나누어 주는 쌀도 받아묵었고, 그기이 어디 예사 쌀이던가? 편 가르는 쌀이었제."

"그때 우리는 용수골에 있어서 자세한 거는 모리겄소만 어디 그기이 성님네 혼자뿐이겄소. 강약이 부동이라꼬."

"만 사람이 그래도 우리는 그래서는 안 되었던 기라, 최참
판댁이 누고? 애기씨는 우리네 상전 아니더나. 면천해준 은공
도 있었고 자식 없는 간난이 바우 두 양주를 위해 제우답으로
참판댁 마님께서 닷 마지기나 떼어주싰고, 그것도 조준구가
걷어가버렸지마는."

"그거는 와 주싰지요?"

"그 양주는 마님을 위해서 공이 많았인께 다 같은 종이라 할
수 없었제. 우리하고는 촌수가 멀어도 인척인께 맡기신 기다."

"언젠가 제우답 얘기를 들었지마는, 그기이 바로 그 얘기구
마요."

"이날꺼지 기일에 물은 떠놓고, 영만이가 평사리에 가믄 벌
초도 하네라."

"지난 일 다 잊어뿌리이소. 다 살기 위해 그랬는데 우짤 깁
니까."

"하기사 그때 산으로 따라갔이믄 죽었일지도 모르지. 식구
들은 산지사방으로 흩어지고."

"성환이할매도 그때 당했다 카더마요."

"석이아배는 아무것도 모리고 어디 갔다가 돌아오이 그 일
이 벌어졌제. 사람들은 산으로 간 뒤였고. 있었이믄 그 성질
에 따라갔일 기다. 평소 감정이 좋지 않았던 것이 빌미가 되
어 조준구 그놈이 석이아배를 죽게 했다."

제4편

순결과 고혈

1장 만산(滿山)은 홍엽(紅葉)이로되

엉성하게 만든 널평상에 한 다리는 세우고 한 다리는 늘어뜨린 채 곰방대를 물고 붕어같이 입을 버억버억 벌리듯 담배를 피우던 강쇠는 연기가 나지 않자 성냥을 그어댄다.

"니 댁네는 코가 삐뚤어졌나? 와 안 오노."

하고 강쇠가 말했다. 축담에 걸터앉아 있던 몽치는,

"절색은 아니지마는 코는 안 삐뚤어졌소."

심드렁하게 말했다.

"그라믄 와 안 오노."

"염치가 있인께 그러제요."

"염치가 있었다믄 애시당초 총각을 물긴 와 물었는고?"

"지가 물었지 그 앤네가 물었소?"

"하여간에 보짱 하나 알아주겄다."

"그거 없었이믄 벌써 옛날에 지리산 흙이 됐일 깁니다."

"말말이 저렇기 나오니, 대키 순! 해도사가 대체 머를 우떻기 가르칬길래 저 모양이고. 하기사 피장파장이기는 하다마는."

"그런 말씸 마시이소. 다른 거는 모리겄소만 인물 하나는 맨들어 놓으싰지요."

"허허어, 자칭 천자네."

"야, 지는 그렇십니다. 그렇기 살 기니께요."

"기떡이 맥힌다. 이놈아! 머를 믿고 니가 그러노."

"지리산 신령을 믿제요. 마음묵기 나름 아니겄십니까?"

하다가 몽치는 낄낄 웃었다. 부엌에 나뭇단을 들어다주면서 휘는 이들 수작하는 모습을 보고 빙그레 웃었다.

코가 삐뚤어졌느냐고 물은 여자는 다름 아닌 모화였다. 지난 봄부터 그들은 동거 생활로 들어갔는데 모화는 같이 산다 했고, 몽치는 장가들었다고 했다. 숙이가 울고불고 야단이 난 것은 물론, 영호도 드물게 친동생 대하듯 당장 갈라서라 호통을 쳤으며 여선주 부자도 몹시 못마땅해했다. 그러나 몽치는 오불관언이었다. 산에서는 가타부타 소지감은 말이 없었고 해도사는,

"팔자다. 네놈이 말린다고 말 들을 놈인가."

반쯤은 찬동하는 듯 말했다. 그러나 강쇠는,

"우떻기 된 계집인데 남의 새 총각을 돔비(훔쳐) 갔노. 그래 계집은 또 그렇다 치자. 만고에 미친놈 아니가. 혼비가 없는 것도 아니겄고 시집오겄다는 처자가 없는 것도 아니겄고 어디가 벵신이가? 자식새끼까지 딸린 헌계집이라니, 말이나 되는 일가."

분개를 했다.

"좋은 거를 우짭니까. 여자는 별 인물 볼 것 없고 성깔도 대단한 모앵인데 경우가 바르고 비루한 짓은 죽어도 못하는 성민갑더마요. 몽치 가아가 보통내깁니까. 다 지 생각이 있일 깁니다. 그냥 모르는 척 내비리두시이소."

중재하듯 하는 휘의 말에,

"내비리두라니, 내가 그놈 아아 애비가? 지 누부 말도 안 듣는 놈인데."

슬그머니 후퇴를 했다. 다만 몽치를 이해하는 사람은 평사리의 한복이었다. 영호와 그 형제들의 생모요 자신의 마누라인 영호네는 하동 저잣거리에서 비럭질하던 계집아이였었다. 그 과거사를 생각하여 한복은 몽치를 이해했을 것이다.

"불쌍한 사람끼리 만내서 서로 아끼고 의지하믄 되는 기지, 형제 된 입장에 욕심이야 와 없겄노마는, 못 만났거나 죽었이믄 그런 동생도 눈앞에 못 볼 거 아니가. 애기 니가 맘을 풀어라."

며느리 숙이에게 타일렀던 것이다.

몽치는 어제저녁 때, 마른 생선을 수월찮이 짊어지고 추석을 쇠기 위해 산에 돌아왔다. 휘는 그보다 훨씬 앞서, 그러니

까 지난 초여름, 통영의 생활 터전을 걷어버리고 산에 돌아와
있었다. 모두 살기가 각박했고, 언제 어떻게 될지 모르는 전
시인 만큼 소목일을 맡기는 사람들도 드물었지만 징용이라는
위험부담이 있어서 그곳 생활을 청산하지 않을 수 없었기 때
문이다. 강쇠도 물론 돌아올 것을 원했고 특히 해도사는 신중
한 태도로 돌아와야 한다고 명령하다시피 했다. 옛날과 같이
휘는 숯을 굽고 화전을 넓혀 농사도 지었으나 네 식구가 늘어
난 산 살림이 어려워진 것은 사실이다. 통영서 벌어온 돈이 있
어서 그나마 지탱이 되는 형편이었다. 영선은 국민학교에 다
니던 선아를 산으로 데려오지 않으면 안 되었던 일을 못내 아
쉬워했다. 어쨌든 추석을 하루 앞둔 산에서는 그런대로 추석
준비들을 하고 있었다.

"올 추석, 도솔암은 시끌벅적하겠다."

강쇠는 곰방대를 털고 일어서며 말했다.

"와요?"

몽치가 물었다.

"서울서 손들이 많이 왔인께."

강쇠는 더 이상 설명을 않고 곰방대를 허리춤에 찌르며 문
밖으로 나간다.

"교장 선생님 가족들이 오신 기라."

휘가 덧붙여 말했다.

"헌 생이 틀 겉은 그 양반."

"제발 그놈의 말버릇 좀 고치라. 언제꺼지 그럴 기고."

"성이야말로 서울서 똥깨나 뀌는 사람이라꼬 쩔쩔매는 기요?"

휘는 어이없다는 듯 웃는다.

"오장육부 사람은 다 매일반인데 그래쌓을 것 없소. 보아하니 늙은네가 곧 죽어감서도 개화장에 양복 걸치고, 신식 배우니라고 부모 재산깨나 축냈을 성싶더마요. 우리네 고학파하고 안 맞일 것 같애서 별 재미없소."

"얼씨구? 그 양반이 지리산 몽치장군을 만내러 오기라도 했단 말가? 허파에 바람 든 소리 그만해두어라."

"지감스님이나 도사 선생님은 모두 우리 구역 사람 아니오?"

"태산 깨는 소리 하네. 몽치야."

"말하소."

"그따우로 풍을 치다가는 산에 발 딜이놓기도 어렵게 될라?"

"무슨 소리요?"

"산의 형편이 전과 같은 줄 아나?"

"별 희한한 소리 다 듣겠소. 영문이나 압시다."

"지금 징용을 피해서 도방 사람들이 많이 숨어들고 있다. 모두 죽기 아니믄 살기로 독이 오른 사람들인께 잘못했다가는 봉변 당할 기다."

"이 내가요?"

"함부로, 대나 깨나 시부리지 말라 그 말이다."

"객이 주인을 내친다 그 말인가 본데 언제부터 성이 그리 곤장해졌소? 통영에다가 실개를 빼놓고 왔소?"

"미친놈, 그나저나 니 형편은 우떻노."

"그거야 두고 보아야제요. 기름도 어구도 딸리는 판국이니 배 띄우기가 수을찮고 뱃놈이라고 언제꺼지 그냥 놔두겠소? 아무튼 지랄 겉은 세상이오."

"큰일이다."

"얼마 전에 왜놈 간장공장에서 기술자로 일하는 사람이 떼여가는 거를 보았는데 산월이 다 된 맥네가 목을 놓고 울더마요. 왜놈 해구는 꼴을 보이 간장 안 맨들어도 좋다, 개기 안 잡아도 좋다, 가자, 그 조더마."

"……."

"그거는 그렇고 산에 숨어든다는 사람들은 뭐 묵고살 기요?"

"식량 댈 만한께 들어왔겄지. 없는 사람들이야 어디 피신이나 할 형편가. 배급통장이 발을 꽉 묶어놨는데 하기야 뭐 먼지 죽는가 나중에 죽는가 그 차이 아니겄나. 그래 니는 언제 갈라노."

"내일 일찍이 산소에 갔다가 평사리에 들리서."

"생각 좀 해봐라."

"생각하나 마나요."

"그런 소리 말고 니도 산으로 돌아와야 할 기다."

"그거는 안 돼요."

"와 안 되노?"

"하야간에 그 바닥에서 나는 비비대볼랍니다."

"각시 땜에 그러는갑네?"

휘는 빈정거리듯 말했고 몽치는 눈을 희뜨며 노려본다.

"나 실개 빼놓고 사는 놈 아니오."

"말이사?"

"이판사판, 당할 때는 당하더라 캐도 숨어댕기는 거는 싫구마요. 갑갑해서 못 사요."

"미련한 놈이나 하는 짓이제. 니 눈에는 세상이 니 손바닥 위에 있는 거로 보일지 모르지만 그거는 풋내기라서 그런 기다. 지 심만 믿는 놈치고 어리석지 않은 경우는 드문께."

"인명재천이라 했소."

"그 말 나올 줄 알았다."

"하늘이 무너져도 솟아날 구멍이 있다 했소."

"그렇고말고. 네놈만 솟아날 구멍이 있긴 있일 기다. 지리산 신령을 믿은께."

휘의 집에서 점심을 먹은 몽치는 해도사 거처로 내려왔다. 그곳에서 하룻밤을 보내고 이튿날 몽치는 아비 산소에 갔다. 쓰러져 죽은 그 자리에 아무렇게나 묻어놓고 해도사가 표지만 해났던 조그마한 봉분이었다. 그동안, 그러니까 몽치가 산을 떠난 후 그가 돌아오지 못할 경우에는 평사리 시댁에 추석을 쇠러 온 숙이가 무덤을 찾았고, 해서 비교적 손질은 잘되어 있었다.

"아부지, 지 왔소."

초라한 제수를 차려놓고 술을 부은 뒤 몽치는 엉덩이를 치켜들고 절을 세 번 하고 반절도 한 번 하고 무덤에 술을 끼얹는다. 그리고 무덤가에 앉아서 하늘을 올려다본다. 구름 한 점 없이 맑은 가을 하늘이었다. 그동안 날이 가물어서 그랬는지 스치고 지나가는 바람은 건조했다. 선명하게 물들기 시작한 잡목 숲, 나뭇 잎새들도 종이 잎새같이 서로 부딪는 소리가 메마르게 들려왔다. 풍성한 가을 산이 왜 그렇게 쓸쓸해 보이는지, 새 한 마리가 푸드득 날아오르는가 했더니 맞은편 숲속에서는 지치지도 않고 소쩍새가 울었다.

몽치는 술병을 들고 남아 있는 술을 마신다. 그리고 명태포를 찢어서 입에 넣고 질겅질겅 씹는다. 세월을, 한을 씹는 것처럼, 그의 얼굴은 깊은 슬픔에 젖어 있었다.

"아부지, 와 그렇기 어리석게 살았십니까? 싫다며 도망간 여자를 찾아서 머할라 캤십니까. 자식들 끌고 유리걸식, 결국 이곳에 묻힐라꼬…… 아부지!"

도망간 여자, 그는 그의 생모였으며 몽치는 한 번도, 마음속에서나마 어머니라 불러본 적이 없는 사람이었다.

"첩첩산중, 첩첩산중…… 어린것 하나 놔두고 눈을 감을 수 있던가요? 아부지!"

산소에 오면 언제나 중얼거리는 말이었다.

"나는 세상 그렇기는 안 살 깁니다. 그렇기 못나게는 안 살

443

겁니다. 천지간에 낯선 곳에 떨어진 목심, 누부나 내나 살아
남은 기이 천행이었제요. 죽은 사람 원망해서 머하겄소. 하지
마는."

병을 기울여 또 술 한 모금을 마신다.

몽치에게는 아직도 풀리지 않는 의문이 하나 있었다. 도대
체 어째서 아버지는 산속으로 들어왔느냐는 그것이었다. 죽
을 생각이었다면 마을, 사람 사는 곳에 아이를 버렸으면 될
것을, 누이를 주막에 맡긴 것처럼 할 수도 있었는데, 사람을
찾아서 산에 들어왔는지 아니면 화전이라도 일구어 살아볼
요량으로 산에 들어왔는지, 그러다가 갑작스레 병이 나서 죽
었는지…… 알 수 없는 일이었다. 몽치는 한 번도 그날 밤을
잊은 적이 없다. 시신을 곁에 두고 차디찬 이슬에 젖으며 쭈
그리고 앉아서, 산발한 듯 숲이 바람에 울부짖고 산짐승들이
울부짖던 그날, 그 칠흑 같은 밤을 그는 결코 잊지를 못했다.

산소에서 돌아온 몽치는 해도사와 지감에게 작별인사를 하
고 휘와 해도사에게 나누어 주었기에 훨씬 양이 줄어든 마른
생선꾸러미를 들고 평사리를 향해 산을 떠났다.

도솔암에는 명희와 그의 올케 백씨, 그리고 여옥이 와 있었
다. 명희와 여옥은 처음 삭발한 지감을 보고 소스라치게 놀랐
다.

"스님, 언젠가 한번 만나뵌 적이 있는 것 같은데요."

여옥이 물었을 때 지감은 빙그레 웃었다.

"여수서, 두 번이었지요."

"노상에서 한 번, 그리고 부둣가에서 한 번."

"그렇습니다."

지감은 여옥에 대하여 많이 알고 있는 것 같았다.

"너무 뜻밖입니다."

"전도부인께서 절에 오셔도 되겠습니까?"

다소 비아냥거리듯 지감은 말했다.

"산중인데 그러면 우릴 쫓아내시겠습니까?"

여옥도 스스럼없이 말했다.

"원래 절에서는 기식을 거절하는 법이 없소이다."

명희는 엉거주춤 그들이 하는 말을 듣기만 했다. 여옥은 완전히 건강이 회복되었고 임명빈은 거동에 불편이 없을 만큼 많이 좋아진 편이었다. 그는 여자들이 셋이나 몰려온 것을 영 못마땅하게 생각하고 있었다. 좀 내려가면 여자들만 있는 암자가 있는데 거기 가 있는 게 어떻겠느냐 권하기도 했다. 사실 산에 있는 동안 이곳 형편도 다소나마 알게 되었고 산사람들의 기질도 어느 정도 파악하게 되었다. 어렵고 힘든 속에서 얼마나 그들이 강건하게 살고 있는가, 물론 조용한 산사의 분위기를 어지럽힌다는 생각도 했으나 서울 부르주아들의 유람 행각으로 보이지 않을까 그 점이 염려되었다. 모두 양식이 있는 여인네들이지만 차림새에서부터 산사람들은 예사롭게 보지 않을 것이기 때문이다. 그리고 입심들이 보통이 아닌 해도사나 지감

그리고 강쇠에 대하여 켕기는 구석이 없지도 않았다. 그들 입에서 무슨 독설이 튀어나올지 조마조마한 심정이기도 했다. 실은 백씨와 명희는 추석을 산에서 혼자 쉴 명빈을 생각하여 음식이며 밑반찬을 장만하고 겨울 옷가지, 불전 등을 준비하여 조용히 다녀가려 했다. 그랬는데 공교롭게도 여옥은 여수의 최상길로부터 편지를 받았으며 내용이 추석 다음날 자기는 지리산 도솔암으로 갈 터인데 여옥이더러 내려오지 않겠느냐는 것이었다. 해서 여옥은 명희 일행에 합류하게 되었던 것이다.

"정말 심산유곡이지요."

점심을 먹고 난 뒤 여자 셋은 밖으로 나왔는데 계곡의 개울길을 따라 올라가며 백씨가 말했다. 그는 한 번 이곳을 다녀간 일이 있었지만 명희와 여옥은 초행이었다. 슬랙스에 운동화를 신은 명희는 땅바닥을 내려다보고 걸으면서,

"나도 이런 곳에 와서 살았으면, 세상만사 다 잊고."

혼잣말같이 중얼거렸다.

"그런 말씀 마세요. 오빠 같은 환자는 정양하기 위해서지만 아무리 좋다 해도 첩첩산중, 아무나가 살 수 있나요?"
하는데 여옥은,

"그건 마음먹기에 달린 거예요."
하고 말을 가로막았다.

"서울서 왔다는 그 암자의 여자도 십 년 넘게 이곳에서 살았다 하지 않았어요?"

"그 여자는 중이잖아. 여기 살고 싶지만 중이 될 생각은 없어. 하긴 언니 말이 맞아요. 아무나가 살 수 있는 곳은 아닐 거예요."

명희는 생각을 철회하듯 말했다.

"그 여자는 중 옷만 입었다 뿐이지 제대로 된 중은 아니래요. 서울서 알 만한 집안의 따님이라 하고 지감스님의 이종 누이라 하던지…… 어딘가 좀, 정상이 아닌 것 같더군요. 전에 한번 왔을 때 어떻게 알았는지 찾아왔더군요. 지감스님은 영 달가워하지 않는 눈치였어요. 뭔지 하는 말이 앞뒤가 맞지 않고, 그런가 하면 스님한테 따지듯 맹랑한 면도 있구, 그리고는 자기 암자에 놀러오라 하며 일어섰는데 돌아서서 하는 말이 자기는 이 산 말고는 갈 곳이 없다, 그 말을 들으니까 어째 가슴이 찡하더구면."

명희는 지난날 그 남쪽 바닷가에서의 생활을 생각하고 있었다. 벼랑 끝에 서 있는 것 같았던 그곳, 두 번 다시 그렇게 살고 싶지는 않았다. 그러면서도 어째 이곳에서 살고 싶다 했는지 자기 자신도 알 수 없는 모순이었다.

"그보다, 제대로 된 중이 아니라 하더라도 중 차림의 여자가 아이는 어떻게 된 걸까요?"

여옥이 말했다. 실은 어제 임명빈의 권유도 있고 해서 여자들은 민지연의 암자로 내려와 잠을 잤던 것이다. 그러나 민지연은 대하기가 편안한 여자는 아니었다. 신경에 날이 서 있는 것 같은가 하면 망연한 눈빛으로 말없이 앉아 있곤 했다. 잠자리에 든 후에도 끊임없이 한숨을 쉬며 몸을 뒤척였다. 그런가 하면 자다 말고 마루에 나가서 우두커니 앉아 있는 것이었다. 아침 일찍, 도솔암으로 올라온 여자들은 방이 비좁아 잠을 못 잤다는 불평을 임명빈에게 했다. 어쨌든 그곳에서 여옥이 말하는 아이를 보았던 것이다.

"그 아이는 그 여자 애가 아니에요. 누가 버리고 간 아이라나요? 처음에는 펄펄 뛰었답니다. 혼인도 안 한 처지 아이를 기르다니 말이나 되는가고, 했는데 지감스님께서 우격다짐으로 기르라 했던 모양이에요. 이제는 너무 이뻐서 그 아이 없인 못 살겠다 그러는 거예요."

"혼인을 안 했어요?"

여옥이 의아해하며 되물었다.

"네, 안 했대요."

"무슨 곡절이 있군."

명희는 평상같이 반듯하고 넓은 바위 곁에 가서 걸음을 멈추었다.

"여기서 쉬어요."

세 여자는 나란히 바위에 걸터앉는다.

"여옥아."

"응."

"우리가 여기 오래 있으면 방해가 되겠지?"

"무슨 소리야?"

"최선생 오시면 우리 떠날게."

"놀랍군."

"뭐가?"

"명희 너한테도 심술이란 게 있으니 말이야."

"언니, 심술이래요. 실은 샘이 나서 그러는데."

낄낄거리며 명희가 웃는데 백씨는 웃을 수 없는 모양이었다.

"샘이 나면 너도 애인 하나 만들어."

"망칙한 소리 하지 마."

"앙큼스럽기는, 희재어머니."

"네."

"이런 시누이 보기가 힘들지 않으세요? 마음을 꽁꽁 묶어서 남이 볼세라 전전긍긍하는 꼴, 터버리면 서로 편할 건데 아직 고생을 덜해서 그런가 부지요?"

"나는 괜찮지만 길선생은 그럼 어째서 고모랑 그리 다정하지요?"

여옥은 껄껄 소리를 내어 웃었다.

"나도 한때는 그랬거든요. 명희는 개심하기 어려울 거예요. 눈앞에 백마 탄 사내가 나타나도 머뭇거리다가 볼일 다 볼 거예요."

"그러면 여수 최선생은 백마 탄 사내야, 너에겐?"

"사내…… 친구야. 구혼을 한다면 못할 것도 없지만 그 사람 구혼 같은 것 하지 않을 거야."

여옥은 솔직하게 마음을 털어났다.

"금홍인가 하는 그 여자 떠났다며?"

명희는 조심스럽게 물었다.

"본인은 나보고 그런 말 안 해. 하지만 갈라선 것 같애."

"그러면 결혼 못할 것도 없지 않아?"

"그건 남들의 생각이지. 실상 난 친구든 남편이든 상관없어. 나 난생처음 남에게 의지하는 마음 생긴 것, 그것만으로도 충분해. 희재어머니, 다 늙어가면서 이런 말 하는 것 숭업지요?"

"별말을 다 하세요. 나도 그리 구식은 아니랍니다. 고모한 테서 들었지만 형무소에서 길선생을 업고 나왔다면요?"

"……."

"그런 지극한 사랑이 어디 있겠어요? 이해합니다. 그러나 조금은 섭섭하네요."

"왜요?"

"다정한 친구를 빼앗긴 고모 땜에."

여옥은 또 웃었다. 그러나 어딘지 멋쩍어하는 구석이 있었다.

"그러니까 힘들지요."

"힘들어하지 마. 미안해할 것도 없구, 한 사람이라도 정상으로 되는 편이 낫지."

"끝내 자신의 얘기는 안 하는구나."

"안 하는 게 아니야. 나는 그럴 생각이 없어. 그건 진실이야."

그 말이 진실이라는 것은 여옥이나 백씨나 다 의심치 않았다. 그러나 그것은 고통스런 일이었다.

분위기가 무겁게 가라앉았다. 세 사람은 다 뭔가 이야기를 이어나가야겠다고 초조하게 생각하면서도 가위눌린 것처럼 입을 뗄 수가 없었다. 어쩔 수 없는 침묵이 흐른다. 그리고 어느덧 각자 자신의 생각에 빠져들고 있었다. 지저귀는 새소리, 흐르는 물소리, 바람, 바스락거리는 마른 나뭇잎 소리, 숲에서는 온갖 생령(生靈)들이 일렁이고 있는 것만 같았는데 침묵은 계속되었다.

사실 명희는 쓸쓸했다. 색 바랜 헌 옷 같은 자기 존재가 서글프기도 했다. 인척 집 늙은이는, 소생 하나 없이 노년을 어디다 의탁할꼬, 그 곱던 얼굴도 속절없이 늙는구나, 늦기 전에 개가를 하든지, 그런 말을 했다. 수다스러운 원아의 젊은 엄마는, 원장님 같은 분은 재혼하시려고 마음만 먹는다면 얼마든지 좋은 상대가 있을 거예요, 아름다우시고 교육은 최고로 받으셨고 재산도 넉넉하겠다, 그런 말을 지껄였다. 은근히 혼담을 가져오는 사람도 있었다. 그럴 때마다 명희는 모욕을 느꼈고 넌더리를 내며 싫어했으나, 그러나 그는 역시 외로워지지 않을 수 없었다. 강선혜의 경우도 그랬고 길여옥, 양현의 경우도 어떤 아픔 같은 것을 늘 자아내게 했다. 그들은 모두 명희가 아끼는 사람이며 다정한 선배, 벗이었으며 딸과 같은 존재였다. 그들은 행복하건 불행하건 모두 절실한 대상과 더불어 절실한 삶의 한가운데에 서 있었다. 그들의 삶과 무관한 자기 처지를 때때로 깨닫게 될 때 명희는 쓸쓸해지는 것이다. 그들의 삶과 자신의 삶이 전혀 다르다는 것을 느낄 적에도 그랬다. 강선혜의 남편 권오송은 결국 영월에서 잡혀왔다. 그의 죄명은 불온 사상이었고 잡지 《청조》를 발행했을 때도 목적은 불온사상의 전파였다는 것이다. 그것은 어느 면에서 사실무근은 아니었다.

"본인은 차라리 편안하다 하더군. 불안한 나날을 보내기보다 오히려 낫다, 말이 그렇지."

하며 강선혜는 명희 앞에서 흐느껴 울었다.

"선혜언니가 큰일이야."

침묵을 깨고 명희가 중얼거리듯 말했다.

"그러게요."

숨이 트인 듯 백씨가 얼른 맞장구를 쳤다.

"날이 곧 추워올 건데, 들어간 분들이 겨울을 어찌 날 것인지 큰 걱정이에요."

백씨는 또 말했다.

"권오송 씨는 어떤 괴물 같은 여자 때문이라며?"

여옥이 낮은 소리로 말했다.

"그걸 어떻게 알았니?"

"나도 귀는 열려 있어."

"이 일 저 일로 선혜언닌 불운했어. 이번이 처음은 아니야."

"그것도 알아. 그 괴물은 소위 상류사회를 누비고 다니는 경찰의 스파이라 하던데 명희 너도 알고 있니?"

"그 얘긴 선혜언니한테서 들었어. 전에 한번 찾아온 일이 있는데 공교롭게 선혜언니하고 부딪쳤지 뭐니? 여러 사람들한테 피해를 준 모양이야."

"흡혈귀 같은 여자라 하더군. 동생이 하나 있는데 그건 언니에 비하여 순진한 편이고, 애비도 밀정이었다는 거야. 그런 연유로 경찰 간부 어떤 왜놈의 정부이자 그 손끝에 노는 스파이라 하더군."

"어떻게 그리 소상히 아니?"

그러나 이상하게 여옥은 그 말 대답은 하지 않았다.

"선혜언니 말로는 처음 그에게 많은 도움을 주었다는 거야. 무용 발표 때도 《청조》에서 후원하는 것으로 해주었고, 한데 권오송 씨를 유혹하려다가 거절당한 앙갚음으로, 참 세상엔 별놈의 여자가 다 있지?"

"상류사회의 할 일 없는 여자들 속을 뽑아내어 거미줄 감듯 친친 감아서 돈을 말아 올리기도 하겠지만 동정을 살피고 정보도 수집하고."

"어느 정도 정체가 밝혀졌으면 끊어버려야 하는 건데 여전히 그 여자는 다니던 집에 드나들고 있는 모양이더군. 왜 그럴까?"

"이 맹추야, 그것도 몰라?"

"뭘?"

"세상 물정 하낫도 모르는군. 사람들 심리에 대해서도 캄캄 소식이구."

명희는 쓰게 웃는다.

"사람들은 해악을 당할까 봐 두려운 거야. 미운 놈 떡 하나 더 준다는 말도 있지 않아? 왜 떡 하나를 더 주겠니? 제발 해코지 말고 물러가라는 뜻이지. 악신을 달래는 것도 우리들 풍속이야. 어떤 면에서는 아주 노회한 생각이지만, 그리고 또 일부에서는, 소위 친일 패거리들인데 그 여자 뒤에 엄청난 힘이 있는 거로 착각을 하고 이용해보려는 속셈도 있겠지. 그 여자는 그렇게 생각하게끔 하는 데는 비상한 재주가 있는 모양이고, 하기야 뭐 경찰 간부의 정부면 힘이 있다고도 할 수 있겠지."

"여옥아, 너 형무소 살이를 하더니……."

"하더니?"

"말하는 투가 어쩐지 전과 같지 않아. 왜 그렇지?"

명희는 고개를 흔들었다.

"거칠어졌니? 누굴 저주하는 것 같아? 나 그렇지는 않은데."

"거칠다기보다 뭐랄까, 가끔 그런 걸 느끼는데 좀 이상해."

순간 여옥의 얼굴에 긴장하는 빛이 나타났다가는 사라진다.

"그런 일 겪고 나면 글쎄…… 생각을 꾸미려 하지 않기 때문에 그런 걸까? 단순해지면서 강해진다고나 할까? 아무튼 내게는 그곳이 값비싼 인생의 교습장이었어. 상상도 못할 그런 인생들과 만나게 되는 곳이기도 하구."

여옥은 말을 하면서 뭔가 골똘히 생각하고 있는 것처럼 보였다.

"그런 겁나는 얘긴 이제 그만들 하세요."

눈살을 잔뜩 찌푸리며 백씨가 말했다.

"어이구 죄송합니다, 희재어머니."

"그보다 법당에 있는 그림은 보셨어요?"

"무슨 그림 말예요, 언니?"

하고 명희는 올케를 쳐다본다.

"내가 얘길 안 했던가요?"

"……?"

"법당에 걸려 있는 관음상 말인데요. 재영이할아버지께서 감옥에 들어가시기 전에 그 관음상을 그려놓으셨다 하는데 기가 막히더구먼. 정말 놀랐어요."

"그분이 어떻게?"

여옥은 의아해했다.

"옛날 어렸을 때 절에서 그림 공부를 하셨던 모양입니다. 그, 그 아 금어라, 하던지요. 불화 그리는 스님을 금어라 한답니다. 장차 금어가 될 것으로 생각들 했는데 운명이 바뀐 거지요."

"이제 생각하니 그런 말을 들은 것 같아요. 환국이한테서 들었나? 양현이한테서 들었을까?"

고개를 갸우뚱했다.

"그 그림이 법당 안에 있어요?"

여옥이 물었다.

"네."

"보고 싶지만 예수쟁이가 법당에 들면 벌 안 받을까요?"

여옥은 웃으며 말했다.

"이미 절 안에 들어왔고 절 지붕 밑에서 잠을 자놓고서 왜 그러세요? 길선생도 참 짓궂은 데가 있네요."

백씨의 짓궂다는 말은 벌받지 않겠느냐는 말에 국한된 것은 아닌 것 같았다. 여학생 시절부터 집에 드나들어 백씨는 여옥을 잘 알고 있었으며 또 좋아하기도 했는데 오늘의 백씨 기분은 그렇지가 않았다. 뭔지 모르지만 명희에게 정신적 괴로움을 주는 상대처럼 느껴지는 것이었고 한편 부럽기도 했던 것이다. 백씨는 어떻게든 명희가 새 출발 해주기를 바라는 마음이었다. 명희를 위해서도 그랬지만 한편으로는 빚진 사람의 죄책감 같은 것이기도 했다. 임명빈처럼 심각하지는 않았으나 명희의 불행이 친정 때문이라는 부담은 백씨에게도 늘 있었던 것이다.

'학식도 인물도 우리 고모한테 비하면 모자라는데 어디서 그같이 좋은 사람을 만났을까? 하기는 결혼까지 할지, 그것은 모를 일이지만 하여간 사람의 일이란 참으로 알다가도 모를 일이야.'

"어쨌든 사람의 일이란 몰라."

여옥이 말에 백씨는 깜짝 놀란다. 마음속으로 자신이 중얼거린 말을 바로 여옥이가 말했기 때문이다.

"관에 못질하는 그날 끝나는 거지, 인생에는 종지부가 없어. 우리가 내일 어떻게 될 것인지 그걸 누가 알겠어?"

그 말은 화제와는 전혀 관련이 없었다. 의미심장한 것 같기도 했고 다른 특별한 뜻이 담겨져 있는 것 같기도 했다.

"이제 일어섭시다. 더 올라가보든지 아니면 절로 돌아가든지."

여옥이 먼저 일어섰다.

"절로 돌아가지 뭐. 나 피곤해."

명희도 따라 일어서며 말했다. 그때 산사람 하나가 우쭐우쭐 걸어 내려왔다. 백씨는 안면이 있었는지 인사를 했다. 그도 알은체는 했으나 냉담하게 그들 앞을 지나가 버린다. 강쇠였던 것이다. 그는 성큼성큼 보통 보폭으로 걸어갔는데 이내 이들 시야에서 사라졌다.

"누구예요?"

"저 위에 사는 화전민인지, 스님과도 가깝고 오빠하고도 친하게 지내는 사인가 봐요. 김장사라 하던가."

"그럼 씨름꾼인가요?"

"글쎄, 몸은 힘깨나 쓰는 것같이 보이지 않아요?"

여자 세 사람이 절로 돌아왔을 때 강쇠는 절마당에 서서 지감과 얘기를 하고 있었다. 여자들은 절방으로 피신하듯 들어갔다.

"아무래도 이곳에서는 우리를 환영하지 않는 눈치예요. 오빠도 쌀쌀하게 대하는 것 같고."

명희가 푸념하듯 말했다.

"아닌 게 아니라 좀 그래. 오늘 밤도 그 암자로 내려가서 자야 하는지, 한 방에 다섯 사람, 아이까지 여섯 명이 자기에는 너무 비좁아."

"그보다 그 보살인지 하는 여인이 좋아하는 것 같지도 않고."

명희 불평에 백씨는 변명하듯 말했다.

"그건 그렇지가 않아요. 사람이 그리워서, 더구나 서울서 왔다니까 함께 지내고 싶어 하는데 성질이 좀 이상한가 봐요, 산에 오래 있어서 그런지."

다른 때보다 세 여자는 말이 많은 편이었다. 괜히 쓸데없는 남의 얘기도 했고 수학여행 온 여학생같이 들떠서 다소 철부지처럼 보이기도 했다. 산속 별천지에서 일상적 규범으로부터 벗어난 홀가분함도 있었을 것이며 임명빈의 건강이 생각 밖으로 호전되어 심각해할 문제에서 비켜설 수도 있었고 그러나 무엇보다 산은 자유 그 자체였기 때문에 이들 여자들도 따라서 자유로워졌는지 모른다. 민지연이 산에 오래 있어서 이상할 것이라 한 백씨 말에는 일리가 있었다. 자신이 믿는 것 이외 거들떠보려고도 하지 않는, 아집이 완명하게 굳어버린 민지연의 타고난 성품이나 남다른 파탄을 겪었고 그 풀 수 없는 운명과 아직도 마주 서 있는 그의 처지, 그것들이 일단 이상한 느낌을 갖게 하지만 산중 생활은, 그 생활의 감정 자체가 사바세계하고는 사뭇 다르다. 하여 밖에서 온 사람들에게 이상한 감을 갖게 하는 면도 있었다.

"생각해보면 우리 아씨 참 가여운 분이에요."

민지연의 시중을 드는 소사라는 여자의 말을 백씨는 생각하고 있었다. 그 가여운 사연에 대해서는 말하지 않았지만.

"우린 내일 떠날 건데 여옥이 넌 어차피 그 여자 신세를 져야 할 거야."

명희 말에 여옥은 펄쩍 뛰었다.

"내일 가다니? 무슨 뚱딴지 같은 소리야?"

"나는 내일 가야 해요. 볼일이 좀 있어서."

백씨가 말했다.

"사정이 그러시다면 희재 어머니는 가시고, 명희는 나랑 함께 지내다가 가는 거야. 서울 가서 뭘 하니? 누구 기다리는 사람이라도 있어?"

"최선생하고 너 꽁무니를 눈치 없이 졸졸 따라다니란 말이니? 난 싫다."

"어어? 이거 누가 하는 소리지? 그따위로 속된 말, 정말 임명희가 했단 말이야?"

"기가 막혀서."

"잔말 더 이상 할 것 없다. 여기 있다가 나랑 함께 서울로 가는 거야. 날 데려다줄 의무가 너에겐 있어. 내가 성한 사람이니?"

"최선생이 데려다주실 건데 뭘 그래. 걱정 없어."

"안 돼. 넌 나랑 함께 가야 해."

"그렇게 하세요. 모처럼 오셨잖아요? 산에 단풍이 더 드는 것 보시고 천천히 놀다 오세요. 오빠하고도 얘기할 새가 없었고."

"오빠하고 할 얘기가 뭐 있겠어요."

"오빠는 그렇지 않을 거예요."

"난 언니 따라 갈 거예요."

"정말 그럴 거니?"

여옥이 따지듯 말했다.

"응."

"그러면 너 나하고는 절교다."

"무섭지 않아."

순간 여옥의 표정이 달라진다. 명희를 빤히 쳐다본다.

"그럼 말이야."

"......."

"최상길 씨가 오면 말이야, 쫓아버릴게."

"뭐라 했니?"

"그래도 나랑 안 있겠어?"

"정신 나간 소리 하지도 마."

했으나 명희는 저도 모르게 어떤 위안 비슷한 것을 느낀다.

"아까 내가 결혼 얘길 해서 너가 오해를 한 모양인데 우린 정말 좋은 친구야."

"누가 아니래?"

"사회적 통념으로 생각지 말아. 일반적인 그런 사이였다면 나 내려오지도 않았을 거야. 너희 오라버니, 지감스님도 계시는데 하필 왜 이곳에 오겠니? 최상길 씨도 날 만나는 목적만으로 오는 거 아니잖니?"

진지하게 말하는 여옥의 태도가 우스웠던지 명희는 웃는다. 백씨도 웃었다. 아닌 게 아니라 그 진지함은 서투르고도 천진해 보였다.

"아까 나보고 뭐라 했지?"

여옥은 어리둥절한다.

"세상 물정 하낫도 모르고 사람들 심리에 대해선 캄캄소식, 날 맹추라 했던 것 같은데?"

"그랬는데?"

"피장파장, 이 맹추야."

"무슨 뜻이니?"

"관두자. 정황이 가련하여 그럼 있어볼까?"

"이제 보니 너 재롱떨었구나!"

세 사람은 깔깔대고 웃는다.

"너 두고 보자아, 언제고 한번 나한테 당할 테니."

"언니."

"네."

"여옥일 보면 이상한 생각 들지 않아요?"

"어떻게요?"

"저렇게 살아서 눈알을 굴리고 있는 모습…… 기적 같애."

"정말 그래요. 그땐 아무도 살아나리라 생각지 않았지요. 인명재천이라더니 그 말이 맞는가 봐요. 인력으로는 저렇게 될 수 없지요."

백씨는 새삼스럽게 여옥을 바라본다.

"그때 나는 종로거리를 지나면서…… 전포, 왜 그 장례에 필요한 것 말예요, 그 전포 앞에 서서 관을 보고 있었어요. 관이 두 개 필요하겠구나 생각했지요. 정말 막막해지더군요. 아주 추운 날이었어요."

그러니까 일 년 반이 훨씬 지난 작년, 겨울이 끝날 무렵의 일을 명희는 떠올리며 말했다. 그러나 창경원에 가서 혼자 울었던 일은 얘기하지 않는다.

"오빠도 그땐 가망이 없었지요."

눈시울을 적시며 백씨가 말했다.

"누구에게나 어차피 관 하나는 필요해."

관 속으로 들어갔을지 모를 자기 자신의 해골 같았던 그때 모습을 생각했는지 여옥이 중얼거렸다.

"생각하면 지금은 얼마나 다행인지 몰라."

"다행이라는 생각은 바로 불안이야. 불행은 고통이고. 아까도 말했지만 사람의 일이란 관에 못질하는 그날이 끝이지, 인생에는 종지부가 없어. 내일 우리가 어떻게 될 것인지 그걸 누가 알겠어?"

"그래서 불만이라 말이니?"

"그렇다는 얘기지 뭐. 겸손해야 한다는 뜻도 있을 거구."

"어쨌거나 너 최선생 은공 잊으면 안 될 거야. 친구든 애인이든 결혼을 하게 된다 하더라도."

"그래요, 정말. 그리 지극한 마음이 어디 흔히 있겠어요?"

"그건……그건 최상길 씨의 양심이지요. 기독교인으로서……."

"과연 그것만일까?"

"그것 이상으로 내가 생각한다면 그것은 내 교만이다."

여옥이 성난 사람같이 말했다.

'여옥아, 너 정말 괜찮은 여자구나. 조금도 들떠 있지 않구, 뭔가 넌 확고해.'

명희는 저도 모르게 여옥의 손을 잡았다.

"어쨌든 살아주어서 고마워."

"이 앤, 새삼스럽게?"

"그동안 왜 그 말을 못했을까?"

"감상에 푹 빠졌구나. 아서, 겁난다."

"……."

"감상적인 성미도 아닌데 그러니까 겁난다 말이야. 그보다 법당에 있다는 그림, 그거 보러 안 갈 거니?"

"그래, 그거 보아야지."

명희와 백씨는 일어섰다. 그러나 여옥은 앉아 있었다.

"넌 안 갈 거니?"

"그림 같은 것 보아도 몰라. 취미도 없구, 보나 마나 뭐. 넌 최씨 댁과 연고가 깊으니까 보는 게 도리겠지만 난 좀 쉬어야겠다. 피곤해."

명희는 굳이 권하지 않았다. 그러는 이유를 알 것 같았기 때문이다.

밖으로 나왔다. 그때 산사람 같지 않은 청년 한 사람을 사이에 두고 강쇠와 임명빈이 절 뒤편으로 돌아가는 뒷모습이 눈에 띄었다.

"저이가, 어딜 가시는 거지?"

백씨가 중얼거렸다.

"어떻습니까, 거처하기 불편하지는 않으십니까?"

돌아보았을 때 거기에는 지감이 서 있었다.

"스님."

"네."

백씨는 다소 불만스럽게 지감을 쳐다보며,

"오늘 밤은 도솔암에서 묵어야겠습니다."

"네? 무슨 말씀이신지."

"그곳은 방이 비좁고……."

"그럼 여운암에 가서 주무셨단 말씀입니까?"

"네."

"왜요?"

"......?"

"임교장께서 그러라 하셨군요."

지감은 빙그레 웃는다.

"절의 넓은 방 놔두고. 오늘은 이곳에서 편히 주무십시오."

"스님의 뜻은 아니셨군요."

"그럴 리 있겠습니까."

"하면은 그이가 어찌 우리를 박대하는지 모르겠습니다."

짐짓 원망스럽다는 듯 말했다. 실은 남편의 생각이라는 것을 전혀 모르는 바 아니다. 그냥 그래본 것이다.

"세 분이나 함께 내려오신 걸 보시고 서울로 모셔갈까 봐 두려워 그러시는 거 아닐까요?"

하고 지감은 소리 내어 웃었다.

"글쎄요……. 우리는 지금 관음상 그림을 보러 갈려구요."

"네. 어서 가보십시오."

명희와 백씨는 법당으로 들어갔다. 명희는 본시 기독교인이었지만 시작부터 타성적이었고 교회에 나가지 않은 지도 오래되었다. 그리고 진정 예수를 믿는지 안 믿는지 명희 자신 아무런 확신이 없었다. 따라서 절에 왔다거나 법당에 들어온 일에 저항을 느끼지 않았던 것이다. 백씨는 독실하다 할 수는 없지만 불교를 믿는 편이며 그것은 그의 의식이 습관화된 것이기도 했다.

명희가 관음탱화 앞에 섰을 때 백씨는 불상 앞에서 예배를 시작했다. 무엇을 기원하는지 예배를 올리는 한복차림의 그의 모습은 매우 아름다웠다.

눈에 익숙하지 않을 뿐만 아니라 불화에 대한 상식이 없었고 종교적 목적을 위한 하나의 도판쯤으로 인식했던 명희 눈에 처음 관음상이 비쳤을 때 그 현란함과 섬세한 데 호기심을 느끼긴 했다. 보관(寶冠)이며 영락(瓔珞), 투명한 옷자락의 유연한 선과 그것에 싸인 아름다운 자태는 정교했고 색조는 유려했다. 그리고 환국의 부친이자 서희의 남편 김길상에게 이와 같이 숨은 재능이 있었다는 것이 놀랍기도 했다.

백씨는 계속하여 예배를 드리고 있었다. 오십 대 중반의 나이, 평소 집에 있을 때는 오래된 가구의 일부처럼 각별한 의미도 존재도 뚜렷하지 않았는데, 하기는 모처럼의 나들이여서 차림이 달라지기는 했다. 은은한 보랏빛 치마에 흰 저고리를 입은 모습은 오랜 세월 한복에 길들여진 독특한 멋이 있었고 또 서울 여자의 세련된 맷거리가 역력했지만 그러나 그저 그런가 보다 했던 사람이 피어오르는 향과 흔들리는 촛불 아래서 부처님 미소를 향해 나래를 펴듯, 나래를 접듯 일어서고 엎드리는 동작을 반복하며 경건하게 예배를 드리는 모습이 그렇게 아름다울 수가 없었다. 탱화에서 눈을 떼고 백씨를 바라보던 명희는 여간하여 그 예배가 끝날 것 같지 않아서 다시 관음상으로 시선을 옮겼다. 순간 명희는 참으로 기이한 충격을 받는다. 그렇게 현란하게 보이던 관음상이 폐부 깊은 곳, 외로움으로 명희 이마빼기를 치는 것이었다. 어째서일까? 명희는 자기 마음 탓이려니 생각하려 했다. 그러나 그것은 뭐라 형용하기 어려운 감동이었다. 숙연한 슬픔, 소소한 가을바람과도 같이 영성(靈性)을 흔들며 알지 못할 깊고도 깊은 아픔 같은 것이었다. 그것은 원초적이며 본질적인 것으로 삼라만상에 대한 슬픔인 것 같았다.

법당에서 나왔을 때, 선명한 단풍과 아직은 푸름이 남아 있는 맞은편 숲이 투명한 푸른 하늘에 묻어날 듯 명희 시계에 들어왔다. 마치 인생의 한 고개를 넘은 듯 명희 입에서 가느다란 한숨이 새나왔다. 도대체 김길상이란 누구냐 하는 의문도 명희 마음속에서 강하게 소용돌이쳤다.

그가 출옥한 지 십여 년, 그러나 명희가 길상을 만난 것은 환국이 결혼할 무렵에서 그 이후 서너 번인가? 정확하게는 환국이 결혼하던 식장에서 처음 명희는 길상을 보았다. 투사형의 장대한 체구를 상상했던 명희는 뜻밖이라 생각했다. 키는 컸지만 다소 마른 편이었고 몸가짐이 매우 조용했다. 투사형이기보다 오히려 명상적이며 현실과는 먼 곳에 있는 것 같은 인상을 받았다. 언젠가 임명빈은,

"출신 신분과도 다르고 활동을 한 행적과도 다르고, 학식이

있다는 것은 들어서 알고 있지만 뭐랄까? 인간의 존엄성이라 할까, 범치 못할 그 무엇이 있는 것 같더군. 그분의 신분을 생각한다면 납득하기 어려운 부분이야. 말수도 적은 편인데 그 말도 아주 절제된 것이라고나 할까? 그런 모든 것이 생래적인 것인지 아니면 인생역정에서 갈고 다듬어진 것인지 알 수 없지만 여하튼 사람의 인연이란 참 신비스럽다는 생각을 했지. 신분이 극과 극인데도 불고하고 그렇게 어울리는 한 쌍의 부부도 세상에 그리 흔치는 않을 게야. 그분들의 인생이야말로 굉장한 드라마다."

그런 말을 했다. 문청 시절의 흔적이 그대로 남아 있는 임명빈의 말투를 그때 명희는 민망스럽게 생각했다.

"드라마 아닌 인생이 어디 있겠어요."

"그, 그야 그렇지만."

해가 떨어지고 저녁을 끝냈을 때 산사에는 어둠이 밀려왔다. 상좌가 와서 불을 밝혀주고 간 절방은 한결 넓어 보였다.

"명희야."

"응."

명희는 좀 지친 듯 벽에 기대어 앉아 있었다.

"달이 떴을 거야. 달 구경 안 갈래?"

"나 피곤해."

"나갔다가 호랑이라도 만나면 어쩌려구요."

백씨가 농담하듯 말했다.

"호랑이가 있을까요?"

　"공양주 말로는 호랑이가 있다 하더군요. 옛날에는 밤이면 나무판자 같은 것을 산막 둘레에 세워놓고 지냈다 하더군요."

　"요즘에도 그런대요?"

　"글쎄, 아마 호랑이도 총소리에 대한 기억이 있어서 인가에는 접근 안 하는 거 아닐까요."

하고는 까닭없이 두 여자는 까르르 웃었다. 그러나 명희는 화제에 끼어들지 않고 가만히 있었다.

　"옛날에는 호환 많았던가 봐요. 그래서 호식으로 태어났다는 말도 있잖아요?"

　"얼마나 무서웠으면 산신령이라 했겠어요?"

　"무섭기도 했겠지만 호랑이는 영물이라 하더구먼. 그 눈빛을 보면 오금을 떼어놓을 수가 없대요. 해서 백수의 왕이라 하잖아요?"

　"그런 호랑이도 사람에게 잡혀 죽으니 사람같이 영악한 건 없어요."

하는데 밖에서 인기척이 났다.

　"원장 계신가?"

　익살스런 목소리였다.

　"네, 오라버니. 들어오세요."

　여옥이 얼른 말했다. 임명빈은 방문을 열고 엉거주춤 방 안을 들여다본다.

"내일 가나?"

선 채 물었다.

"들어오시기나 하세요."

뾰로통한 백씨의 말이다.

"내일 서울 가는 거요?"

임명빈은 여자들의 기색을 살피며 백씨에게 또 물었다. 지나치게 이들 일행에게 냉담했던 것이 다소 미안해진 눈치였다.

"갈 테니까 걱정 마시고, 엉거주춤 거기 서 계시면 어쩝니까?"

임명빈은 슬그머니 방 안으로 들어왔다. 전과 별로 달라진 모습은 아니었다. 밀도(密度) 잃은 큰 체구, 큰 두상이 엉성하기로는 서울에서 누워 있었을 때와 매일반이었지만 거동하는 것만은 전과 달랐다. 그는 온종일 산속을 어슬렁거리며 다니는 것 같았다. 몽치가 헌 상여 틀이라 한 말은 어느 정도 적절한 표현이었고 곧 죽어가면서도 개화장에 양복 걸쳤다는 얘기는 평사리, 장연학을 찾아 나들이할 때 모습을 몽치가 보았던 모양이다.

"틀림없이 내일 서울 갑니다. 행여 안 갈까 봐서 오신 겁니까?"

백씨가 또 비꼬았다.

"유감이 이만저만 아니구면. 남의 속도 모르고."

"네, 유감이 많습니다. 이만저만? 두고 보십시오. 서울 오시면 단단히 받은 만큼 갚아드릴테니까요."

백씨는 눈을 흘겼다. 마음속으로는 흡족해하면서 일부러 성난 체, 임명빈이 자유롭게 거동하게 된 것만도 얼마나 큰 홍복인가. 죽음을 기다리던 음산했던 서울의 그 시절을 생각한다면 이제부터 임명빈의 목숨은 덤으로 받은 거나 다름없다. 백씨 마음에 불평은커녕 감사와 평화스러움이 가득했으니 말이다.

　"큰일 났습니다, 오라버니. 집에서 쫓겨나게 생겼습니다."

　여옥의 말이었다.

　"누가 서울 가기나 한대?"

　"아닌 게 아니라 오라버니는 산동네 식구가 다 되셨군요. 우리는 불청객이구요. 너무하셨습니다."

　"나이 들면 여인네들은 뻔뻔해지고 남자들은 순진해진다 그런 말을 누군가가 하던데, 여자 셋이 모이니까 못할 소리가 없군그래. 나, 깃발 쳐들고 환영한다 해도 서울에는 안 갈 테니, 앙갚음할 기회가 없어 어쩌누."

　"장담하는 사람치고 장담대로 하는 사람 여적 못 보았습니다."

　"하여간 나는 서울 안 가."

　"독립이 되어도 말입니까?"

　"뭐?"

　임명빈은 여옥을 빤히 쳐다본다.

　"내로라하는 사람들은 모조리 서울로 모여들 텐데 오라버니는 이 산속에서 그냥 지내시겠군요."

"그게 언제일까……. 내 살아 생전, 그걸 볼 수 있을까……."

"그건 그렇고 오라버니."

"……."

"희재어머님께서는 내일 떠나시지만 우리는 남을 건데 어쩌지요?"

"무슨 소린가."

"여수서 최선생이 오신답니다."

백씨 말이었다.

"최선생이?"

"네."

"그걸 어떻게 알았소."

"길선생한테 연락이 왔다 합니다. 그래서 함께 내려온 거구요."

대강 사정을 알고 있는 임명빈은 그 일에 대해서는 더 이상 말하지 않았으나 명희가 지친 듯 말없이 앉아 있는 것에 대해서는 신경 쓰이는 모양이다.

"명희는 어디 아프나?"

"좀 피곤해서 그래요."

"그럼 올케하고 함께 가지그래."

무슨 생각을 했는지 임명빈은 그렇게 말했다.

"그건 안 됩니다!"

여옥이 두 팔을 치켜들며 맹렬한 기세로 말했다.

"저하고 함께 갈 거예요. 가까스로 맘 돌려났는데 그런 말씀 하시면 어떻게 해요?"

마치 개구쟁이 같은 여옥의 동작에 모두 웃는다. 명희도 웃었다.

"큰 엉덩어리 만났지 뭐예요?"

기대었던 벽에서 몸을 일으키며 명희는 평상시 모습으로 돌아온다.

"주변에서 불편하니까 결혼해라."

임명빈은 좀 심각해지며, 또 명희의 기색을 살피며 말했다.

"야박하게 그러지 마세요, 오라버니. 저에게도 오빠 있어요."

그 말에 모두 또 한 번 웃는다.

"못 당하겠다. 그럼 나는 물러가야겠군."

임명빈은 일어섰다.

밖으로 나왔을 때 해맑은 보름달이 환하게 떠 있었다. 절 마당이 유난히 하얗게 보였고, 땅에 떨어진 절 그림자는 유난히 검고 짙게 보였다. 바람이 차디차게 목덜미에 와서 닿는다. 임명빈은 옷깃을 여미며 자기 거처방에 들지 않고 절 밖으로 나선다.

임명빈이 찾아간 곳은 도솔암에서 과히 멀지 않은 해도사 산막이었다. 장지문 안에서 사람의 머리 그림자가 움직이고 있었다.

"나 왔소."

하자 방문이 열렸다. 해도사가 내다본다. 얼굴에 달빛이 쏟아졌다. 임명빈은 몸을 반으로 접듯 하며 방 안으로 들어간다. 방안에는 해도사 말고 청년 한 사람이 앉아 있다가 몸을 일으켰다. 불빛 아래 드러난 청년의 얼굴은 칼날같이 날카로워 보였다. 그러나 다문 입술은 도톰했다.

"그냥 자기도 뭣해서 왔소이다."

"피신하러 오신 거는 아니구요?"

해도사 말에 청년은 희미하게, 아주 희미하게 웃음을 머금었다.

"피신이야 이군 쪽이고, 한 동네서 피신은 무슨 피신."

"나는 마나님을 피해 오신 줄 알았는데 아닌가요?"

"허허어, 젊은 사람 앞에서 그 무슨 말씀."

"산속이 훤해졌소이다. 눈요기도 과히 나쁘지 않더구먼요."

"아무리 그래 봐야 서산에 지는 해, 가을 들판의 서리 맞은 들꽃이라, 눈먼 새나 돌아보겠소? 세월이 너무 많이 흘렀소이다."

일 년 넘게 산중 생활을 하더니, 또 입심 좋은 무리와 어울리더니 임명빈도 제법 수작이 는 것 같았다.

"그보다, 어떻게 하기로 했소?"

"어떻게 하나 마나, 내일부터 더듬어야지요. 추워지기 전에 대강 요량은 해봐야 하니까."

"마땅한 자리가 있을까?"

"마땅한 자리야 부지기수지요. 지리산이 어떤 곳인데? 어떻게 경영하는가가 문제지요. 이군 한 사람 피신하는 거야 뭐가 그리 어려운 일이겠소."

"하면은."

"지금도 수을찮은 사람들이 산에 들어와 있는데 앞으로의 일이 큰 문제지요."

"앞으로 더 많은 사람들이 들어올 것이다 그 말씀이오?"

"아암."

해도사는 크게 고개를 끄덕였다.

"그야 피할 수 있다면 한 사람이라도 더 피하는 것이 좋겠지요."

"뜻대로 된다면야 조선사람 몽땅 피하는 것 이상 더 좋은 일이 어디 있겠소?"

"……."

"철없는 젊은이들은 산에 들어만 가면 솔잎을 뜯어 먹더라도 살 수 있다 생각할지 모르나 실제 있어보면 그렇게는 안 되어 있거든. 첫째는 식량이 문제고 산이 표적이 되어서도 곤란한 일이지요."

"그건 그렇소."

"그렇다고 해서 명을 걸고 들어오는 사람 막을 수도 없는 일 아니겠소?"

"……."

"평사리 우가 놈, 면소에서 서기질을 하는 그런 놈이 하나 있어요. 그놈이 사냥감을 찾듯이 며칠 전에 여기저기 기웃거리다가 간 일이 있었지요. 그놈을 잡아 없이하는 거야 어려운 일 아니나 일이 크게 벌어져서 산사람들 많이 다칠까 싶어서."

"한 놈이 와서 뭘 어떡하겠소. 이 넓은 산중에서."

그도 그렇지만 들어오는 사람 중에 염탐꾼이 끼어들 수도 있을 것이며 미련한 산놈 중에서 내통하는 자가 없으란 법도 없지요."

"하지만 지금 일본의 사정을 봐서는 군대를 동원할 그런 처지도 아니고 경찰 역시 많은 인원을 투입하여 일 벌일 그런 형편은 아닙니다."

처음으로 이군이라 부르는 청년이 입을 떼었다.

"나도 그 정도는 짐작하고 있네. 그렇다고 해서 그들이 속수무책 가만히 있겠나? 오히려 그렇기 때문에 더 과격한 방법을 쓸 수도 있겠지. 어쨌거나 산은 조용한 것이 상수라. 그리고 보다 은밀해야 하고. 내 이군의 뜻을 모르는 바 아니나 자초하는 일만은 삼가야 하네."

평소 어느 만큼이 농담이고 어느 만큼이 진담인지 분간하기 어려운 해도사의 말버릇과는 딴판으로 매우 신중하게 타이르듯 말하는데 청년은 해도사의 심중을 뚫어 본 듯 더 이상 말하지 않는다.

그는 다름 아닌 이범준의 친사촌 동생이었다. 그러니까 외사촌인 소지감과 민지연에게는 사돈뻘이 되는 셈이다. 이름은 이범호(李範豪), 나이는 이십칠 세, 그는 진작부터 독립운동에 가담하고 있었으며 특히 만주 방면에서 활동하고 있는 이범준을 통하여 국내 연락책임을 지고 있었다. 이범호가 소속된 조직이 흔들리기 시작하면서 분산형태를 취하지 않으면 안 되게 된 것은 사실이고 따라서 이범호는 지리산에 나타나게 된 것이지만 실상 이범준의 지시에 의하지 않고 산에 나타날 리는 없었다. 이범준은 진주의 형평운동에 관여하면서 송관수와 깊은 인연을 맺었고 군자금 강탈 사건 때만 해도 그는 깊이 그 일에 참여했으며 그 자금은 도솔암 일진과 함께 만주로 수송해 갔던 것이다.

이범준은 그렇기 때문에 산에 관한 일은 소상하게 알고 있었을 것이며, 사실 소지감만 하더라도 지리산과 인연을 맺은 것은 이범준을 통하여 송관수를 알게 된 때문이다. 가닥은 좀 다르나 출가 전, 민지연의 약혼자였던 일진이 도솔암에 온 내력도 그렇고, 얼기설기 엮어져 복합적 관계를 형성하고 있었는데 물론 자금을 부담해온 최참판댁, 특히 길상이 중심인 것은 말할 나위가 없다. 그렇다고 해서 동상이몽이 아닌 것은 아니다. 산사람들과 의병 봉기에 합류했던 사람들, 만주로 도피했다가 돌아온 사람들, 그들은 깊든 얕든 간에 김환을 정점으로 흘러 내려 온 사람들이며 동학혁명 세력에서 대일항쟁으로 돌아선 민족주의, 말하자면 조선의 토종이라 할 수 있고 이범준은 막간에 뛰어들어온 사회주의 행동파다. 그러나 이범준의 조직은 따로 있었고 이쪽과의 연대 의식도 희박한 것이었기 때문에 마찰이나 갈등 같은 것은 없었지만 송관수가 죽었고 김길상은 영어의 몸이 되었으며 조직도 일단 해산한 형편이어서 그 해산된 조직을 그쪽에서 활용해보려는 가능성도 있을 수 있는 일이다. 어쨌거나 정석과 일진이 만주서 이범준과 함께 움직이고 있는 모양이었고 또 이홍이 그들을 지원하고 있는 형편이라면 그런 계획을 세워봄직도 한 일이었으니까. 그런 제반 사정을 알고 있는 해도사인지라 범호가 산에 나타난 것이 단순한 피신만이 목적이 아니라는 의심을 품게 된 것이다.

해도사의 얼굴에서 신중하고 진지한 표정은 차차 사라져갔다.

"바람이 거세게 불면 풀잎은 바람이 잘 때까지 엎드려야 하고 파도가 거세어지면 돛을 접어서 파도가 가라앉을 때까지 기다려야 하는 법, 인간사도 그 이치에서 벗어나지 않으니, 용기도 중요한 것이기는 하나 그보다 지혜로움이 앞서야 하고, 이런 얘기를 하면 혈기 왕성한 젊은이들은 풍월 읊는다 하며 비웃을지 모르나, 머릿속에 도판을 그리기보다 땅을 먼저 밟아야 하네."

해도사는 점쟁이 같고 엉터리 도사 같은 일상의 면모를 되살려내며 진부한 말을 늘어놓는 것이었다. 조만간 딴 뜻이 있다면 범호는 그것을 내어놓을 것이다. 해도사는 항일을 위한 일이고 굳이 그것을 저지할 명분은 없으나 견제할 필요를 느꼈기 때문에 태도를 바꾼 것이다.

"파도나 바람이 거센 것은 누구에게나 눈에 보이는 일이지만 정세에 관한 한 그것이 강풍인지 노도인지, 사람에 따라 판단이 다르지 않겠습니까? 또 정보를 많이 가진 쪽이 판단하는 데 유리하기도 할 거구요."

범호가 침착하게 말했다.

"그거는 그렇지. 허나 판단이란 일 끝난 뒤 가부가 나타나는 것도 사실이고."

"그렇게 말씀하신다면 아무것도 하지 말라, 감나무 밑에 누워서 감 떨어지는 거나 기다려라, 그런 뜻으로도 들리는데요?"

비꼬는 투로 말했다. 범호는 아주 기분이 상한 것 같았다.

"바로 그 뜻일세. 총알이 빗발칠 때는 누워 있어야…… 개죽음이 용기는 아닌 게야."

해도사는 논쟁의 여지를 주지 않으려는 심산인지 미련하게 밀었다. 범호의 얼굴이 벌게졌다. 두 사람 말에 귀를 기울이고 있던 임명빈은 자신이 나설 기회라 생각했는지,

"그러면 이군에게는 따로 무슨 계획이라도 있단 말인가?"
하고 물었다.

"계획 같은 것 없습니다. 그냥 생각해본 거지요."

"그게 뭔데? 말해보게."

해도사는 일부러 입을 크게 벌리고 하품을 했다.

"글쎄요. 지 생각에는 앞날에 대비할 때가 되지 않았나 싶고…… 일본은 철저하게 그동안 우리 민족을 분산해왔습니다. 한데 이곳 지리산은 관헌의 손이 미치기 어려울 뿐만 아니라 유능한 젊은 사람들이 피신해오는 곳으로 변하지 않았습니까. 앞으로도 그런 추세는 계속이 될 것으로 보는데 그 피신이라는 소극적, 혹은 소모적 기간을 어떻게 힘으로 응집해볼 수는 없을까. 지금 일본은 말할 수 없이 약화되고 인적, 물적, 모두가 궁핍 상태입니다. 겉보기에는 치안 유지 잘돼 있는 것 같지만 내실이 없고 하나의 타성으로 밀고 나가고 있거든요. 그러나 무엇보다 중요한 것은 우리 조선 민족 스스로가 공포의 타성에 사로잡혀 있다는 점입니다. 이 빠진 호랑이 앞에서 덜덜 떨고 있다 그렇게 말할 수도 있겠지요."

"그런 면은 있지."

임명빈 말에 해도사는,

"그런 면이 있다 하시었소? 임선생, 그러면 공포의 타성인가 뭔가 그것을 벗겨내면 3·1운동도 되고 독립도 되겠구라."

삐딱하게 말했다.

"뭐가 또 그리 못마땅하오?"

"흠."

"점괘가 안 좋은 모양이지요?"

임명빈은 실실 웃으며 말했다.

"점괘가 잘 나올 리 없지. 싸울 때보다 숨어야 할 때가 가장 위급한 시기니까. 하여간에 공포의 타성인가 뭔가 그거는 하늘이 풀어주어야지 인사로는 어려워. 그거를 나무껍질처럼 벗겨내자면 낫도 필요하고 소위 용사도 필요할 터인데 낫과 용사들은 어디서 마련할 것이며 삼천만 백성에 이 강산 방방곡곡 무슨 수로? 흔히들 도화선이라고도 하고 불씨라고도 하지마는 사람과 때가 맞아야 하느니, 3·1운동이나 동학 봉기를 보건대 백성들이 무르익었고 그때에 맞추어 인도하는 사람이 길을 터주어 노도가 되었거늘, 벗기는 운동이 일시 일각으로 되는 일이던가. 그리고 또 한 가지는 전쟁이란 이미 백성들 손에서는 떠난 것, 군대 안에서 반란이 일어났다든가 자중지란이 벌어졌다면 모를까, 전쟁이란 이기든 지든 간에 두말할 것도 없이 도살장인데 맨주먹의 백성들이 그 어찌 공포감 없이 대할 것인고. 불과 기만의 병사가 남경에서 삼십만 양민을 학살한 사실을 어찌 모르는가. 독이 오른 독사를 피해야 마땅하고 그것을 잡으려면 독이 쇠하여 비실거리는 낙엽 잡는 것이 지혜로움이라. 전쟁은 패하든 승하든 독 오른 독사들 집단이 행하는 무극지옥이라. 내 말이 틀렸소? 임선생."

어떻게 보면 해도사는 상대를 설득하려는 것보다 덮어놓고 지껄이는 것 같기도 했다. 그의 얼굴에는 도통 감정이 실려 있지 않았다.

"뭔가 오해를 하신 것 같은데요."

범호가 해도사의 눈을 주시하며 말했다. 해도사는 손을 저
으며 벽면 쪽으로 물러나 앉았다. 대신 임명빈이 말했다.

　"오해는 무슨, 이군은 처음이라 잘 몰라 그렇지, 저건 엉터
리 도사의 상투고 다 알면서 바람 잡는다고 저러는 게야, 하
하핫……."

　"……."

　"한동안 넋을 뺄 거야. 당해본 사람이나 알지. 나도 처음 산
에 왔을 적에 동쪽에서 번쩍하길래 돌아보면 아니고 서쪽에
서 번쩍하길래 돌아보면 그것도 아니고 도모지 종잡을 수가
없었네. 천 년까지는 못 되어도 한 오백 년 묵은 지리산 여우
로 생각하면 틀림없어. 통하라는 도는 안 통하고 둔갑술에만
능하니 엉터리 도사, 하여간 처음에는 관망하는 것이 현명하
네. 그러고 나면 진짜 가짜를 볼 수 있게 될 거야. 어디 여우
뿐이겠나? 호랑이도 있고 구렝이도 있지. 하하핫핫……."

　"제법 늘었소이다."

　"아암, 신선은 내가 먼저 될 게요. 지감스님도 늦게 오셔서
법사가 되시지 않았소?"

　"어째 봄도 아닌데 노곤하구먼. 이군, 술 생각 안 나나? 나
지."

　"네, 술 생각 납니다."

　해도사는 일어서서 나가며 말했다.

　"서둘지 말게, 산에는 철 따라서 꽃이 피고 잎이 지네. 서두

는 것은 사람뿐이지."

술잔과 술병과 안주를 들고 해도사는 들어왔다. 서울서 장만해온 음식이 이곳에도 나누어진 모양이다. 화사한 음식과 뚝배기는 어울리지 않았다. 범호가 술병을 받아 잔에 술을 부었다.

"임선생."

"말씀하시오. 준비돼 있소."

해도사는 씨익 웃었다.

"마나님도 오셨겠다, 운우지락에 들어야 할 밤인데 영 망가져버린 모양이지요? 피신 온 것을 보아하니, 안됐소."

"허허어, 저래가지고 명대로 살까 싶지 않구먼."

했으나 임명빈은 난처해한다.

"밝히자니 계집이 있어야지, 하하핫핫핫."

한바탕 웃고 나서,

"이군, 자네, 장가들었는가?"

"아닙니다, 아직."

"어째서? 나이 세었는데 어째 미장가인가."

"그렇게 됐습니다."

"그러니까 매사 서두는 게야."

"네? 제가 서두는 것입니까?"

"아닌가? 천지만물 음양이 합해야 태어난 구실을 하는 법이네. 나랏일을 한다고 해서 대처를 아니한다는 것은 순리가 아닌 게야. 순리를 어기고서 무슨 놈의 나랏일인가.”

“이 정도 되면 그릇을 깨보든지 해야지, 제정신 가지고 말
하는 거요?”

임명빈의 말이었다.

“어째서요.”

“육십을 넘긴 홀아비가 삼십 미만의 총각을 보고 순리 운
운, 배꼽 터질 일 아니고 뭐겠소.”

“내가 장가를 세 번이나 간 일을 임선생은 모르고 있었소?”

“백 번을 가면 뭘 해. 홀아비는 홀아빈데.”

“허허어 세 번 가서 안 될 때는 조상이 말리고 신령이 말리
는 거요. 그 이상 또 취하려 한다면 그건 순리가 아니지.”

하고 해도사는 낄낄거리며 웃었다.

“어째 날 쳐다보나? 자네 사회주의에서는 이론이 안 맞다
그건가?”

“아아, 아닙니다.”

범호는 부인하면서도 마음속으로는 뜨악해한다. 이런 인물
들이 도시 무슨 일을 한다는 것인가 싶기도 했다.

“이군.”

“네.”

“내 말을 시덥잖게 들을 것이네만, 자네가 믿는 그 서양서
온 사회주의라는 것 말일세, 그거 안 되네.”

해도사 말에 순간 범호의 낯빛이 싹 달라진다. 산에 와서

해도사를 만난 지 얼마 되지 않았지만 천장을 올려다보거나 무릎에 시선을 떨어뜨리거나 아니면 곁눈질을 하며 좀체 눈이 마주치지 않았던, 그래서 범호 마음에 들지 않았던 해도사의 눈이 범호를 똑바로 쳐다본다. 눈은 형형히 빛났다. 그러나 그것은 잠시 동안, 빛은 사라지고 해도사의 몸은 흐물흐물 무너지는 것 같은 느낌과 미욱한 시정잡배 같은 웃음이 흐르는 것이었다.

"산중에 앉은 점쟁이 따위가 개뿔도 모르면서 주제넘는 사설 한다 싶겠지마는 한 가지 충고를 하고 싶은 것은, 그런 것이 서양에만 있다고 생각하는 것은 뜯어고쳐야 하네."

범호는 노골적으로 불쾌감을 나타낸다.

"사람 사는 꼴이나 이치가 동서에 따라 뭐가 그리 크게 다르겠는가. 사람이란 항상 남의 것을 탐내고 부러워들 하는 본성이 있어서, 또 알맹이보다 겉모양에 현혹되는 경우가 많기 때문에 나를 알기 전에 남의 것에 먼저 덤벼드는 경우가 많아."

"좀 지나치시군요. 이념이 어디 탐나는 물건이겠습니까?"

"천지만물의 이치는 하나일세. 공연히 식자들이 그것에다 각기 다른 옷을 입혀 다른 것같이 생각하는데, 내 말을 끝까지 듣게. 그러면 그 옷이란 무엇이냐, 소위 이론일세. 이론이란 꿰맞추거나 틀에다가 넣어서 비어져나오는 것은 짜르고 비어 있는 곳은 메우고 반듯하게 하는 것인데 그것으로 사람 사는 이치가 다 드러난 것일까? 아니지. 하기야 끝없이 부연

한다 하더라도 진리가 도드라질까?"

"본론에 들어가자면 고개를 또 몇 개나 넘어야 할꼬?"

임명빈이 탄식하듯 말했다. 범호는 부르터서 앉아 있었다.

"또 하나, 과거의 유생들이나 요즘 신식 공부한 젊은이들,
그들의 폐단이 뭔 줄 아나? 그것은 쉬운 일을 어렵게 말하는
버릇일세. 아니, 어렵게 말한다기보다 쓸데없는 것으로 꾸며
대거나 쓸데없이 개칠을 자꾸만 해서 오히려 알맹이에 도달
하는 것을 어렵게 만들어. 말잘하는 사람을 두고 왜놈들은 널
판자 세워놓고 물을 흘리듯 한다는 비유를 했고 조선에서는
청산유수라 했네. 일본 가서 신식 공부한 젊은이들은 특히 그
러한 것 같은데 세운 널판자 물이 흐르듯 가파롭고 장소가 협
소하단 말씀이야. 과거 우리네 선비들이 반드시 청산유수는
아니었네만 쉬엄쉬엄 쉬어도 가고 폭포가 되기도 하고."

"그야말로 청산유수요. 서양서 온 사회주의는 안 된다 해놓
고, 또 그런 것이 서양에만 있다는 생각 뜯어고쳐라 해놓고,
쉬엄쉬엄 쉬어서 가는 겁니까? 도대체 폭포에는 언제쯤 도달
하게 되는 거지요? 해도 짧아졌고 어서어서 갑시다, 해도사."

임명빈이 비꼬는데,

"허허어, 늙은네가 성미는 왜 그리 급하시오? 임선생도 왜
물 마신 티 내노라 그러시오? 해가 짧으면 밤이 길어지는 법,
썩을까 걱정이오?"

"이군, 명심해두게."

임명빈은 웃는 얼굴을 범호에게 돌리며 말했다.

"뭘 말입니까?"

"왜물 마신 사람, 그러니까 일본 유학한 사람들에겐 늘 저렇게 눈에다 불을 켜는 것이 해도사의 버릇이다, 그걸 명심하라는 얘기네."

"아암, 눈에 불만 키던가? 오장육부가 뒤틀리지. 가져오는 거를 뉘 마다할꼬? 내 것 내어다 버리고 조상 신주까지 내다 버리니 그게 어찌 간 쓸개가 붙어 있는 사람이라 하리. 비록 내 자신은 심산유곡에서 신선 되려다가 되지 못한 이무기 꼴이기는 하나 그런 잡배들을 존중한다면 나 역시 간도 쓸개도 다 빼버린 놈이 되지 않겠소이까?"

"이군, 아직 저 정도는 서곡일세."

"하여간에 아까 내가 말한, 서양서 온 그것이 안 된다, 그것은 틀려먹었다는 얘기는 아닌 게야. 결국은 태어난 생명들이 다 고르게 배불리 먹을 수 있고 무리에서 따돌림받지 않고 업신여김을 받지 않고 복되게 사는 것을 꿈꾼 것이 어디 오늘만의 염원이던가? 그것이 어디 사람만의 염원이던가? 천지만물 생명 있는 일체의 염원 아니겠는가. 하낫도 새삼스러울 것이 없지. 사람의 경우 그러기 위하여 정치의 형태가 달라져야 한다는 그 자각도 변함없이 내려온 것이고 보면 동과 서의 차이가 뭐 그리 대단할꼬. 안 그런가? 그것을 우리에게는 없었던 것으로, 그네들에게서 비로소 비롯된 것으로 치부하는 생각,

그것이 근본적으로 틀려먹었다. 내 얘기는 그 뜻일세. 결과야 어찌 되었든 간에 정치의 형태가 달라져야 한다는 염원이 우리나라에서는 진작부터 백성들에 의해 폭발했었다는 일을 서양 사회주의 하는 젊은이들이 깡그리 잊고 있는 것이 나로선 안타깝네."

해도사는 술로 마른 입 속을 축였다. 흐느적거리는 것 같았던 그의 모습은 그새 수축이 되어 단단해진 것 같았고 슬프게 보였다. 범호 얼굴에는 호기심이 조금씩 나타나기 시작했다. 그리고 그는 오백 년 묵은 여우, 둔갑술에 능하다는 임명빈의 말을 실감하는 것이었다.

"조선에서는 소련에 앞서서 동학혁명의 전쟁이 있었네. 동학농민전쟁, 이군 자네 말을 빌리자면 소위 이념이라는 것인데, 동학이 어디 단순한 권력의 쟁탈전이던가? 아니지, 그야말로 이념의 전쟁이었다. 서양에서 한창 입으로만 왈가왈부하고 있을 적에 조선에서는 동학사상을 위한 전쟁이 있었다. 학문한 젊은 놈들, 특히 신식 학문을 한 젊은 놈들, 동학사상을 뭘로 생각하느냐, 미신이다, 하눌님 떠받드는 황당한 미신이다, 좋게 말해서 종교전쟁이다, 이군 자네도 그리 생각하지? 아니 그런가?"

해도사는 쏘듯 범호를 쳐다본다. 범호는 너무나 강렬한 그 시선에 약간 질리는 기색이다.

"그 생각이야말로 황당한 것이야. 동학의 사상은 천상을 향한 것이 아니네. 지상에 세워야겠다는 바로 그 염원일세. 증산교에서 강일순(姜一淳)이 말했듯이 천상이 아니고 천하공사를 다시 하는 일인 게야. 그것은 조선 민족의 죽지 않고 남아 있던 뿌리가 다시 거목이 되어 우리 앞에 나타났던 거고 동학은 그렇게 꺾이었으나…… 다시 살아날 것이네. 하눌님은 천상에 계신 것이 아니며 백성 하나하나, 사람뿐만 아니라 억조창생 생명 있는 것, 그 생명이야말로 하눌님이기 때문이다.”

해도사는 비어 있는 잔에 술을 치고 천천히, 깊은 생각에 빠져들며 술을 마신다.

“그것을 조선의 식자들보다 먼저 깨달은 것이 왜놈들이다. 한 뿌리에서 나간 왜족들이야말로 참으로 영악한 족속이지. 그놈들은 먼저 동학의 잔여분자들을 회유하여 힘을 뽑아버렸고 증산교는 끝없이 핍박한 게야. 물론 강일순 후계들의 잘못이야 있었지만 왜놈 그네들이 말하듯 일개 사교에 지나지 않는 것이라면 그같이 끈질기게 핍박할 이유가 없지 않겠는가. 표면으로야 혹세무민의 사교라는 것을 유포한 데 불과한 것처럼 보이나 기실 개명했다는 청년층, 기독교도들을 부추겨 알게 모르게 각 지방에서, 심지어 제주도에서까지 증산교를 발붙이지 못하게 한 것이 일본의 치밀한 계산에서 나왔다는 것을 생각하는 사람은 아무도 없어. 명산 산봉우리에 쇠말뚝을 박은 왜놈들, 그네들은 사악하게도 조선에서 무엇을 끊어놔야 하는가를 알고 있었던 게야. 국토를 점령하는 것만으로는 안 된다는 것, 혼을 죽여야 한다는 것을 알고 있었던 게야. 참으로 기막힌 일은 그 하수인들이 바로 조선의 젊은이들이라는 사실이다. 물론 그들은 잘해보자고 한 일이겠으나, 일찍이 눈을 떠서 수천 년을 내려온 것이라면 그 세월이 어찌 헛되게 갔을쏜가. 경험을 남기고 갔을 것인즉, 경험은 쌓이는 것, 그것들을 깡그리 묻어버리고 없이하자, 그것만이 살길인 양, 황당하고도 황당하도다! 되어 있는 밥 엎어버리고 언제 꼬부랑 글씨 배워서 새 밥을 짓누, 내 것을 모멸하고 부수면서 독립운동을 해? 내 것을 소중히 여기고 지키려는 마음이어야 독립운동도 되는 거지. 그렇게 갈팡질팡하는 우리들의 대표격이 이 아무개인데, 그자가 독립운동을 안 했던 것도 아니요, 그러나 오늘은 어떠한가? 당연히 갈 자리에 가서 서 있는 게야. 하루아침에 변절한 것은 아닐세. 내 것을 버려라, 버려, 깡그리 버려야만 우리가 산다. 그러던 자가 어찌 끝내 독립지사로 남으리. 결국 본받아라, 본받아라 했던 그곳으로 가는 것은 자연의 이치 아니겠는가. 당연한 귀결이지. 소위 그 뭔가,"

하다가 해도사는 잔기침을 했다.

"쉬엄쉬엄 쉬어서 가시오, 해도사."

말로는 농조였으나 임명빈의 표정에는 감상적인 동의와 감동이 있었다.

"그 뭣이냐, 한 가지 빠뜨린 것이 있는데……."

하다가 해도사는 까닭 없이 씩 웃었다.

"사람들 뽑아서 맨드는 대통령, 그런 제도를 민주주의라 하는 모양인데, 이군."

"네."

"그것도 서양 것인가?"

"물론 그렇지요."

"대키! 순, 소 귀에 경 읽기, 똑똑하다는 놈도 이 지경이니 무슨 희망이 있겠나."

"……?"

"자네 보통학교 나왔나?"

범호는 쑥스럽게 웃는다.

"그러면 중학교는 건너뛰어서 대학으로 들어갔는가?"

"그럴 리 있겠습니까. 지가 무슨 천재라구."

"그러면 분명히 역사를 배웠겠다? 왜놈들이 맨든 교과서이기는 하나 배우기는 배웠을 거네."

"무슨 말씀이신지."

범호는 이 여우가 무슨 말을 또 하려는 건가 궁금해하는 표정을 지으며 되물었다.

"설마 자네 요순시대를 모르는 거는 아니겠지?"

"하 참, 도사님, 왜 이러십니까?"

"그려, 산골 늙은네들도 요순시대를 알고 있는데 자네가 모를 까닭이 없지. 바로 그게 민주주의인 게야. 황하를 다스리는 사람이 만백성에게 뽑히어 제왕이 되었으니, 국토를 바르게 관리하고 백성들을 재난에서 지켜주며 일하여 먹고살게 했으면 그게 바로 태평성세요 민주주의 아닌가. 각별하게, 어렵게 이러고 저러고 꿰맞출 필요 어디 있누. 하하핫…… 하하핫……."

해도사는 호탕하게 웃어젖힌다.

'아닌 게 아니라 둔갑술이 대단하군. 저 엉터리 도사 백 년가도 세뇌될 물건이 아니다.'

범호는 속으로 중얼거렸다.

"해도사."

함께 웃다가 임명빈이 은근한 목소리로 불렀다.

"왜 부르시오? 무슨 반론이 있소이까?"

"아니 그게 아니구, 오늘은 그런 대로 비교적 빨리 끝내어 허전하오. 산굽이를 안고 바위를 돌아서, 실개천도 지나면서, 한참 갈 줄 알았는데 젊은 사람이 상대라, 해도사도 별수 없이 많이 생략했구려."

"직행했지요. 한데 임선생."

"네, 무슨 반론이 또 있소?"

"그 땡땡이중 지감 옆에 계시더니 많이 본을 본 눈친데, 그게 신상에 해롭소이다."

"그야 절에 오면 절 풍속을 따르는 것이 상례 아니겠소? 그도 그러하나 어디 본볼 사람이 지감스님 혼자, 그거는 아니지요. 산속에는 장사도 계시고 도사도 계시고 참말 여러 가지 많이 배웁니다. 팔십 할애비가 손자한테도 배울 것이 있다는 말을 항용 하는데 하물며 내가 할애비도 아닌 터에, 도사 장사 스님께서는 손자도 아닌 터에 배워서 안 된다는 이유가 있겠소?"

"허허어, 산 떠나기 영 글렀네."

"등을 밀어도 아니 떠날 것이오."

"큰 업 덩이를 만났구면."

"전생의 인연 아니겠소."

"전생의 인연이라 하시니 생각나는 일이 있소. 거 임선생 매씨 말씀인데 친누이가 틀림없소?"

순간 임명빈의 표정이 뜨악해진다.

"어디서 줏어다 기른 것 같소?"

"안 닮아도 유분수지 형제간이라 믿을 수 없어서 그러요. 매씨께서는 젊었을 적에는 필시 천하절색이었을 거요. 한데 임선생은 아무리 뜯어보아도, 글쎄올시다. 호남아로는 천리만리 밖인 듯싶고 누가 보아도 의심을 아니할 수 없을 거외다."

"그런 말씀 마시오. 늙고 병든 몸이니 그렇지요. 나도 젊었을 한 시절에는 남의 축에 빠지는 인물은 아니었소이다."

명희가 화제에 오른 것이 영 못마땅했으나 명빈은 애써 웃는 얼굴로 응수한다. 그러나 독설이 심한 해도사 입에서 무슨 말이 또 나올까 명빈은 속으로 전전긍긍한다.

"한데 말씀이오, 임선생 매씨는 얼핏 보았소만 학 상(鶴相)이더군."

임명빈의 얼굴에서 웃음이 사라진다.

"무슨 뜻이오?"

"고적하다는 뜻이지요. 지감같이, 여러 가지로 매씨는 지감과 비슷한 데가 있어요."

"……"

"신식으로 말하자면 수녀가 되었거나 중이 되었어야 할 팔자다 그 말이오."

"그런 말씀 마시오. 해도사가 뭘 안다고."

명빈의 얼굴이 벌게졌다.

"내가 점쟁이, 관상쟁이라는 것을 모르셨소?"

"점쟁이건 관상쟁이건 나 내 누이 보아달라 하지 않았소이다."

"허나 보이기 위하여 태어난 것을 어쩔 것이오. 그게 그리 언짢으셨소?"

"좋을 리 없지요."

"허허 참, 산에서 나가시지 않겠다 하시면서 연이 그리 질 겨서야."

"아무튼 나에 대해서는 무슨 말씀을 하시든, 아니할 말로 몽둥이로 쳐도 개의치 않겠소. 허나 내 누이에 관한 얘기는 삼가주시오."

"모두 허상이거늘, 좋고 나쁘고 뭐 그리 천지에 차이가 있을꼬."

"그럼 나는 이만 가겠소이다. 밤도 저물고, 더 있다간 무슨
몽둥이가 정수리를 내리칠지."

하며 명빈이 웃기는 했다. 그가 돌아간 뒤,

"도사님, 좀 지나쳤습니다."

범호 말에 해도사는 씩 웃었다.

"사람은 진국인데 너무 순직하고 씹히는 맛이 없다."

그렇게 임명빈을 평하는 것이었다.

"한 가지 묻고 싶은 말씀이 있는데요."

"말해보게."

"도사님은 옛날에 동학 하셨습니까?"

"아니네, 그냥 보았지."

"그럼 증산교를 믿으셨습니까?"

"그것도 아닐세. 그냥 구경했지."

"그렇다면 아까 말씀으로는."

"밖에서 보았으니까 잘 보였던 게지. 내일은 길 많이 걸을
텐데 그만 자지."

휘영청 달이 밝은 산길을 지나 자기 거처로 돌아온 임명빈
은 상처받은 짐승같이 한동안 씩씩거리다가 자리에 들었으나
잠이 올 리 없었다. 산사의 정적과 장지문을 통하여 스며드는
달빛 속에서 차츰 분노는 가라앉았다. 대신 괴로움이 마음 바
닥을 훑고 목구멍을 치솟는 과정을 임명빈은 견디지 않으면

안 되었다. 수녀나 중이 될 팔자라는 해도사 말이 언짢기도
했으나 그보다 이성을 잃은 자신의 처신이 못내 떠나지 않고
마음에 걸렸다. 부끄러웠다. 일어설 때, 간신히 웃기는 했다.
그러나 그것으로 치졸한 자신의 언동을 덮어버렸다 할 수는
없었다. 해도사가 바위 같은 존재라면 자신은 하잘것없는 돌
멩이에 불과하다는 생각이, 털어내어도 털어내어도 마음속에
달려들었다. 서울서 그를 괴롭혔던 쓸모없는 인간이라는 자
의식도 되살아나 견딜 수 없이 부끄러웠다.

　'그냥 웃고 넘길 것을 빨끈하게 그렇게까지 안 해도 됐을
텐데…… 그 사람 입버릇이 늘 그런 걸 알면서…… 졸장부 같
으니라구.'

　사실 명빈은 자기 자신이 남에게 피해를 준다는 생각은 한
일이 있지만 자신이 피해자란 생각은 거의 하지 않고 살아왔
다. 그러나 명희에 대해서는 그렇지가 않았다. 명희는 늘 피
해를 받는 처지이며 그것은 명빈의 가슴속에 낙인같이 찍혀
있었다. 아까 해도사에 대한 태도만 하더라도 그것은 일종의
과잉 방어 같은 것이었는지 모른다. 명희에 대해서는 자기 자
신, 가족 모두가 가해자라는 의식, 산에 오면서 얼마간 가라
앉혔던 그 의식은 다시 자책감을 불러일으키며 명빈을 괴롭
히는 것이었다.

　'어머니, 제가 명희 신세를 망쳤습니다. 저 아이를 어쩌면
좋지요? 비루하고 비천하게 저는 하는 일 없이 평생을 저 아

이 괴로운 심장을 쪼아먹으며 살아왔습니다.'

이튿날 아침 일찍이 강쇠가 보내준, 휘가 입던 옷으로 갈아입은 범호는 해도사를 따라 길을 떠났고 아침나절에는 백씨도 상좌의 안내를 받아 화개 나루터까지 갔고 그곳에서 따라온 여옥과 명희하고 작별하며 떠났다.

"너희 오라버니 기분이 아주 나빠 뵈던데 우리가 산에 남아서 그러시는 거 아닐까?"

돌아오는 산길에서 여옥이 염려스럽게 말했다.

"오빠 가끔 그래. 별 이유 없이 우울해하는 일이 있어. 그게 병 아니겠니?"

"난 너희 오빠 사람 좋고, 이건 실례의 말이지만 다소 우둔하게, 화내지 마. 신경이 굵다는 생각을 했는데, 전에는 말이야."

"그렇지는 않아. 늘 감상적이어서…… 나이 들어도 그러는 걸 보면 나도 어떤 때는 짜증스러워. 하지만 사실 오빠는 굉장히 예민하고 수줍은 성미야. 그래서 능력이 없는 건지. 하기야 뭐 이제는 오빠의 인생도 다 간 거 아니겠니? 편하게 사시다 가야 하는데…… 나 때문이지 뭐. 오빠 때문에 내가 이리 됐다는 생각에 사로잡혀 있는 그게 탈이야. 거기다가 자신은 할 짓을 못 하고 살아왔다는 자책감 그것도."

명희는 한숨을 내쉬었다.

"다 제 뜻대로 사는 건데 누가 누굴 위해 희생을 하니? 나

는 내 자신이 선택한 길을 걸었고 오늘 이 자리에 서 있는
데…… 내게 꿈은 없지만 안정되고 홀가분한데."

"하여간 너희 오누이는 다 같이 답답하고 세상 물정 모르는
면에서는 어쩌면 그리 꼭 닮았니."

그들이 절에 돌아왔을 때, 절은 비어 있는 것처럼 조용했
다. 들어오는 것은 몰라도 나간 것은 안다는 말이 있듯 백씨
가 가고 난 자리가 텅하게 비어버린 듯 명희와 여옥은 공연히
풀이 죽었다.

"여옥아."

"음."

"며칠이나 더 묵게 돼?"

"그건 최상길 씨가 언제 오는가에 달린 거지. 심심해?"

"응, 답답해."

"벌써? 어제는 이곳에 살고 싶다 하더니."

"인간은 습관의 동물인가 봐. 조용하다는 게 갑자기 부담으
로 나를 누르는 것 같다. 이럴 줄 알았으면 책이나 뜨갯거리
라도 가져오는 건데."

"가나 오나 청승이다."

"넌 안 그러니?"

"안 그래. 고마울 뿐이야. 시간이라는 게 아주 귀중하고 고
마워."

"……"

"그렇지 않다면 난 벌 받아."

"하긴."

"그런데 너희 올케 말이야."

"언니가 왜?"

"정확하게 돌아가는 시곗바늘 같다."

"……?"

"너희 오빠도 그냥 식구 같을 뿐 남편 같지가 않고, 타인 같기도 하고 그렇게 몇십 년을 함께 살아왔다는 말이지?"

"오빠 아까도 말했지만 수줍음이 많아. 그래 그런 거야. 금실은 좋아. 남 앞에서는 항상 타인 같아 보이지만. 대개 조선 사람들 그렇지 않니?"

화개까지 갔다 왔다는 것은 이들 두 여자에게는 강행군이었다. 명희는 산길에 익숙지 않았고 지난날 길 걷기로는 선수였던 여옥도 회복이 되었다고는 하나 몸이 옛날 같지는 않았다. 사실 이들은 몹시 지쳤고 맥이 쑤욱 빠져서, 그냥 타성으로 주거니 받거니 얘기를 하고 있었을 때, 해가 서편으로 엄치 기운 산문 밖에는 허름한 차림의 최상길이 걸어오고 있었다. 마침 절에서 내려오던 상좌 보신(普信)과 마주친다.

"어서 오십시오, 최선생님."

도솔암의 지감을 만나기 위해 몇 차례 온 적이 있어서 낯이 익은 보신이 반갑게 인사를 했다.

"음, 스님 계시냐?"

"예."

"서울서 손님들은 오셨고?"

"예, 세 분이 오셨는데 교장 선생님 부인께서는 아침나절에 떠나셨습니다."

얼굴 위에 날아내린 나뭇잎을 고개를 흔들어 떨어뜨리며 보신이 말했다.

최상길은 지감이 거처하는 방 앞에까지 갔다.

"형님."

"들어오게."

지감의 목소리가 무겁게 울려나왔다. 최상길은 방으로 들어서면서,

"그간 별일 없었습니까?"

하고 물었다.

"중한테 무슨 별일이 있겠나."

지감은 읽던 책을 덮고 돌아앉았다.

"서울서 손님들이 왔다는데 어째 절이 조용합니다?"

"글쎄…… 한 분은 가셨고 임선생은 몸이 불편하신지 여태 기동을 안 하시는구먼."

"원래 편찮으신 분이지요."

"그간 많이 회복이 되어 운신하는 데 불편이 없었는데 웬일인지 모르겠다. 서울 바람이 하도 거세게 불어와서 병이 났는가?"

지감은 말하면서 슬그머니 웃었다.

"중이 체모 없이 그런 말 해도 되는 겁니까?"

"나 같은 땡땡이중, 이런들 저런들 어쩌리."

하고는 턱을 쳐들고 손바닥으로 목을 슬슬 만진다. 저고리 넓은 깃 속의 목이 유난히 가늘어 보인다. 가을이어서 그랬는지, 진정 그의 모습은 가을만 같았다.

"파계는 안 했는지 모르겠소?"

"대처승이 판치는 세월, 그까짓 것 무엇이 그래 대수인가. 어차피 육신은 헛껍데기거늘, 집착한들 아니한들 다 소용없는 일이네. 허울 벗어놓듯, 잠깐 왔던 곳을 떠나면 그만."

"번뇌를 벗었다는 말씀입니까?"

"심각하게 그러지 말게. 어찌 그것을 확인하려 드는가. 그보다 자네는 뭣 하러 왔나. 여자 때문에 온 게야?"

"그 문제도 있지만…… 그냥 와봤습니다. 지가 뭐 하는 일 있습니까?"

"금홍이는 깨끗이 정리했고?"

"그런 셈이지요. 그 얘기 형님보고 안 하던가요?"

"못 들었다."

"……."

"계집의 투기가 유별나기는 했으나, 버릴 양이면 뭣 땜에 합쳤는가. 아무리 화류계 출신이기로."

"버린 게 아닙니다."

최상길은 담배를 꺼내어 붙여 문다. 그리고 망연히 연기를 뿜어낸다.

　　"그러면."

　　"지 성질에 못 이겨 떠난 거지요."

　　"지 성질에 못 이겼다면 그럴 만한 이유가 있었겠지. 정신 쏟는 데가 따로 있으니까 그랬던 것 아닌가."

　　"그건 그렇지가 않습니다. 형님은 길여옥을 두고 그러시는 모양인데 그건 오해입니다."

하면서도 최상길은 설명하기가 난감하다는 표정이다.

　　최상길은 물고 있는 담배를 질근질근 씹듯 하다가 마침 차를 달여온 보신에게,

　　"뭐 재떨이 같은 것 없냐?"

하고 말했다. 보신이 자그마한 뚝배기 하나를 가져왔다. 담배를 버리고 나서 최상길은 하던 말을 계속했다.

　　"금홍이 투기심은 불안과 열등의식이 그릇되게 표현된 것입니다. 큰집에서 인정해주지 않는 것도 그렇지만 사회가 그를 인정해주지 않는다고 생각했지요. 최씨네 사람으로 말입니다. 그리고 언젠가는 버림받을 것이라는 생각도 있었겠지요. 그러면 그럴수록 독점하려는…… 그러니 병적 집착이 나타나는 겁니다. 뿐만 아니라 자기 이외의 관계를 철저히 짜르려 하고 고립, 사회활동까지 저지하려 했던 것입니다. 생각해보면 가엾은 여자지요."

최상길은 잠시 동안 말을 끊었다.

금홍이가 집을 나간 뒤 한 달이 지났을 때 최상길은 그를 찾아간 일이 있었다. 돌아오기를 원치 않았음에도 최상길은 찾아가서 돌아오라고 달래었다. 그것은 일종의 연민이기도 했으나 일종의 가책이었고 부끄러움이기도 했다. 최상길은 그때 일을 생각했다.

"걱정 마세요. 나 오히려 홀가분해요. 다 버리니까 이렇게 편한 걸. 사람은 다 제 푼수대로 살아가야 하나 봐요. 나는 남의 눈치 보면서 살 수 없어요. 참고 견디면서 살 수 없어요. 짓눌리어서 살 수도 없어요. 그렇게 생각하는 것도 다 내 성질 탓이라는 것 알아요."

"……."

"당신 나 때문에 많이 참은 것도, 불쌍해서 데리고 산다는 것도 알고 있어요. 하지만 당신하고 같이 사는 이상 평생 그럴 거예요. 나도 내 명대로 못 살 것 같구. 날이면 날마다 당신을 볶아대고 내 자신을 볶아대고……."

하다가 금홍이는 울었다.

"어디 돈 많고 못난 영감쟁이 하나 얻어서 마음 편하게 살고 싶어요."

금홍은 헤어져서 나오는 최상길에게 그런 말을 하며 웃었다. 최상길은 돌아오는 길에서 등에 짊어진 짐을 내려놓은 듯 자유로움을 느꼈다. 그러한 자기 자신을 가증스럽게 생각하면서도.

"지금 금홍이는 어디 있나?"

지감이 물었다.

"얼마 전까지 여수에 있었습니다만 고향으로 갔다 하더군
요."

"살 궁리는 해주었어?"

"그건 물론 그랬지요."

"결국 동기는 길여옥 그 사람이구먼."

"지금 와서 왈가왈부할 필요는 없겠습니다만 그건 그렇지
가 않습니다. 여옥 씨한테 대한 감정…… 쑥스런 얘기지만 그
런 감정이 있기 훨씬 전에 금홍이가 떠났으니까요."

"잠재적으로 있었겠지."

"글쎄요, 그건."

"그러면서 어째 먼 길을 돌아왔나."

지감은 농조로 말했다. 최상길은 처음으로 웃었다.

"그건 전혀 의식하지 않았습니다."

"……?"

"길여옥이란 여자에 대한 감정 말입니다. 처음 만났을 때
그는 선배의 누이였고 친구의 아내였습니다. 전도사로 여수
에 나타났을 때도 선배의 누이이며 한때 친구의 아내였다는
사실 때문에 도와주어야 한다는 생각을 했을 뿐입니다. 그리
고 상대가 편안했고 거리낄 것도 없었고요. 파렴치한 친구에

대한 분개도 한몫 했을 겁니다."

"흠."

"형무소에 들어갔을 적에도 같은 교인으로 순교하는 그에 대한 존경심, 그리고 내 자신의 양심 때문에 그를 도왔습니다. 좀 이상하게 들릴지 모르지만 그에게 애정을 느낀 것은 형무소에서 그를 업고 나온 그 순간이었습니다. 평생 동안 그같이 이상한 감정을 느껴보기는 처음이었습니다."

"……."

"사람의 형상도 아니고 새털같이 가벼운 죽어가는 여자, 내 자신도 이해할 수 없었습니다. 마음 밑바닥에 피눈물이 고이는 것 같고, 이 죽어가는 여자를 위해 내 뭣인들 못하리, 그때 난생처음 강렬한 애정을 느꼈습니다."

"그래?"

한동안 침묵이 지나갔다. 최상길은 담배 한 개비를 뽑으며, 묘하게, 수줍게 일그러진 듯한 미소를 머금는다.

"그러면 앞으로 어떻게 할 건가. 결혼하겠나?"

"그게 두렵습니다. 형님도 아시다시피 부모가 맺어준 처음 여자는 불미스런 일로…… 금홍이는 내 삶을 주체하지 못하고 있을 무렵 저를 도와준 여자였습니다. 서로 사정이야 다르지만 두 번이나 파탄을 겪은 저로서는 사실 그 문제가 두렵고 결단을 내리기도 어렵지요."

"그럼 죽을 때까지 혼자 살 건가?"

"형님은요?"

"나야 머릴 깎지 않았는가."

"그 이전에는 왜 결혼하지 않았습니까?"

"그건 다 지나간 일, 허허헛……."

"형님."

"음."

"형님이 머리를 깎으신 것은 진실입니까?"

"대답은 없다."

"왜요?"

"진실을 어떠한 자尺로 재겠나."

"하지만 그것은 형님 자신의 마음이지 않습니까?"

"내 마음을 어떻게 꺼내어 너에게 보여주나."

"적어도 아니다, 그렇다는 말씀은 하실 수 있지 않을까요?"

"사바에서 하는 식으로? 아니다, 그렇다 해서는 이 길로 들어올 수는 없네. 아니다, 그렇다는 것은 시시각각 변하기 때문일세."

최상길은 천착하듯 지감의 눈을 깊이 들여다본다.

"너 자신이 본 대로 느낀 대로…… 그것도 일순, 일순간일세. 왜냐하면 너도 나요, 나도 너이기 때문이네."

아리송한 말을 하며 지감은 다 식은 찻잔을 들었다.

〈19권으로 이어집니다〉

간고후[看護婦]: 간호사.

고테[籠手]: 갑옷 토시. 호구(護具).

군테[軍手]: 목장갑. 작업용 장갑.

둘레판: 두리반. 여럿이 둘러앉아 먹을 수 있는, 크고 둥근 상.

말똥머리: 뒷머리를 동그랗게 말아 올려 뒤통수께에서 묶은 머리. 늑양머리

비령밭: 척박한 밭. 척박지.

쇼쿠고노 고토바[食後の言葉]: 식사 후 인사말.

쇼쿠젠노 고토바[食前の言葉]: 식사 전 인사말.

정목: '가(街)'의 일본식 표현.

즈킨[頭巾]: 자루 모양의 두건. 복면처럼 얼굴을 가리기도 함.

피알: 피 알갱이. 혈구(血球).

흐리마리하다: 분명하지 않고 모호하다.

히야카시[冷かし]: 놀림.

토지 18
5부 3권

초판 1쇄 인쇄 2023년 5월 5일
초판 1쇄 발행 2023년 6월 7일

지은이 박경리
펴낸이 김선식

경영총괄이사 김은영
콘텐츠사업2본부장 박현미
편집 임경섭, 한나래, 임고운, 임소정 **디자인** 정명희 **책임마케터** 박태준
콘텐츠사업6팀장 임경섭 **콘텐츠사업6팀** 한나래, 임고운, 임소정, 정명희
편집관리팀 조세현, 백설희 **저작권팀** 한승빈, 이슬
마케팅본부장 권장규 **마케팅4팀** 박태준, 문서희
미디어홍보본부장 정명찬 **브랜드관리팀** 안지혜, 오수미, 문윤정, 이예주
크리에이티브팀 임유나, 박지수, 변승주, 김화정 **뉴미디어팀** 김민정, 이지은, 홍수경, 서가을
지식교양팀 이수인, 염아라, 김혜원, 석찬미, 백지은 **영상디자인파트** 송현석, 박장미, 김은지, 이소영
재무관리팀 하미선, 윤이경, 김재경, 안혜선, 이보람 **인사총무팀** 강미숙, 김혜진, 지석배, 박예찬, 황종원
제작관리팀 이소현, 최완규, 이지우, 김소영, 김진경, 양지환
물류관리팀 김형기, 김선진, 한유현, 전태환, 전태연, 양문현, 최창우
외부스태프 교정 김태형

펴낸곳 다산북스 **출판등록** 2005년 12월 23일 제313-2005-00277호
주소 경기도 파주시 회동길 490
전화 02-704-1724 **팩스** 02-703-2219
이메일 dasanbooks@dasanbooks.com
홈페이지 www.dasan.group **블로그** blog.naver.com/dasan_books
용지 아이피피 **인쇄** 상지사피앤비 **코팅 및 후가공** 평창피엔지 **제본** 국일문화사

ISBN 979-11-306-9964-6 (04810)
ISBN 979-11-306-9945-5 (세트)